Mirko Bonné
SEELAND SCHNEELAND
Roman

Schöffling & Co.

comme l'amour
POUR JULIETTE
le livre continue

Erste Auflage 2021
© Schöffling & Co. Verlagsbuchhandlung GmbH,
Frankfurt am Main 2021
Alle Rechte vorbehalten
Satz: Fotosatz Amann, Memmingen
Druck & Bindung: Pustet, Regensburg
ISBN 978-3-89561-410-1

www.schoeffling.de
www.mirko-bonne.de

Alle Menschen lieben,
ohne sich der Einzigartigkeit
ihrer Gefühle bewusst zu sein.

BORIS PASTERNAK

SEELAND
SCHNEELAND

I

EIN HUNDEMÜDER SCHWIMMER

Dort, wo wir hingehen, gibt es Bäume, die höher sind als die allerhöchsten Häuser auf der Welt. 20 riesige Männer, die sich an den Händen halten, können um ihre Stämme nicht herumfassen. Meine Eltern erzählen mir alles über das Land, wo wir hingehen, und ich stelle es mir vor! Dort regnet es nicht immer, bloß manchmal, wenn die Blumen und das Gras Durst haben.

Und wir sind dort nicht mehr arm. Mein Vater hat Arbeit, meine Mutter einen Garten und ich ein Pferd, auf dem ich zur Schule reite, wo ich eine Lehrerin habe, die mich nach vorn an die Tafel ruft, damit ich allen zeige, woher ich komme und wie schön man dort lachen kann.

Aber ich werde nicht lachen.

Ich bin übers Meer gekommen, werde ich sagen, ich komme von der Niemandsinsel. Aber jetzt bin ich hier.

Der Ausguck seines Kontorzimmers lag weit oben in der Backsteinmauer, von dort überblickte Merce Blackboro die lebendige Welt. Wo Richtung Nordosten mit der Geschwindigkeit einer fliehenden Schnecke die Dunkelheit aufzog, endete die Reihe halb fertiger, halb schon wieder verfallener Gebäude, während in den letzten Flecken Helligkeit die hier und da unterspülte Kaistraße ins Hafenbecken überging, als würde sie abtauchen und dazu einladen, dasselbe zu tun, jedermann einladen, abzutauchen und zu verschwinden.

Drüben bei den früheren Alexandra Docks, in dem Dunst, den der Regen vom Fluss aufsteigen ließ, machte ein furchtbar rostiger Frachter fest.

Ich bin übers Meer gekommen, werde ich sagen, ich komme von der Niemandsinsel, aber jetzt bin ich hier...

Angestrengt blickte Merce hinüber. Einen Fuß auf dem Boden, den anderen auf dem Sims, saß er auf dem Fensterbrett, der Schriftzug am Bug des alten Kastens ließ sich jedoch nicht entziffern. Ein Weile beobachtete er das Manöver: Das Schiff drehte bei, im prasselnden Regen schwenkten die Ladebäume aus... Der letzte Schlepper der Fergusons, die *Lilith*, aus deren dickem hellblauem Schornstein Qualm quoll, bugsierte den Frachter an die Kaimauer.

Dann aber musste er eingeschlafen sein. Oder die Zeit an diesem Nachmittag des 21. Februar 1921 war stehen geblieben.

In seinem Innern war da wieder die merkwürdige Kinderstimme, die er seit einiger Zeit hörte, sobald er müde und traurig wurde – oder umgekehrt: sobald die Traurigkeit, die kaum noch nachließ, ihn so erschöpfte, dass er oft mitten am Tag die Augen zumachen musste und einschlief. Zumindest schien ihm das so. Denn zugleich war er wach – er hörte ja die Stimme.

Mit wem redete das Mädchen?

Es klang, als würde ihm eine Acht- oder Neunjährige in einem nicht sehr vollen, hallenden Laderaum etwas erzählen, unaufgeregt, erstaunt eher von dem, was ihr durch den Kopf ging, als von dem, was sie vor sich sah.

Dort, wo wir hingehen, ist der Wald so groß, darin können wir das ganze Leben verbringen, sagt Mommy, und nie werden wir uns fragen, wo der Wald aufhört.

Dort, wo wir hingehen, werden wir für immer bleiben. Da gibt es Flüsse, die geben den Ländern, die sie durchfließen, ihre Namen, und in den Flüssen leben riesige Fische, die von einem Meer zum anderen schwimmen, vom Eis im Norden in die Wärme der Tropen. Mommy weiß, was Tropen sind. Ich stelle sie mir golden vor, glitzernd, wie Inseln in der Sonne.

Ruhig und bedacht sprach das Kind jeden seiner Sätze. Es wirkte älter, wenn man genau hinhörte. Merce hatte keinen Zweifel daran, dass es sich an ihn wandte. Ja! Es war ein so lebendiger Eindruck, dass er sich gar nicht fragte, ob die Stimme bloß Einbildung war oder ob diese kindlichen Monologe von einem Land des Glücks seinen eigenen Wünschen und Träumen Ausdruck gaben, weil er diese vergessen oder verdrängt hatte.

Dort, wo wir hingehen, werden wir für immer bleiben…

Als er aufwachte und wieder hinaussah, lag der rostige Dampfer reglos und stumm im Zwielicht unter der Transporterbrücke. Kein Seemann war an Deck zu sehen. Auch das alte Ungetüm der Stahlbrücke bewegte sich nicht. Nur der endlose Regen rauschte weiter in den Usk, denn auch an diesem Tag strömte der sich durch Newport schlängelnde Fluss nicht Inseln in der Sonne entgegen, sondern war dunkel und unwirtlich wie der Meeresgrund.

Der Usk und der Ebbw, die zwei Nebenflüsse des Severn, in denen er als Kind mit seinem Bruder Dafydd und seiner

Schwester Regyn im Sommer nach Krebsen getaucht hatte, waren reißende Ströme geworden. Schlierig grün trat der Ebbw über die Ufer und überschwemmte die Felder zwischen Caldoen und Mynyddislwyn. Von Mai bis August tummelten sich für gewöhnlich Forellen in der Strömung des Usk, den sein Vater so liebte. Leuchtend gepunktet versteckten sich die Fische hinter Steinen, und sobald der Schatten eines Menschen auf der Wasseroberfläche erschien – dem Himmel der Fische –, flitzten sie davon.

Jetzt aber spuckte der Usk schon seit Wochen öligen Morast in die Werften und auf die Kranstraßen.

Monsun über dem winterlichen Südwales

Auf dem Schreibtisch lag das *South Wales Echo*. Das Blatt suchte sein Heil in Zynismus. Gefühlig, detailliert und unterhaltsam wurde von Alten und Kindern berichtet, die zwischen Merthyr Tydfil und Swansea in früheren Bächen oder Tümpeln ertrunken waren.

Ist dieser Regen die Rache der Deutschen?

Keinem Reeder, keinem Kapitän, waren sie halbwegs bei Verstand, könne man es verdenken, wenn sich nur noch selten ein Frachtschiff aus Irland oder Übersee den Severn stromaufwärts nach Newport verirre – düster, mit zuckenden Lidern, hatte das sein Vater Emyr gesagt und dabei den weißen Schopf geschüttelt.

Die von Schiffbau und Seehandel lebenden Firmen des alten Blackboro und der anderen Newporter Patriarchen hatten mitgeholfen, die Deutschen in die Knie zu zwingen.

Sie hatten den Großen Krieg überstanden, der seit fast zweieinhalb Jahren Geschichte war. In fast jeder Familie hatte in den Jahren seit 1918 die Spanische Grippe gewütet und nicht selten den Firmeneigner oder seinen Erben getötet. Die Dörfer rings um Newport und an der Küste bis Cardiff verwaisten und verfielen, seit immer mehr junge Leute in den Städten Arbeit suchten oder, weil sie nicht fündig wurden, nach Amerika, Kanada und Australien auswanderten. Die Dempseys, Blackboros, Fergusons und Frazers hatten sich allen Widerständen zum Trotz behauptet und hätten nie für möglich gehalten, nach Krieg, Seuche und Landflucht sich Wind und Wetter geschlagen geben zu müssen. Nach drei Monaten fast ununterbrochener Regenfälle waren viele alteingesessene Betriebe mit ihrer Weisheit genauso am Ende wie das *Echo*.

Kapitulation vor Wolkenbrüchen

Immer mehr Herren mit Frack überm Overall zogen sich in ihr Ledersesselkontor zurück, um dem Stammhalter im feinen Zwirn die Abwicklung der Pleite wegen Dauerregens, Überschwemmungen und Wasserschäden zu überlassen.

So weit aber war es noch nicht mit *Blackboro & Son*, Schiffszimmerer seit 1743. Merce hob das Knie vom Fensterbrett und humpelte, weil ihm das Bein eingeschlafen war, zum Schreibtisch. Er sah auf den Chronometer, den sein Großvater in eine Verdickung der Kirschholzplatte eingelassen hatte: Tisch, Uhr und Opa waren 1865, nachdem die Unabhängigkeitsbewegung gescheitert und das Walisische als Unterrichtssprache verboten worden war, an Bord der *Mimosa* nach Patagonien gesegelt, um den übervölkerten Kohlebergwerkstälern zu entkommen. 75 Kolonistenfamilien aus Südwales hofften, einen von den Engländern noch unabgesteckten Flecken Erde zu finden. »Biddmyrd os syrfeddod« lautete, nach einem Choral der Mystikerin Anne Griffith, ihr Wahlspruch: »Der Wunder viele werden geschehen.« Und tatsächlich, die Großeltern kehrten zwei Jahre später nach Casnewydd, wie sie Newport noch nannten, zurück, mit ihnen der Tisch aus Kirschholz und mit dem Tisch der darin eingelassene Chronometer.

Der Minutenzeiger zitterte seit 56 Jahren, bevor er auf die nächste Ziffer sprang. Merce konnte sich das Verstreichen der Zeit gar nicht anders vorstellen: Es war kein Verfließen oder Verlöschen, denn immer, am Ende jeder einzelnen Minute, gab es einen Punkt, an dem die Zeit zitterte, als würde sie zögern und aufbegehren, ein kurzes, rebellisches Beben, ehe dann doch alles, was vergehen musste, sich fügte und unwiederbringlich verging.

Er warf einen Blick auf den Brief, den er am Mittag begonnen und irgendwann am Nachmittag liegen gelassen hatte. Er bestand aus einem knappen, freundlichen Schreiben an einen Reeder aus Swansea, von dem bekannt war, dass er vor dem Ruin stand, sowie einer tabellarischen Kostenauflistung. Der Brief schloss ab mit einem Strichmännchen, das einen Vogelkopf hatte und an einer großen Blume schnupperte – die Unterschrift eines offenbar Verrücktgewordenen.

Er trat wieder ans Fenster. Nichts hatte sich getan. Das Kind in seinem Inneren schwieg. Ebenso stumm lag der namenlose Frachter im prasselnden Regen am Kai. Boyo Ferguson, Thronerbe des betagten Schlepperkönigs von Newport, Boyo, das Mensch gewordene Schleppschiff, hatte Woche um Woche einen weiteren Bugsierdampfer aus der

Schleppdampfschiffflotte seines Vaters stillgelegt, bis einzig die *Lilith* übrig geblieben war. Merce war mit Boyo zur Schule gegangen. Der junge Ferguson und er hätten unterschiedlicher nicht sein können. Auf Schultern und Rücken hatte Boyo mehr Haare als er selber am ganzen Körper. Boyo wurde Geschützmatrose auf einem Panzerschiff, Merce dagegen hatte vor dem Krieg Reißaus genommen und war vor sieben Jahren mit Shackleton ins ewige Eis gesegelt.

Verglichen mit den Stürmen, die er auf Elephant Island in der Subantarktis erlebt hatte, war das Windbrausen über Newport ein Lufthauch. Und das ganze Wasser, das seit Monaten aus dem Himmel rauschte, würde kaum mehr als den See füllen, der bei Trelech-a'r-Ryddws unmittelbar an der Küste lag und dessen Wasser schwarz war, auch weil eine Unmenge Aale darin lebten. Als wollte er sich seine Fische zurückholen, rollte der Atlantik gegen die Deiche. Früher, an öden Herbstsonntagen, wenn sie mit Eisenbahn und Fahrrädern nach Trelech-a hinausfuhren, ergriff Regyn immer irgendwann die Panik, die See könnte ausgerechnet in diesem Moment den schmalen Küstenwall durchbrechen und sich die dahinter Schutz suchende Pfütze voller Glasaale einverleiben – eine Angst, die er seiner Schwester nie ganz hatte nehmen können, obwohl er sie besser verstand, als Reg es ahnte. Er fragte sie einmal, wovon sie sich eigentlich derart bedroht fühle. Wer oder was, wollte er wissen, könne ihr so gefährlich werden wie das Meer einer Küste?

»Was wohl?«, erwiderte sie. »Manchmal bist du so ein Idiot.«

Sie trat kräftig in die Pedale und war dann zwei Stunden lang, ohne ein weiteres Wort mit ihm zu reden, vor ihm her gefahren, fast bis zum Stadtrand, während er, einfältig, aber ihr Bruder, überlegte, was oder wen sie mit »Was wohl?« meinen könnte.

War das Mädchen, dessen Stimme er hörte, Regyn?

Apokalyptische Bilder verfinsterten ihm seit Längerem die Bürowochen. Allein saß er im Kontor, kritzelte Vogelfiguren, von denen er nicht wusste, was sie zu bedeuten hatten, auf unabschließbare Geschäftsbriefe, zerknüllte die Blätter, warf sie ins Zimmer und grübelte, ob es gut war, von einem Einsatz auf einem Panzerkreuzer oder in den Schützengräben an der Marne verschont geblieben zu sein.

Regyns erster Mann Herman war nach Frankreich verschifft worden und von der Front nie zurückgekehrt. Ihn dagegen hatten bei Kriegsausbruch der Zufall und der Trotz seiner damals siebzehn Jahre ans vergletscherte Ende der Welt geführt. Er war mit Ernest Shackleton auf der *Endurance* gefahren, im Packeis war der Dampfsegler zerdrückt worden und gesunken, und etwas tief in seinem Innern, das er niemandem je gezeigt hatte, aber das ihn lange hatte begierig sein lassen auf die Weite und die Fremde jenseits von Südwales, war offenbar in der Antarktis geblieben und dort mit ihrer Dreimastbark verloren gegangen.

Shackletons Ruhm gründete darauf, dass er alle 27 Männer, die 1914 zusammen mit ihm ins ewige Eis aufbrachen, nach 635 Tagen Unauffindbarkeit rettete und zurück in die zivilisierte Welt brachte – wo einige schon nach wenigen Monaten in dem Krieg, der die zivilisierte Welt verheerte, elend zugrunde gingen.

An Shackletons Ruhm änderte das nichts. Und dennoch beschlich Merce – der erst sein Küchenjunge, dann sein Steward und Adjutant, schließlich sein Assistent gewesen war –

immer öfter der Verdacht, dass von seiner in so jungen Jahren in Stücke gegangenen Person nicht alles aus der Antarktis zurückgekehrt war. Irgendein bedeutsames Bauteil seines Gemüts musste im Packeis des Weddellmeers, auf der felsigen Elefanteninsel oder den Gletschern von Südgeorgien zurückgeblieben sein.

An seinem Kontorzimmerfenster sitzend fragte er sich einmal mehr, was es sein konnte – Selbstvertrauen, Selbstsicherheit, Lebensantrieb, ein Lebensziel? Nur Shackleton war der Lösung dieses Rätsels nahegekommen, und auch bloß einmal. Im vergangenen Jahr hatte Sir Ernest auf einer Vortragsreise Newport besucht und während eines Small Talks an seinem Wagen zu ihm gesagt, er solle nicht vergessen, wer ihn gerettet habe: Niemand habe Merce Blackboro gerettet außer Merce Blackboro selbst.

Selbst dem ruhmreichen Sir nahm er das nicht ab. Nur dass sie zusammenhielten und nicht aufgaben, hatte ihn und die anderen vor dem sicheren Erfrieren bewahrt – der Rest war eine aberwitzige Aneinanderreihung absurdester Zufälle.

Er hatte seine Schwester nie danach gefragt, irgendwann aber war er überzeugt gewesen, dass Reg mit ihrem »Was wohl?« in Trelech-a'r-Ryddws nur das Leben gemeint haben konnte.

Wenn es ein Meer war, dieses Leben – unergründlich, unbeherrschbar, das Reich der Kraken, Seeleoparden und Haie, das gefräßig Schiffe und Küsten verschlang, wie es sich auch selbst verschlang und dabei doch das blieb, was es seit Urzeiten war, der Hort allen Werdens und Vergehens –, dann konnte er in diesem Albtraumatlantik nur ein hundemüder Schwimmer sein. Der Labrador Checker, der durch den

Ärmelkanal schwamm, dürfte, als man ihn an einem Strand bei Calais aus dem Wasser zog, nicht so müde gewesen sein. Merce war 24, ein blasser junger Mann ohne besondere Merkmale außer den Narben von Frostbeulen. Er blickte in den Regenhimmel. Er würde eine der ältesten Firmen in einer versinkenden Stadt erben. Er war der letzte Blackboro.

So wie die Fische in den Flüssen ziehen am Himmel die Wolken dahin, unendlich viele riesig große Wolken, lauter Schwärme aus Wolken, sagt Mommy. Hast du so was schon gesehen?

Ja, solche unerklärlich lebendig wirkenden Wolkenschwärme hatte er über dem Weddellmeer gesehen und nie mehr vergessen.

Zwischen den Wolken silbern glänzend tauchte eine Dreipropellermaschine auf und verschwand dann wieder, wie ein Fisch in der Strömung.

Er habe Liebeskummer, hieß es, und höchstwahrscheinlich stimmte, was seine Mutter und seine Schwester, die Erfahrung in Liebesdingen hatten, behaupteten. Ja, er gab es zu: Er hatte immer nur sie geliebt, das eine Mädchen, das jetzt eine Frau war und mindestens so unglücklich wie er. Kummer, das wusste er, konnte keine Grundlage für das sein, was zwei Menschen miteinander verband, zumal wenn es in Wahrheit eine Schwermut war, der nicht mal er selber über den Weg traute. Keiner in seiner Familie war schwermütig. Warum er? Wieso hörte er dieses Kind?

2

IM WOLKENMEER

Durch dichte graue Wolken stieg die Dreipropellermaschine höher und höher. Lautlos zogen die Wasserdampfschwaden an den Fenstern vorbei, hüllten das Flugzeug ein und staffelten sich unbegreiflich breit, tief und hoch übereinander. Jeden Moment würde das Gewölk auseinanderreißen, den Blick freigeben auf das Himmelsblau, das unverändert darüberliegen musste.

Doch nichts geschah. Auf Wolken folgten noch mehr Wolken, zwischen ihnen der Dunst verband sie mal lockerer, mal zäher, dann erneut Schwaden, wieder dichte, milchweiße Wolkenbänke, Wolkeninseln, eine Dünung aus langsam auf und nieder wogendem Nebel.

Sie waren zu dritt in der zwar niedrigen, doch hellen und nicht engen Kabine. Ein Pluspunkt. In den vier Doppelsitzreihen konnte jeder von ihnen an einem Fenster sitzen, und diese Gelegenheit hatte sich keiner entgehen lassen, weder Bryn noch er, und auch die junge Stewardess nicht, die eigens für solche Rundflugtermine mit amerikanischen Kaufinteressenten ausgebildet war, hieß es. Davon, dass das Mädchen ungewohnt nervös sei, hatte kurz vor dem Start der kaum ältere Pilot seine beiden Passagiere in Kenntnis gesetzt, wohl ein lokaler Scherz, denn die übers Flugfeld herbeieilende junge Frau unter dem Regenschirm war zwar etwas außer

Atem, doch die Ruhe selbst. In ihrem rosafarbenen Wollmantel erinnerte sie an einen Flamingo, als sie die alberne kleine Gangway heraufhüpfte und Wangenküsse mit dem Piloten tauschte. Unter dem anbrausenden Geknatter der Motoren waren sie zu ihren Sitzen gegangen.

Sie saß hinter Bryn, und der hagere große Junge mit dem gewinnenden Lächeln hockte vorn in der Kanzel, wo er hingehörte. Robey sah von seiner Sitzreihe aus nur eine Schulter und den Hinterkopf mit der Lederkappe, während vor den Cockpitfenstern der Bugpropeller Wolken zerhäckselte.

»Irgendwer hier oben muss mächtig Hunger auf Milchsuppe haben«, sagte er hinüber zu Bryn, der mit seinem Bryn-Meeks-Nicken antwortete, devot und ironisch zugleich.

Er fragte sich, ob Bryn nervös war, ob er selbst es war, und warf einen Blick über die Schulter auf ihre junge Begleiterin. Hinter ihrem Landsmann Meeks zu sitzen schien ihr sympathischer zu sein, weniger riskant jedenfalls. Sie hatte dickes blondes, fast golden schimmerndes Haar, die Frisur einer Kartenabreißerin am Broadway.

Nein, nervös war sie nicht. Sie sah aus dem Fenster, auf die Wolken, wie Bryn und wie er selbst. Währenddessen achtete er mit allen Fasern seines Körpers auf jedes Klopfen, Surren, Brummen oder noch so leise Klirren, das das Flugzeug von sich gab.

Sie war stark geschminkt. An einer Wange auf Höhe der Nase glitzerte was. Wahrscheinlich war sie ohne dieses Hautfresko blass. Manchmal lächelte sie, er fragte sich, worüber, als sie sich plötzlich zu ihm wandte und ihn ansah, frontal, mit einem so offenen Blick, wie ihn in ganz Manhattan schon seit Jahren niemand mehr hatte.

»Alles in Ordnung bei Ihnen, Sir?«, fragte sie und lächelte. Die langen Wimpern, die Propeller ihrer Augen.

Er hob eine Hand zum Dank und sah hinter dem Fenster das durch die Lüfte treibende Watteweiß der Wolke, die sie soeben durchflogen.

»Und bei Ihnen, Mr. Meeks«, hörte er, »alles in Ordnung?«

»Irgendwer da unten muss ziemlichen Hunger auf Milchsuppe haben, Miss«, antwortete Bryn mit dem unüberhörbar walisischen Akzent, den er sich seit der Ausschiffung in Cardiff wieder zugelegt hatte.

Diese Bemerkung war auf ihn gemünzt, er beschloss aber, nicht in der Stimmung zu sein, seinen Assistenten zur Schnecke zu machen. Nach ein paar weiteren Minuten Blindflug riss von einer zur anderen Sekunde der Himmel auf, und umgeben von strahlender Bläue ging die Harper Airrant mit den drei schweren Liberty-Motoren in den Horizontalflug über, legte sich auf die Luft und, so schien es, verschnaufte von den überstandenen Strapazen.

Eindeutiger Minuspunkt. Er schnallte sich ab. Auch die Gurte, die einem ins Fleisch schnitten und die Luft abdrückten – nicht zu gebrauchen. Aber das waren Kleinigkeiten. Er stand auf und gab acht, sich nicht den Kopf zu stoßen – er war zwar kein Lulatsch oder Hüne, jedoch zu groß für dieses fliegende Zigarettenetui.

Bryn sah wieder hinaus. Sein kleines Gespräch mit der jungen Miss hatte keine Fortsetzung gefunden, und nun blickte sie erneut ihn an, lächelte so mitleidsvoll zu ihm herauf, als flögen sie schon seit einem Tag und einer Nacht über eine Wüste oder ein Meer. Sie fragte, ob er ein Aspirin wünsche.

»Ich habe alles zur Hand, Mr. Robey.«

»Nein«, sagte er, das Danke verschluckend, »nicht nötig.«

»Oder ein halbes Nembutal, Sir, oder vielleicht ein Viertel?«

Er legte eine Hand auf die freie Lehne ihrer Sitzreihe, quasi die gepolsterte Verlängerung ihrer Schulter. »Hören Sie, junge Madam... Ich bin hier, um dieses Flugzeug entweder zu kaufen oder nicht zu kaufen. Ich habe nicht vor, mich zu betäuben, im Gegenteil. Dieser Flug über Ihr schönes Land dient...«

»... der Entscheidungsfindung, ich verstehe«, unterbrach sie ihn. »Es tut mir leid, Sir.« Sie verschränkte die Hände auf ihrem Mantel, und er bemerkte ihre rot lackierten Fingernägel, die wohl mit ihrem Lippenstift und dem Mantel zu korrespondieren hatten, ob sie wollten oder nicht.

»Was verstehen Sie, Schätzchen? Erklären Sie's mir.«

Sie lachte auf. Ihr Oberkörper bebte. Er konnte sich vorstellen, was ihn wo in solcher Form hielt, und das war gut. Ihre Augen, ihre Blicke, ihre Lippen und ihre Worte, alles bewahrte die Form. Was sie dachte, blieb verborgen.

»Sie sind auf einer wichtigen Geschäftsreise. Es geht um viel Geld, Sir.«

Er lachte (es fühlte sich an wie eine Berührung mit ihrem Lachen) und sah den Kabinenkorridor entlang. Alles bebte vor seinen Augen – kaum merklich, aber es vibrierte.

»Soll Mr. Meeks es Ihnen erklären, vielleicht in Ihrer Sprache?«

»Wenn Mr. Meeks möchte, gern. Aber es ist nicht nötig, Mr. Robey. Dieses Flugzeug kostet Sie viel Geld – falls Sie sich dafür entscheiden, es zu kaufen. Sie müssen prüfen und abwägen. Ich werde Sie nicht wieder belästigen, Sir.«

»Sie machen Ihren Job am besten, wenn Sie sich so verhalten wie Ihr junger Freund und Kollege der Pilot, zu dem ich gerade unterwegs bin: Halten Sie sich bereit, seien Sie gefasst auf alle Eventualitäten.«

»Ja, danke, Sir. Ich werde es beherzigen.«

Eine Weile stand er schwankend zwischen den Sitzreihen und blickte stumm an Meeks vorbei aus dessen Assistentenfenster. Er hatte sich getäuscht – immer noch ging es aufwärts. Die Airrant kämpfte, kraftvoll, souverän erschien sie ihm in diesem Augenblick, und er versuchte sich zu erinnern, bei welchem Probeflug er zuletzt ähnlich enthusiastisch gewesen war.

Junkers' neue Maschine, so stellte er sie sich vor, nur geräumiger, größer, weniger wendig, dafür stabiler und ruhiger.

Jetzt knetete sie ihre Hände. Er hatte sie getroffen. In der Kälte blieben auf ihrer blassen Haut die Daumenabdrücke lange sichtbar.

»Etwas zappelig, nicht wahr, das sind Sie, oder?«

»Nein, Sir, ich denke nicht. Aber ich danke Ihnen für die Fürsorge.«

Bestürzung, da war sie also doch in ihrem Blick.

»Aber doch, aber doch.« Er lächelte freundlich. »Vor Ihnen in dem Sitz« – er rüttelte daran – »der nette Mr. Meeks, das ist mein Helferlein. Falls Sie ein Versuchskaninchen suchen für Ihre Bordapotheke, steht er Ihnen gern zur Verfügung. Ich bezahle ihn für so was, wissen Sie. Er tut, was ich ihm sage. Wenn ich ihm sage, er soll mir in 2000 Metern Höhe ein Spiegelei braten, dann wird er das zumindest versuchen. Und wenn er es nicht hinbekommt und ich deshalb sauer werde und ihm sage, er soll aus dem Flugzeug springen, runter zu Ihrem schönen Wales, so tut Mr. Meeks das.«

»Ein bemerkenswertes Arbeitsverhältnis«, sagte sie lächelnd, frei von Spott, wie aus aufrichtigem Interesse. »Ich werde es mir merken, Sir.«

»Brynnybryn?«

»Ja, Diver, Mr. Robey, absolut.« Bryn sah ihn nicht an, nur wenn sie unter sich waren, sah er ihn an. »Wenn Sie sagen: Brate! – brat ich. Und wenn Sie sagen: Spring! – spring ich. Miss Simms war sich darüber nicht im Klaren.«

»Ein halbes Nembutal, Bryn, wie wär's? Oder gleich ein ganzes?«

»Danke, verzichte. Ich meine ... so Sie einverstanden sind, Mr. Robey.«

»Er verzichtet. Ich will ihm das durchgehen lassen. Ihr Name, Miss, wie schreibt sich der? Mit Ypsilon? Symms?«

»Mit i, Mr. Robey. Ich heiße Simms.«

»Das hörte ich. Und weiter?«

»Und weiter, Sir? Ich beantworte Ihnen ja gern alle Fragen, dazu bin ich da, aber ich muss Sie schon verstehen. Meinen Sie meinen Vornamen?«

»Haben Sie einen? Oder sogar zwei, vielleicht drei?«

»Mari, Sir. Auch Mari mit i – etwas ungewöhnlich, aber so ist es bei uns, vieles ungewöhnlich. Mari Simms. Ich freue mich, Sie begleiten zu dürfen, Mr. Robey.« Sie hielt ihm eine Hand hin.

»Diver. Nennen Sie mich Diver. Diver mit i.«

Mit einem Mal konnte er frei stehen. Kein Schwanken mehr. Ruhiger Geradeausflug. Endlich hatten sie ihre Flughöhe erreicht.

Pluspunkt.

Schluss! Ihr trat ja schon der Schweiß auf die Stirn. Aber immer noch lag kein Hauch Ironie oder gar Spott in ihrer Stimme.

Er nahm die Hand nicht, sah ihr bloß in die Augen, und Mari Simms lächelte, schloss wie zum Einverständnis die dicht bewimperten Lider und ließ die Hand sinken.

»Gut, Mari Simms. Ich gehe meine Arbeit machen, vorn bei dem jungen Mann, der uns hier durch die Gegend gondelt. Seien Sie nett und verraten Sie mir auch, wie er heißt. Damit haben Sie dann gleich die erste Eventualität.«

»Der Pilot, Diver, Sir?«

»Himmel, ja! Ihren Namen kenne ich jetzt, meinen schon seit fast vierzig Jahren und den dieses Herrn hier mindestens ebenso lang.« Er gab Meeks' Lehne einen Klaps. Sie wackelte. Minuspunkt.

Kurz, aber durchdringend blickte sie ihn an, als würde sie in seiner Miene zu lesen versuchen, was ihn derart aufbrachte. Sie würde es noch weit bringen, wenn nicht mal ein Satansbraten wie er sie dazu brachte, in Tränen auszubrechen oder ihn anzukeifen.

»Edwyn«, sagte sie mit ihrem über jeden Zweifel erhabenen Akzent, und würdevoll fügte sie hinzu: »Anderson, Sir. Eddy ist der beste Flieger in ganz Merthyr Tydfil.«

»Davon bin ich überzeugt, sweetheart. Danke.«

So gut es ging, hielt er sich an den Wackellehnen fest und machte sich auf den Weg nach vorn zur Kanzel. Er spürte den Groll in sich aufsteigen und tastete nach der Flasche an seiner Brust. Diese Zerknirschung, wie ekelte sie ihn an.

»Diver!«, sagte Miss Simms hinter ihm. Er drehte sich um und sah, dass sie Bryn ein Stück Papier gab, einen zusammengefalteten Zettel. Meeks schnallte sich ab, er kam durch die Sitzreihen nach vorn und reichte ihm das Papier.

»Von der jungen Lady, Diver. Bitte, seien Sie nett zu ihr.«

Er zog eine Grimasse und trat in die Kanzel.

Er steckte den Zettel ein und genoss es, nicht zu wissen, was darauf stand. Den Namen des Piloten hatte er schon wieder vergessen. Andy Edison, oder wie immer er hieß, war Waliser wie Bryn, so viel war sicher, man hörte es, sobald er den Mund aufmachte. Er war noch keine 25, hatte die Airrant aber gut im Griff. Der junge Flieger war nicht das Problem.

500 Meter über den Wolken spürte man nichts mehr von dem Monsun über dem Flugplatz mit dem unaussprechlichen Namen. Die Böen waren abgeflaut, der Wind hatte es aufgegeben, den Rumpf hin und her zu werfen und die Tragflächen flattern zu lassen wie bei einem silbernen Riesenschmetterling.

Laut war es in jedem Cockpit gewesen, das er sich in der Luft angesehen hatte, lauter zumindest als in der Passagierkabine. Hier in diesem Vogel allerdings musste er sich fragen, wie der Jüngling, der ihn steuerte, es in der Kanzel überhaupt aushielt. Alles zitterte, rappelte, wummerte. Vor lauter Dröhnen schienen die Dinge zu schreien, weil sie es nicht fassen konnten, fliegen zu sollen. Sie wollten nicht durch die Luft katapultiert werden.

Wenn es stimmte, was der Junge ihm zurief, hatten die Leute, die dort unten lebten, seit Monaten die Sonne nicht gesehen. In dem schmalen Durchgang stehend registrierte er, dass es dort zugig war. Er nickte. So war ganz Europa – ein Schlamassel aus schlechtem Wetter, überkommenen Staatsformen, zusammengestohlenen Museen und hochtrabenden Plänen. Nirgends ließ es sich aushalten. In Paris gab es wenigstens Frauen, die tranken. Aber sonst? London war ein Witz, Rom ein Müllhaufen, Berlin eine lachhafte Bühne. Die einzigen Orte, an denen einer wie er nicht erstickte, waren drei, vier Hotels am Genfersee, die er nur deshalb noch nicht hatte kaufen lassen, weil ihn alles, was er besaß, nach zwei Wochen tödlich langweilte. Warum etwas kaufen, wenn es dann nichts mehr gab, wo er sich eine Nacht lang zerstreuen und am Morgen etwas Schlaf finden konnte. Es war kein Wunder, dass sich ein junges Luftfahrtgenie wie Sikorski in die Staaten absetzte. In Russland musste man erfrieren oder sich duellieren und über den Haufen schießen lassen, um bewundert zu werden. Europa hatte das Schafott für seine Verbrecher erfunden und stattdessen seine Könige damit geköpft. In Europa führte man jahrzehntelang Krieg, flüchtete sich in eine Revolution, errichtete jubelnd Ungetüme wie den Eiffelturm. Man baute Schiffe, die mit voller Kraft gegen Eisberge dampften oder sich gegenseitig versenkten. Was nützte es, wenn die Prachtbauten der Metropolen noch immer so protzig wirkten wie im Athen von Aristoteles. Von Europa war nichts zu erwarten. Europa blieb, wie es immer war. Er hätte nicht auf Bryn hören sollen, diesen ausgemachten, unverbesserlichen Europa-Idioten. Seine Einflüsterungen hatten immer dasselbe Ziel: Meeks wollte seine Heimat sehen, es zog ihn nach Wales, wie es die halbe Welt nach Venedig zog – warum eigentlich? Alle zwei Jahre ging das so. Venedig kaufen, das wäre ein Plan! Venedig kaufen und es versenken.

»Ziehen Sie sie mal hoch, die Ente, dann eine Linkskurve!«, rief er dem Piloten ins Ohr, der ihn daraufhin über die Schulter hinweg ansah wie ein Gymnasiast, den man aufforderte, von einem Aquädukt zu springen.

»Na los! Dazu sind Sie schließlich hier! Ich verlange ja nicht, dass Sie einen Looping fliegen oder so was.«

Er gehorchte, er sprang. Als die Harper die Nase hob und die Motoren aufheulten, spreizte Robey die Beine, um sicher zu stehen, er hielt sich am Türrahmen fest. Er zog den Flachmann aus der Innentasche und trank einen kräftigen Schluck Gin.

Er hatte keine Angst. Angst hatte er zuletzt gehabt, als er acht oder neun gewesen war. Woher kommt die Luft, fragte er sich, wo ist die Kiste so undicht? Er wandte sich um, und jenseits des Vorhangs, der jetzt in die Kabine hineinhing, sah er Meeks hochrot im Gesicht Rachegedanken hinter einer aufgeschwemmten Maske aus britischer Schockiertheit verbergen. Zeternd ging die Harper in Schräglage, klagend kippte sie nach links, schreiend raste sie hinab durch die blaue Leere auf das Wolkenmeer zu, bis der Junge – Eddy, so hieß er, ja – sie auffing und mit dem wiedergefundenen Horizont beschwichtigte.

Pluspunkt für ihn, Minus, Minus, Minus für die Flugzeugbaukunst von Mr. Meeks' Landsleuten.

Was hatten sie von Wales gesehen? Die grauen walisischen Felder im Regen, die tristen walisischen Käffer im Dunst und von hier oben, aus dem Blechschmetterling, Wolken, Wolken, Wolken.

Er las Maris Zettel. Auf die Ecke eines Blattes mit dem roten Schriftzug HARPE (R BROTHERS war abgerissen, quer durch ein kleines Flugzeug) hatte sie ihm ein lächelndes Gesicht gezeichnet und darunter geschrieben: »Das Leben ist schön.«

Rührend. Als er zu seinem Platz zurückging, nickte er ihr zu. Sie freute sich.

Eingeschnürt von dem Gurt und verfolgt von der Furie seiner Enttäuschung, war er restlos überzeugt, dass nicht der junge Flieger das Problem war, sondern das unausgereifte Fluggerät, die Harper Airrant 3, die um einiges zu leicht war für drei Liberty-Motoren, um Motoren, Tragflächen, Rumpf und vor allem Insassen wohlbehalten über den großen Teich zu befördern. Nein, die Harper-Konstrukteure brauchten gar nicht erst nach New York zu kommen.

Eine schlechte Maschine war das nicht. Vor wenigen Wochen in Halifax bei Glenn Curtiss und im Herbst 1919 bei Blériot in Suresnes hatte er Pläne für drei größere Flugzeuge geprüft, die alle in den Atlantik gestürzt wären. Unerfindlich worüber, lachte Blériot unablässig. Junkers, der angeblich an einem »Ganzmetalllangstreckenpassagierflieger« tüftelte, ließ verlauten, er antworte nicht auf Briefe eines Hotel-Tycoons. Und von Sikorski hieß es, er sei den Schergen Lenins knapp entronnen und irgendwo in Amerika untergetaucht, ausgerechnet. Gut möglich, dass er in Wirklichkeit gar nicht mehr auf Erden weilte. Womöglich hatte ihn die rote Bande an die Wand gestellt und in einem karelischen Moor verscharrt.

Aber auch diese walisische, mittlerweile neunzehnte Maschine, mit der er flog, würde keine Passagiere lebend von New York nach Paris oder London befördern. Ob es an den Motoren lag, die zu schwer oder stark waren, an den Nieten oder dem Stahlblech, das die Harper-Brüder bei ihrer Airrant verwendet hatten, konnte er nicht sagen. Er war ein Laie, der Deutsche hatte recht. Spielte das eine Rolle? Er hatte genug Geld, um sieben so selbstherrliche Fritzen wie Hugo Junkers bis ans Ende ihrer Tage Flugzeuge bauen zu lassen. Wenn der nicht wollte, würde er einen anderen finden, vielleicht doch Igor Sikorski, wenn der noch lebte. Aber Diver Robey – und der war er, noch immer – hatte nicht bloß Geld, sondern auch Ohren. Er hörte, wie hier alles zunächst summte, dann sang, dann dröhnte und schrie, und er spürte ein Vibrieren, das sich auf seinen Körper übertrug und sein Herz rasen ließ.

Angst war das keine, und wer, bitte, wäre man, würde man jedem die Erregungszustände zeigen, die man von früh bis spät mit sich herumtrug. Spring von dem Aquädukt, oder schlag den zu Boden, der solchen Unfug von dir verlangt. Wie herrlich war es zu fliegen! Nur das zählte – höchstpersönlich der archimedische Punkt zu sein, von dem aus man das eigene Leben wie von außen, als Gast, als Fremder, und zugleich aufs Innigste betrachten konnte. Er liebte jede Sekunde dieses Abenteuers, weil dann stimmte, was auf dem Zettel stand und was im Gesicht der jungen Miss zu lesen war. Zu leben war dann schön.

Bis sie landeten, würde er sich die Wirkung von einem Viertel Nembutal, aufgelöst in Gin, ausmalen und an Bryn Meeks vorbei scheinbar unbeteiligt aus dem Fenster sehen – auf die unbekannte Hafenstadt dort unten mit der auffälligen Transporterbrücke, auf ein Flüsschen, das aus dem Landesinnern geschlängelt kam, auf die Küste und ihre Strände, die grau und verlassen wirkten, und auf die Wolkenschwaden, durch die die Maschine mal beinahe stumm und mal schreiend hindurchstieß, aufwärts und abwärts, Schwaden, so kalt, weiß und endlos wie das ungemachte Bett Gottes.

3

DAS MUSEUM IN DER SKINNER STREET

Hatte er wirklich Liebeskummer, so wie seine Eltern, seine Geschwister und sein Schwager und bester Freund Bakewell behaupteten? Ihm wäre nie eingefallen, seine Traurigkeit so zu nennen. Er liebte Ennid. Vielleicht also hatte er Ennid-Muldoon-Kummer. Doch stärker als der war in jeder Sekunde die Liebe zu ihr.

Wenn er gegen Mitternacht das Licht löschte und sein Kopf auf das Kissen sank, lauschte er noch eine Weile auf die Geräusche des nahen Hafens. Sie drangen durch den schmalen Fensterspalt, aber es dauerte nie lange, bis pochende Stille das ferne Tuten eines Nebelhorns und das Gehämmer von Dockarbeitern überlagerte. Ab da war er allein mit dem Dunkel, allein mit den Gedanken, die ihn an diesem Tag umgetrieben hatten, und nur wenn er die Lider schloss, tanzten noch, wie Schwärme von Tiefseefischen, bunte Bilder an seinen Augen vorüber, so lange, bis er sich auf etwas konzentrierte, das ihren Ansturm abwehrte.

Zwei Zimmer, das eine mit Bett, Stuhl und Schrank, das andere mit Tisch, drei weiteren Stühlen und einer Waschgelegenheit, auf dem Korridor die Abseite mit dem Klosett, das er sich mit seiner Wirtin teilte, die Witwe war und ihm die Wäsche wusch ... er hatte diese erste eigene Bleibe von dem Moment an gemocht, seit er letzten Sommer in Pillgwenlly ausgezogen war und Dafydd ihn und seine Habseligkeiten mit einem so riesigen Automobil hier abgesetzt hatte, dass es die ganze Skinner Street verstopfte.

Immer wieder musste er sich klarmachen, dass sie keine Zufälle waren, diese Zimmer, dieses Bett und seit einem halben Jahr des Nachts auch er selber hinter einem Fenster hier, das auf die uralte Gasse hinaussah. Kopfsteinbepflastert, baumlos und farblos bis auf ein verblichenes Wappen überm Hauseingang schräg gegenüber, führte die Straße zum Hafen hinunter. Das Wappen zierte Newports ältesten Pub, der nach Lord Gruffydd ap Rhys hieß, angeblich weil der 1176, als Südwales noch Königreich war und Deheubarth hieß, dort mal übernachtet hatte. Aber »Skinner«? Hatten früher Kürschner in der Straße ihre Werkstatt gehabt, oder war hier ein Abdecker gewesen? Am Ende der Skinner Street, wo sie auf den von Platanen bestandenen Cardigan Place mündete, hatte der alte Muldoon gewohnt und sein Geschäft betrieben, bis der Schiffsausrüster kurz nach dem Krieg an der Spanischen Grippe starb. Er hatte in Quiltyn Muldoons Laden dessen Tochter kennengelernt, und im ersten Stock des ganz mit grünen Blechplättchen beschlagenen Hauses oben auf dem Platz, nur einen Steinwurf entfernt, wohnte Ennid noch immer.

Das kleine Mädchen, das er manchmal hörte und das ihm immer wieder überraschend etwas von sich und einer ungewissen Zukunft, von Enttäuschungen, Wünschen und Träumen erzählte – war das Ennid als Kind?

»Mach eine Liste«, sagte er sich, um die herbeischwirrenden Bilder von ihr zu vertreiben. »Sag dir in Gedanken, was du außerdem liebst.« Denn sie konnte jeden Moment durch die Skinner Street gehinkt kommen – sie zog ein Bein leicht nach, jeder zweite Schritt klang verzögert –, noch spätnachts, weil sie Freunde hatte und viel unterwegs war. Schon klappte er im Dunkeln die Lider auf wie ein seit 100 Jahren nicht mehr lebendiger, ebenso wenig aber toter Vampir, vor dessen Fenster die Lichtkegel eines Wagens vorbeistrichen, Indiz dafür, dass ein Mensch aus Fleisch und Blut am Steuer saß.

Eng war es in den zwei Räumen. Die alten Tapeten warfen Blasen, die Durchgangstür ließ sich nicht richtig schließen, und so roch es in Mrs. Splaines Haus beständig leicht muffig, seit Wind und Regen das Lüften verhinderten. Mrs. Cyprian Splaine schien das nicht zu stören. Sie hatte ihren Mann gepflegt, bis er an seinem Zucker zugrunde ging, und teilte sich nun mit ihrer Kartäuserkatze den Rest der Wohnung, in dem ein noch weitaus schlimmerer Geruch herrschte.

Doch gerade diese Enge mochte er an den zwei Zimmern, ja war es nicht sogar so, dass ihm sein Refugium umso besser gefiel, je weniger Platz er darin hatte? Mit kaum mehr als zwei Koffern voller Wäsche, einem Overall und Manchesteranzug, dem Fahrrad, einem Bücherpaket und der Nachttischleuchte, die seinem Schwager Herman gehört und die Regyn ihm überlassen hatte, war er bei Mrs. Splaine eingezogen. An dem zum Möbelwagen umfunktionierten Ungetüm von Cabriolet hatte Dafydd nicht mal das Verdeck öffnen müssen.

In den acht Monaten seither hatten sich die Zimmer gefüllt. Von seinen sonntäglichen Besuchen in Pillgwenlly kehrte er nie mit leeren Händen in seine Bude zurück – obwohl er noch immer über fast jeden Gegenstand, den er aus dem Elternhaus abtransportierte, gleichgültig, wie alt oder winzig das begehrte Objekt war, seiner Mutter Rechenschaft abzulegen hatte. »Wozu das?«, fragte sie, »und für wie lange?« – ehe sich Gwen Blackboro »das Ding aus dem Leib schnitt«, wie sie es nannte, und ihn zähneknirschend damit ziehen ließ.

Für sie lagen seine Motive auf der Hand: Wieso sollte ihr Jüngster die Mumie eines Hirschkäfers mitnehmen wollen, die er als Siebenjähriger bei einem Ausflug an den Ebbw gefunden hatte und die sie seither, als wäre das abscheuliche Insekt ein altägyptischer Skarabäus-Glücksbringer, auf dem Kaminsims aufbewahrte? Wozu brauchte er die Luftpumpe seines Vaters, die nur noch asthmatisch keuchte, und warum das Zelt, das, in lange vergangenen Vorkriegssommernächten im Garten unter der Kastanie aufgebaut, nun so mottenzerfressen war, dass man darin hätte duschen können? Warum, wenn nicht deshalb, weil es nun diese alte Schachtel gab, die ihm – »Ach, Merce, tu doch nicht so!« – vorgaukelte, eine bessere Mutter zu sein.

Im Gegensatz zu seiner Mutter Gwendolyn kam es ihm nie in den Sinn, seine Vermieterin mit ihr zu vergleichen, egal in welcher Hinsicht. Eher verglich er sich selbst mit Agatha Splaines Katze, und das nicht nur wegen ihres Namens. Anders als er wurde Misery von keinem gezwungen, das Haus zu verlassen. Sie schlief täglich 22 Stunden lang. Wollte sie liebkost werden, wurde sie liebkost. Misery war zufrieden mit den Dingen, die sie umgaben, genauso wie mit denen, die sie nicht umgaben – von ihnen wusste sie ja nicht. Verschwand ein Gegenstand oder lag plötzlich irgendwo ein neuer, so staunte sie gleichermaßen oder schien bloß unbeteiligt zu registrieren, dass es etwas weniger zu bestaunen gab.

Nein, Gleichmut war keine seiner ausgeprägten Eigenschaften. Nur sein Staunen war grenzenlos wie Miserys.

Für seine Sammelwut hatte er keine plausible Erklärung.

Manchmal war er allerdings überzeugt, dass er den alten Plunder nur deshalb in die Skinner Street schaffte, damit er nachts, wenn er im Bett lag, von Dingen umgeben war, die er auflisten konnte, um nicht an Ennid zu denken.

2 Bücherborde,
57 Bücher, zumeist antarktisch oder poetisch,
6 gerahmte Photographien – Shackleton, Amundsen, die *Nimrod*, die *Fram*, die *Endurance* (aufgenommen von ihrem Expeditionsphotographen Hurley in Buenos Aires), Bakewell und er mit zwei Hunden (Sailor und Shakespeare) vor Packeisgebirgen,
1 alter Holzpropeller – Antrieb der ausgemusterten Sopwith Triplan von William Bishop, mit der Dafydd beim einzigen Flug seines Lebens über Newport und Pillgwenlly gekreist war,
1 mumifizierter Käfer (lucanus cervus),
3 ausgestopfte Seevögel – Möwe, Riesensturmvogel, Skua (der ein Auge fehlte, weshalb er zärtliche Gefühle für sie hegte),
1 Stapel Ansichtskarten, darunter eine von Shackleton, auf der auch Crean unterschrieben hatte, und eine andere – eine Rarität – von Tom Crean allein, beide abgestempelt in Annascaul, wo der Antarktiker, den jeder nur den »Irischen Riesen« nannte, heute einen Pub betrieb,
1 Sicherheitsnadel (diese und vier andere hatten Creans zerfetzte Hose zusammengehalten, als Shackleton, Crean und er selbst nach drei Tagen Fußmarsch über die Gletscher von Südgeorgien zur Stromnesser Walfängerstation gelangt waren),
1 Fahrradgepäckträger (Hermans),
1 Fahrradluftpumpe (Dads), inzwischen repariert,

1 Stück eines Wirbelknochens, faustgroß, Wal (Blauwal), mitgenommen aus Stromness,
1 Speerspitze, vielleicht indianisch (bestimmt indianisch), gefunden in einem Straßengraben von Valparaiso,
1 alter Seesack, auch der aus Valparaiso (und doch walisisch), Geschenk eines skorbutkranken Waliser Matrosen,
1 Spange, eingraviert die Initialen RB (und unverändert seit über 20 Jahren duftend nach Regyns Haar).

Von der *Endurance* hätte er gern eine Planke gehabt, Orde-Lees' Grammophon, einen Topf aus Greens Kombüse, ein Stück einer Leine oder nur den Fetzen eines ihrer Klüversegel. Aber mit dem Schiff war alles untergegangen, was sie mit den drei Beibooten nicht mehr übers Eis hatten schleppen können.

So starrte er ins Dunkel des Zimmers, froh, wenigstens die Photographie zu besitzen, die den kleinen Dreimaster am Kai von La Boca zeigte, wenige Tage, bevor sie Buenos Aires Richtung Eis verlassen hatten – eine von 100 Aufnahmen, die Frank Hurley retten konnte und mit Shackletons Erlaubnis mitnehmen durfte.

Mehr besaß er auch von Sir Ernest nicht: eine Photographie und zwei Bücher, die er sich aber erst nach seiner Rückkehr in Newport gekauft hatte. Shackleton hatte dafür gesorgt, dass keiner von ihnen Persönliches aus dem Eis mitnahm. Selbst einen Brief, einen Kamm, eine Haarlocke befand er für »viel zu schwer«.

Erst vor ein paar Wochen hatte er einen Kamm seiner Mutter aus Pillgwenlly mitgehen lassen, der ihn auf unerklärliche Weise an seine Kindheit erinnerte. Im Dunkeln sah er die an die Tapete geklebten Zeichnungen seines Neffen leuchten. Er hatte Regyn ein Dutzend von Willie-Merce' Buntstiftgemälden abgetrotzt. Briefe von Bakewell, die der ihm von Geschäftsreisen nach Südamerika schrieb, oder Postkarten von Tom Crean aus Annascaul verwahrte er in einer Schatulle, die ihrerseits ein Andenken war: Sein Großvater hatte sie getischlert und mit Intarsien versehen, während er selbst, vier oder fünf Jahre alt, staunend dabeistand und dem alten Mann mit den langen weißen Haaren auf den Fingern die Holzplättchen reichte.

Offenbar war er ein hoffnungsloser Nostalgiker, ein durch und durch sentimentaler Memorabilienjäger, jemand, o Gott, der nicht in sich selbst ruhte, sondern sich verstreute auf Orte, Gegenstände und Menschen, die ihn umgaben. Er drehte sich zur Wand, schloss die Augen und kniff sie fest zusammen. Schluss mit Listen. Schlafen, träumen, aufwachen, weitermachen! Er hörte den gegen die Fenster trommelnden Regen und fragte sich, ob es wirklich so war, dass er von allen Menschen, die ihm etwas bedeuteten, Andenken sammelte und Dinge hortete, als wäre er der einzige Wärter und zugleich einzige Besucher eines Merce-Blackboro-Gedächtnismuseums.

Falls es so war – was besaß er von Ennid?

Nichts! Nicht den kleinsten Gegenstand, keinen Knopf ihres Regenmantels, keine Wimper, die ihr ausgefallen und auf seinem Jackenärmel liegen geblieben wäre. Er drehte sich zurück, mit einem Mal war er wieder hellwach. Nichts von ihr zu besitzen bedeutete keinesfalls, dass sie ihm unwichtig war, im Gegenteil!

Was weiß ich von ihr, fragte er sich im Stillen, warum liebe ich sie... wieso ausgerechnet sie? Was hat sie an sich, das sie so einzigartig macht?

Er überlegte sehr lange.

Dann sagte er sich: »Mach eine Liste...«

Was er von ihr wusste, hatte ihm fast alles Regyn verraten.

Seine Schwester war etwas älter als Ennid, doch weil beide Mari Simms und Gonryl Frazer kannten, wurden auch sie Freundinnen und verloren sich schon aufgrund der Geschäftsbeziehungen ihrer Väter nie aus den Augen.

Sie kannten sich lange (»sind liebe Freundinnen«, würde Ennid es nennen), im Grunde aber mochte Regyn Ennid nicht sehr (was Ennid nicht glauben würde), denn Reg hielt ihre Freundin für großspurig und allürenhaft (»Im Ernst?«, würde Ennid wahrscheinlich sagen. »Dann wird wohl was dran sein...«).

Wenn er nachrechnete – und das tat er immer wieder, ohne je einzusehen, dass stets dasselbe dabei herauskam –, so hatte er sich in den siebeneinhalb Jahren, die auch er sie kannte, zusammengenommen eine gute Stunde lang mit Ennid Muldoon unterhalten – was grotesk war und ihn daran zweifeln ließ, dass Arithmetik irgendetwas über das Leben aussagte.

Von Regyn wusste er, dass Ennid, wenn sie allein war, sich gern vorstellte, was keiner sehen konnte: das Fortleben der Toten. Dabei glaubte sie nicht an Geister (wenngleich die Gespenstergeschichte ihrer gemeinsamen Freundin Mari Simms von dem blonden Mann, der angeblich jeden Sonntagmorgen durch ihr Spiegelbild ging, wenn sie am Frisiertisch saß, auch Ennid verstörte). Sie glaubte vielmehr an die Kraft der Erinnerung, die in ihren Augen die Lebendigkeit bewahrte oder sogar erst stiftete, weshalb sie sich oft ihre verstorbenen Eltern vorstellte, wie sie bei Tisch saßen und lachten.

Sie dachte an die Schiffe, die sie gemeinsam mit ihrem

Vater ausgerüstet hatte und die auf den Severn hinausgefahren und nie nach Newport zurückgekehrt, sondern in irgendeinem Sturm auf irgendeinem Ozean gekentert und auf den Meeresgrund hinuntergesegelt waren.

Und natürlich erzählte sie Reg oft von ihrem Flieger-Ass, von Mickie Mannock, davon, wie sie ihn sich ausmalte, im Luftkampf über Paris, mit einem knatternden MG, das Regyns erster Mann Herman entwickelt und eigenhändig an Mickies Dreidecker montiert hatte. Das Maschinengewehr spuckte Funkenblitze, die am Himmel über der Seine davonschossen (»wie brennende Vögel im Traum«, sagte Ennid) und im Leeren verloschen. Manchmal meinte Ennid, Mickies Hand zu spüren, wie sie in ihr Haar fasste und ihren Hinterkopf umfing, und mit geschlossenen Augen hörte sie ihn immer noch flüstern: »Komm her, süßer Schatz« – ehe er sanft ihren Kopf zu sich heranzog, um sie zu küssen.

Laut Regyn existierte angeblich ein Buch, in das Ennid Briefe an Mickie Mannock schrieb, das legendäre *Buch an Mick* – aber selbst Reg wusste davon nur vom Hörensagen. Ihre gemeinsame Freundin Gonryl Frazer, die Vierte im Bund, behauptete, das Buch gesehen, sogar darin geblättert zu haben. Reg bezweifelte das. Er aber, ihr kleiner Bruder, konnte sich so ein Buch gut vorstellen – und sah bei dem Gedanken sogleich das akribisch von Ennid geführte Auftragsbuch des alten Muldoon vor sich.

Während eines Spaziergangs am Ebbw kurz nach Kriegsende unterhielt sich Ennid mit seiner Schwester einmal über Turmsegler. Dass diese Vögel im Flug schliefen, erzählte sie Reg, und dass sie deshalb im Herbst oft an Turmsegler denke, schlafend in der Luft überm Atlantik, unterwegs nach Afrika.

Ennid war nie weiter gereist als bis nach Irland, einmal

nach Gloucestershire und einmal nach Kent. Vielleicht deshalb las sie viel, mehr als er selbst, und lieh Regyn Bücher, um sich mit ihr darüber austauschen zu können, Bücher, die Reg auf dem Marketerietischchen im Kaminzimmer in Pillgwenlly liegen ließ und nicht weiter beachtete, denn Lesen gehörte für Regyn Bakewell zu den verzichtbaren Beschäftigungen.

Ennids Bücher waren für ihn schwierig zu lesen, denn da sie voller Unterstreichungen waren, erinnerten sie ihn an ihre Finger, Hände, Augen und damit ihre Art, die Dinge zu sehen. Er erinnerte sich weniger daran, was er in Ennids Büchern gelesen, als daran, was sie beim Lesen angestrichen hatte.

Er las Blackwoods schaurige Darstellung der Weidenbäume in den Donausümpfen (»eine ungeheure Meute lebendiger Geschöpfe«), er las Bonds Schilderung der Ringe des Saturn und in Einsteins Relativitätstheorien, las Beschreibungen der Dschunken von Hongkong und der Märkte in Timbuktu, und verblüfft erfuhr er (weil Ennid es an den Rand geschrieben hatte), dass John Keats vor 100 Jahren ein Exemplar seines Versromans *Endymion* einem Sahara-Reisenden mitgab, damit der das Buch in die Wüste warf.

Alle Bücher, die sie Reg lieh, warf auch Ennid in die Wüste, ohne es zu ahnen. Alle waren sie versehen mit Ausrufezeichen, Fragezeichen und Kürzeln, die ihm rätselhaft blieben und keiner erklären konnte, da sich außer ihm niemand für die Lektüren von Quiltyn Muldoons humpelnder Tochter interessierte. Ohnehin war ein paar Wochen später, wenn sich Regyn mit Ennid zum Tee oder Spazierengehen traf (»Ist es schon wieder so weit?«, fragte Reg), jedes Buch für ihn viel zu schnell verschwunden.

Seine Schwester las keine Zeile im *Endymion* (»Erstickt unter Rosen«, hatte Ennid in das Buch gekritzelt), und Hopkins' Gedicht »Das Wrack der *Deutschland*« nötigte Regyn nur ein »blabla, blabla« ab (immerhin jambisch). Dabei war Reg durchaus redegewandt. Um eloquente Ausweichmanöver war seine große Schwester nie verlegen.

Napoleon Bonaparte!
Einmal hatte es in Pillgwenlly Streit über Napoleon gegeben.

Nach einem Nachmittagstee mit Ennid erzählte Regyn, »eine Freundin« behaupte, Bonaparte sei kurz vor seiner Verfrachtung nach St. Helena in Portsmouth gewesen, allerdings könne sie – »die Freundin« – sich nicht entsinnen, von wem sie das gehört, wo sie davon gelesen habe: im *Tatler*, in der *Times*?

Dafydd fand die Vorstellung lachhaft – Napoleon in Hampshire! Eine Erfindung. Was sollte das?

Ausgerechnet ihr Vater, beileibe kein Franzosenfreund, verteidigte die Geschichte. Emyr Blackboro sagte, auch er habe davon gehört – nur von wem? Vergessen ... Er glaube, die Sache sei wahr, egal, wie abwegig die Vorstellung sei.

Dafydd lachte und wurde wütend. »Dad! Nie und nimmer...!«

Aber ihr Vater beharrte darauf: »Ich hab davon gehört!«

Er selbst hatte dazu keine Meinung. Von heißen Schaudern überlaufen, saß er am Tisch, stocherte in seinem Essen, verfolgte wie aus weiter Ferne das Scharmützel und behielt so schuldbewusst wie sehnsuchtsvoll das Wissen für sich, dass er es gewesen war, der Ennid davon erzählte: Bonaparte, perplex in Portsmouth. Sie könne es ihm glauben: Die Fregatte, die den gestürzten Kaiser zu seiner Gefängnisinsel bringen würde, lag für ein paar Tage vor Portsmouth auf Reede. Ob Napoleon britischen Boden betreten hatte? Warum nicht. Gut möglich. Wahrscheinlich!

Sieben Jahre war es her, dass er sich mit dieser haarsträubenden Geschichte für immer in ihre Erinnerung hatte einschreiben wollen. Und Ennid hatte die Sache offenbar tatsächlich nicht vergessen, sondern nur den Schöpfer des Märchens (das keines war) aus ihrem Gedächtnis getilgt.

In einem dicken Roman von Henry James, den Ennid Regyn lieh (damit das nächste Buch einstauben konnte), war ein einziges Wort unterstrichen gewesen: »Komplementärmenschen«.

Wochenlang hatte ihn dieser Ausdruck beschäftigt – zumal Reg ihn einmal zitiert hatte. An einem Sommertag vor vier oder fünf Jahren war die königliche Familie nach Newport gekommen. Die ganze Stadt war auf den Beinen, um König George, Königin Mary, dem Prinzen von Wales, dessen Schwester und dreien seiner Brüder zuzuwinken, die in einem Automobilkorso nach Caldoen hinausfuhren, wo zu Ehren der Royals eine Flugschau mit neuen Gebrüder-Harper-Maschinen stattfand. Es fehlte nur Prinz John. Der jüngste Königsspross, Epileptiker und Autist, nach Ansicht seiner Geschwister ein Monstrum, die Schande der Familie, hatte wie fast immer in Schloss Sandringham bleiben müssen.

Regyn begleitete Gonryl und Mari nach Caldoen, während er von seinem Ausguck aus dem Jahrmarkttreiben in den Straßen zusah und keine Lust verspürte, sich dem Rummel auszusetzen. Er dachte an Prinz John und erklärte sich auf diese Weise solidarisch mit ihm. Beschwipst und aufgekratzt holte Reg ihn am Abend im Kontor ab, spöttelnd berichtete sie von Ennids neuestem, einer Brombeere ähnelndem Hut und ihrem jüngsten Spleen: dem Liebesleben der Windsors.

In Regyns Augen war alles zu ertragen, aber das, über die Intimsphäre des Königspaars herzuziehen – das ging zu weit, es war lachhaft, und es war »shocking«.

Ennid frage sich ernsthaft, sagte sie, wie der König es angestellt habe, mit der Königin so viele Nachkommen zu zeugen: Wie oft schlief König George mit Königin Mary?

Ein bohrender Schmerz hatte sich in ihm breitgemacht, eine absurde Eifersucht auf den König, als Reg erzählte, Ennid habe genug von ihrem selbstverordneten Witwendasein und wünsche sich Kinder, viele, mindestens so viele wie Königin Mary.

Über den Wiesen von Caldoen wurde ein Feuerwerk gezündet, mit Regyn stand er am Fenster, sah den Harper-Doppeldeckern dabei zu, wie sie aufstiegen, über dem Stadtrand kreisten und Kondensstreifenlettern an den abendlichen Himmel schrieben... und da hatte es seine Schwester gesagt.

»Komplementärmenschen.«

So weltfremd, so verkopft und verstiegen sie auch sei (»entsetzlich!«) – in einem Punkt habe Ennid recht: Den Kindern gehöre die Zukunft.

»Vielleicht fliegen dein Sohn und mein Sohn irgendwann mit Raumschiffen zum Mars«, sagte Ennid in Caldoen zu Reg. »Oder sie erforschen unter Glaskuppeln den Meeresgrund. Egal, welche Musik sie hören und wie sie tanzen werden, auch 2021, in 100 Jahren, werden Leute glücklich sein, wenn sie ihrem Komplementärmenschen in die Augen blicken.«

In dem dunklen Zimmer in der Skinner Street trieb ihm das die Tränen in die Augen. Aller Gedanken müde lag er reglos im Bett. Er horchte auf Mrs. Splaines durch die Wand dringendes Schnarchen, wartete, dass der Ansturm aus Bildern und Wortfetzen weiterging, und er war schon fast eingeschlafen, als ihm etwas einfiel.

Sogar woran Ennid dachte, wenn sie selbst im Bett lag und nicht einschlafen konnte, hatte ihm Regyn erzählt – und ihn seiner betrübten Miene wegen ausgelacht: »An dich leider nicht!«

Ennid versuche vielmehr sich zu erinnern, was sie von ihrem Vater gelernt hatte.

Dass Regen nie schlecht war.

Dass zwischen zu faltenden Segeln und zu faltenden Hemden bloß ein Größenunterschied bestand.

Dass ein namenloses Schiff kein Schiff und ein betrunkener Kapitän kein Kapitän war.

Ebenso wenig war ein Streit ein Gewitter – nichts entlud sich dadurch, denn wozu führten denn schwarze Gedanken? Einzig zu noch schwärzeren.

Als ihr Komplementärmensch verstand er das sofort. Streitigkeiten glichen Bränden in Kohleflözen: Das Feuer schwelte im Verborgenen, oft jahrzehntelang (so war es in einem ihrer Bücher angestrichen gewesen). Daher musste man sich von Menschen abwenden, in denen so ein Schwelbrand wütete – sie verzehrten sich selbst. Ennid, sagte Regyn, glaube oft, ein solcher Mensch, der sich verzehrte und in nicht enden wollendem Streit mit sich und dem Leben lag, so einer sei sie selbst.

Manchmal liege sie wach und versuche sich zu vergegenwärtigen, was sie so lange schon quälte. Hätte sie drei Wünsche frei, sagte sie zu Reg, keiner davon wäre, dass der Schmerz aus ihrem Bein verschwand. Er war ja ein Teil von ihr. Nur dass sie selber bestimmen könnte, wann er kam und ging, würde sie sich wünschen.

Regyn hatte sie gefragt, was sie sich außerdem wünschen würde, und Ennid antwortete, zuerst würde sie ihre Eltern und Mickie auferstehen lassen. Sie lachte, warf den Kopf in den Nacken (Reg hasste es) und sagte, als drittes würde sie sich neun weitere Wünsche wünschen.

War sie wirklich, wie ihre Mutter behauptet hatte, eine »Pragmatikerin vor dem Herrn«? Ennid war überzeugt, dass man den wahren Zustand eines Schiffs weder an Deck noch im Maschinenraum oder in den Laderäumen feststellte – nur die Einstellung der Mannschaft verriet, wie es um das Schiff bestellt war.

Sie war überzeugt, dass man Geld machte, indem man kaufte, und nicht, indem man verkaufte. Und sie war sich sicher, dass immerzu gegen den Strom zu schwimmen zu nichts führte. Man musste den Rand des Stromes suchen, von dort aus die Strömung einschätzen lernen. Liebe und Vernunft, in ihren Augen waren sie ein und dasselbe.

Sie erzählte Regyn, was sie liebte: Möwen, je größer, desto besser. Ihr Geschrei klang wie das Quietschen von Türen, mit denen sich die Ferne auftat. Sie liebte das Jaulen der Pontons, das von den Werften herüberdrang. Und Bücher, besonders Gedichte und Romane über den Wind und die See, Shelleys »Ode an den Westwind«, Conrads *Lord Jim*, am meisten aber *Moby-Dick* (zwei Monate lang rührte Reg das Buch nicht an), auch deshalb, weil das einzige weibliche

Geschöpf darin Ahabs Schiff war, die *Pequod*, die alle über das Meer trug und zu allerletzt besiegt wurde von dem von Herman Melville erfundenen weißen Wal.

»Für sie lebt alles, was sie da liest«, sagte Regyn halb spöttisch, halb bewundernd und zuckte mit den Achseln.

Doch ebenso sehr mochte sie es, wenn es still war im Hafen, wenn die Stahlpontons nicht sangen und keine Möwengeschwader auf Beutezug über den Usk und den Severn zogen. Bücher, die ihr nicht gefielen, legte sie weg und rührte sie nicht wieder an. Auch von Büchern sollte man sich keine Unverschämtheit gefallen lassen! Und Dummheit war unverschämt, wenn man nichts dagegen unternahm.

Wann immer möglich, laufe sie barfuß, sagte sie zu Reg eines Sonntags am Ebbw, umgeben von Spaziergängern (von denen sie viele Leute kannten, seit sie auf der Welt waren), und zog Stiefel und Strümpfe aus, obwohl schon fast November war und jeder ihre Beinschiene sehen konnte.

Und einmal sagte sie, dass sie manchmal wegrennen wolle vor lauter Zorn und Kummer, vor dieser Angst, die keinen Namen hatte. Weg, einfach nur weg wolle sie dann, und nie mehr wiederkommen.

4

MÖWEN ÜBER DEM EBBW

Unter dem Regenschirm eilte sie übers Kopfsteinpflaster die Skinner Street hinunter und zog dabei ihr Bein nach wie einen Hund, der sich an ihr festklammerte. Oder sie fuhr an der Seite eines jungen Kerls, den er nicht kannte, in einem Speedster an ihm vorbei. Ihr Sommerhut, den sie ab und zu noch immer aufhatte, sah wirklich wie eine Brombeere aus, wenn auch eine sehr große.

Ein Morgen, an dem er sie zufällig sah, war ein im Keim erstickter, im Voraus vergeudeter Tag. Wenn er an so einem verlorenen Morgen im Kontor saß und über Papiergebirge hinweg aus dem Fenster starrte, fiel sein Blick auf die Reihe halb fertiggestellter Bauten gegenüber. Junge Spekulanten in Knickerbockern und Gamaschen hatten seinem Vater und anderen Stadtvätern weisgemacht, für Newport sei es an der Zeit, Cardiff den Rang abzulaufen. Ihre Duesenbergs und Pierce-Arrows kurvten durch den Morast der abgetragenen Victoria-Docks. Meterhoch spritzte der nach Öl stinkende Schlick weg hinter den aufjaulenden Automobilen, denen eine sumpfungeheuerartige Meute Kinder nachjagte.

Seit Kriegsende war überall im Hafen gebaut worden. In den eisigen Regengüssen rotteten die Rohbauten vor sich hin. Zuletzt hatte er Anfang November ein paar Maurerlehrlinge auf den Gerüsten gesehen – Mörtel verstreichend in blinden Fenstern, noch scheibenlosen, Mäulern gleichenden Löchern. Geisterhaftes Dunkel lag dort, wo längst erhellte Zimmer hätten sein sollen, für Sekretärinnen hinter Schreibmaschinen, Schreiber und Prokuristen, wie er selber einer war, Menschen an polierten Tischen voller Rechnungen, Listen und stapelweise unbeantworteten Briefe neben unverständlichen Geräten.

Wenn er so in diese Tristesse blickte, hörte er sie zumeist – die Stimme. Unvermittelt hob das Mädchen zu sprechen an, womöglich um ihn auf andere Gedanken zu bringen. Erfand er das Kind, um seine Niedergeschlagenheit ertragen zu können?

Da, wo wir hingehen, wollen wir ein besseres Leben haben. Wir wollen nicht mehr nur durch alles durchgucken, sondern wieder anfangen zu sehen. Und miteinander und mit allen Dingen irgendwie wieder reden!

»Und wie soll das gehen?«, fragte er, weniger aus wirklichem Interesse denn aus Neugier, ob das Mädchen etwas erwiderte.

Aber wie erwartet kam keine Antwort.

Wenn er am frühen Abend im Regen durch die Dunkelheit nach Hause ging, waren die Kaianlagen übersät mit Sacktüchern. Wie tote Ratten nach einer ausgestandenen Seuche lagen sie auf dem nassen Pflaster, das im Gaslaternenlicht glänzte. Und wenn er dann den Kopf hob und unter dem Schirm hervor ein letztes Mal hinauf zu den Gerüsten sah, schienen ihm die Neubauten bereits den Schatten ihrer Zerstörung vorauszuwerfen.

Kein Leben würde je in das Kontorhausviertel einkehren und daher auch nie eines in die Gebäude zurückkehren.

Erinnerung bewahrte nichts Lebendiges, wie Ennid glaubte. Erinnerung nannte man die tröstliche Beschönigung der Vergänglichkeit. Die Häuser waren wie er, leer und verlassen, egal, wie lange schon oder wie lange noch. Für ihn waren sie ein steinernes Menetekel, und wohl deshalb hatte er irgendwann in diesem Winter eingesehen, dass sie nicht einfach hässlich waren, sondern gerade aufgrund ihrer abscheulichen Sinnlosigkeit irgendwie auch liebenswert.

Jeder musste etwas lieben, da bildete nicht mal er eine Ausnahme. Wer von keinem geliebt wurde, den liebten die Gegenstände. Auf ihre stumme, eigenbrötlerische Weise erwiderten sie die ihnen entgegengebrachte Zuneigung. So war der Blumen- und Kräutergarten in Pillgwenlly nicht nur deshalb eine Pracht, weil ihn seine Mutter neun Monate im Jahr hegte. Schönheit war eine Antwort. Die *Endurance* und das Packeis waren gütig zu ihm und den 27 anderen Antarktikern gewesen. Die Gegenstände fragten nicht nach wer, wie lang, wie sehr, warum.

An manchen Tagen blieb er morgens nur deshalb nicht liegen und schlief einfach weiter, weil die Kontorbauten mit ihren Fenstermäulern ihn zu rufen schienen. Sie standen im Regen, und dessen Prasseln war kalt, als käme es von den seit Oktober unsichtbaren Sternen. Hinaufzublicken zu den dunklen Baugerüsten tröstete ihn. Es machte ihn wehmütig, aber die Wehmut erfüllte ihn immerhin, sodass sein Leeregefühl verschwand und er meinte, auch selbst noch nicht fertiggestellt zu sein. Wenn er eines der Löcher fixierte, während er so auf dem Fensterbrett saß und hinübersah zu Ruinen, aus denen um ein Haar Häuser geworden wären, wurde er manchmal seltsam ruhig. Dann glaubte er, sie spüren zu können … Mit einem Mal war sie zurück und spielte es keine Rolle mehr, wie viel Zeit vergangen war, seit Ennid ihn ein einziges Mal in diesem Kontorzimmer besucht hatte.

Unter dem Schirm in den Mantel gehüllt, lief er durch die Corn Street, überquerte den Kingsway und kam am City Theatre vorbei, wo laut einem Banner überm Eingang *Medea* gegeben wurde. Hatte Ennid das Stück gelesen? Regyn ausgeliehen hatte sie es nicht. Wenn sie die Inszenierung gesehen hatte, dann mit keiner ihrer Freundinnen. Wieso war er in sieben Jahren nie im Theater mit ihr gewesen?

Sie las in letzter Zeit viel Tolstoi. Hatte der auch für die Bühne geschrieben? Die Traurigkeit kroch ihm durch die Brust. Er stellte sich unter den Portikus, wo es trocken war, und schüttelte den Schirm aus. Auf den Steinfliesen bildeten die Regenspritzer ein Muster, das einem schwarzen Sternbild glich. Willie-Merce hatte ihm erst vor ein paar Stunden ein ganz ähnliches Bild gezeichnet.

Reg war ins Kontor gekommen und bat ihn und die beiden Sekretärinnen, eine Stunde auf den Kleinen aufzupassen, damit sie ihren Vater zu einem Arzttermin begleiten konnte.

Sein Neffe war seit Kurzem sechs. Er war ein schmächtiger Junge mit weichem, stumpf blondem Haar, der nicht viel sagte, wie sein Vater Herman aber die Phantasie eines Konstrukteurs oder Ingenieurs besaß. Ab und zu glitt Willie reptilartig von dem Ohrensessel, in dem er zusammengesunken saß und zeichnete, dann wirkte er überrascht, schien sich zu fragen, wo er war, rappelte sich auf, kam zum Schreibtisch und hielt seinem Onkel sein jüngstes Buntstiftbild hin.

Ein Urwald war darauf zu sehen, in dem sich ein Löwe mit einer Krone auf dem Kopf versteckte. Willie hatte die Krone aus Ziffern gemalt, und auch der Dschungel, die Bäume, Lianen und Schlingpflanzen bestanden aus kunterbunten Zahlen, die überall in die Höhe wuchsen und von überall herabhingen. Der Himmel auf dem Bild war weiß und voller schwarzer Sternbilder.

Sogar Regyn, die nicht viel bewunderte, hatte die Zeichnung nach ihrer Rückkehr von Dr. Webster als »super« bezeichnet.

»Lauf und zeig das mal deinem Grandpa«, sagte sie, woraufhin der Kleine aus dem Zimmer stürmte, um unterm Gekicher von Mrs. Nelthorpe und Miss Nettleship laut nach seinem Großvater rufend den Flur hinunterzurennen.

Reg schloss die Tür. Sie habe einen Brief bekommen, sagte sie ernst, als sie allein waren. Sie flüsterte und sah ihn mit besorgtem Gesicht und weit aufgerissenen Augen an. Von Ennid.

»Hatte noch nicht die Zeit, ihn zu lesen, aber ... Wusstest du, dass sie verreist ist?«

Schlagartig wurde ihm heiß. Der kalte Schweiß der Überrumpelung brach ihm aus.

»Verreist wohin?«, fragte er möglichst unbeteiligt und blätterte dabei in unsinnigen Papieren, die wie Willies Zeichnung mit Zahlen übersät waren.

»Aufgegeben hat sie ihn in Portsmouth.« Reg zuckte mit den Achseln. »Ich dachte, das interessiert dich – wohl ein Irrtum.«

Sie klopfte sich etwas Unsichtbares von dem Gabardinemantel, den ihr Bakewell von seiner letzten Geschäftsreise mitgebracht hatte, dann öffnete sie die Tür und setzte ihren Hut auf. Es war ein kleiner, grauer, vom Regen dunkel gesprenkelter Hut.

»Umso besser«, sagte sie enttäuscht. »Muss los.«

Aus dem Flur war das glucksende Gelächter des Jungen zu hören, offenbar wurde er von seinem Opa durchgekitzelt.

»William-Merce Bakewell, sofort stehst du vom Boden auf! Dad, du sollst dich schonen! Die Sachen, die der Kleine anhat, Gott, liebe Miss Nettleship, wissen Sie, wie teu...«

Damit ging die Tür zu. Den Rest hatte er nicht gehört. Er hatte sich die Ohren zugehalten und, als erneut Stille eingekehrt war, weiter aus dem Fenster gesehen.

Weder auf der Corn Street noch dem Kingsway sah man einen Menschen, und das Theater war dunkel, obwohl für den Abend eine Aufführung auf dem Programm stand.

Er ging weiter. Aber nichts mehr zog ihn jetzt in seine Zimmer, wo nur die Stille, das Dunkel und Mrs. Splaines Katze ihn erwarteten.

»Was man liebt, versucht dem Betrachter zu entkommen«, sagte Shackleton einmal, das war ihm nie aus dem Kopf gegangen.

Um sich zu erholen, lasse das Auge kurz ab von bewunderten, bewegungslos erscheinenden Gegenständen. Suche es diese von Neuem, finde sie das Auge so verblüffend weit weg, als hätten sie den unbedachten Moment genutzt, um mit einem Satz eine riesige Entfernung zu überwinden... Ob Sir Ernest das angesichts der Shag Rocks oder beim Anblick eines Eisbergs sagte, wusste er nicht mehr.

Der Regen floss wie an schrägen Fäden vom Himmel. Es regnete und regnete, und die Wolken, aus denen es so schüttete, sahen aus, als wären sie immer dieselben.

Ohne zu wissen, worauf, schien alles zu warten und stillzustehen.

Wie Ennid da hatte verreisen können, war ihm ein Rätsel.

Miteinander wirklich zu reden, schon das war eine fast unlösbare Aufgabe. Wie sollte man da erst mit den Dingen ins Gespräch kommen?

In grüblerische Selbstgespräche versunken, lief er kreuz und quer durch die Stadt. Nirgends traf er einen Menschen, mit dem er hätte reden mögen. Stattdessen klapperte er die Orte ab, die er mit Ennid verband, zum Beispiel am Ebbw-Ufer die Bank, auf der sie manchmal mit Mari saß und Fish and Chips aß.

Vielleicht wäre es mutig gewesen, zu ihr zu gehen und es ihr ins Gesicht zu sagen: »Ennid, geh nicht weg.« Besuchte sie jemanden in Portsmouth? Er hatte daran seine Zweifel, bloß ein ungutes Gefühl im Grunde, wahrscheinlich nichts als Verlustangst. Der Gedanke, Newport zu verlassen, war ihm nie gekommen. Wo alles stillstand, war wegzugehen da nicht zwecklos?

Sieben Jahre war es her, dass er im Kontorzimmer seines Vaters, das jetzt seines war, mit ihr geschlafen hatte – wenn man es so nennen konnte.

Es war schnell gegangen.

Sie waren noch halbe Kinder gewesen und hatten sich in den Wochen ihrer Verliebtheit immer wieder auch gestritten wie Kinder.

Er erinnerte sich an ihren Taschenspiegel. Sie hatte sich geschminkt und darin betrachtet. Sie setzte sich auf seinen Schoß und flüsterte ihm ins Ohr: »Ich mag dich wirklich sehr.«

Er spürte ihre Hüften, ihre Beckenknochen, und ihr Kinn war dicht vor seinen Augen. Immer schneller wanderte ihr Gesicht, aus dem der Duft drang wie ein Licht, auf und ab vor seinen Augen, bis es auf einmal stillstand und genau vor seinem ihr Mund aufging.

Leise, dunkel keuchte sie: »Ja!«

Diesen dunklen, warmen Ton hörte er seither in jedem Ja, egal, wer es sagte.

Er spürte, wie sie sich tief im Innern anfühlte, die Hitze, die nicht nach außen drang, die Weichheit, ihren Geruch, etwas Tierisches, zugleich unbedingt Sanftes, nie zu Bändigendes, unfassbar Freies.

Sie hatte aus ihrer Handtasche, die wirklich kaum größer war als eine Hand, ihren Spiegel geholt, ihn fallen lassen, er hatte ihn aufgehoben und ihr gegeben, ein verblüffend winziges Ding, ein lila eingefasstes Spiegelchen. Es schien ihr sehr wichtig zu sein.

Bei diesem einen Mal war es geblieben.

Kein Wort hatten sie je darüber verloren.

Tags darauf ging er an Bord.

Und gleich sein allererstes Schiff, die *John London*, erwies sich als Seelenverkäufer und sank in einem schweren Sturm vor Uruguay. Er war siebzehn, und gerade war der Krieg ausgebrochen, der vier Jahre dauern sollte.

Währenddessen fuhr er an Montevideo vorbei den Rio de la Plata hinauf und freundete sich in Buenos Aires mit dem amerikanischen Matrosen William Bakewell an, der heute sein Schwager war.

Der Krieg kam übers Meer, und so beschloss er, nicht nach Newport zurückzukehren, sondern mit Shackleton auf der *Endurance* in die Antarktis zu fahren. Er stahl sich an Bord, wurde erst auf hoher See entdeckt... Und als er zwei Jahre später heimkam, hatten Wales und die Welt sich verändert, wie er sich verändert hatte. Ennid erkannte ihn nicht mal wieder mit seinem Bart, den er auch selbst nicht leiden konnte, doch der immerhin die Narben des Frosts auf der Elefanteninsel verdeckte.

Sie hatte sich in einen Anderen verliebt – einen Flieger, der seinen Dreidecker nach ihr benannte und mit der *Fliegenden Ennid* abgeschossen wurde. Um ihn vor Mickie Mannocks Schicksal zu bewahren, setzte seine Familie alles daran, dass man den jüngsten Blackboro für untauglich erklärte, und durch Ausdauer und Beziehungen und vielleicht auch, weil er ein Taugenichts, jedenfalls untauglich in vieler Hinsicht war, gelang das schließlich.

So ging er weder nach Merthyr Tydfil in die Fliegerkaserne wie Dafydd, der das Glück hatte, dort bleiben zu können, noch nach Ypern oder Verdun wie Herman, der wie jeder dritte junge Newporter von den Schützengräben auf dem Festland nicht mehr zurückkam.

Drei Jahre lang bildete ihn sein Vater zum Kaufmann aus und machte ihn zu seinem Prokuristen, einem merkwürdigen allerdings, der Zahlen nichts abgewann und auf Rechnungen kryptische Listen kritzelte oder Blumen malte. Nie wieder verspürte er Sehnsucht nach einem Schiff, dem Wind oder der weiten See.

Ihre Väter hatten 40 Jahre lang Geschäfte miteinander gemacht und gemeinsam Schiffe ausgerüstet und eingerichtet, bis Quiltyn Muldoon gestorben war, überraschend für viele, für Ennid jedoch nicht. Ihr Vater sei von der Seuche nur ausgelöscht worden, sagte sie, denn vor lauter Trauer und Trinkerei habe sein Lebenslicht bloß noch sachte geflackert. Er habe an dem Morgen angefangen zu trinken, an dem ihre Mutter nicht mehr aufgewacht war – das einzige Geheimnis, das sie Merce je anvertraute.

Sie sagte: »Ich bin nicht bloß eine Waise, ich bin auch eine Witwe. Ich bin die Witwe von Mickie Mannock, dem Flieger-Ass, auch wenn er keine Zeit hatte, mich zu heiraten, weil die Deutschen schneller waren und ihn vom Himmel geholt haben.«

Sie zog eine Grimasse und versuchte ihre tränennassen Augen zu verbergen.

»Du brauchst dich um mich nicht länger zu bemühen, Merce Blackboro.«

Das sagte sie an einem Sommertag vor gut anderthalb Jahren zu ihm, am 16. Juli 1919 an genau der Stelle, wo er jetzt wieder stand und hinüberblickte zu dem alten, offenbar niederländischen Frachter, der im Dunkel unter der Transporterbrücke lag.

Nur er trieb sich zwischen der Kaimauer und den Speicherhäusern herum. Silbern platterte der Regen in den Usk, ein Geräusch, das eine lückenhafte Empfindung in ihm in Gang setzte. So sehr er sich bemühte, so sehr er es sich wünschte, er erinnerte sich nicht, Ennid je nahegekommen zu sein. Selbst auf dem Lehnstuhl im Kontor seines Vaters, als sie auf seinem Schoß saß und er sich fragte, wie sie so leicht sein konnte, war es ihm vorgekommen, als würde sie unter seinen Lippen zerbröckeln.

Warum konnte er sie da nicht einfach vergessen, so wie man etwas Belangloses oder Beliebiges ohne Scham und schlechtes Gewissen aus dem Gedächtnis strich – einen Mann, der im Bus eingenickt war, ein Kind, das auf einer Mauer saß und etwas aus einer Papiertüte aß, Möwen über dem Ebbw…? Reg hatte recht: Ennid war gefallsüchtig. Sie tat alles, damit man sie nicht vergaß. Manchmal glaubte auch er, dass sie wirklich so herzlos war, wie sie es von sich behauptete.

Im offenen Roadster nahmen die Verehrer ihrer Freundinnen sie zu Pferderennen und Flugschauen mit. Lachend sah sie ihnen bei Twostep und Foxtrott zu. Aber vielleicht machte ihr Bein ihr mehr zu schaffen, als sie zugab, und womöglich erhob sie deshalb eine Vorstellung von Schönheit zum Ideal, der weder sie genügen konnte noch irgendeine andere junge Frau, die sie kannte.

Reg als in alles eingeweihte Freundin hatte ihm nicht ohne Lust an seiner Qual von mindestens drei Bekanntschaften erzählt, die Ennid seit Mickies Tod gehabt habe, allesamt Stutzer aus Swansea oder Cardiff, Fabrikantensöhne, Automobilnarren, Sonnenanbeter, bigotte »freaks«. Jeden habe sie nach ein paar Tagen zum Mond geschossen.

Ennidurance nannte er das Schiff, als es im Packeis eingefroren war.

Was machte sie in Südengland, mitten im Winter? Sie hatte weder Verwandte noch eine Freundin dort. Sie hatte nirgendwo auf der Welt irgendjemanden.

Oder hatte sie jemanden kennengelernt?

Wer lebte in Portsmouth? Entweder holte man in Portsmouth jemanden von einem Überseedampfer ab, oder man ging dort selbst an Bord.

»Du brauchst dich um mich nicht länger zu bemühen, Merce Blackboro.«

»Und wenn ich es trotzdem tue?«

»Wirst du nicht«, hatte sie gesagt und war gegangen, ohne sich anzustrengen, ihr Hinken zu verbergen, und ohne sich noch einmal umzudrehen.

5

BEGEHREN, WOZU?

Unter ihrem Regenschirm stieg sie vorsichtig die kleine Gangway herunter, denn sie hatte, erst jetzt fiel es ihm auf, viel zu hohe Absätze für dieses abscheuliche Wetter. Den rosaroten Wollmantel hatte sie wieder übergezogen, aber nicht zuknöpft, weshalb sie ihn mit einer Faust über der Brust zusammenhielt. Mehrmals, als sie so die Stufen herab- und auf ihn zukam, ohne die Flugplatzlimousine, in der er saß, eines Blickes zu würdigen, wandte sie sich zum Einstieg des Harper-Vogels um, und kaum hatte sie den schlammigen Rasen am Fuß des Treppchens erreicht, erschienen in der Luke der Bubi von Pilot und hinter ihm Bryn.

Er beobachtete die Szene durch das hintere Seitenfenster des Wagens. Ein absurder Zirkus war das alles. Quecksilberartig rann das Regenwasser an dem Fenster herab, und von seinem Atem und dem des Fahrers beschlugen allmählich die Scheiben, allerdings konnte er sehen, wie sich der Junge dort oben ein Käppi aufsetzte und wie Bryn über die Schulter des Piloten hinweg – er war einen guten Kopf größer – in den Himmel blickte.

Miss Mari Simms blieb stehen ... Er betrachtete ihre Beine und ihren Hintern, die nicht anders konnten, als sich unter dem rosa Textil abzuzeichnen. Sie unterhielt sich mit den beiden, die oben in dem silbern umfassten Einstieg gestikulierten und scherzten, er hörte nicht, worüber sie sich zum Abschied unterhielten – Wales? Den Regen? Den Flug? Ihn? Keine drei Schritte entfernt war ihr Mantelrücken, der sich trotz des aufgespannten Schirms langsam dunkel färbte.

»Starten Sie die Schüssel«, sagte er zu dem Chauffeur mit dem ausrasierten Nacken. »Und verraten Sie mir, wie ich das Fenster nach unten bekomme. Ich sehe keine Kurbel.«

»Sie ist versteckt, in dem Griff gleich neben Ihnen«, antwortete der Fahrer. »Klappen Sie den Griff auf. Dann kräftig kurbeln, Sir!« Er hatte einen gurgeligen Akzent.

Da war die Kurbel. Er kurbelte, und langsam glitt die Scheibe nach unten. Regen kam herein. Durch die silbernen Fäden hindurch sah er zwar Bryn und den Piloten noch immer in der Flugzeugtür stehen und winken, Mari Simms aber war nicht mehr da.

»Wo ist sie hin?«

Der Motor sprang an. Der Wagen setzte sich in Bewegung.

»Warten Sie, zum Henker! Fahren Sie, wenn ich es sage!«

Den Kopf hinausgesteckt, sah er sie davongehen. Hin und wieder legte sie einen Tänzelschritt ein und drehte sich dann, lächelnd und winkend, zu Bryn und dem Jungen um.

»Ich schicke dir ein Taxi!«, rief er zu Meeks hinauf. »Wir treffen uns in zwei Stunden am Bahnhof! Und sprich mit dem Reporter von diesem Käseblatt! Sag ihm ... gar nichts! Okay?«

Der Junge sah Bryn an, Bryn sah den Flieger an. Sie hätten Vater und Sohn sein können, so wie ihnen derselbe hilflose Ausdruck im Gesicht stand. Endlich nickte Meeks.

Robey hob die Hand zum Gruß, bevor er von Neuem kurbelte und die Scheibe sich schloss.

Hand, Manschette und Ärmel waren nass, eiskalt. Er fror, und ein Gefühl von Verzweiflung regte sich in ihm. Barsch schüttelte er es ab.

Was sollte er mit Miss Simms anstellen? Mit ihr essen gehen, ihr erklären, unter welchem Druck er stand, sie nach ihrem Alltag, ihrem Leben fragen, sie nach Haus fahren, sich entschuldigen, sie um der Trophäe ihres Dufts willen zum Abschied küssen und sie einladen – er würde für alles aufkommen: die Bahnfahrt, die Schiffsreise, den Lohnausfall –, zu ihm nach Ventura zu kommen, für zwei, drei Wochen … Zu welchem Zweck?

Zwei Stunden Begehren lagen vor ihnen, genauso aber bereits hinter ihnen, neu, schön, schal, fad, neulich, kürzlich, heute, grade, gleich, später, morgen, nächsten Monat, nächsten Herbst. Bah. Es war alles schon geschehen. Wo war der Ausweg? In der Wiederholung? Trugschluss aller Don Juan-Dilettanten. Die Frau, die sein Dilemma verstand, war anscheinend noch nicht geboren. Aber konnte sie nicht bitte allmählich zur Welt kommen?

»Wird er schon schaffen, ist ein zäher Bursche. Mein bester Mann«, sagte er zu dem Chauffeur, der ihn konsterniert im Rückspiegel ansah. »Und jetzt sehen Sie bitte nach vorn. Dort spielt die Musik, und deshalb fahren Sie mich jetzt in die Musik hinein! Umdrehen. Wenden Sie! Die Kutsche hat doch eine Lenkung, ja? Dann los. Dort vorn im Matsch die junge Lady ganz in Rosa, sammeln Sie sie ein, bevor sie sich den Tod holt. Sie kennen sie?«

»Miss Simms? Natürlich kenne ich sie, Sir.«

»Reden Sie mit ihr. Ich möchte, dass sie mitfährt. Überzeugen Sie sie, einzusteigen. Auf mich würde sie nicht hören. Ich gebe Ihnen ... drei Gehälter. Wie viel verdienen Sie? Ich habe nur Dollar, mein Freund.«

»Nein, Sir. Das kann ich nicht an...«

»Hier. Nehmen Sie. Nehmen Sie!« Er warf die Scheine nach vorn, einen, zwei, drei mit Ulysses S. Grants Konterfei darauf. Jeder sah gleich aus.

6

POST AUS PORTSMOUTH

Der junge Mann stand draußen vorm Fenster und winkte, und sie in ihrem Abteil winkte zurück, fröhlich, ausgelassen, sooo nervös, sooo aufgeregt… bis der Qualm der Lokomotive den Mann einhüllte und auflöste zu einem Schemen mit Bärtchen, Hut und patschnassem Staubmantel.

Sie guckte kurz in ihren lila Taschenspiegel, und die Vorstellung, dass sie die Nacht mit diesem Fremden verbracht hatte, erschien ihr beim Anblick ihres verquollenen Gesichts noch unwirklicher. Zu Hilfe, lieber Herr Jesus!

Sie musste an die Szene denken, in der Graf Wronski mitten im Schneetreiben auf einem Dorfbahnhof Anna Karenina zum ersten Mal seine Liebe gesteht. Mit einem Mal aber setzte sich ihr Zug in Bewegung, es gab kein Zurück mehr, und kaum lag die Bahnsteighalle hinter ihr, hatte sie den Winkenden vergessen. Sie war furchtbar. Dachte nur an sich selbst. Auf der Fahrt mit seinem Wagen zum Bahnhof hatte ihr plötzlich sein Name nicht mehr einfallen wollen – etwas, das Anna Karenina mit Alexej Wronski niemals passiert wäre. Unendlich peinlich.

»Schrecklich aber was soll man machen«, schrieb sie in der Interpunktion ihres Herzens und mit ihrer kindlichen Handschrift voller Kreise und Schwünge. »Das Verdeck der blöden Kiste ging nicht zu. Der Regen kam rein u. ich wurde nass u. immer tätschelte er an mir rum. Du hast so schöne Knie. Pfff! Dabei war ich die Sorge selber. Ob ich es pünktlich zum Zug schaffe. Ich glaube dass er O'Neill heißt – Phil – O'Neil oder O'Neary – aber sicher liebste Freundin bin ich mir nicht u. es ist auch absolut ega-hahal. Wenn du ihn triffst lauf bitte schnell weg.«

Sie musste lachen, als sie das schrieb.

Der Zug folgte eine ganze Weile dem Ufer des Severn nach Nordosten, bevor er bei Lydney auf der Eisenbahnbrücke über den Fluss hinüber nach Sharpness und hinein nach England fuhr. Schon nach einer knappen Stunde lag Wales hinter ihr, und auch wenn der Regen nicht nachließ, war sie froh (sie machte die Augen weit auf), Gloucestershire wiederzusehen, wo sie als Mädchen im Sommer bei Freunden ihrer Eltern gewesen war.

Sie aß ihr Lunchpaket, als der Zug in Bristol haltmachte, und sie versuchte ein bisschen zu schlafen zwischen Bath und Warminster, als sie keine Lust mehr hatte, sich mit einer jungen Mutter im Abteil über deren Rotznasen und Quengelbälger zu unterhalten, als gäbe es keine anderen Menschen auf der Welt, nur Kinder und Mütter. In Salisbury stieg die fünfköpfige Meute unter großem Geplärre aus, und sie blieb bis Southampton allein in dem Abteil und las und weinte abwechselnd in der Stille.

»Ich war nicht traurig wegzugehen aus Newp.«, schrieb sie in dem Brief an Regyn. »Hab geheult wie ein Schlosshund weil es schön war South. zu sehen. Als junge Leute hat er immer gesagt war mein Dad mit meiner Mom dort. Sie sahen sich die großen Dampfer an mit ihren Speisesälen u. Swimmingpools u. Promenadendecks. U. jetzt war ich selber dort u. fuhr bald übers Meer!«

Es war bereits dunkel, als sie in Portsmouth ankam. Sie schrieb von dem Gewimmel im Hafenbahnhof. Schottische, irische, englische und walisische Männer jeden Alters riefen wild durcheinander und häuften Hügellandschaften aus Überseekoffern auf den Bahnsteigen an, während die Frauen ihre Kinder oder Enkel zusammenzuhalten versuchten und den Nächstbesten ankeiften, wenn ein Gepäckstück fehlte.

Sie reiste mit einem großen, ganz neuen Koffer und zwei Taschen. In Newport hatte sie einem Schaffner eine Crown gegeben, damit er bis Portsmouth ein Auge auf ihre Sachen hatte, und tatsächlich erinnerte sich der Mann an sie, er lächelte freundlich, als er sie erkannte, weil sie das Bein leicht nachzog. Sie sah das einem Blick gleich an. Er pfiff einen Träger herbei, einen Jungen, der ihr Gepäck in die Halle schleppte (wie eine Ameise). »Ma'am« sagte er zu ihr, deswegen gab sie auch ihm eine Halfcrown.

Sie hätte genug Geld gehabt, um sich in der Stadt bis zum Vormittag, wenn ihr Schiff abfuhr, ein Zimmer zu nehmen, aber dazu war sie viel zu aufgeregt. Diese Erregung wollte sie auskosten und so lange wie möglich unter all diesen Leuten bleiben, von denen sie keinen kannte und die doch alle dasselbe Ziel hatten.

Deshalb wartete sie in der Abfertigungshalle, bis ein Platz auf einer Bank frei war, und holte ihren Koffer und die Taschen nach. Sie legte sich ein Wolltuch um, das ihrer Mutter gehört hatte, wartete, bis die Wärme sie durchdrang, dann las sie ein paar Seiten, und obwohl ihr schwindelig vor Müdigkeit war, genoss sie jede Minute, in der sie sich zugleich ausmalte, was vor ihr lag und was Anna Karenina erlebte.

Viele in der großen Halle ganz aus Stahl und Glas schliefen schon, als ein Gentleman (wie sie zuerst dachte, weil er silbernes Haar hatte und einen Kamelhaarmantel trug) sich zu ihr setzte.

»Na, Miss, wo wächst so eine hübsche Blume?«, fragte er, und sie hörte und roch sofort, dass er getrunken hatte. Ihr Vater hatte so gerochen, wenn er trank, erst Bier, dann Gin, »Bier für den Pegel, Schnaps für die Segel«.

»Weg«, antwortete sie, und es blieb das Einzige, was sie zu dem lallenden und stinkenden Mann sagte, bis der sich seufzend endlich erhob und trollte, weil ihn ein Familienvater auf der Bank gegenüber fixierte und sich dabei räusperte. Der Kamelhaarmann verschwand, er ging auf die Suche nach einer Anderen.

»Armes Ding«, maulte er noch und lachte.

Sie befragte ihren Spiegel. Sie begutachtete ihren Hals, an ihrer Wange vier Sommersprossen und das runde, nicht sehr eng anliegende, etwas kleinere rechte Ohr, das sie nicht mochte.

Auch ein paar Kinder waren noch wach, und die kannten kein Erbarmen. Wie die Spatzen jagten sie durch die Halle. Mitleidlos kletterten sie auf ihren schlafenden Eltern und Geschwistern herum. Sie schienen eine nie versiegende Energiequelle anzapfen zu können. Wie weit es war über das Meer, wollten sie von mühsam wach gerüttelten Erwachsenen wissen. Wie lange dauerte es bis Amerika, wie hoch waren diese am Himmel kratzenden Häuser in New York? Und gab es wirklich noch Indianer dort, die mit Pfeilen schossen? Schossen die auch auf die Pferdetrambahnen und die Leute darin?

»Fährst du mit?«, wurde sie von einem kleinen Mädchen gefragt, das auf einmal vor ihr stand, als wäre es aus dem

Fußboden in die Höhe gewachsen. Es hatte blonde, verfilzte Zöpfe, die sich halb gelöst hatten, Sommersprossen, obwohl es noch halb Winter war, »u. es trug einen Mantel grau wie eine Maus«, schrieb sie. »Beinchen guckten aus dem Mantel hervor die in genauso grauen Kniestrümpfen steckten.«

»Geh zurück zu deiner Mutter«, sagte sie tonlos, und dass sie lesen wolle und dann schlafen, auch wenn das nicht stimmte. Keine Sekunde lang würde sie in dieser zugigen Halle voller wildfremder Menschen die Augen zumachen.

Das kleine Mädchen rührte sich nicht. Als wäre es taub, blieb es vor ihr stehen und sah sie mit großen, leuchtend grünen Augen an.

»Kusch!«, machte Ennid. »Hörst du nicht?«

Sie sah sich nach Leuten um, zu denen das graue Geschöpf gehören konnte. Weil sie aber niemanden entdeckte, der das Kind zu vermissen schien, legte sie den Roman beiseite, knipste ihre Handtasche auf und gab sich beschäftigt.

»Was suchst du da drin?«, fragte das Mädchen.

Da sagte der Mann gegenüber, der sich geräuspert und damit den Widerling vertrieben hatte, schläfrig, gedehnt, aber nicht unsanft: »Bixby, lass die Frau.«

Das Mädchen knurrte wie ein merkwürdiges Tier, von dem man so ein Geräusch noch nie gehört hatte. Das Knurren klang nicht bedrohlich, eher enttäuscht – als hätte ihm sein Vater die schon sicher geglaubte Beute weggeschnappt.

»Sweetie, komm her, setz dich hin.«

Sie wandte ihm das Gesicht zu, sah erneut Ennid an und tigerte schließlich hinüber, wo sie sich an die Schulter ihrer Mutter schmiegte. »Noch lange durchbohrte mich die Kleine mit Blicken«, schrieb sie Regyn. »Du glaubst ja nicht was für Augen sie hatte. Man konnte da nicht lange hingucken ...«

Aus Langeweile legte sie Lippenstift auf und untersuchte ihr Gesicht in dem Taschenspiegel. Sie dachte an ihre Mutter. Sie dachte, dass Bixby ein komischer Name für so ein kleines Mädchen war, aber dann vergaß sie das Kind wieder.

Zweimal erfüllte Lärm die Abfertigungshalle. Die Türen flogen auf, und herein strömten erst Dutzende, schließlich Hunderte anderer fremder Leute und rissen alle aus dem Schlaf. Die Neuankömmlinge quetschten sich in die Lücken auf den Bänken. Wer keinen Platz mehr ergattern konnte, errichtete für ein paar Stunden sein Lager zwischen herbeigezerrten Koffern auf dem Zementboden. Aus der Nachbarhalle war das Zischen und Keuchen der Lokomotiven zu hören, die lauter vollbesetzte, vollgestopfte Waggons durch die Nacht bis nach Portsmouth gezogen hatten, Männer, Frauen, Alte und Kinder, »alle grau wie Nagetiere vor denen es mir grauste«, schrieb sie. »Am liebsten wäre ich davongelaufen weil ich nicht sein wollte wie die.«

Dann sagte sie sich, dass sie anders war. Ein ganzes Leben lag hinter ihr, aber es lag auch ein neues vor ihr. Sie war jung. Sie war belesen. Und trotz ihrer Beinschiene war sie reizend und begehrenswert. Jeder Mann in der Halle, der allein war, hätte sie gern gefragt, wie sie hieß und wohin sie wollte in Amerika, und dabei wie der Mann mit dem Kamelhaarmantel auf ihre Lippen gestarrt.

Sie hieß Ennid Anjelica Muldoon, sie war die Tochter und die Erbin des ältesten Schiffsausrüsters von Südwales. »Casnewydd« hieß Newport auf Walisisch, und genau das – *Casnewydd* – war auf dem Heckspiegel des 80-Kanonen-Batterieschiffes zu lesen, das ihr Urgroßvater im Jahr 1773 ausgerüstet hatte. Vielleicht war sie jetzt eine Waise, ein armes Ding war sie jedenfalls nicht. Sie brauchte keinen, der ihr eine leuchtende Zukunft versprach. Weil sie fast zehn Jahre lang an der Seite ihres Vaters alles gelernt und weil ihre Eltern für sie vorgesorgt hatten, besaß sie genug Geld, um sich aus eigener Kraft auch in der Fremde ein neues Leben aufzubauen. Sie würde genau das in Amerika versuchen, zumindest bis sie ihren Kummer vergessen und die Trauer über Mickies Tod und den Tod ihrer Eltern verwunden hatte.

Kaum war die Halle wieder zur Ruhe gekommen – und auch das mausgraue Mädchen endlich eingeschlafen –, nahm sie Papier und Federhalter aus der Tasche und fing an zu schreiben.

»Meine liebe brave herzensgute Regyn! Stell dir vor was ich vorhab«, schrieb sie hastig, mit einem Mal erfüllt von Panik, nicht rechtzeitig fertig zu sein, um den Brief einem Schaffner, einem Matrosen oder wem immer geben zu können, der ihn abschickte nach Casnewydd, nach Newport. »Ich habs wahrgemacht u. sitze tatsächlich umzingelt von lauter schnarchenden Fremden im Einschiffungsbahnhof von Portsmouth. In ein paar Stunden legt mein Dampfer ab nach Amerika u. ob ich je zurück komme weiß ich nicht. Oder doch: zu Besuch u. um vor euch anzugeben – mit Nerz, an den Händen 2 Kinder (mindestens) u. hinter mir meinen Gatten der die Koffer trägt! U. den ich hoffentlich wenigstens ein bisschen so liebhabe wie Mickie …«

7

TRIBUNAL

Sein Bruder war vielleicht acht gewesen und er sechs, als einen ganzen Sommer lang vom Vertiko ihrer Mutter Woche für Woche immer zwei Apfelsinen verschwanden. Zwei neue wurden dazugelegt, doch schon wenige Tage später fehlten erneut zwei.

Gwendolyn Blackboros auch damals schon betagte Zugehfrau Miss Ings, die zweimal die Woche kam, wusste von nichts, stritt jede Beteiligung ab und bezichtigte stattdessen die beiden Jungs. Dafydd und Merce hielten zunächst zusammen, verdächtigten einander dann gegenseitig, und Regyn gab sich empört – bekam Schnappatmung und rannte aus dem Zimmer –, als ihr Vater sie fragte, ihr nachrief, ob sie, unter Umständen, »nun sag schon, sweetheart, hast du, ich meine, rein zufäll...«

Aber der Apfelsinendieb konnte nicht ermittelt werden. Keiner wollte es gewesen sein, und was das Seltsamste war: Weder das Wegschließen des Obstes im Schrank noch das Verschließen, ja Verbarrikadieren des Esszimmers verhinderte die Fortsetzung des Mundraubs. Spurlos lösten sich Südfrüchte im Haus Blackboro in Luft auf, und nie, niemals wurde auch nur ein Fitzelchen Schale gefunden.

Das Apfelsinenmysterium hatte das erste Familiengericht nach sich gezogen, ein Tribunal, das zwar keinen Täter überführte, das jedoch seither mit schöner Regelmäßigkeit im

Esszimmer zusammentrat, sobald es im Haus Unstimmigkeiten gab. Der Räuber gab sich zwar nie zu erkennen, aber alle wussten, dass er – oder sie! – einer – oder eine! – von ihnen sein musste, verschwand doch seit Einsetzung des Tribunals keine einzige von Argusaugen bewachte Apfelsine mehr aus der blauen Schale auf dem Früchte vertilgenden Vertiko.

Reg hatte Herman noch nicht gekannt, 16 war sie gewesen, als ihr Vater sie in der Florentine Road in flagranti dabei ertappte, wie sie sich am helllichten Tag von einem Fremden auf den Mund (sie sagte: Mundwinkel) küssen ließ – in der zugeknöpften Zeit vor dem Krieg nicht bloß unschicklich, sondern eine absolute Unmöglichkeit.

Der Fremde, stellte sich heraus, war ein Matrose (»immerhin«), war weder Waliser noch (»lobet den Herrn!«) Engländer. Er verschwand wieder, wie er gekommen war, nahm seine Herkunft und seinen Namen mit, und doch brauchte Regyn zwei volle Jahre, um ihn zu vergessen.

Sie hatte ihn nie wiedergesehen.

Im selben Sommer – dem »Sommer des Kusses in der Florentine Road« – brannten Dafydd und Merce von zu Hause durch. Sie liefen auf den Gleisen fast bis Lydney, sprangen mehrfach erst beiseite, kurz bevor die Lok vorbeiraste, und schliefen in einer aufgegebenen Weichenstellerbaracke. Nach zwei Tagen kamen sie spät am Abend zerschunden zurück nach Pillgwenlly, wo unverzüglich das Gericht zusammentrat. Nie wieder schmeckte Merce ein Abendbrot so köstlich wie die Henkersmahlzeit, die Miss Ings damals Dafydd und ihm auftischte.

Seit den Apfelsinen war die Rolle des Richters in Familienauseinandersetzungen stets seiner Mutter zugefallen. Gwen

Blackboro lagen selbstherrliche Urteile fern, nach ihrer Überzeugung bestrafte einen Missetäter das Leben. Jedoch musste den Kindern auf deren verblendeter Suche nach dem richtigen Weg geholfen werden. Ob es um das Durchbrennen ihrer Söhne ging, deren gedankenloses Katz-und-Maus-Spiel mit herandonnernden Lokomotiven oder, kaum weniger gravierend, einen Kuss ihrer halbwüchsigen Tochter vor aller Welt Augen – in einem Gewirr aus in die Irre führenden Wegen mussten die Kinder den einen, zwar steinigen, aber einzig richtigen Weg finden, den keiner kannte außer der liebe Herrgott und, zum Glück, sie, ihre selbstlose Mutter.

Anschuldigungen führten in ihren Augen zu gar nichts. Das sah ihre Tochter, inzwischen selbst Mutter, anders. Regyn deutete das Verhalten ihres kleinen Bruders nach dem neuesten, im *Tatler* ja breit diskutierten Trend psychologisch, sie sah darin eine verirrte Selbstverliebtheit, eine »narzisstische, selbstzerstörerische Manie«. Den Namen der Person, die ihr Bruder irrigerweise anhimmelte, den Namen ihrer Freundin nahm sie nicht in den Mund.

Dafydd dagegen sah seinen Bruder vor allem als Opfer. Er jage einem hinkenden Phantom nach, das nach Amerika ausgewandert sei, hoffentlich für immer.

»Merce!«, schien Dafydd zu rufen, »Bruderherz, komm zu dir ... komm zurück auf den Boden der Tatsachen!«

Die Ankläger, die die Höchststrafe für Merce Blackboro forderten (Herzausreißen), waren also seine älteren Geschwister, ein Duo, gegen das der Pflichtverteidiger des Delinquenten, ein erschöpfter, gütiger Herr (Dad), nur dann etwas auszurichten in der Lage war, wenn er trickreich vorging.

25 Jahre lang waren Bruder und Schwester des Angeklagten so gut wie nie einer Meinung gewesen. Sobald es aber um

diese Person ging, hatten Dafydd und Regyn alle ihre Differenzen vergessen und stimmten sogar darin überein, dass in all den Jahren seit den gemeinsam in der Kinderbadewanne verbrachten Abenden sie stets nur entzweit worden waren durch diese eine Person, diese nichtsnutzige, anmaßende, verlogene, verschlagene, diese sich immerzu für etwas Besseres haltende Ennid Muldoon.

Alle Hoffnungen des Beklagten ruhten auf dem Seelengutachter in dem Verfahren, William Lincoln Bakewell, der nicht nur sein Schiffskamerad, Freund, Schwager und ein großer Liebender war, sondern zudem US-Amerikaner: Bakie stammte zwar nicht aus New York, wo ja die allermeisten Auswanderer anlandeten, immerhin aber kam er aus Joliet, Illinois, war er von dort auch schon mit elf abgehauen.

Bakewell verstand sich als Exil-Amerikaner. Fünfzehn Jahre lang war er zur See gefahren, in dieser Zeit hatte er sich als Meeresbewohner gesehen, und die Liebe hatte ihn nach Südwales verschlagen, seither war seine Heimat Regyns Herz.

Fragte man Bakie, woher sein Akzent kam – Belfast? Derry? Sligo? –, so sagte er bloß: »Bin Yankee.«

Das Tribunal trat im Esszimmer zusammen, am Abend des 27. Februar 1921, desselben Sonntags, an dem am Morgen im Anschluss an das traditionelle Familienfrühstück Merce dabei erwischt worden war, wie er im Zimmer seiner Schwester einen an sie gerichteten Brief nicht nur gelesen, sondern (es gab Spuren) Tränen darüber vergossen hatte.

Das war das Delikt.

Doch die Anklage war eine viel umfassendere.

Aus Mangel an Blackboro-Nachwuchs gab es nur die

Hälfte der üblichen zwölf Geschworenen. Willie-Merce wurde für zu jung befunden und ins Bett geschickt (wo man ihn nach Mitternacht am Fußende fand, selig schnarchend zusammengesunken über lauter Bauklötzen). Die sechs Wachgebliebenen hatten zu entscheiden, was geschehen sollte. War Merce überhaupt zurechnungsfähig?

Um die ovale Mahagonitafel versammelten sich dieselben, die auch als Richterin, als Anklägerin und Ankläger, als Verteidiger und als Gutachter fungierten. In Emyr und Gwen Blackboros Haus in Pillgwenlly ging es gerecht zu, deshalb erhielt auch der Beschuldigte ein Stimmrecht. Man setzte ihn zwischen Mutter und Schwester, vor der das Beweisstück und dessen Kuvert lagen. Unbeteiligt blickte er zur Decke, ins Gefunkel des Kronleuchters dort, den er schon als Junge jedem Sternbild vorgezogen hatte, und lauschte der Stimme seiner Mutter, als sie begann, Ennids Brief vorzulesen: »Meine liebe brave herzensgute Regyn ...«

Sie sah Reg an. »Sag mal, sie hat eine ziemlich eigensinnige Zeichensetzung, oder?«

Aber seine Schwester ließ sich jetzt nicht mehr bremsen.

»Es geht nicht darum, dass du ohne meine Erlaubnis einen Brief liest, den sie mir geschrieben hat, nicht dir!« Mit zwei spitzen Fingern zog sie ihrer Mutter den Brief aus der Hand und schob ihn in die Tischmitte. »Ich hätte ihn dir sowieso gezeigt!«

»Hättest du? Wieso?«, fragte ihr Vater mit in die Stirn gezogenen Brauen.

»Weil ich Merce von dem Brief schon erzählt habe. Und weil der Brief deutlich macht, was wir alle seit Jahren wissen, nur mein Bruder nicht wahrhaben will.«

Mit kleinen, geröteten Augen, weil er auch sonntags in seiner Werkstatt arbeitete, sagte Dafydd: »Diese Frau empfindet nichts für dich. Regyn hat recht.« Er gähnte. »Wir wollen, dass du dich nicht unnötig unglücklich machst.«

Konnte man anders als unnötig unglücklich sein?

»Bist du unglücklich?«, wurde er von seiner Mutter gefragt. Sie trug ihr dunkelblaues Sonntagskleid mit den großen weißen Blüten, die ihm schon immer gespenstisch vorgekommen waren, dazu um die Schultern eine Stola, die er ihr geschenkt hatte, zu einem lange vergangenen Weihnachtsfest. Es war ihr ernst mit der Frage, geduldig wartete sie auf seine Antwort.

Er saß da, mit weit geöffneten Augen, den Rücken durchgedrückt, die Hände im Schoß, und erwiderte nichts. Hinter sich hörte er den Regen an die Fensterscheiben schaben. Er rechnete nach, wie lange sie weg war, überlegte, wie viele Tage der Dampfer bis New York benötigte und ob er vor der Überfahrt wohl noch einen europäischen, vielleicht sogar weiteren britischen oder irischen Hafen anlief.

Die dicke Wochenendausgabe des *South Wales Echo*, die Dafydd mitgebracht hatte, lag auf dem Tisch. Er versuchte, unter »Vermischte Meldungen« zu lesen, was in der Rubrik über Ennid berichtet wurde, aber es gelang ihm nicht. Die Schrift der Klatschspalte war zu klein, als dass er sie verkehrt herum hätte entziffern können.

»Ich bin ja nur eine dumme Kuh und kenne mich nicht aus«, sagte Regyn und blies demonstrativ Luft aus. »Aber nach dem zu urteilen, was ich über Leute wie dich gehört habe, solltest du vielleicht überlegen, dich behandeln zu …«

»Papp, papp, papp«, unterbrach sie ihre Mutter. »Kannst du dich erinnern, dass einer dich aufgefordert hat, Dr. Webster oder einen von diesen neumodischen Seelenfritzen aufzusuchen, als du uns zwei Jahre lang Abend für Abend diese Tischplatte vollgeweint hast? Ich glaube nicht, Schatz.«

»Mein Mann ist in den Krieg gezogen, und er ist nicht wiedergekommen, Mom, ich hatte ein Baby von ihm zur Welt gebracht und war allein damit.«

»Alle hier wissen wir, wie sehr Hermans Verlust dir zugesetzt hat«, erwiderte Gwen Blackboro ruhig, mit verständnisheischendem Blick hinüber zu Bakewell. »Aber du warst nie mit Willie-Merce allein, zu keiner Stunde, und genau das, Herzchen, ist der Punkt. Ebenso wenig wird euer Bruder alleingelassen, wenn er Kummer hat. Und eine unglückliche Liebe bedeutet Kummer. Ich jedenfalls lasse es nicht zu, dass mein Sohn zu einem pathologischen Fall erklärt wird. Euer Vater und ich waren und sind hier einer Meinung. Daran wird sich nichts ändern. Mr. Blackboro?«

Alle Blicke, auch die des Beklagten, hoben sich, denn plötzlich war sich jeder des Ernstes der Lage bewusst. Nur in wirklich gravierenden Fällen griff Gwen Blackboro zur formellen Anrede ihres Gatten. Das kam höchstens einmal in zwei Jahren vor. Die Blicke wanderten hinüber, gespannt auf Mr. Blackboros Reaktion.

»Absolut«, sagte er und strich sich ein weißes Haarbüschel glatt, das ihm schon den ganzen Morgen vom Kopf abstand. Die Geste verlieh ihm etwas erstaunlich Würdevolles. Für Sekunden wirkte er wie ein greiser, weiser Monarch.

Kurz darauf wechselte er die Rolle, was aber kaum auffiel. Beide von ihm verkörperten Funktionen, die des Verteidigers seines Jüngsten und die des Gatten der Richterin, nahm er gleich ernst. Er knetete seine Hände. Er war ein Mann der Tat, und Worte waren in seinen Augen keine Taten, so wenig wie sie aus Holz waren. Außerdem war es Zeit für seinen

Abendbrandy, aber der rückte, so wie die Dinge lagen, eher in die Ferne, als dass er näher kam.

»Absolut, absolut«, wiederholte er. Merce sah kurz in das schöne Gesicht seines Vaters, durch das inzwischen tiefe Falten liefen. Es sah aus wie die lebende und sich bewegende Landkarte seines Reiches.

Angesichts dieser bedingungslosen Zustimmung ergriff Dafydd das Wort, und der Tonfall seines Bruders, mit dem der anhob und »Es ist nur so« sagte, verriet allen, dass es nun um die Arbeit, das Kontor, die Firma, das Auskommen der Familie und ihrer folgenden Generationen ging. Ab und zu warf Merce einen Blick hinüber, während sein Bruder redete, und betrachtete dessen große Nase mit dem feinen Kranz aus geplatzten Äderchen auf dem Rücken, die Stirn, wo das Haar licht, und die Augenwinkel, wo die Krähenfüße Jahr für Jahr deutlicher wurden.

Sein Bruder wäre gern Flieger geworden, hatte aber stattdessen die Maschinen von Flieger-Assen mit Maschinengewehren bestückt. Nach dem Krieg hätte er gern Automobile konstruiert und gebaut. Dafydd hatte auf Basis eines Vauxhall Prince Henry Torpedos einen Blackboro No. 1 mit seitengesteuerter Vierzylinder-Reihenmaschine entworfen, doch zur Umsetzung seiner Entwürfe war es nie gekommen, und keiner verstand recht, weshalb. Er hatte Mädchen gehabt, gar nicht wenige, aber nie eine feste Freundin oder gar Verlobte. Was in Dafydd Blackboro vor sich ging, wusste niemand in Südwales, niemand in Newport und keiner in der Familie, auch ihre Mutter nicht, am wenigsten aber sein kleiner Bruder.

»Es ist nur so, dass hier nicht die Antarktis ist«, begann er also.« »Kein Shackleton und kein Tom Crean wird mit einem umgebauten Beiboot übers Meer gesegelt kommen und uns retten. Für unser Wohl, unser Essen und ein Dach überm Kopf müssen wir selbst sorgen, und, Dad, bei aller Liebe, wir sollten alles dafür tun, dass die Firma überleben kann.«

Reg pflichtete ihm bei: »Das meinte ich. Wie soll Merce in ein paar Jahren das Ruder übernehmen, wenn ihn niemand aus diesem Loch holt?«

»Weshalb, was meinst du, Herzchen, sitzen wir hier zusammen?«, fragte ihre Mutter.

Herzchen habe keinen blassen Schimmer, erwiderte Regyn.

»Sag du's mir, Mom!«

Einige Sekunden lang blickten sich die Frauen über den Mahagoniglanz hinweg an. Keine der beiden sagte etwas, und in dem betretenen Schweigen, das zwischen Eskalation und Versöhnlichkeit entschied, fiel Merce unvermittelt etwas ein, an das er lange nicht mehr gedacht hatte: Berge in der Küche. Wenn früher Gäste zum Essen da waren und Dafydd, Reg und er noch Hunger hatten, sagte ihre Mutter entweder »In der Küche ist noch jede Menge«, was bedeutete, dass erst die Tischgäste gefragt wurden, ob sie einen Nachschlag wollten, denn es war nicht genug für sie und die Kinder da, oder aber sie sagte freudig: »In der Küche gibt es Berge, holt euch, Kinder. Es gibt Berge!«

Ihr Vater sagte in die Stille: »Nicht noch mehr Streit, bitte. Seid friedlich. Es ist Sonntag, auch für Mom und mich. Gwenny?«

Ihre Mutter nickte.

»Reg-Schatz?«

Regyn blickte indigniert, aber kaum merklich nickte sie.

Und Dafydd sagte: »So ist es im richtigen Leben. Nicht die Eisberge sind das Problem.«

Endlich meldete sich Bakie: »Eisberge sind auch in der Antarktis nicht das Problem.« Er sah Dafydd an. Und so, als wäre er allein mit ihm, erläuterte er ruhig: »Sie treiben. Sie ziehen durchs Wasser. Sie lösen sich auf. Manchmal dauert das Jahre. Einige sind größer als Cardiff, größer als Chicago. Solange ihnen ein Schiff nicht zu nahe kommt, sind sie ungefährlich. Gefährlich im Eis sind der Wind, weil er so schwankt, die Temperatur, die bis auf minus 80 Grad sinken kann, und die Dunkelheit, die monatelange Nacht, Dafydd. Gefährlich ist eigentlich kein Ausdruck dafür. Denn falls man ihnen entkommt – dem Wind, der Kälte und dem Dunkel –, falls sie einen am Leben lassen, vergisst man sie nicht mehr. Man hat sie dann in sich und trägt sie mit sich rum, so lange man es aushält.«

Dafydd behielt seinen Schwager fest im Blick, während der erzählte, er hörte Bakie zu, und dabei erschien an seiner Schläfe eine dicke blaue Ader, die seine Erregtheit verriet.

Aber er erwiderte nichts.

»Diese Höllenfahrt, von der Merce und du zum Glück heimgekehrt seid, liegt lange zurück«, sagte stattdessen ihre Mutter.

Ihr warmer Blick ruhte auf ihm, doch sie unterhielt sich dabei weiter mit Bakewell, der am anderen Tischende saß und nun seinerseits nickte.

»Juli '16. Bald sind es fünf Jahre, Gwen.«

»Willst du ernsthaft behaupten, William, der Kummer meines Sohnes geht auf diese verfluchte Endurance-Expedition zurück?«

»Als wäre das was Neues! Bei Billy ist es doch dasselbe!«,

platzte Regyn dazwischen, nuschelnd, weil sie eine Haarnadel zwischen den Lippen hielt. Auf dem Kopf suchten ihre Hände nach aus der Verankerung gegangenen Strähnen. »Alle, die mit diesem Irrsinnigen gefahren sind, hat er in seinen Bann gezogen und für den Rest ihres Lebens verdorben mit Bildern, die sie nicht mehr loswerden.«

»Ein Irrer, Liebling, ist Shackleton wirklich nicht. Man kann ihm viel nachsagen, doch er hat uns alle gerettet, selbstlos…«

Sie prustete. »Selbstlos! Gerettet! Ohne ihn wäre doch keiner von euch überhaupt nur ins Eis gefahren!«

»Jahrelang hat er nicht aufgegeben, bis auch der Letzte von der Elefanteninsel gerettet wurde«, sagte Bakewell besonnen und lächelte versöhnlich. Woher nahm er die Besonnenheit? Was war er für ein Draufgänger, was war er jähzornig, ungerecht, verschlagen und hartnäckig gewesen, der wundervolle Bakie von früher.

»Der Krieg hat mich verschont«, sagte er, als hätte er Merce' Gedanken gelesen. »Ich bin glücklich verheiratet. Ich habe eine Frau, die ich liebe, eine Familie, ich reise und verdiene als Reisekaufmann so viel, dass ich mir Dinge leisten kann, von denen ich schon als Kind geträumt habe. Alles das hat Merce nicht.«

Das stimmte. Daher wusste Merce auch, worauf sein Freund anspielte. Bakie redete seit anderthalb Jahren davon, ein amerikanisches Motorrad mit Beiwagen kaufen zu wollen, und kürzlich hatte er es wahrgemacht und die Maschine in Ohio bestellt. Noch wusste Reg nichts davon.

Alle Augen waren jetzt auf ihn gerichtet, und er glaubte sie zu spüren, Bakewells, Regyns, Dafydds Blicke, die Blicke seiner Eltern und selbst die von Miss Ings, die zur Tür hereinsah, um zu ergründen, ob sie endlich Tee und die Pies auftragen konnte.

»Er verdient genug«, sagte ihr Vater. »Genug für eine eigene Familie, aber auch für eigene Ansichten.«

»Und er wird die Firma übernehmen, weil ich eine eigene habe«, fuhr Dafydd unbeirrt fort. »Er wird sie leiten, so wie ich meine leite, wenn er nur erst die Bilder von Eisbergen, Polarnächten und dem ganzen weltfremden Unfug loswird.«

»Bin ich eigentlich gestorben und habe es nur nicht mitbekommen?«, fragte Emyr Blackboro.

Regyn rief: »Dad!«

Und Dafydd sagte: »Miss Muldoon ist so ein Bild, das Merce nicht loswird. Wer das bezweifeln will, melde sich bitte.«

Keiner sagte etwas.

Also fuhr sein Bruder fort, wenn auch in anderem Ton: »Übrigens fallen mir auf Anhieb fünf junge Damen ein, die nur darauf warten, dass Merce –«

Reg riss die Augen auf. »Wer denn, ha? Gonryl Frazer?«

»Zum Beispiel.«

»Lass mich sterben, bitte, lieber will ich sterben.« Sie ließ ihr schnappendes Lachen hören.

»Du kannst nicht bestreiten, dass sie eine Erscheinung ist.«

»Gonny eine Erscheinung, sonst noch was? Eine Göttin?«

»Jedenfalls eine ziemlich gute Partie.«

Gonryls Vater Hugh verkaufte und vermietete Lastwagen und war damit steinreich geworden. Überall in Südwales fuhren gelbe Frazer-Lastwagen herum. Man konnte keine Stunde am Ufer des Severn verbringen, ohne dass so eine viereckige Sonne auf der Straße zwischen Undy und Portskewett langrumpelte.

»Dafydd! Gonryl Frazer ist meine Freundin, sie ist reich, ja, und energisch, ja, leider aber ist sie auch hirnlos wie ... ein Lastwagen!«

So ging es weiter. Regyn stichelte, Dafydd gab sich altväterlich, sie gerieten aneinander und versöhnten sich, nur um wieder von vorn zu beginnen.

Er saß da, hörte ihnen zu und verfolgte stumm, wie ihr Vater aufstand und sich von Stuhllehne zu Stuhllehne zu dem Vertiko hinübertastete, das bereits Großmutter Bronwen, Urgroßmutter Enfys und Ururgroßmutter Gwladys gehört hatte. Noch immer lag dort in derselben blauen Steingutschale mit den zwei weißen Emailledrachen das Obst. Auch die Anrichte war ein Erbstück aus den guten Zeiten in Pontyprydd, als ihre Familie noch Söhne hervorgebracht hatte, die heirateten und Kinder zeugten, die wiederum heirateten und Kinder zeugten, und so weiter bis zum heutigen Tag, an dem unvermittelt zwei wie Dafydd und Merce am Tisch saßen, missmutig und verschlossen der eine, traumtänzerisch und vernarbt der andere. Aus der Art geschlagen waren sie beide.

8

URTEILSVERKÜNDUNG

VERMISCHTE MELDUNGEN.

Newport / Casnewydd. Einen fulminanten Besucherrekord verzeichnet das Casnewydd Community Cinema CCC vorgestern bei der Premiere von Charlie Chaplins neuer Stummfilmkomödie *The Kid*, zu der 486 Zuhörer in das Lichtspielhaus strömten. Der Streifen rührte so manchen zu Tränen und erfüllte den Saal mit tosendem Gelächter über den Tramp und das von ihm gerettete Kind. In den USA lockte *The Kid* seit der Premiere am 21. Januar bereits Zehntausende in die Kinematographenanstalten, ein laut Chaplin durch nichts zu erklärender Erfolg, sei er doch erst kürzlich in einem New Yorker Chaplin-Imitatorenwettstreit aufgetreten und habe dort lediglich den 7. Platz belegt!

Newport / Casnewydd. Der Automobilunfall mit anschließender Fahrerflucht, in dessen Folge letzten Dienstag der erst achtjährige Rychard G. noch am Unfallort seinen Verletzungen erlag, scheint aufgeklärt. Auf der Hauptpolizeiwache Newport meldete sich der Fahrer des sichergestellten Kraftwagens und gab an, auf der Landstraße nach Mynyddislwyn bei Starkregen von der Fahrbahn abgekommen zu sein. In der Annahme, ein Reh überrollt zu haben, sei er weitergefahren, habe das in Mitleidenschaft gezogene Gefährt schließlich jedoch stehen lassen. Bei dem Fahrer, der unter Schock steht, handelt es sich um den 21-jährigen Rhys F., Sohn eines angesehenen Anwalts aus Merthyr Tydfil. Gegen F. wurde Anklage wegen fahrlässiger Tötung im Straßenverkehr mit anschließender Fahrerflucht erhoben. Gegen eine Kaution in ungenannter Höhe wurde der Beklagte auf freien Fuß gesetzt.

Newport / Casnewydd. Ennid Anjelica Muldoon (24) hat nach eigenem Bekunden ihre Heimatstadt verlassen, um in den Vereinigten Staaten von Amerika eine neue Existenz zu gründen. Miss Muldoon, Tochter des vor zwei Jahren verstorbenen Schiffsausrüsters Quiltyn Muldoon, 1 Skinner Street, reist derzeit über Portsmouth nach New York und weiter mit unbekanntem Ziel. Bekannt in der Gesellschaft ist Miss Muldoon als Verlobte des im letzten Kriegsjahr in Frankreich gefallenen Fliegers Edward Mannock, der für weit über 50 Abschüsse deutscher Flugzeuge posthum mit dem Viktoria-Kreuz ausgezeichnet wurde. Die besten Wünsche der Redaktion begleiten Miss Muldoon!

Merthyr Tydfil. Flugzeuge und Amerika vereinigt auch Mr. Diver Robey (39) in seiner Person. Der Hotel-Erbe und Multimillionär aus dem Staat New York, der sich die Einrichtung einer dauerhaften Passagierfluglinie zwischen Europa und den USA auf die Fahnen geschrieben hat, besuchte kürzlich Merthyr Tydfil, wo er die neueste Dreipropellermaschine der Gebrüder Harper-Fabrik in Augenschein nahm. Unsere Frage, ob während des Probefluges über Wales der Kauf einer Harper Airrant getätigt wurde, wollte Mr. Robeys Assistent Bryn Meeks, gebürtiger Waliser aus Aberystwyth, nicht kommentieren.

Trelech-a'r-Bettws. Auch walisische Riesenschnauzer hält offenbar nichts in London oder Oxford. Im vergangenen Herbst verloren gegangen auf einer Reise seiner Besitzer in die englische Hauptstadt, ist Hund »Powys« aus eigener Kraft zurückgekehrt nach Trelech-a'r-Bettws. Der vier Jahre alte pechschwarze Rüde war offenbar fünf Monate lang unterwegs, ist geschwächt, aber bei guter Gesundheit, berichtet die glückliche Mrs. Olivia H. Einzige Spur der Odyssee von Powys sei ein fremdes Lederhalsband mit der Aufschrift Dusty – Oxford.

Miss Ings brachte den Tee und die Pies, ohne dazu aufgefordert worden zu sein. Der Tag war lang genug für sie gewesen. Dankbar für die Unterbrechung, nickte Mrs. Blackboro ihrer alten Hausdame zu und entließ sie mit einem Gutenachtgruß in den Feierabend. Miss Ings ging, grußlos und geräuschlos, wie es seit 1897 ihre Art war, und niemand außer Mr. Blackboro störte sich daran. Zurück an seinem Platz, Flasche und Glas vor sich, schüttelte er über seiner Dessertschale wie üblich den Kopf.

Miss Ings' Hausdamen-Abschiedsgruß war die Waldbeerenpastete. Durch sie bekundete sie ihre Verbundenheit und gab zugleich ihrem Wunsch Ausdruck, die Familie, deren Haushalt sie seit einem guten Vierteljahrhundert führte, möge in Frieden miteinander leben und sich gefälligst nicht so anstellen.

Auch Merce aß ein paar Löffel von dem köstlichen Pie. Dann aber schob er den Teller weg und beobachtete seinen

Vater. Ihre Blicke trafen sich, und von da an wusste er, dass ihm zwar das Schlimmste noch bevorstand, doch dass er durchhalten musste, wie schlimm es auch kommen mochte.

Seit Emyr Blackboro die goldene Flasche und sein Lieblingsglas aus dem Kirschholzschränkchen genommen hatte, lag ein seliger Ausdruck auf seinem Gesicht. Miss Ings' Pasteten waren kaum verzehrt, da räusperte er sich, und noch ehe ihn seine Frau an Dr. Websters Einschärfung erinnern konnte, war das Kristallglas mit Brandy gefüllt, machte er »Schsch!« und bat den einzigen Amerikaner am Tisch um dessen Einschätzung: Was wartete auf die Tochter des alten Muldoon dort drüben?

Amerika sei groß, und New York sei nicht Amerika. Es hänge davon ab, wohin es sie verschlage, sagte Bakewell. Es komme darauf an, mit wie viel Geld sie New York erreiche, das heißt, wie viel man ihr auf dem Dampfer und im Verlauf der Einwanderungsprozeduren abnahm. Schaffte sie es, in den ersten Monaten etwas beiseitezulegen – vorausgesetzt, sie fand Arbeit –, so hatte sie eine Chance, Fuß zu fassen. Alles Weitere entschieden die Kreise, in die sie geriet. Man konnte bloß hoffen, dass sie ein Gespür hatte für halbseidene Subjekte.

»Hat sie«, sagte Reg. »Zumindest für walisische.«

»Gangster also«, sagte ihr Vater.

Zwielichtige Typen gebe es in Chicago, San Francisco oder Minneapolis genauso wie anderswo, nur biete sich ihnen in New York eine viel größere Auswahl an möglichen Opfern. Mehr als die Hälfte aller Immigranten strande in Brooklyn, Queens oder der Bronx.

»Ist nicht gegen dich gerichtet, Merce«, fuhr Bakie der

Verräter fort, »aber ich hoffe, Ennid findet schnell einen Mann, dem sie vertrauen kann und der Rücklagen hat.«

Regyn platzte fast vor Empörung. »Vertrauen! Rücklagen! Gott, in welcher Welt lebst du, Billy?«

»Wir wissen nicht, wohin sie will«, sagte ihr Vater. »Wenn ich nicht irre, verrät uns ihr Brief alles Mögliche, das aber nicht.«

Emyr Blackboro flüsterte das beinahe und warf dabei einen Seitenblick auf seine Frau. Sie schüttelte langsam den Kopf und legte dann ebenso langsam eine Hand auf Ennids Brief.

»Wir können ihr also nicht helfen, William?«, fragte Emyr.

Regyn, die Teetasse am Mund, konnte es nicht fassen. Sie prustete: »Pah! Helfen? Wieso sollten wir ihr helfen? Sie ist weg, Dad, sie hat sich davongeschlichen, nach Amerika! Sie weiß sehr gut, was mein Bruder für sie empfindet, seit Jahren. Ich weiß nicht und will auch gar nicht wissen, was die beiden miteinander hatten. Aber lies in dem Brief, ob irgendwo sein Name steht. Ob sie ihn auch nur grüßen lässt!«

Damit legte sie ihm, den sie bezichtigte, seine Liebe zu vergeuden, eine Hand auf den Arm. Er spürte, wie sich die Fingernägel seiner Schwester in sein Fleisch bohrten, er hörte den Regen gegen die Scheiben schaben, und er dachte, dass sie alle recht hatten, die hier am Tisch saßen und ihm den Prozess machten, um ihn zu etwas zu bewegen, das er nicht einsah. Es war sinnlos. Genauso gut konnte er sich in das alte Ruderboot seines Vaters setzen, den Usk hinunterrudern – den Wysg, wie Dad den Fluss noch nannte –, auf den Severn hinaus, von dort auf das Môr Hafren, den Bristolkanal, und weiterrudern, immer weiter, rudern über die Irische See und hinausrudern auf den Atlantik. Sinnlos. Schon bald würde ein Meer zwischen ihr und ihm liegen, und sie würde in einem Land verschwinden, das ein Meer aus Häusern, Straßen, Bahnhöfen, Fabriken, endlosen Weiten, riesigen Schluchten und Flüssen und Bergen war, genau so, wie die Stimme des Kindes es zu ihm gesagt hatte: *Dort, wo wir hingehen, werden wir für immer bleiben. Da gibt es Flüsse voll riesengroßer Fische, die von einem Meer zum anderen schwimmen.* Nicht mal Powys, der Hund, würde von dort zurückfinden nach Trelech-a'r-Bettws.

Er hörte Regyns Stimme, sie war ihm so vertraut. »Du hast den Brief doch gelesen«, zischte sie ihm ins Ohr. »Schreibt sie nur ein Wort über dich?«

»Wie kommt es, dass sie ausgerechnet dir schreibt?«, fragte ihre Mutter. »Weiß sie nicht, wie du über sie lästerst? Du hast die kleine Muldoon immer eingebildet gefunden, schon als ihr noch junge Dinger wart und die ganze Nacht geheult und gekichert habt, weil eine von euch einen Liebesbrief bekommen hatte, wahrscheinlich von einem Blinden aus dem Blindenasyl in Crindau. Du hast eine seltsame Auffassung von Freundschaft, Liebling.«

Reg wurde rot. Sie nahm die Hand weg. Dann fing sie sich, denn sie war kein Mädchen mehr. Sie war selber Mutter, Kriegswitwe, wiederverheiratet, eine erfahrene Frau Mitte 20 – was sie verzweifeln ließ.

Doch jetzt lächelte sie sogar, als sie sagte: »Lästern? Ich? Für mich ist sie der Mensch, den mein kleiner Bruder vergöttert. Ich persönlich ... bin froh, dass sie weg ist. Sie ist mir egal. Ich habe mich lange genug mit ihr vergleichen müssen, Woche für Woche. Die kluge Ennid. Die arme Ennid. Die versehrte, starke, belesene, empfindsame. Ich kenne Ennid Muldoon.«

»Ich fürchte, Reg hat recht, Mom«, sagte Dafydd. »Sie kennt Miss Muldoon noch am besten – obwohl jeder meint, sie zu kennen. Ich glaube ja, dass niemand wirklich weiß, was diese junge Miss eigentlich umtreibt.«

Umständlich zog er etwas aus der Innentasche seines Jacketts – zwei Briefumschläge, die absolut identisch aussahen, adressiert in derselben Handschrift, frankiert mit der gleichen roten Marke, gestempelt an derselben Stelle. Die Briefmarke zeigte das hunderttausendfach reproduzierte Konterfei des Königs.

Dafydd legte die Kuverts nebeneinander auf den Tisch. Die Adressen ihren Eltern zugewandt, schob er ihnen beide Umschläge hinüber.

Tonlos sagte er: »Den erhielt gestern Gonny Frazer, die ihn mir überlassen hat – zusammen mit diesem, den Mari Simms bekommen hat.« Er hob abwehrend die Hände und lächelte. »Keine Fragen bitte nach wie oder warum – ich stehe bei beiden Ladys im Wort.«

»Ladys!« Regyn konnte sich vor Entrüstung kaum halten.

»Ihr braucht die Briefe nicht zu lesen, Dad. Es steht Wort für Wort dasselbe darin, nur die Anreden sind verschieden. Ennid hat den Brief zweimal kopiert, bevor sie ihn Gonryl, Mari und Reg geschickt hat.«

»Auch die beiden – abgestempelt in Portsmouth«, sagte ihr Vater über die neuen Beweisstücke gebeugt, ehe er sie vorbei an Zeitung und Teetablett weiterschob. Auf ihrem Rückweg griff seine weiß behaarte Hand nach dem Glas Brandy.

»Euer Bruder wird Ferien machen«, sagte ihre Mutter, indem sie sich zurücklehnte und tief Luft holte. Ihre schwere Brust und so auch eine der großen weißen Gespensterblüten hob und senkte sich. Tief aufgewühlt, rätselnd, verständnislos, deswegen nach Halt suchend in ihrem Innern, in ihrer durch nichts zu erschütternden Güte, fasste sie die Briefe nicht an, würdigte sie keines Blickes. »Vielleicht fährst du nach Pontyprydd, Merce. Oder du besuchst diesen Tom Clean drüben in Irland. Er scheint mir ein anständiger Mann zu sein.«

»Ein Besuch bei Tom Crean«, sagte Bakie höflich und wie immer darauf bedacht, seine Schwiegermutter nicht zu brüskieren, »eine phantastische Idee, Gwendolyn. Er lebt noch immer in Annascaul, keine Stunde von Dingle entfernt.«

»Hat er nicht einen Pub dort?«, fragte Dafydd.

Bakie nickte. »Die Kneipe am Südpol, die wir uns wünschten und die es nie gab. *The South Pole Inn.*« Er lächelte.

Und Dafydd sagte: »Diese Iren, ich weiß ja nicht. Grad jetzt scheinen sie mir kein sehr friedliches Völkchen zu sein.«

»Friedlich wie wir sind sie allemal.« Gwen Blackboro seufzte und blickte in die Runde. »Wohin du fährst, entscheide selbst, sweetheart. Ich meine, zwei Wochen werden reichen, um diesen Wahnsinn zu beenden. Wenn alle einverstanden sind, sehen wir danach weiter.«

Damit war die Beweisaufnahme beendet. Der Strafantrag zeichnete sich durch Milde aus, im Stillen musste selbst er das einräumen.

Also stimmten sie ab und einigten sich in Ermangelung eines besseren Vorschlags auf den richterlichen.

»Bitte sag wenigstens Ja oder Nein«, bat seine Mutter sanft und sah ihn dabei an mit ihren traurigen dunklen Augen.

Kein Wort war über seine Lippen gekommen, aber auch das hatte ihm nicht weitergeholfen. Am liebsten wäre er vom Stuhl gesunken und hätte schluchzend die Hände in den

Teppich gegraben. Unter dem Tisch liegend, zugedeckt mit dem *Echo*, wäre er wimmernd irgendwann eingeschlafen. Während alle Blicke auf ihn geheftet waren, erschien ihm nichts so erstrebenswert, also nickte er eben, zuckte mit den Achseln und sagte: »Ja.«

9

EINE SUITE IM MOND

Bryn, mein Knecht, gib her, gib schon, deinen Arm. Arm!«

Robey lallte und schwankte, bis Meeks bei ihm war und ihn stützte. »Und jetzt befiehl diesem Lift, augen... – augenblicklich soll er runterkomm', wenn er nich vermöbelt werden will!«

Meeks drückte den Knopf. Robey legte den Kopf schief und lauschte, und als sie hörten, wie sich der Mechanismus in Gang setzte, erschien ein breites Grinsen auf seinem Gesicht, ein U, dachte Bryn Meeks, durch Robeys Nasenlöcher wurde es zu einem deutschen Ü.

»Aha! Hat er gehört!« Der Aufzug kam, und die Türen gingen auf. »Elletrisch, moderne Baukuns!«, lallte Robey und sang und grunzte dabei: »God sha-a-ave the King...!«

Meeks sagte: »Treten wir etwas beiseite.«

Einen Kopf kleiner, 20 Jahre älter und um einiges beleibter, zog er Robey, der sich am Fahrstuhleingang festklammerte, zwei Schritte zur Seite, damit ein älteres Ehepaar und eine junge Frau in Abendgarderobe aussteigen konnten.

»Alle raus! Los!«, grölte Robey den dreien entgegen. »Ist meiner. Mein Lift!«

Es war zwar Abend, aber noch keine zehn Uhr. Seit sie angekommen waren, hatten sie nichts gegessen, doch schon im Zug hatte Robey getrunken, drei Manhattans, dann vier weitere an der Hotelbar. Den ihm aufgedrängten Drink hatte Meeks am Tresen absichtlich umgestoßen und den Ersatz – Robey bestand darauf (»Ist ein Befehl, alte Motte!«) – nicht ausgetrunken.

Trotzdem war ihm leicht übel und verzog sich jedes Gesicht vor seinen Augen zu einer verschwommenen Grimasse. Die junge Frau, die aus dem Lift trat, trug ein Stirnband, an dem ein großer Stein funkelte. Sie duftete. Freundlich bedankte sie sich, drehte sich nach ihnen um und lächelte auf einmal spöttisch und schauerlich.

»Was haste da am Kopf, Maiglöckchen?«, fragte Robey. »Ist das dein Auge?«

Die junge Frau antwortete mit gut lesbaren Lippenbewegungen und verschwand.

Das alte Ehepaar entfernte sich kopfschüttelnd. »Haut ab, ihr Gerippe!«, rief er ihnen nach, während Meeks ihn in die silbern ausgeschlagene Kabine bugsierte.

Darin wartete ein Liftboy in Livree, mit einer Schirmmütze, auf der *The Moon* stand. Er wünschte ihnen einen guten Abend und fragte nach dem Stockwerk.

»Erst mal fahren wir los und gucken uns die Gegend an, Junge«, brachte Robey unter einigen Schwierigkeiten hervor.

Im achten Stock stiegen sie aus. Meeks führte Robey am Ellbogen durch den stillen Korridor und behielt dabei die Zimmernummern im Auge: golden glänzende Ziffern an weißen Türblättern.

»Was ist das?« Ohne anzuhalten, wies Diver mit einem Nicken auf seine in Hüfthöhe ausgestreckte Hand.

»Sieht aus wie Ihre Brieftasche.«

»Was macht die da?«

8007, 8008, die Zahlen wurden größer. Also gingen sie in die richtige Richtung. Doch bis 8065 war es noch weit durch dieses lunare Labyrinth. Er dachte an den Rückweg von Robeys Suite und fragte sich, wo das Treppenhaus des *Moon* war, durch das er hinunter in den Sechsten gelangen könnte, zu seinem eigenen Zimmer. Neben den großen Suites im siebten und achten Stock war kein kleineres Zimmer frei gewesen.

»Sie haben dem Liftboy fünf Dollar gegeben.«

Robey fragte, wofür. »Wie viel Pfund sind das, fünf Dollar? Er soll fünfzig kriegen, der kleine Stinker.«

Offenbar konnte er sich an nichts erinnern. Nach dem dritten Glas hatte er den Barkeeper, der Brewster hieß, abwechselnd Bruce und Brian genannt, bevor er der Einfachheit halber auch zu ihm Bryn sagte. Sie unterhielten sich über die Prohibition in den Staaten. Der Barmann sagte, er wäre schon längst nach Amerika ausgewandert, könne sich in einer Milchbar zu arbeiten aber nicht vorstellen.

»Blödsinn«, lachte Robey, »alles Quatsch, Bruce. Du kommst zu mir. In meinen Hotels gibt es Bars, keine Speakeasys. Gute Barmixer sind selten, ich suche ständig nach welchen.«

Zwei glatte Lügen. Selbst seine Stiefmutter und er waren gegen das Alkoholverbot machtlos. Auch in ihren Hotels wurde nur heimlich in den Zimmern getrunken. Und: Er suchte vielleicht nach Flugzeugen – Maschinen, die imstande waren, über den Atlantik zu fliegen –, nicht aber nach Barmixern oder überhaupt irgendwelchen Menschen. Personalfragen entschied im Familienkonzern Estelle. Ohne ihr Okay wurde in 17 Hotels amerikaweit kein Gärtner oder Sektglasputzer, nicht mal eine Zimmermädchenwochenendvertretung eingestellt.

»Sag mir, was du hier verdienst, Bruce, und ich zahle dir das Dreifache«, trompetete er. »Raus mit der Sprache, alter Freund.« Er lachte. Ausgelassen klopfte er sich auf die eigenen Schenkel. Er war bester Dinge.

Der Zufall wollte es, dass sie aufs Fliegen zu sprechen kamen. Albert Ball habe sich mal an diesem Tresen volllaufen lassen, erzählte Brewster. In einer Milchbar hätte er so ein Flieger-Ass nie kennengelernt, beharrte er, und Bryn begriff, dass dieser Barmann durch und durch Brite war und so wenig nach Amerika wollte wie ein Mexikaner nach Alaska.

Sie hatten über Piloten diskutiert. Eine Zeit lang schien sich Robey zu fangen, brachte dann aber Flieger und zurückgelegte Strecken durcheinander. Alcock war nicht mit Whitten Brown über den Atlantik geflogen, sondern mit Ross Smith nach Australien.

Weil er stets als Erster bemerkte, dass er Unfug redete, war es bloß eine Frage der Zeit, bis er ungehalten wurde.

8025. Alles in dem Korridor drehte sich vor Meeks' Augen. Das Teppichmuster war rätselhaft, und Dollar in Pfund umzurechnen traute er sich nicht mehr zu. Robeys Frage nach dem überreichlichen Trinkgeld für den Liftboy blieb unbeantwortet.

»Ein freundlicher Junge«, sagte Meeks.

»Welcher Junge, alter Junge? Siehst du Gespenster?«

»Er hat geduldig alle Fragen über den Mond beantwortet, die Sie ihm gestellt haben. Wie weit es ist bis zum Mond, wie es ist, dort zu leben, und was eine Suite im Mond kostet.«

»Wirklich? Wieso Mond, wie kommt der Scheißer darauf?«

»Wohl weil das Hotel *The Moon* heißt.«

»Welches Hotel? Was redest du für unzusamm, unzusammhäng.«

»Dieses Hotel, Diver.«

»Unfug.« Schwankend drehte er sich um und blickte den Korridor hinunter. »Quatschkopp. Der Mond ein Hotel! Noch schöner. Der Mond ist kein Hotel. Der Mond ist ein Ort am Himmel, ein runder Haufen Steine. Der um die Erde rumfliegt. Obwohl er keine Flügel hat! Wenn der Mond ein Hotel wäre, Brynnedybryn, wo ist dann mein Büro, und wo Grace?« Er rief, er brüllte den Flur hinunter nach seiner Sekretärin: »Grace! Grace! Wo zum Henker stecken Sie schon wieder? Zu mir, auf der Stelle! Auf meinen Schoß! Ich will deinen Hintern spüren, Miss Darcey!«

»Ich fürchte, dieses Hotel gehört Ihnen nicht«, sagte Meeks. »Kommen Sie, es ist spät. Der Tag war lang genug.«

Das Teppichmuster setzte sich in den Zimmern fort. In Suite 8065 platzierte er Robey in einen Sessel, der wie eine würfelförmig gefaltete Blumenwiese aussah. Während er ihm die Slipper von den Füßen zog, sank Diver in sich zusammen, blickte aber, den Kopf schief gelegt und den Mund offen, mit weit aufgerissenen Augen zu einem der Fenster. Davor lagen die dunkle Nacht, die Stadt, von deren Hafen aus sie Europa wieder verlassen würden, in einiger Entfernung die Laternen- und Lichterketten von Dampfern und Frachtern, dahinter die Silhouette der Isle of Wight vor der schwarzen Weite des Ärmelkanals.

Es klopfte. Meeks tastete sich zur Tür, öffnete und stand einem Boy gegenüber, der wie der Bruder oder Cousin des Liftboys aussah und sich respektvoll verneigte.

»Telegramm, Sir. Für Mr. Robey.«

»Was kostet das Ding, Junge?«, rief Diver aus dem Zimmer. »Wie viel willste haben dafür, he?«

Meeks nahm das zusammengefaltete Telegramm entgegen, gab dem Boy eine Münze und schloss die Tür.

Diver starrte ihn an. »Der Fahrstuhl«, sagte er. »Sie bauen den Fahrstuhl in mein Mondzimmer, richtig?«

»Soll ich Ihnen vorlesen?«

Er riss ihm das Blatt aus der Hand, klappte es auf, las, zog aus dem Jackett seine Brieftasche und ließ sie mitsamt der Nachricht wieder verschwinden, alles in einer einzigen fließenden Bewegung, die wie üblich nichts von seinem Alkoholpegel verriet – für Meeks seit langen Jahren ein Mysterium, wie er das anstellte.

»Gut, gut«, sagte Robey. »Verflucht noch mal!« Und sehr laut wiederholte er: »Gut! Gut! Egal. Egal, egal! Gottverflucht!«

Meeks stand auf, er kam sich doppelt so schwer vor. »Ich bringe Ihnen ein Glas Wasser und zwei Aspirin«, sagte er, indem er mit Mühe Robeys Schuhe aufhob, damit der nicht über sie stolperte. Er wusste aus Erfahrung, dass Divers Rausch seinen Zenit noch nicht erreicht hatte, denn es gab kein Besäufnis, keinen Absturz ohne unvergessliches Zeugnis von Robeys zerstörerischer Poesie. Ein solches aber stand noch aus.

»Bitte bleiben Sie sitzen.«

Als er aus dem Badezimmer zurück in den Salon kam, war der Sessel leer. Robey lehnte am offenen Fenster, Wind und Regentropfen fegten herein und bauschten den Vorhang, obwohl er sich daran festhielt. Er war nur noch im Hemd, die Hosenträger heruntergelassen auf die Hüften. Wo hatte er das Dinnerjackett gelassen …? Dann war er bei ihm und sah, die Hemdbrust fehlte ebenso. Das Hemd hatte er aufgeknöpft, mit zwei, drei Rucken wahrscheinlich aufgerissen, man sah das Unterhemd, die spärlich behaarte Brust.

»Nein, nein, nein, Diver!«, rief er. »Gehen Sie da weg, es ist ja viel zu kalt.«

Es war nie ratsam, ihn zu etwas bewegen zu wollen. Selbst in diesem erbarmungswürdigen Zustand war seine Widerspenstigkeit unerschütterlich. Kaum hatte er ihm die Tabletten auf den bebenden Handteller gelegt, reichte eine Bewegung, ein Streichen durch die Luft, schon verschwanden sie aus der Faust in der Schwärze vor dem Fenster, gefolgt von dem Glas, das er Meeks aus der Hand riss und hinausschleuderte und das man nicht mal zu Bruch gehen hörte. Unten im Hof waren wohl Beete, Büsche oder Baldachine mussten da in der Nacht herumstehen. Meeks dämmerte, wo Hemdbrust und Jackett geblieben waren.

»Bitte schließen Sie das Fenster«, sagte er. »Was halten Sie davon, wenn ich uns noch zwei Drinks bringen lasse?«

Am Abend vor Inkrafttreten der Prohibition vor gut einem Jahr hatten sie mit einer kleinen Gruppe ausgelassener Nachtschwärmer im *Zero Trocadero* an der Fifth Avenue gefeiert. Allerdings war schnell keinem mehr nach Feiern zumute gewesen. Robey hatte nach sechs Gläsern Gin oder Gin Fizz einer jungen Frau das Kleid vom Leib gezerrt, und als das arme Geschöpf dann dasaß, nur im Unterkleid, und immer wieder etwas wimmerte von merzerisiertem Kattun, hatte er ihr Dollarnoten, große Scheine, die sie unter Tränen anlecken musste, auf Dekolleté, Arme und Gesicht geklebt, auf jeden Fleck bloßer Haut, so lange, bis sie nicht mehr weinte, sondern wieder lachte, gackernd mit ihm weitertrank und schließlich tanzte, nur im Unterkleid auf dem Tisch, an dem er mit der jungen Miss Merriweather saß und an den jeder eingeladen wurde, der den beiden gefiel oder sie zum Staunen zu bringen vermochte. Am Nachbartisch pöbelte Zelda Fitzgerald erst, schluchzte dann und schlief schließlich an F. Scotts Schulter ein. Meeks hatte den berüchtigten Abend im *Zero Trocadero* unfreiwillig miterlebt, denn Robey wollte ihn nicht gehen lassen, unter keinen Umständen vor Mitternacht, wenn das Alkoholverbot in Kraft trat: »Ich binde dich fest! Du kommst an die Leine, Brynny!«

Ob Robey auch seine Brieftasche aus dem Fenster geworfen hatte, wusste er nicht, zumindest aber war sie nirgends zu sehen, und so zahlte er aus der eigenen Tasche auch das Trinkgeld für den Boy, der die bestellten Drinks brachte – wieder ein zugleich anderer und zum Verwechseln ähnlicher Junge.

Mit den Gläsern ging er hinüber in den Salon zu dem Blumenwiesensessel, in dem Robey kauerte wie zuvor und so düster durch das Zimmer blickte, als hätte ihm dort eine Gesellschaft aus unsichtbaren Kritikern bittere Vorwürfe gemacht.

»Danke, Bryn«, sagte er überraschend milde und klar. Er nahm das Glas und trank es mit wenigen Schlucken halb leer.

Meeks postierte sich am Fenster. Abwechselnd blickte er auf Robey und den Cocktail, der golden in dessen Hand schimmerte. Dabei nippte er an seinem eigenen und fand den Vermouth wie schon den in der Bar viel zu lieblich.

Aber auch dieser achte Manhattan zeigte nicht die erhoffte Wirkung. Robey entspannte sich, statt vollends wegzudämmern, und zusehends lockerte sich seine Verkrampfung. Er streckte die Beine aus, verlangte nach einem Kissen, bettete den Hinterkopf an die Sessellehne, trank in schmatzenden

Schlucken und begann schließlich, es war abzusehen gewesen, seinen Lakaien an einer wirren, lachhaften Verzweiflung teilhaben zu lassen.

»Setz dich, alter Junge«, sagte er, »und sieh mich nicht so entgeistert an. Ich erklär dir, worüber ich nicht wegkomme...«

... Ach, Quatsch, nicht diese walisische Stewardess, die er nach Hause gefahren hatte, sei verantwortlich für seine miserable Verfassung – Mari mit i, Miss Mari Simms, Tochter einer Lehrerin in diesem grauen Kaff, diesem Newhaven.

»Newport«, sagte Meeks. »Casnewydd.«

Und Robey sagte: »Lehrerinnentochter – hab es gleich gewusst.« Übrigens sei er ganz Gentleman geblieben, sogar entschuldigt habe er sich bei ihr.

Nein, schuld an seiner Verzweiflung war nur die *Times*, und die Schuld dieses alten Reue-, Roala-, Royalistenblatts war sogar eine doppelte!

Meeks setzte sich auf die Lehne eines freien Sessels. Er ahnte, was ihn erwartete, und wusste, dass es dauern würde, bis Robey all die Namen von Fliegern, Flugzeugen und irgendwo auf der Welt liegenden Startbahnen und Zielorten in eine irgendwie sinnvolle Ordnung gebracht hatte.

»Ich bin ganz Ohr«, sagte er und spürte dabei das Gewicht, das ihn hinunterzog durch das siebente Stockwerk des Mondes in die Stille tief im Innern des Erdtrabanten.

Anfang 1920 hatte die *Times* ein Preisgeld von 10 000 Pfund für den ersten Direktflug von London nach Kapstadt ausgelobt. Mit ihrer *Silver Queen*, einem umgebauten Vickers Vimy-Bomber, wie ihn für die Atlantiküberquerung auch Alcock und Whitten Brown verwendet hatten, waren zwei südafrikanische Royal Air Force-Piloten in London gestartet.

In Bristol hatte Meeks auf dem Bahnsteig eine *Times* kaufen müssen, in der ein Jahr später das ganze Drama des Südafrikaflugs in allen Einzelheiten noch einmal geschildert wurde. Robey las die Zeitung im Zug, und jeder Absatz des langen Artikels über die Flugroute und die zunächst gefeierten und dann als Betrüger hingestellten Flieger ging mit einem weiteren Drink einher.

Laut *Times* seien van Ryneveld und Brand aufgrund einer Motorenüberhitzung seinerzeit nur bis Wadi Halfa im Nordsudan geflogen und von dort nach Heliopolis zurückgefahren. In Ägypten seien sie umgestiegen in eine andere Vimy – die *Silver Queen II* – und weitergeflogen nach Südrhodesien, wo aber schon beim Start auch diese Maschine schwer beschädigt wurde.

»Erinnere mich«, sagte Meeks vergeblich.

Also stiegen van Ryneveld und Brand wieder um, diesmal in eine De Havilland, eine Airco, wie Robey sie schon mehrmals getestet hatte, einen »fipsigen Zappelapparat« nannte er die Maschine, und Meeks erinnerte sich wirklich, wenn auch eher an das Mäandern des Avon in der Dämmerung vor den Abteilfenstern, wo Stonehenge lag und das abendliche Somerset.

Mit der Airco hatten die beiden Südafrikaner schließlich zwar Kapstadt erreicht, wurden bejubelt und zu Rittern geschlagen, wurden später aber zu Recht, wie die Zeitung selbst es lang und breit darlegte, von der Preisjury der *Times* aufgrund unerlaubter Flugzeugwechsel disqualifiziert.

»Disqualifiziert!«, grölte Robey unerwartet heftig und sprang aus dem Sessel. »Ist das zu fassen? Diese monarchistischen Idioten! Ich werde das Zehnfache – Fünfzigfache …« Er hielt inne, fuhr herum und beugte sich zu Meeks hinunter.

»Glotzt du mich an? Du hältst mich für übergeschnappt, ich seh es an deiner...« – und er gab ihm einen Klaps auf die Stirn.

Er kannte auch das.

»Nein«, sagte er ruhig. »Sie sind auf der Suche, Diver, und ich glaube fest, dass Sie finden werden, wonach Sie suchen.«

Das beschwichtigte ihn fürs Erste. Robey richtete sich auf und ging auf Abstand. Er furzte, laut und lange, und dann lachte er wie der Teufel.

»Einen Scheißdreck gebe ich auf die Meinung der Leute, die glauben, es ist unmöglich, über den Mistatlantik zu fliegen«, sagte er, ein langer Satz, den er erstaunlicherweise fehlerfrei zuwege brachte. »Ich achs..., ich assep..., ich ak-zep-tiere das nicht!«

»Irgendwann werden Ihre Passagierflugzeuge über den Ozean fliegen, und es wird das Natürlichste von der Welt sein«, sagte Meeks, ohne dass es ihm dabei um Lüge oder Wahrheit, um Euphorie oder Trost ging. Er wollte nur noch beschwichtigen.

»Irgendwann!« Robey höhnte. »Komm mir nicht mit deiner Untergebenenweisheit, du Mann im Mond.«

Was er ihm damit sagen wollte, blieb schleierhaft. »Sie müssen nur Geduld haben«, erwiderte er. »Und vorsichtig sein. Das Glas, Diver, bitte stellen Sie es hin.«

Robey sah auf seine Hand, als wäre ihm dort ein gläsernes Körperteil gewachsen. Das Staunen darüber und das Bewusstsein der unzähligen Möglichkeiten, die dieser Moment für ihn bereithielt, ließen ihn schwanken, er blieb schief stehen, und ebenso schief lächelte er, ehe er Meeks das leere Glas zuwarf.

Der fing es auf – es würde keine Scherben an diesem

Abend geben. Er ist so reich, dachte er im selben Moment, reicher als reich! Mit seinem Vermögen könnte er die *Times*, das walisische Eisenbahnnetz oder halb Kapstadt kaufen. Wieso er sich volllaufen ließ, wenn zwei Südafrikaner ihr Glück herausgefordert und Pech gehabt hatten, noch dazu vor einem ganzen Jahr, war einfach unbegreiflich.

Es gelang Robey nicht mehr, sich hinzusetzen. Das Schwanken hatte die Kontrolle über seine Orientierung übernommen, und so fügte er sich notgedrungen und folgte Schwerkraft und Fliehkraft, die ihn zur Seite kippen ließen. Wie von einem unsichtbaren Gewicht wurde er ins Schlafzimmer gezogen und verschwand mit einem Mal im Türrahmen, verschluckt von Dunkel und Stille.

Eine Weile wartete Meeks ab. Er lauschte. Er studierte das Teppichmuster, überzeugt, es würde ihm in die wirren Träume der vor ihm liegenden, viel zu kurzen Nacht folgen. Er stand auf. Aufbegehren und Zuversicht hielten sich in seinem Gemüt die Waage, hieraus zog er die Gleichmut, die ihn auszeichnete und ein Leben an der Seite eines bis in die Haarspitzen rauschhaften Menschen bestehen ließ. Langsam tastete er sich an Möbeln und Wänden entlang hinüber in das Schlafzimmer, ohne dass er hätte sagen können, wie viel Zeit vergangen war.

Robey lag quer auf dem Bett, ein Bein angewinkelt auf der Matratze, das andere über den Bettrand ins Zimmer ragend. Über weiche Teppiche stapfte Meeks um den Eingeschlafenen herum, griff ihm unter die Achseln und zog den schweren Körper mit einem kurzen, so sanften wie kräftigen Ruck ganz auf das von einem hellen Himmel überwölbte Bett. Er deckte Diver zu, schloss das Fenster und löschte bis auf eine Stehlampe im Salon überall das Licht.

Es war kurz vor drei Uhr morgens, als er aus dem Lift in die Lobby trat. Neben dem Nachtportier stand ein Page und las in der *Times*. Meeks sah die Schlagzeilen, während er über einen Teppich mit Löwenkopfmuster zu dem Empfangstresen ging.

Erneute Absperrung des Dubliner Bezirks
um den Mountjoy Square
Royal Army durchsucht jedes einzelne Haus

Demokraten Wahlverlierer in Preussen
Rechtsgerichtete Parteien gewinnen deutlich

Der Portier war ein freundlicher älterer Herr, den nichts zu erschüttern vermochte, weder irische Freiheitskämpfer noch preußische Chauvinisten, und auch ein New Yorker Multimillionär, der mitten in der Nacht Dinge aus dem achten Stock warf, entlockte ihm keinen Ausruf des Erstaunens. Er zog nicht mal eine Braue hoch.

»Dinge, Sir?«

Um was es sich handelte, konnte Meeks ihm nicht sagen, Verschwiegenheit war zwar eine seiner obersten Prämissen, in diesem Fall aber wusste er einfach nicht, was Mr. Robey aus dem Fenster geschmissen hatte.

»Verstehe, Sir.«

»Die Gespräche mit den Deutschen haben begonnen, wie ich sehe«, sagte Meeks und nickte in Richtung der Zeitung, die der Page in Händen hielt. Es war derselbe junge Mann, der Robey das Telegramm gebracht hatte.

»Gestern, Sir.« Der Portier legte eine *Times* auf den Tresen und drehte die Zeitung um, damit Meeks besser lesen konnte. »Möchten Sie ein Exemplar mitnehmen?«

Beginn der Londoner Konferenz
Premier kündigt einhellige Ablehnung
deutscher Gegenvorschläge zu Entwaffnung
und Reparationen an

»Nein, danke.«

»Wenn Sie mir folgen wollen.«

Schweigend führte ihn der Nachtportier des Mondes durch einen schmalen Korridor. An dessen Ende schloss er eine Tür auf und reichte Meeks, als der Innenhof vor ihnen lag, einen Regenschirm, den er von irgendwoher aus der zugigen Luft gezaubert haben musste.

»Der Hof gehört Ihnen«, sagte er. »Viel Glück, Sir.«

Dann war er draußen. Er hörte Nebelhörner von Schiffen, einen bellenden Hund und wie ein Güterzug das Gekläffe abschnitt. Endlos ratterten Waggons über eine Brücke. Vom nahen Bahnhof trug der Wind das weinerliche Pfeifkonzert mehrerer Rangierloks herüber.

Er roch die nächtliche Regenluft, die Portsmouth in erdigen Duft hüllte. Eine Sirene tutete und klang gleich einer antiken Gottheit oder wie eine riesige Kuh, weit draußen auf dem Meer. Eine Weile stand er unter dem geliehenen Schirm nur da, beschäftigt mit nichts, außer nachzurechnen, wie viele Stunden Schlaf ihm blieben.

Was stand in dem Telegramm? Würde sich Diver am Morgen, wenn sie aufbrachen, um an Bord der *Orion* zu gehen, noch daran erinnern? Wo war die verfluchte Brieftasche? Nie im Leben hatte Robey sie aus dem Fenster geworfen.

10

DAIQUIRIS UND LÄUSE

Sie hatte bei Henry James und im *Tatler* von Atlantiküberfahrten mit Schnelldampfern gelesen, sie hatte Bilder vom Leben an Bord der *Olympic*, der *France* und der *Kronprinzessin Cecilie* gesehen, übers Meer stampfende Städte hatte sie sich dabei vorgestellt, und sie erinnerte sich, in einer der letzten Nächte in Newport von einem großen weißen Turm geträumt zu haben, der im Wasser lag und darüber hinglitt, sie wusste nicht, wie. Den schwimmenden Turm erfüllte in dem Traum Gelächter und Musik, er war hell erleuchtet, weithin sichtbar auf der finsteren, nur von den Sternen überglänzten See.

Champagner zu trinken hatte sie sich ausgemalt, und wenn es keinen Schampus gab, dann wenigstens Cocktails, Highballs und Daiquiris. Die schmalen, langstieligen Gläser wurden über Bord geworfen von kichernden Frauen mit flatterndem Seidenschal und cremefarbener Haube auf dem Pagenkopf, die albern »five klick it!« riefen, anstatt Veuve Clicquot zu sagen, und die keinen Schimmer davon hatten, dass nicht ein feister älterer Herr mit Uhrenkette und Gamaschen den Clicquot-Champagner berühmt gemacht hatte, sondern die junge Witwe des Firmenerben, die sich von niemandem auf der Welt Vorschriften machen ließ.

Junge Männer mit Frack und Pomade im Haar hatte sie in Illustrierten an einer Reling lehnend Pall Mall rauchen sehen, sie hatten Gesichter wie die im Krieg gefallenen Offiziersanwärter, die im *Echo* abgebildet gewesen waren, und schmiegte sich in ihrer Vorstellung eine beschwipste Dame an die Schulter ihres uniformierten Begleiters, dann wehten die Chintzvorhänge aus einer offen stehenden Balkonkabinentür im Wind über dem Meer wie eine Fahne, die nichts zu bedeuten hatte, sondern einfach schön war, weil sie sich im Einverständnis mit den Dingen und ihrem Zugrundegehen bewegte.

Die *Orion* war kein Luxusliner, sie war kein Riesenschiff und auch kein schwimmender Turm, sondern ein mittelgroßer älterer Dampfer, schwarz, verrostet dort, wo kein Lack mehr war, mit zwei gelben Schornsteinen, die die Luft verpesteten und auf denen wie zum Hohn auf jeder Seite je ein grünes Kreuz prangte. Sie war knapp 200 Meter lang und hatte etwa 20 Meter vor Bug und Heck je einen Mast, wodurch sie wenigstens entfernt an die untergegangene Zeit der Dampfsegler und der großen alten Passagiersegelschiffe erinnerte. Die *Orion* war eine alte Dame aus dem letzten Jahrhundert, eine alte deutsche Zofe, denn vom Stapel gelaufen war sie 1876 in Kiel.

Zwar gab es eine Erste Klasse für wohlhabendere Leute, aber diese High Society sah man so gut wie nie, weil Promenadendeck, Salons und Raucherbalkone von Matrosen abgeschirmt wurden, die keinen Spaß verstanden und sich weder beeindrucken noch bezirzen ließen. Wenn sie nachrechnete, konnten die Rettungsboote nur für diese größtenteils unsichtbaren Betuchten aus der Londoner und New Yorker Gesellschaft vorgesehen sein, 14 größere Schaluppen in teils abenteuerlichem Zustand, viel zu wenige schon für die Leute der Zweiten Klasse, die auf zwei Kabinendecks über der

Wasserlinie untergebracht waren, geschweige denn für all die Menschen, die sich wie das Mäusegewimmel in einem Kanalisationsrohr gemeinsam mit ihr in der Dritten Klasse befanden und die sie seit der ersten Stunde auf See verabscheute, weil sie fast ausnahmslos schlecht rochen – wie Feudel aus Lumpen, säuerlich und grau, oder altes, aufgeweichtes Brot – und weil sie ihr Angst einjagten, alle, die Frauen und Kinder ebenso wie die Männer mit ihren gierigen, rot unterlaufenen Augen.

Wie viele Menschen mit ihr reisten, wusste sie nicht. Die *Orion* verließ Portsmouth mit dreistündiger Verspätung am frühen Nachmittag des 25. Februar, und schon da war es unmöglich, auf einem der beiden für die Nagetierklasse reservierten Decks einen Schritt zu tun, ohne jemanden anzurempeln, der daraufhin sogleich pöbelnd auf einen losging. In den Schlafsälen – tief unter Wasser im Schiffsbauch, beständig durchgerüttelt vom Vibrieren der weiter unten im Maschinenraum rumorenden Kessel – schrien Säuglinge und balgten sich Kinder. Auf den Kojenpritschen hockten Trauben junger Kartenspieler neben einer noch jüngeren Mutter, die ihre Brust entblößt hatte, um ein schmatzendes, quakendes Baby zu stillen. Flüche allenthalben. Gewitter aus Husten und Schnarchen. Es wurde getrunken, gekeift, gelacht, gejohlt, gerauft. Zwei, die sie dabei beobachtete, wie sie an der Reling in Streit gerieten, droschen von einer zur anderen Sekunde mit Fäusten aufeinander ein, bevor sie aufs Deck stürzten, um einander zu treten. Ein Stiefel flog in hohem Bogen ins Meer, und nur einige über und über tätowierte Vertreter der ansonsten maulfaulen Matrosen, auf deren dunkelblauen Mützen in Weiß und Gold *Orion* geschrieben stand – als wäre das Sternbild auf die Erde gefallen –, verhinderten brüllend, dass der eine den anderen, der viel älter war, wie den Schuh über Bord warf. Es wäre ein unerträglicher Kerl weniger gewesen.

So dampften sie durch den Ärmelkanal nach Osten, um auf diese Weise einem Sturm vor der irischen Küste auszuweichen. Der Herrscher über die *Orion*, Käpt'n Archibald, den man wie einen dicken Guru oder Maharadscha nur im Pulk seiner Offiziersjünger zu Gesicht bekam, ließ das Schiff zunächst Kurs Nordsee nehmen. Aus dem grauen Himmel stürzte der Regen, der die Passagierin mit der Bordkartennummer 1213 zu verfolgen schien, damit sie Newport nicht vergaß. Weil sie unter Deck mehrere Gespräche unter Waliserinnen mitgehört hatte, wusste sie, dass der Dampfer aufgrund des schweren Unwetters über Irland und inzwischen auch Schottland – angeblich ein über den Nordatlantik ziehender Schneeorkan – sowie freier Kapazitäten wegen zunächst Rotterdam anlaufen würde, wo weitere Passagiere warteten, und dann Hamburg ansteuern sollte, und erst wenn mehrere 100 Niederländer und Deutsche zusätzlich an Bord waren und das aus allen Nähten platzende Schiff auch die sechsstündige Fahrt zurück elbabwärts hinter sich gebracht hatte, erst dann begann vorbei an der ostenglischen Küste und durch die wieder schiffbaren Gewässer der Orkney-Inseln im Norden Schottlands die sieben- oder achttägige eigentliche Reise.

Als die niederländische Küste in Sicht kam, brach eine ältere Frau neben ihr an der Reling in Tränen aus. Ennid sah die Augen der Frau: Sie wirkte auf verstörende Weise glücklich. Daran merkte sie, wie wenig sie begriff von dem, was an Deck vor sich ging und die Menschen bewegte, wie wenig sie auf die Absurdität vorbereitet war, die ihr von überall her entgegenschlug. Denn dort am Horizont war nichts außer einem schmalen grüngrauen Streifen zu sehen, der Land sein konnte, aber ebenso Nebel.

Hatte sie sich die Ohren zugestopft und am Handgelenk die Geldkatze festgeknotet, verkroch sie sich in ihre Koje und schlief, wenn auch bloß häppchenweise und insgesamt nur für wenige Stunden. Sie hatte Albträume von Spinnen und Penissen. Männer öffneten ihre Fäuste, und hervor krabbelten Läuse. In den Schlafsaal drang keinerlei Licht von draußen, es war fortwährend Nacht dort. Lag sie wach, las sie Gedichte von John Keats, weil sie sich das vorgenommen hatte, und versuchte die »Ode an eine Nachtigall« auswendig zu lernen:

»Gehört sind Klänge süß, doch ungehört
Noch süßer ...«

Die Verse flößten ihr Zuversicht ein, und Keats' Sinnlichkeit berührte sie, bis sie glaubte, seine Stimme – die sie sich jugendlich vorstellte, jungenhaft, dabei durchaus dunkel – würde sie einlullen und ihr den Weg zu einem tiefen Schlummer weisen.

Als sie wieder aufwachte, war sie überall klebrig von kaltem Schweiß. Alles gut – das Geld war da, ihr Gepäck, das Buch an Mick, ihre Strickjacke, der Hut. Lange lag sie auf der Pritsche einfach nur da, streckte sich und lauschte dem minütlich lauteren Raunen.

Orion – hieß so das große Sternbild, das im Spätherbst über Newport auftauchte und bis April, manchmal Mai am Himmel stehen blieb – die drei hellen Sterne, die den Gürtel des Jägers bildeten –, oder war Orion auch selber ein Stern? Wieso hatte man das Schiff so genannt?

Inmitten eines Pulks aus lauter kreischenden kleinen Mädchen und deren älteren Schwestern, die nur lächelten und die wilde Meute sich austoben ließen, duschte sie und stieg dann hinauf an Deck.

Im Nieselregen sah sie qualmende Schlote, Kräne, zahllose Schiffe jeder Größe und Art, Dampfer, Frachter, Segler, Kutter, Schlepper, Barkassen und Schuten, das Durcheinander des riesigen Hafens und seiner grauen Stadt. Die Gebäude, Plätze und Straßen erschienen ihr wie an die Ufer eines namenlosen Stroms geschwemmt, und im Norden und Süden von Rotterdam musste weites, vollkommen flaches Land liegen. Nahtlos schloss sich das Meer an, und wie rings um den kleinen Küstensee bei Trelech-a'r-Ryddws, der ihr plötzlich einfiel, schien es zwischen den Linien und Formen keine Grenzen zu geben, nur fließende Übergänge.

Eine Weile blieb sie an der Reling stehen, denn ganz in der Nähe entdeckte sie das Mädchen aus dem Wartesaal in Portsmouth und versuchte, sich an den Namen der Kleinen zu erinnern. Brittney ... Betsy ... Das ganz und gar grau wirkende Kind hielt sich an seiner Mutter fest, einer Frau, die furchtbar müde aussah und kaum älter war als sie selbst.

»Nein, süßer Schatz, nein, nein«, sagte sie zu ihrer Tochter, »da, wo wir hingehen, sieht es ganz anders aus. Dort gibt es riesige Städte voller Menschen, die in Häusern wohnen, hoch wie die Wolken, hoch wie die Sterne. Und zwischen den Häusern fliegen Flugzeuge herum, und jeder, der will, kann entweder so ein Flugzeug fliegen oder solche Häuser bauen oder etwas ganz anderes machen.«

»Und Daddy?«, fragte das Kind. »Was will Daddy machen?«

»Erst mal ankommen, Biggs«, sagte die junge Frau. »Es ist noch weit, ein bisschen weit. Aber wir sind ja alle zusammen.«

11

REGENMORGEN IN DER AUTOMOBILWERKSTATT

Er kannte keinen Sohn aus gutem Haus mit Namen Phil O'Neill oder O'Neary, der in einem alten Wagen mit kaputtem Verdeck zwischen Cardiff und Newport pendelte. Doch weil ihm dieser Unbekannte aus Ennids Brief an Reg, Gonryl und Mari der Schlüssel zu seinem weiteren Vorgehen zu sein schien, setzte er sich gleich am frühen Montagmorgen aufs Rad und fuhr noch vor Bürobeginn hinaus zur »Blackboro Automobilwerkstatt«.

Als er in der Halle die Regenpelerine auszog, war Dafydd nicht wenig erstaunt, ihn zu sehen – oft kam Merce nicht nach Somerton. In einem Glaskasten, der aussah wie aus vier Fenstern zusammengezimmert, saß sein älterer Bruder hinter einem Schreibtisch, sprach in eine Telephonmuschel und gab ihm mit lustigen Zeichen zu verstehen, er solle warten.

Noch fröstelnd von der Fahrt durch den atlantischen Februarmorgen blickte er sich um und merkte an zahllosen Veränderungen und neuen, rätselhaft anmutenden Geräten, wie lange er nicht mehr hier gewesen war. In der Halle standen vier Wagen, zwei davon ohne Lack, graugrün gefleckt wie Platanenborke. Aus dem tief eingedrückten hölzernen Aufsatz eines gelben Lastwagens mit Frazer-Aufschrift ragte ein mächtiger Splitter, an dem hängte er die Regenpelerine auf. Der Laster stand auf Böcken, hatte keine Räder, und tatsächlich sah er »hirnlos« aus, wie Regyn gemeint hatte. Wo einmal der Motor gewesen war, klaffte ein Loch, aus dem Öl in eine Wanne tröpfelte.

Unter Maschinenlärm und Kommandogebrüll wurden die defekten Vehikel von Angestellten traktiert, die er nicht kannte. Draußen im Regen, in dem tristen Hof von Planen bedeckt, standen drei weitere Wagen und ein paar Motorradgerippe unter einer Gruppe kahler Bäume.

Dafydd kam aus dem gläsernen Verschlag, zog eine Grimasse und tat, als würde er über eine Ölkanne stolpern, bevor er den Bruder begrüßte. Seine Augen waren klar und leuchteten. Mit einem Nicken und Winken gab er Merce zu verstehen, er solle mitkommen.

Mit vor Stolz durchgedrücktem Rücken führte ihn Dafydd herum. Es wurde gehämmert, gebohrt, gemalt, geschliffen, geschraubt und geklebt. Er stellte ihm Frank Hallory vor, seinen Chefmechaniker, in dessen Gesicht nur Augen und Zähne noch helle Flecke waren, dann seinen Lackierer, der auf einer Leiter stand und den Wagen bepinselte, der über ihnen stand, als hinge er wie ein funkelnder Hotelhallenkronleuchter von der Decke.

Die Schüssel sei ein waschechter Packard, rief ihm Dafydd ins Ohr.

»Mink! Mein Bruder Merce!«, schrie er hinauf zu dem jungen, überall mit grüner Farbe bekleckstem Lackierer.

Merce fragte sich, wie lange Mink brauchte, um so einen Straßenkreuzer zu lackieren. Dafydd zeigte ihm die neue Hebebühne, ein einzelner Mann konnte sie bedienen. Umbrandet von Lärm, standen sie unter dem waschechten Packard wie unter einem Baum aus Blech und Gummi, dessen Krone jedoch nicht raschelte und rauschte, sondern dröhnte und kreischte.

In dem Glasverschlag klingelte das Telephon, als sie durch die Tür kamen. Sein Bruder nahm den Hörer ab, sagte zweimal »Ja«, nannte drei Nummern und legte auf. So gehe es von früh bis spät.

»Du machst also endlich ernst und willst dir bei mir Anregungen holen, wie man eine Firma leitet. Wurde auch Zeit, Brüderchen!« Dafydd lachte.

Er setzte sich hinter den Tisch. An der Wand über ihm hing eine gerahmte Photographie, auf dem ein Morris Oxford Bullnose zu sehen war, ein Gefährt, wie es bis zu seinem Tod auch der alte Muldoon fuhr. War das ein Omen, eine günstige Gelegenheit? Merce überlegte noch, da hörte er sich schneller, als ihm selbst lieb war, nach Ennids Begleiter fragen, O'Neary, O'Neill, und sah sein Erstaunen über den Automatismus gespiegelt in Dafydds Miene.

Sein Bruder zog die Augenbrauen in die Stirn.

»Ach, darum bist du...« Er war enttäuscht. Aber das ließ er sich nicht anmerken. »Gut, angenommen, ich kenne den Schnösel – was hast du mit ihm vor, hm?«

Merce zuckte mit den Achseln. Er hatte selbst keine Ahnung, was er von dem Mann wollte. Er dachte an einen durchnässten Staubmantel. Er wollte den richtigen Namen des Mannes wissen... wieso eigentlich? Ihm gegenüberzutreten konnte er sich nicht vorstellen... wieso eigentlich nicht?

»Na, ich freue mich, dass du damit zu mir kommst.« Dafydd stemmte die Beine auf den Tisch. Er legte die Stiefel übereinander und verschränkte die Hände im Nacken. »Ist ein Anfang. Fragt sich bloß, in welche Richtung es geht!«

Auf Dafydds Hosenbein bemerkte er etwas Seltsames: Ein Käfer krabbelte da. Ab und zu hielt das Tierchen inne und faltete die Flügel auf, ohne jedoch Anstalten zu machen, davonfliegen zu wollen. Der Käfer war grün, wahrscheinlich, weil ihn ein von dem Packard getropfter Lackklecks getroffen hatte.

»Nur interessehalber«, sagte Merce tonlos. Und während er den Käfer beobachtete, der weiter auf seinem Bruder herumkroch und dabei die Tüchtigkeit seiner Flügel prüfte, fügte er an: »Bloß damit ich weiß, wem ich besser nicht begegnen sollte.«

»Merce, Merce.« Dafydd rieb sich das Kinn, die Bartstoppeln und Lippen. »Ich bin nicht unser Vater. Aber ich würde mir wünschen, dass dir unser alter Herr mal deutlich sagt, was ich denke. Bei allem Respekt vor deinen Gefühlen denke ich, dass diese ... diese Frau dich nicht verdient. Dieser Mann ist ...«

»Kennst du ihn? Du kennst ihn!«

»Himmel, Merce ...!« Dafydd sprang auf, und der grüne Käfer konnte immer noch fliegen, denn er flog davon.

Nebeneinander am Fenster stehend sahen sie hinaus, zwei Brüder, die in dieselbe Richtung blickten.

Wenn er sich nicht täusche, sagte Dafydd, meine sie einen ziemlichen Heini, den Sohn eines Dosenfabrikanten in Cardiff.

»Fährt einen schrottreifen Delaunay. Die Kiste spuckt aus allen Öffnungen, saugt aber Regenwasser auf wie ein Schwamm.«

Er schien keine Sympathie für den Dosenfabrikerben zu haben. Über jemanden, den er nicht mochte, redete sein Bruder üblicherweise zwar nicht, an dessen Fahrzeug aber – ob Boot, Auto oder Motorrad – ließ er seinen ganzen Blackboro-Spott aus.

»Ist mein Ernst – seine Karre verwandelt Regen in Sprit. Drei- oder viermal war er zur Reparatur hier, immer dieselbe aufwendige Geschichte. Man saut sich ein unter der Kiste, säuft praktisch das Öl, das aus dem Mistding rausläuft, und was bekommt man dafür? Das schmallippige Grinsen eines Bubis, der Geld hat, aber geiziger ist als Boyos geizige Großmutter. Das nächste Mal, wenn sein qualmender Mülldelauney auf den Hof gerappelt kommt, sagt Frank, sprengt er die Schüssel eigenhändig in die Luft.«

Er lachte schallend. Das passierte nicht oft.

»Jetzt komm schon, wie heißt der Kerl?«

Dafydd schüttelte den Kopf, holte tief Luft und sagte im selben Augenblick, als von der Straße her das schrille Quieken eines Warnhorns ertönte: »O'Neal, wenn du es unbedingt wissen musst. Er heißt Val O'Neal.«

Im nächsten Moment rumpelte hupend und knallrot der Abschleppwagen auf den Hof und hielt vorm Tor der Werkstatthalle. Der Fahrer winkte durch die Windschutzscheibe, auf der ein Sisiphos von Wischer den Regen beiseitezuschieben versuchte.

Während Dafydd im Halleneingang stand und sich mit dem Fahrer unterhielt, ging Merce zu dem Wrack des Frazer-Lastwagens zurück und zog sich dort die Pelerine über. Er schritt einmal um den zertrümmerten Laster herum, dann griff er sich sein Fahrrad und schob es bis vor die bullige Schnauze des im Regen vor sich hin dampfenden Abschleppers. Er gab dem Fahrer die Hand – er kannte ihn, seit er denken konnte –, dann gingen die Brüder hinaus auf den Hof.

Keine halbe Minute, und Dafydd war klitschnass, was ihn aber nicht zu kümmern schien. Wortlos schob Merce sein

Rad neben ihm her. Dafydds Antrieb war längst nicht mehr die Euphorie von früher, ein Enthusiasmus, der ihn gegen alle Familienwiderstände eine eigene Firma hatte aufbauen lassen. Trotz war es – er war Dafydds Antrieb. Er trotzte dem Regen, genauso wie er den Erwartungen ihrer Eltern (und ihrer Schwester) und deren Unzufriedenheit (mit der ungelösten Zukunft der Firma) und seiner eigenen (mit einem Dasein, das ihm sinnlos vorkam) unumstößliche Prinzipien entgegenhielt. Glücklich, er? Glück war ein mathematisches Problem. Glücklich wolle er nicht sein, hatte er schon als Junge gesagt. Es war ihm einfach zu unwahrscheinlich, dass ein einmal zuteilgewordenes Glück Bestand hatte.

Was Dafydd Blackboro stattdessen anstrebte, hatte keiner je verstanden.

»Es ist so elendig einfach, sein Leben zu ruinieren«, sagte er und blieb stehen, als sie zu den Bäumen kamen. »Komm, ich will dir was zeigen.«

Beim Anblick der vier oder fünf Motorräder, die aneinanderlehnten und ohne Motor, ohne Tank, auf platten Reifen vor sich hin rotteten, musste Merce an die fast protzig bullige Maschine denken, die Bakewell telegraphisch in Ohio bestellt hatte und auf deren Eintreffen per Transatlantikfrachter er voller kindlicher Vorfreude, ebenso aber übertriebener Sorge angesichts Regs unvorhersehbarer Reaktion täglich wartete.

Von einem der Autowracks unter den Bäumen hob Dafydd die Plane hoch. Wasser spritzte zur Seite. Ein verbogener Kotflügel kam zum Vorschein, ein zertrümmerter Scheinwerfer mit zersplittertem Glas und nacktes, lackloses Blech, an dem etwas Rotes klebte, Blutspritzer, eine auf den Magen schlagende Menge Blut.

»Der kleine Junge auf der Landstraße – das ist der Wagen, der ihn überfahren hat«, sagte Dafydd. Er könne nicht aufhören, sich zu fragen, was das Kind dort zu suchen hatte, allein auf der Straße, bei strömendem Regen.

Merce fehlten die Worte. Sein Vorstellungsvermögen stürzte sich auf das Gesehene. Ihm wurde übel.

»Weißt du noch, wie wir abgehauen sind, du und ich, weil wir es satthatten, alles?«, fragte Dafydd. »Den ganzen Tag die Gleise lang, fast bis Lydney, und dann dieser Schuppen...«

»Ja«, sagte Merce und sah das leere Bahnwärterhäuschen vor sich, wo sie im Geräuschschatten eines vorüberdonnernden Zuges ein Fenster einwarfen und einstiegen wie Diebe, sterbenshungrige, todmüde Apfelsinenräuber. Es war Hochsommer gewesen, und sie 15 und 13, es kam ihm vor wie letzte Woche.

»Ich frage mich, ob der Junge abgehauen ist, so wie wir damals«, sagte Dafydd.

Der Abschlepper fuhr in die Halle. Unter dem Tor erschien der grüne Lackierer, Mink rief und gestikulierte.

»Ich muss rein«, sagte Dafydd, »die Arbeit macht sich nicht von allein. Da fällt mir was ein... Hast du nicht in dieser Weichenstellerbaracke in eine Zeitung gekackt, weil es kein Klo gab?«

»Nein!«, lachte Merce. »Du warst das!«

»Bitte? Hm... Richtig, jetzt, wo du es sagst!«

Auch Dafydd lachte, er warf den Kopf in den Nacken (an ihm hasste Regyn es nicht), sodass ihm der Regen übers Gesicht rann. »Jeder macht Fehler. Aber mach du keinen, den du später bereust, Brüderchen.« Er kniff ein Auge zusammen, ganz als äußere er damit sogar ein gewisses Verständnis für den Plan seines Bruders, einen Nebenbuhler über den Haufen zu schießen.

Merce allerdings sah weder in diesem O'Neal einen Rivalen noch in sonst irgendjemandem.

12

GREAT WESTERN MAIN LINE

Wenn es stimmte, was in Ennids Brief an Gonryl Frazer, Mari Simms und Regyn stand, hatte sie ihre letzte Nacht in Newport mit einem Fremden verbracht, der ihr nichts bedeutete. In seiner überbordenden Phantasie stellte er sich ihren Kopf auf dem Kissen vor, ihre geschlossenen Augen, ihre Achseln, Schenkel, die am Bett lehnende Beinschiene mit den Lederschlaufen und Metalldruckknöpfen, und bei ihr lag dieser Val. Sie genoss seine Begierde, lauschte dem Regen, war froh, nicht allein zu sein. Ihr Gepäck stand bereit. Über Stühlen hingen Kleid, Strümpfe, Strumpfbänder, seine Hosen mit den lachhaften Trägern, sein Hemd, und über dem Türblatt trocknete der Staubmantel.

Schon um solche Bilder zu vertreiben, hätte er aus dem Vertiko in Pillgwenlly die Pistole seines Vaters nehmen sollen. Mit Emyr Blackboros nie zum Einsatz gekommener Smith & Wesson hätte er Val O'Neal aus der Welt geblasen, so oder fast so wie Shackletons Stellvertreter Frank Wild einmal einen Seeleoparden zur Strecke brachte, als der im Packeis des Weddellmeers einen von ihnen angriff – war es Orde-Lees oder McLeod? Mit einem einzigen Schuss aus dem Karabiner traf Wild die Raubrobbe zwischen die Augen.

Er erinnerte sich an die Augen. Der Seeleopard hatte vermutlich noch nie einen Menschen gesehen.

Nur war dieser Val keine Robbe, und er selbst verabscheute Schusswaffen, Messer, Dolche, schon Nadeln waren ihm ein Gräuel. Was er sich vorstellen konnte, war ein Duell, Mann gegen Mann, ein Faustkampf wie zu Byrons Zeiten. Auch Erwürgen kam infrage. Als Junge sprang er Dafydd bei Streitereien auf den Rücken, umklammerte von hinten seinen Brustkorb und drückte ihm so lange die Luft ab, bis er unter flehentlichem Keuchen aufgab.

Als sich Miss Nettleship und Mrs. Nelthorpe in den Feierabend verabschiedet hatten, schloss er hinter ihnen ab, ging aber noch nicht, sondern holte die Kontorflasche seines Vaters aus ihrem Versteck hinter der Täfelung. Mit schnellen Schlucken trank er zwei Gläser Brandy, und ehe sich das Wirbeln in seinem Kopf wieder legen konnte, rief er beim Telegraphenamt an und diktierte ein Telegramm. Darin bat er O'Neal um ein Gespräch am Telephon, das keinen Aufschub dulde:

habe nachrichten für miss muldoon ++
außerordentlich wichtig

Als keine halbe Stunde darauf der Anruf erfolgte, stellte er überrascht fest, dass Val O'Neal alles andere als ein Stutzer aus Cardiff zu sein schien, denn er war umgänglich, beinahe freundlich, jedenfalls ausgesucht höflich und gern bereit, Mr. ... Mr. Blackboro zu helfen.

Als Grund für sein Forschen nach Miss Muldoon gab Merce eine größere Erbschaft an, die Ennid erwarte – wenngleich er nach Gründen gar nicht gefragt wurde. O'Neal hatte nie von ihm gehört (sie hatte ihn nicht erwähnt), wohl aber von seinem Bruder. Er kannte dessen Reparaturwerkstatt gut, ja kannte sogar Dafydds Slogan, und lustig leierte er ihn herunter:

Günstig, fabelhaft günstig
und schneller, als Sie fahren können!

Der lustige Val schien erfreut und die Sache als Ehrensache zu betrachten. Offenbar ging der näselnde Mann am anderen Ende der Leitung davon aus, Ennid in ein paar Tagen wiederzusehen.

Allen Ernstes betrachtete er sie als feste Freundin. Was fast ganz Südwales aus der Zeitung wusste – O'Neal hatte keinen Schimmer davon, und Merce fühlte sich nicht dazu berufen, ausgerechnet ihm auf die Sprünge zu helfen.

»Sie kennen sie nicht! Mylady hat ihren eigenen Kopf«, sagte O'Neal und kicherte glucksend. »Hat den Zug nach Portsmouth genommen. Ich wollte sie begleiten, aber nein, wollte sie nicht.«

Eine Stimme hatte er, als lebte ein Aal in seiner Gurgel. Oder er hat Polypen, groß wie Aale, dachte Merce. Und von ihm hat sie sich küssen lassen.

Sie wolle ihre Eltern vom Schiff abholen, sie seien bei Verwandten in Amerika gewesen und kämen aus New York zurück mit der ... der *Oregon*.

»Ach, die gute *Oregon*«, sagte Merce und blätterte bereits im Schiffsregister – eine *Oregon* gab es nicht.

»Sind Sie sich sicher?«

»Einen Namen mit zwei O hat der Dampfer. Warten Sie ... *Oregon*, vielleicht *Ontario*.« O'Neal sagte, er erinnere sich nicht an den Namen, aber der sei ja auch unerheblich. »Mein Schätzchen hat doch wohl keinen Dampfer geerbt?« Er kicherte. Der Aal in seinem Hals gluckste.

Auch eine *Ontario* gab es nicht. Für O'Neal, der nichts von ihr wusste, waren Ennids Eltern noch am Leben. Konnte sie da überhaupt erben? Merce entschied, dass es besser war, sich dumm zu stellen, sich so ahnungslos zu geben, wie es dieser Dosenmensch offenbar war.

»Ich hatte gehofft, ihren Eltern noch auf das Schiff telegraphieren zu können«, sagte er. »Bedauerlich. Mit der Summe, um die es geht, ließen sich nämlich mindestens drei Dampfer…«

»Warten Sie! *Oberon* – ich glaube, so lautet der Name.«

Ja, er sei sich sicher: Wie dieser König im Sommernachtstraum, so heiße das Schiff.

»Woher, wenn ich fragen darf, wissen Sie von mir, mein Bester?«, hörte er O'Neal noch sagen, da drückte Merce auf die Gabel. Grausamer ließ sich ein Fernsprechapparat nicht zur Waffe umfunktionieren. Es klingelte noch ein paarmal, klingelte, klingelte, dann aber löste sich der Mann mit dem Staubmantel in Luft auf.

Eine *Oberon* fand sich nicht im Schiffsregister, es gab jedoch die RMS *Orion*, ein mittelgroßer Amerikadampfer, 17 483 Bruttoregistertonnen schwer, ausgerüstet für 1650 Passagiere, verteilt auf drei Klassen, und 120 Besatzungsmitglieder. Die *Orion* war ursprünglich ein kaiserdeutsches Passagierschiff gewesen. Sie war 1876 als *Seeland* in Kiel vom Stapel gelaufen und nach dem Krieg als Reparationsleistung an Großbritannien gefallen.

So wie 219 andere Passagiere, die es in die USA zog, reiste Ennid zweiter Klasse, nahm er an. Er telegraphierte der Reederei nach Portsmouth, erhielt aber keine Antwort – es war inzwischen neun Uhr abends. Er blätterte die Adresskartei seines Vaters durch und fand schließlich die Telephonnummer von Mr. McCluskey, einem Schiffstischler aus Portsmouth, mit dem Emyr Blackboro seit Urzeiten zusammenarbeitete. Den rief er an in dessen Wohnhaus, das auch Werkstatt war und an den Gunwharf-Kaianlagen in Portsmouth stand.

Ein paar Minuten später wusste er, wann die *Orion* abgelegt hatte und welche Häfen sie anfuhr, Rotterdam mit Sicherheit, wahrscheinlich aber zusätzlich Hamburg. Dass man ihre Direktroute aufgrund eines Schneeorkans abgeändert hatte – laut Pete McCluskey eine überaus rentable Kurskorrektur, warteten in Holland und Deutschland doch diverse zahlungskräftige Passagiere auf die nächste Gelegenheit zur Fahrt über den großen Teich.

»Wie geht es Ihrem alten Herrn, Merce? Ist der nicht unterzukriegende Emyr wohlauf? Und Ihre Frau Mama?«

Einige Minuten lang unterhielt er sich noch mit dem alten Tischler. Gemeinsam mit seinem Sohn – seinem Stammhalter und Nachfolger – war McCluskey erst vor drei Tagen auf der *Orion* gewesen, um Reparaturen an Niedergängen und Relingläufen abzuschließen. Nach dem Grund für Merce' Interesse fragte er nicht, ebenso wenig erwähnte er dafür sein eigenes Herzleiden. Er redete nicht viel, und was er sagte, stand im Dienst seiner beruflichen Aufgaben. Pete McCluskey war ein lebendiges Beispiel für einen Menschen, der in seinem Handwerk aufging, ohne sich dessen zu schämen oder an uneinlösbaren Ansprüchen zu verzweifeln.

»Eine betagte Schönheit, leider in keiner guten Verfassung, diese alte Kaisertante«, sagte McCluskey, hustete böse und richtete herzliche Grüße aus.

Über seine eigenen Ansprüche war er sich nur insofern im Klaren, dass er wusste, wie Mr. McCluskeys Sohn wollte er nicht leben. Er wollte nicht werden wie Pete McCluskey. In einer Nachricht an seinen Vater schrieb er, dass er die Fähre von Swansea nach Cork nehmen und Crean in Annascaul besuchen werde – Lügen. Nie im Leben wäre ihm eingefallen, dem Irischen Riesen in dessen Pub einen Besuch abzustatten, ja ohne Aufforderung nur das Wort an ihn zu richten. Er deponierte das Kuvert auf dem Chefschreibtisch und verließ das Kontor, aufgewühlt von einem schlechten Gewissen, das ihm wie eingeimpft vorkam. Das Lügen und die Selbsttäuschung mussten aufhören – bis auf Weiteres war vielleicht das sein Anspruch.

Es war fast Mitternacht, als er mit seinem Seesack aus Mrs. Splaines Haus trat und erneut durch die Skinner Street lief, diesmal hinunter zum Bahnhof.

Keine Stunde später saß er bereits im Nachtzug über London-Paddington an die ostenglische Küste, unterwegs nach Harwich.

Er blickte in die Finsternis: Schwarz wie die Augen des toten Seeleoparden erstreckte sich der Hafen entlang der Gleise, als der Zug den Usk entlang und aus dem Newporter Dunkel in das noch tiefere Dunkel im Norden rollte. In den folgenden Stunden blickte er über die stumme Weite des Severn, den der Zug auf der Brücke von Lydney überquerte, er sah die Lichter von Bristol und Swindon, die Themsewindungen, die Fabriken von Reading. Die Great Western Main Line nahm ihn mit durch Gloucestershire, Oxfordshire, Berkshire, Buckinghamshire, Hertfordshire, Middlesex. In jeder Grafschaft sprühte feiner Nieselregen vom Himmel und ließ nur wenige Unterschiede erkennen.

Als er aufwachte, sah er nächtliche Nebelschwaden durch die Dunkelheit fluten. Wo bin ich?

Was da vor den Fenstern liege, seien die Hügel von Essex, klärte ihn ein älterer Herr auf, der nun in seinem Abteil saß und offenbar nicht umhin konnte, das Äußere seines Gegenübers zu bestaunen. London lag bereits weit hinter ihnen, der Herr mit dem weißen Zwirbelbart, dessen Hut im Gepäckfach lag, war dort zugestiegen.

»Sie haben die Hauptstadt verschlafen«, sagte er lächelnd.

Der Zug war voller Londoner, die nach Harwich oder an die See wollten und darüber klagten, dass die Strecke gesperrt war und man einen halbstündigen Umweg in Kauf nehmen musste. Statt Colchester würde man bald Sudbury erreichen, und Merce war mehr als verblüfft, als er aus dem Fenster blickte und die Erinnerung sich verselbstständigte.

In Sudbury hatte er als Schüler eine Ohrfeige der besonderen Art bekommen.

Die Klasse von Mrs. Simms – Maris Mutter Olivia – besuchte Gainsboroughs Geburtshaus. Er sah die Zimmer vor sich, die vergilbten Tapeten und Vorhänge. Wie in ein unvergängliches Zwielicht gebannte Baronets-Gespenster waren ihm die von Gainsborough verewigten Blaublüter erschienen, während er durch diese Galerie der Untoten schritt, gepeinigt vom Feixen Boyo Fergusons und anderer Klassenkameraden. Allein vor einem großen Glassturz stehend, in dem der kopflose Rumpf einer Schneiderpuppe eine tintenblaue, mit roten Bordüren und Messingknöpfen versehene und von Motten zernagte Uniform trug, brach er einem unbezwingbaren Impuls folgend in schallendes Gelächter aus.

»Guckt euch das an! Wie klein die ist! So klein! Napoleon in Suffolk!«, rief er und fing sich dafür eine Ohrfeige von Mrs. Simms ein, die ihn auf der Stelle verstummen ließ und ihm noch lange wehtat, vor allem weil er vor Scham in den Erdboden versinken wollte, sobald er an den unbegreiflichen Ausbruch zurückdachte.

»Sudbury! Sudbury!«

Der Zug hielt.

Von morgendlichem Hunger getrieben, sprang er auf den Bahnsteig, kaufte sich ein Frühstück und verschlang das Brot und die dicke Scheibe Käse noch unterm Fauchen der Lokomotive.

Er musste träumen. Unter einer riesigen Uhr mit zwei goldenen Zeigern stehend spürte er deutlich, was es hieß, lebendig zu sein, und wie gut das war. In einer Imbissstube saßen vor einem Spiegel, der die ganze Wand einnahm, fröstelnd von der Nachtkühle ein paar verloren wirkende Männer. Alle blickten sie ihn an, als er vorbeiging, hungrig sahen sie dabei aus, hungrig auf ihn? Ab und zu hallte es dröhnend von den Wänden wider, sobald ein Stuhl zurückgeschoben wurde.

Er hatte keinen Koffer, nichts an seinem Spiegelbild deutete auf eine Bleibe hin oder verriet sein Ziel. Dabei hatte er durchaus eins! Alles, was er brauchte, um Ennid einzuholen, passte in seinen Seesack. Der Sack war sein stummer Begleiter. Er war ein Reisegefährte aus einem früheren Leben: Vor fünf Jahren, als er aus dem Eis zurückgekehrt war in die Zivilisation, schenkte ihm im Krankenhaus von Valparaiso in Chile ein Waliser seinen Seesack. Den Namen des Matrosen wusste er nicht mehr, doch er erinnerte sich an das fahle Gesicht, das so erschöpfte Lächeln des Mannes, wenn er wach war und Märchen und Sagen vom Sohn des Llech y Derwydd und den Feen oder vom Drachen von Conway erzählte. Der Waliser war seinem eigenen Ungeheuer begegnet. Er hatte Skorbut, und er ging davon aus, nie wieder unter die Lebenden oder gar Frauen zurückzukehren, weshalb er auch meinte, der Seesack sei bei einem jungen Glücksritter wie Merce besser aufgehoben.

So blass, eingefallen, traurig und stolz, wie der Matrose war, hätte Thomas Gainsborough ihn bestimmt sofort malen wollen. Aber es kam kein Gainsborough ins Krankenhaus von Valparaiso, und auch Merce hatte sich bald verabschieden müssen von dem sterbenden Seemann, der fest an den Zauber der Feen glaubte.

Seit seiner Rückkehr aus dem Eis hatten er und dieser Seesack Südwales nicht verlassen. Der schrille Pfiff des Bahnsteigschaffners ertönte, und schon fuhr der Zug an.

Er setzte ihm nach, rannte über bebenden Zement. Dampf ausstoßend, der sofort von der Kälte niedergedrückt wurde, rollte die Lok mit dem sich langsam und gleichmäßig beugenden und wieder aufrichtenden Mittelradhebel in den frühen Morgen hinaus.

Wieder in seinem Abteil, staunte er über Leute, die vor den Fenstern zur Arbeit gingen. Einer schob ein Fahrrad mit einem Plattfuß. In einem Hof küsste sich ein junges Paar. Ein Lastwagen war beladen mit lauter Lämmern, ein anderer mit lauter Handwerkern, und die Schafe und die Männer hatten sogar denselben zugleich grimmigen und erwartungsvollen Gesichtsausdruck.

Wo waren die ganzen Jahre meine Gedanken, dachte er, wo hatte ich meine Augen? Wie ein zerpflückter Baldachin hing ein Schwarm Vögel in der Luft über einem graugrünen, von ersten Sonnenstreifen beschienenen Getreidefeld. Auf einem Bolzplatz wurde Fußball gespielt. Einen Lidschlag lang sah er den Ball in der Luft stehen. Er hatte Lust, sich das ganze

Spiel anzusehen, doch dann war der Zug schon in einen Tunnel eingefahren. Alles wundervoll, dachte er, noch immer außer Atem vom Rennen über den Bahnsteig in Sudbury, der Alltag, der Morgen, der Himmel, der Regen, das Geratter der Waggons, ein sich blähender Rock, eine Laterne, die ein paar baumstarke Kerle abmontieren, um sie auszuwechseln – da fiel ihm der Name des Matrosen aus Valparaiso wieder ein.

Zu Feen sagte dieser Garyth nicht »tolwyth-teg«, wie man sie in Südwales nannte, sondern »cypprnappr«, und einmal erzählte er in dem Krankensaal die Legende von dem Feenbergwerk und dem Mann aus Hafodafel, der frühmorgens über die Berge der Brecon Beacons wanderte. Er kam an einem Steinkohlebruch vorbei, wo eine Menge Leute emsig beschäftigt waren mit dem Brechen der Kohle, dem Füllen der Säcke und dem Beladen der Pferde, die aussahen wie aus Licht, obwohl sie ausgemergelt waren wie ihre Artgenossen unter Tage, die Grubenpferde, die in Wales als die bemitleidenswertesten Geschöpfe überhaupt galten. Diese Lichtpferde sind offenbar das Werk der Cyprnappr, dachte da der Mann aus Hafodafel, und dass man wohl vorhatte, ihn zu blenden, auch wenn ihm nicht ersichtlich war, zu welchem Zweck.

Merce erinnerte sich an die traurigen und zugleich trostreichen Worte, mit denen der sterbende Matrose Garyth seine Erzählung beendete, ein Satz, den er nie mehr vergaß: »Je weiter weg man von den wirklich guten Leuten und den wahrhaft schönen Dingen ist, umso mehr soll man glauben, dass es sie gibt.«

An diesen Mann dachte er, sobald er seinen Seesack hochnahm und ihn sich auf die Schulter stellte. Denn nur auf diese Art trug man so einen weit gereisten, unverwüstlichen Sack aus Segeltuch.

13

NIEMAND NEEMT AFSCHEID

Ganze zwei Tage und Nächte lag das Schiff festgemacht am Kai.

Der Kontinent, das Festland. Die Niederlande. Rotterdam!

In Regenpausen durften sich die Passagiere der Zweiten Klasse in einem abgezäunten Hof zwischen rot lackierten Baracken die Beine vertreten. Von Deck aus sah sie diesen Leuten dabei zu, wie sie auf dem nassen Pflaster im Kreis marschierten, in Grüppchen beieinanderstanden, eine Zeitung durchblätterten oder eine Zigarre rauchten, alle grimmig, alle fröstelnd, fast hätten sie ihr leidgetan, weil sie wie die Häftlinge wirkten, die man im Gefängnishof der Rotunde von Brynbuga manchmal sah. Mit den ganzen Nagetiergesichtigen in der Dritten Klasse zu reisen war eine Tortur, und dennoch hätte sie nicht mit den Passagieren der Zweiten tauschen wollen, sondern war froh, das gesparte Geld sicher verschnürt unter ihrer Brust zu spüren.

Für ein Dutzend Champagnertrinker fuhren bei Einbruch der Dunkelheit mit Gasfackeln beleuchtete Droschken vor. Endlich sah man dann auch ein paar Bordoffiziere. In weißen Landgang-Uniformen schwebten sie in unsichtbaren Sänften die Reling entlang. Reden schwingend schritten Snobs im Smoking die Gangway hinunter und spulten dabei alle denselben dumpfen Scherz ab: Jeder tat, als würde er die Frau, die hinter ihm ging und sich an das Geländer klammerte, ins Wasser zu werfen versuchen. Es waren zumeist junge Frauen, deren Broschen an einem Hut oder Mantelrevers noch lange im Laternenlicht funkelten.

Sie trugen Pelz. Sie waren weiß gepudert, fast so wie im 17. Jahrhundert, fast so weiß wie ihre Hosenanzüge oder Kleider mit seitlichem Schlitz bis hinauf zum Po. Sie kicherten und gackerten, als sie übers Kaipflaster stöckelten. Im Nebeldunst schnaubten die Pferde, Peitschen knallten, und geisterhaft klang das Klappern der Hufe, sobald die kleine Rundfahrt durch die nächtliche Hafenstadt begann und die Kutschen davonholperten.

Über die Dächer hinweg sah sie ein paar Leuchtreklamen in einer Sprache, die sie nur von den Beschreibungen der Gemälde Vermeers oder Rembrandts aus Kunstillustrierten kannte. Als sich ein altes Ehepaar neben ihr an der Reling unterhielt – wenn sie die beiden richtig verstand, ging es ums Fortgehen –, fielen ihr aber auch holländische Seeleute im Newporter Hafen wieder ein.

»Niemand neemt afscheid«, sagte die alte Dame zu ihrem Mann. Der Satz stimmte Ennid so traurig, dass sie fröstelte. Kurz darauf ging sie hinein, um in einem stilleren Winkel unter Deck an das Leben mit Mickie zu denken, das sie verloren hatte, bevor es richtig begann.

Sie überlegte es sich anders, als sie die Menschenschlange sah, die sich über mehrere Aufgänge und Korridore bis zur Essensausgabe hinzog. Den ganzen Tag waren neue Passagiere an Bord gekommen. Man erkannte sie an grauen Mänteln, Hüten und Schals, die sie nicht ablegten, an müden Augen und von der Kälte geröteten Gesichtern.

Die *Orion* war nicht mehr nur ausgebucht, sie platzte jetzt aus allen Nähten. Über eine Stunde stand sie in der Schlange um einen Napf Erbsensuppe, eine mehlige Kartoffel und eine Scheibe Graubrot an, wurde weitergeschoben und alle paar Minuten in der durch die Gänge pfeifenden Eiseskälte, die den Gestank von Schweiß und Kampfer doch nicht vertrieb, am Hintern betatscht.

Niemand neemt afscheid. Von dem Flämisch der Vorüberströmenden, der Leute vor und hinter ihr, schwirrte ihr der Kopf. Afscheid. Niemand. Ihr wurde flau im Magen, und zum ersten Mal seit Langem tat ihr das Bein richtig weh. Bei jedem Schritt vorwärts spürte sie die Schiene und darunter die Narbe, das Zeichen des Dr. Reginald Webster, der sie verstümmelt hatte, als sie acht war. Zehn Jahre lang rieb sie sich Tränen in ihr weißes Fleisch, bis an einem Augustabend 1915 ein paar fremde Fingerkuppen leicht darüberstrichen. Fest und warm, so blieb die Hand liegen. Als würde sie dort ausruhen wollen, lag Mickies Hand auf ihrer Narbe, streichelte sie und sah das Eigene und Besondere daran. So war Mickie überhaupt. Nie sagte er, er liebe sie »trotzdem«.

In dem miefenden Getümmel, das sich durch den Speisesaal wälzte, fand sie keinen freien Stuhl, also aß sie im Stehen, unter Schmerzen, die sie wie den grauen Brei aus Kartoffel und Erbsen hinunterschluckte. Clubsandwiches mit Pommes frites hatte sie sich vorgestellt, witzige Kellner mit glitzernder Weste, Bärtchen und Pomade im Haar, eine Bar, die funkelte wie eine Goldmine, Tanzmusik, Dixieland, Chicago Jazz, einen Pianisten in Zebrastreifenhose, zu dessen Geklimper eine Schwarze mit lila bemalten Lippen sang. Das alles hatte sie im *Tatler* gelesen und von Mari Simms gehört, die in Cardiff und machmal Bristol fast jedes Wochenende mit einem anderen Piloten ausging.

So, oder fast so, war sie auch selbst gewesen ... berauscht

von Jazz und Gin, in dem Crêpe de Chine-Kleid, das Val ihr geschenkt hatte. Wie eine Goldammer gaukelte sie über die Tanzfläche, wie ein Vogel ließ sie sich füttern von der feisten Hand eines Texaners, der sie mit Anekdoten von seinen Ölfeldern im Nirgendwo anödete und alles für einen und noch einen Blick in ihren Ausschnitt tat.

An eine stählerne Wand gelehnt, riss sie mit den Zähnen Fetzen aus der Scheibe Brot und starrte in sich hinein. Ein älterer Herr auf einer Bank rückte beiseite und machte ihr Platz. Kurz lächelte er ihr zu, bevor er sich weiter mit seinem Nachbarn unterhielt, und weil es sie amüsierte und rührte, wie Kopf und Hals einer selbstgenähten Stoffgiraffe aus seiner Manteltasche sahen, setzte sie sich. Sie guckte in ihren Spiegel, inspizierte den dünnen Lidstrich und auf den Lidern die hellblauen Tupfer, die sie sich selbst ausgedacht hatte.

Die über und über mit Leberflecken gesprenkelte Hand des alten Herrn neben ihr bewegte sich ruhig und kraftvoll und hatte am Ringfinger einen zerschrammten goldenen Trauring. Die große Hand wirkte viel jünger als der Mann.

Viele der neu an Bord gekommenen Holländer, Belgier und Franzosen aus Städten und Landstrichen, von denen sie noch nie gehört hatte, waren höflicher, zumindest zurückhaltender als die Horden von Iren, Schotten, Engländern und Walisern, die aus den Decks der Dritten Klasse einen wogenden Rummelplatz für Boxkämpfe, Ringkämpfe und kryptische Kartenspiele machten. Vielleicht täuschte sie sich. Vielleicht rührte der Eindruck bloß daher, dass sie Flämisch überhaupt nicht verstand und sich jeden Brocken Französisch erst zusammenreimen musste. C'est pour moi, tout ça, c'est vraiment pour moi? Niemand neemt afscheid. Auch Deutsch verstand sie nicht, noch aber waren ja keine Deutschen an Bord und musste sie keine Angst haben vor preußischen Sozialisten aus Berlin oder Danzig, von denen sie im *Echo* gelesen hatte, denen sei nichts heilig.

Schlimmer konnte es kaum werden. Die Kerle, die ihre Sprache sprachen, schienen in jeder Frau, war sie für eine Minute allein, eine Dirne oder zumindest Freiwild zu sehen. Sobald sie in den Schlafsaal kam und sich ihren Weg durch die Kojenkorridore bahnte, drang ein Gewisper unflätiger Aufforderungen aus den übereinandergestapelten Dreierpritschen, und wenn sie dann hinsah, starrte sie aus dem Halbdunkel breit grinsend das teigige Gesicht eines Halbstarken an, der sich auf eine Faust stützte und ihr zuplinkerte, oder das halb zugequollene Auge eines geifernden Alten, der sich ans Geschlecht fasste.

»Na, komm schon, Hinkeschatz, hab dich ma' nich so.«

»Ich verpass dir den Braten deines Lebens, Kleine. Na?«

Am schlimmsten waren für sie Gesichter, die sie wiederzuerkennen glaubte, zahnlose, aufgedunsene, vor Geilheit entstellte Gesichter früherer Kunden, Zulieferer, Fuhrunternehmer ihres Vaters, Männer, die sie im Laden angefasst hatten, sobald sie sich unbeobachtet glaubten, ihr Keuchen, ihr Geruch, ihre Protzerei.

Niemand neemt afscheid... das Ablegen in Rotterdam verpasste sie. Mitten in dem heillosen Durcheinander auf den Gängen, in den Schlafhallen und Speiseräumen zog sie um.

Im Lärm des Korridors zwischen Schlafsaal 2 und 3 hörte sie eine Bretonin mit ihrem Sohn reden und konnte mit der Frau ein paar Sätze Gälisch wechseln.

Sie war sich unschlüssig, wie alt die Frau war. Lustig war sie, lebendig, energisch, hatte dunkles, fast schwarzes, unregelmäßig kurz geschnittenes Haar. Sie zeigte ihr die Kojenreihen, in denen ausschließlich Frauen, Mädchen und kleine Kinder untergebracht waren und die durch Decken und hier und da darübergelegte Laken vom Rest der tief unten im Schiffsbauch gelegenen Schlafhalle abgetrennt waren.

Dort bekam sie ihre Pritsche, die letzte Koje in der Reihe, so dicht an der Schiffswand, dass sie die Wellen zu hören glaubte, die außen gegen den Stahl schabten. Der Sohn der Bretonin holte ihr Gepäck und half ihr sich einzurichten, nachdem ihm seine Mutter lächelnd einen Klaps auf den Kopf gab. Er war ein etwas hagerer, sehr hübscher Junge, der stotternd vor Verlegenheit gar kein schlechtes Englisch sprach, aber, sobald sie ihn länger ansah, so rot wurde, als hätte er ein Feuermal im Gesicht. Er hieß Corentin.

»Ouai, j'm'appelle Corentin, Mam'zelle. J'ai presque dix-huit ans.«

Er war erst siebzehn – falls das stimmte. Zusammen mit seiner Maman wanderte er nach Kanada aus, nach Montreal.

»Pfff, alors ... non. In eine kleine Stadt bei Montreal.«

Warum das? Sie fragte nach seinem Vater, bekam aber keine Antwort.

»No dad?«

Er nickte. Er schüttelte den Kopf.

Als sie lächelte, ihn anlächelte und ihm zum Abschied eine Hand auf den Arm legte, guckte er noch des Öfteren vorbei, um durch den Deckenvorhang zu fragen, ob sie etwas brauche. Sie hatte bloß ein Unterkleid an, das ihre Wollunterwäsche vor fremden und ihren eigenen Blicken verbarg, aber sie hätte sich gern erkenntlich gezeigt und ihm etwas gegeben. Jedes Mal entschiedener lehnte Corentin die Crown ab, die sie ihm durch den Vorhang hinhielt. Irgendwann rief ihn seine Mutter, Madame Colombard, danach hörte sie ihn nur noch, als er ihr durch die Decke »bonne nuit« wünschte. Seine Koje lag einige Pritschenreihen weiter, dort, wo im Schlafsaal 3 die Männerbereiche begannen.

Coco sagte Madame Colombard zu ihm, wenn sie unter sich waren, bald aber nannte jede Frau in ihrer und der nächsten Reihe Corentin so. Er war ein wirklich hübscher, einnehmender Junge, den sie alle gern um sich hatten, auch Ennid.

Eine größere Gruppe Iren begann irgendwann, Musik zu machen und zu singen. Zwei junge Paare tanzten, und viele andere saßen auf Pritschen oder herbeigeschafften Kisten, klatschten im Takt der schnellen Jigs oder träumten mit starren Blicken vor sich hin, wenn eine schwermütige Ballade erklang.

Zusammen mit Danielle Colombard hielt sie Abstand und beobachtete zugleich fasziniert und befremdet das Treiben der Iren, die johlten, schreiend und lachend umherwirbelten, plötzlich aufheulten und weinten, ehe sie zu dem Kreischen und Schrammeln der zwei Fiedeln unverdrossen weiter im Kreis tanzend umherflogen, und sie konnte nicht anders, sondern musste bei einem Lied selber weinen, weil es ihr schien, als sänge dieser Ire mit Latzhose, Stiefeln und der hellen Stimme von ihr, während ihn erst zwei, dann vier und bald ein Dutzend Mädchen und Frauen umringten, ihm dabei aber stumm nur auf die Lippen blickten, wie Liebesgespenster, Träume oder Erinnerungen an Träume.

Einer posaunte: »Das ist von Yeats!«

Das Lied begann so:

»Beim Weidengarten unten, da traf ich meine Süße –
Sie kam zum Weidengarten, schneeweiß war'n ihre Füße.«

Und es endete so:

»Nimm's leicht, bat sie, und leb so wie das Gras am Wehr.
Doch ich war jung und töricht und weine jetzt seither.«

»Niemand neemt afscheid ... keiner nimmt Abschied sagt man in Holland. Aber das ist ein Irrtum. Ich bin der Beweis u. hoffe von Herzen es ist ein Abschied für immer«, schrieb sie und stellte sich Mari, Gonny und Reg dabei vor, wie sie ihren Brief lasen. »Wie ich mich fühle kann ich nicht sagen. Oder vielleicht doch: Die Stoffgiraffe von der ich erzählt hab wie sie da so aus der Manteltasche von einem alten Mann rausguckte – das bin ich. Das bin ich im Innern eines schwimmenden Turms.«

Gegen Mitternacht legte sie sich hin. Sie rechnete nach, wie lange sie schon unterwegs war, und als sie den Gedanken fasste, den Freundinnen auch aus Hamburg zu schreiben, las sie noch einmal ihr Lieblingskapitel aus *Anna Karenina*, in dem Tolstoi beschrieb, wie Anna am Petersburger Bahnhof von ihrem Mann überraschend vom Zug abgeholt wird.

Sie war aus Moskau gekommen. Bei einem nächtlichen Halt in Bologowo, wo Schneetreiben herrschte, sprach sie zum ersten Mal länger mit Graf Wronski, der nur ihretwegen in den Zug gestiegen war. In Bologowo gestand er ihr seine Liebe.

Die Ohren ihres Gatten waren es, woran Anna am Morgen nach der Begegnung mit Wronski erkannte, wie sehr sie die Ehe mit Karenin satthatte: »›O mein Gott! Woher hat er auf einmal solche Ohren?‹ dachte sie beim Blick auf seine kalte und stattliche Gestalt und besonders auf die sie nun verblüffenden Ohrenknorpel, auf denen die Krempe des Huts aufsaß. Als er sie erblickte, ging er ihr entgegen, die Lippen zu seinem üblichen spöttischen Lächeln verzogen, die großen müden Augen gerade auf sie gerichtet. Ein unangenehmes Gefühl presste ihr das Herz ab, als sie seinem beharrlichen und müden Blick begegnete, wie wenn sie ihn anders erwartet hätte. Insbesondere verblüffte sie das Gefühl der Unzufriedenheit mit sich selbst, das sie bei der Begegnung mit ihm empfand. Dieses Gefühl war uralt, ein bekanntes Gefühl, ähnlich der Verstellung, die sie im Verhältnis zu ihrem Mann erlebte; früher hatte sie dieses Gefühl jedoch nicht wahrgenommen, jetzt war sie sich dessen klar und schmerzlich bewusst.«

Sie liebte diese Passage von der Tragik des Lachhaften vor allem wegen zwei Sätzen. In ihnen erkannte sie sich wieder, fast deutlicher als in dem Taschenspiegel ihrer Mutter, den sie seit deren Tod bei sich trug: »Insbesondere verblüffte sie das Gefühl der Unzufriedenheit mit sich selbst, das sie bei der Begegnung mit ihm empfand. Dieses Gefühl war uralt, ein bekanntes Gefühl, ähnlich der Verstellung, die sie im Verhältnis zu ihrem Mann erlebte...«

Sie versuchte zu schlafen, presste die Augenlider fest zusammen, konnte aber nicht aufhören, über Tolstois Figuren nachzudenken: Karenin – Anna – Wronski, aber auch Kitty, die junge, unglücklich in Wronski verliebte Schwester der Fürstin. Wieso erschienen sie ihr so lebendig, lebendiger als Reg, Mari und Gonny, als alle Leute an Bord, Madame Colombard, ihr Sohn, so lieb er auch war, ja als sie selbst? Sie bestanden nur aus Buchstaben, aus zum Leben erweckten Vorstellungen, und trotzdem... Du musst dich ablenken, sagte sie sich. Versuch, auf ungewohnte Geräusche zu achten, auf nichts sonst.

In fremden Sprachen drangen Flüche durch die Kojenreihen. Es kam ihr so vor, als würde hier und da ein schlecht gelöschtes Feuer wieder aufflammen oder als würde der unförmige Körper, den alle Frauen im Schlafsaal hinter den Schutzwänden aus Wolldecken bildeten, von Zuckungen geschüttelt, einem Fieber, das Verwünschungen und Schimpfen nach sich zog.

Endlich schwieg alles. Nur Schnarchen war noch zu hören, Schmatzen und helles Stöhnen von Kindern, die schlecht träumten, dazu ab und an, weit entfernt und doch im selben Raum, Gelächter von ein paar Alten, die sich über ein für Außenstehende unverständliches Spiel mit bunten Holzplättchen amüsierten.

Bixby, dachte sie mit einem Mal – nur das, den Namen des kleinen mausgrauen Mädchens. Bixby. Wo bist du? Wie geht es dir? Weit kannst du nicht sein. Vielleicht finde ich dich wieder unter all diesen Leuten, dann antworte ich dir endlich und frage dich nach allem, wovor du Angst hast und worauf du dich freust.

Erst als es wirklich still wurde, hörte sie, ohne sagen zu können, wie lange es schon in ihr Bewusstsein drang, tief unten im Wasser das unablässige Schleudern der Schiffsschraube.

14

DIE HOHE KUNST DER
SELBSTHERRLICHEN AUSFLÜCHTE

Seit fast einem halben Tag schon sah es so aus, als suchten sie nach einem Weg, über Land fahren zu können.

Sie hatten die Nordsee verlassen, und wie in eine Seitenstraße war der Dampfer in einen Strom abgebogen. Ein paar lustige Inseln, halb überschwemmt, mit einzelnen, aus der Flut ragenden Häusern darauf, lagen in der Mündung. Kaum aber hatte die *Orion* das Delta durchfahren, wurde der Strom schmaler, und das Land an den Ufern flachte ab, bis es platter nicht mehr hätte sein können. Grau duckte es sich unter dem Wind weg.

Niedrigen Deichwällen folgend pötterten sie seit Stunden ins Landesinnere. An sandigen Buchten standen inmitten schief gewachsener Baumgruppen Häuser und Gehöfte, alle von pelzigen, auf Backsteinmauern sitzenden Dächern überstülpt. Ohne den in dünnen Säulen sich emporzwirbelnden Kaminqualm hätte jedes wie ein Vogelnest ausgesehen.

Im Seidenkimono, darüber einen roten Pullover, stand er auf dem Balkon seiner Kabine. Hoch oben auf dem Dampfer, fast auf gleicher Höhe mit der Brücke, lehnte er an der Reling. Er wickelte sich den Schal, den er sich vom Sessel gegriffen hatte – und der so wenig ihm gehörte wie der Pullover –, enger um den Hals und blickte hinüber: Sie passierten ein Fischerdorf mit einem Korkenzieherleuchtturm. Das

Lotsenboot fuhr neben ihnen her und tutete, als zwei Krabbenkutter in Sichtweite kamen, die stromabwärts tuckerten, ihnen entgegen. Wie Seevögel lebten die Menschen an der Elbe also, in aufgeschwemmten Nestern aus Schilf, Röhricht oder wie immer das Gestrüpp hieß, das ihnen als Dachersatz diente. Fraglich, ob man das überhaupt leben nennen konnte. Jeder von ihnen hatte Besseres verdient.

Jeder sollte so reich sein, wie er es war, oder noch reicher, jedenfalls nicht arm, nicht deprimiert. Jeder sollte täglich Gin oder Bourbon trinken können, soviel er – oder sie – mochte. Alle sollten täglich zehn Stunden schlafen, zwei Stunden massiert werden, jemanden lieben können, so oft und so lange einem danach war. Für jeden sollte seine Leibspeise bereitstehen, jeder müsste Zeit zum Nachdenken, Spielen, Ausfeilen, Verwirklichen wildester Träume haben. Jeder Mann, jede Frau, ja jedes verhutzelte Muttchen und jede Rotznase sollte einen Assistenten wie Meeks haben, so wie er, einen, der einem alles ermöglichte und dafür den moralischen Rückhalt gab.

Oh, mein Bryn, du hast ja keine Ahnung, was mir alles durch den Kopf geht, dachte er wie ein gütig gestimmter König.

In der Ferne sah er Türme. Für Sekunden lag dort Memphis und war er ein Pharao, den ein goldenes Reichsschiff auf dem Nilstrom nach Hause brachte. Aber das alte Ägypten war das nicht. Es waren nur sehr hohe, merkwürdig versprengte Bäume.

Das also war das Deutschland, das die *Lusitania* versenkt hatte. Aus dieser flachen Einöde stammten Richthofen, Junkers und Lilienthal. Das Reich, das mit Luftschiffen über den Atlantik fliegen wollte, war ein Land voller Rauchsäulen, kahler Birkenhaine, Kormorane und Ignoranten, gegen die die halbe Industrie der USA in den Krieg gezogen war. Binnen eines Jahres hatte Wilson die adlige Clique mit ihren Pickelhauben in die Knie gezwungen, ausgerechnet dieser säuerliche Großkotz.

Er erinnerte sich noch gut an ein Frühstück mit dem nun bald endlich scheidenden Präsidenten im *Occidental* an der 23. Straße, daran, wie er den professoralen Zyniker mit dem stechenden Blick davon ins Bild setzen musste, dass dieses Grandhotel bereits seinem Großvater gehört und dass der am selben Tisch schon mit Präsident McKinley gespeist hatte. Woodrow Wilson fragte ihn grinsend, wieso er sich nicht um das *Reichsadler* in Berlin kümmere (das Wort »kaufen« nahm er nicht in den Mund) und es umbenenne, zum Beispiel in »Eagle of America«? Der zum Scherzen aufgelegte Mister President zwinkerte ihm zu, aber sein Lächeln fror augenblicklich ein, als ein Boy abräumte.

»Ihr Privatnigger, Diver?«

Der Boy verschloss, das gehörte zu seinem Beruf, die Ohren.

Obschon es durchaus erschwinglich gewesen wäre, hatte er sich um das *Reichsadler* nicht gekümmert, fiel ihm wieder ein, und angesichts derartiger Tristesse wusste er auch, weshalb. In Deutschland sah es wie in Schmunzelpräsident Wilsons sumpfiger Heimat Virginia aus, nur noch öder, noch grauer. Man sah keine Straßen, keine Brücken, weder Autos noch irgendeinen Menschen, der am Elbufer stand und sich an einem Fuhrwerk mit einem davorgespannten Gaul zu schaffen machte. Es war kein Wunder, wenn sich Hunderttausende von hier davonmachten und auf halb schrottreifen Ozeandampfern wie der *Orion* – dieser reparaturbedürftigen Reparationsleistung – ihr Glück in der Neuen Welt suchten.

Sollten sie! Er trat näher an das Geländer.

Er hielt sich an dem dick mit weißem Lack überpinselten Stahl fest und spähte, durchzuckt von Grauen und Respekt, die Bordwand hinunter: Da war sie, die aufgewühlte Flut. Sollten sie ihre paar Habseligkeiten in Überseekoffer stopfen, sich einquartieren auf allem, was einen Schornstein hatte, und zusammengepfercht unter Deck hinüberströmen, bis keiner mehr hier war.

Jeder war willkommen. Wenn es nach ihm ginge, sollte jeder von ihnen eine Bleibe erhalten, ein Heim, ein Haus, es warm haben, umsorgt, bewundert, geliebt werden. Kalt war es in Europa, leer, so leer und kalt, wie der Himmel war, weil außer den Vögeln (die nicht zählten) niemand ihn zu nutzen verstand.

Gedankenzerwühlt blickte er hinunter, und erst nach einer ganzen Weile eiste er den Blick von den Wellen und dem auf und davon wirbelnden Schaum los und schaute »bugwärts«, wie Bryn gesagt hätte, der gern mit nautischen Vokabeln prunkte. Noch immer fuhr das Lotsenboot neben ihnen her (»längsseits«), und auf dieser Nussschale sah man immerhin ein paar leibhaftige Menschen, wahrscheinlich Deutsche.

Seit der Lotse auf die *Orion* geklettert war, hielt das Boot Abstand. Der es steuerte, gab acht, von dieser alten Transatlantikdampferdame mit dem Namen eines bewaffneten Sternbilds nicht unter Wasser gepflügt zu werden. Orion sei zwar bewaffnet, allerdings auch blind, hatte Bryn ihn belehrt, als sie in Portsmouth an Bord gingen und in dem schwimmenden Labyrinth aus Korridoren, Salons und »Niedergängen« ihre Kabinen suchten.

»Deshalb trägt der blinde Orion einen Krieger auf der Schulter«, sagte Meeks. »Der steht da oben, hält sich fest am Hals des Riesen und leitet ihn.«
»So wie du mich, richtig?«
»Ich gebe mir Mühe.«
»Darum sage ich, du sollst weniger essen, Brynnybryn. Ein alter Fettwanst bist du geworden, meine Schulter spürt jedes Kilo, das du zu viel hast. Ich hoffe, du weißt das.«
Er wusste um seine Bildungslücken, schloss sie aber nicht. Lieber blieb er neugierig. Lieber als die ganzen Bücher zu lesen, hatte er Zeit für Reisen, Flüge, Frauen, Drinks, für Löcher, in die er fiel und aus denen er sich wieder herausarbeitete. Er hatte keine Ahnung, wie der Mythos von dem Riesen Orion und dem Menschen auf seiner Schulter weiterging. Irgendwann würde es ihm jemand erzählen, und er würde staunen. So war es gut. Sein Vater hatte schon beim Wort »Bücher« gegähnt.
Alles zu seiner Zeit. Ein Augenblick folgte auf den vorigen, und keiner kehrte je zurück. Jetzt interessierte ihn kein Flugzeug. Er hatte Augen bloß für die Männer mit weißen Mützen und blauen Joppen drüben auf diesem Lotsenboot, das Schritt mit dem Schiff hielt und durch die Wellen spurtete. Fast konnte man ihnen zuwinken.
Am Bug des Dampfers, der anscheinend noch lange nicht nach Hamburg kam, stand ein Pulk grauer Gestalten, Passagiere der Dritten Klasse wahrscheinlich, doch soweit er sah, war er selbst der Einzige, der sich auf dieser Seite (»backbord«) aus freien Stücken dem Wind aussetzte. Ab und zu wirbelten ein paar Flocken aus dem eiskalten Himmel. Es fing an zu schneien, hörte wieder auf, fing von Neuem an. Immer noch war Winter.

Die Lotsengehilfen schienen herüberzublicken, einer hob die Hand. War das ein Gruß? Er wollte nicht winken.

Der Morgen war aufreibend genug gewesen, und sein Tagespensum an Menschenfreundlichkeit hatte er schon erfüllt. Mit diesen aprikosenfarbenen Fransen um den Hals, dem roten, viel zu kleinen Pullover und dem Kimono musste man ihn eh für einen japanischen Valentino oder eine versprengte Traumgestalt halten. Konnte dieser Frauenschal nicht ebenso bedeuten, dass er selber träumte? In Wahrheit schlief er vielleicht noch. Allerdings wusste er genau, wem der Schal gehörte, zumal er nach Kristina duftete.

Er entschied, jeden weiteren Gedanken an Miss Merriweather nicht zu Ende zu denken.

Nein. Auch diesen nicht. Nicht denken, nicht zu Ende ...

Er war müde. Er fror. Und er war einfach abscheulich verkatert. Immer noch kam weder ein Schlepper in Sicht, kein anderes Schiff, kein Kran noch ein Fabrikschlot, geschweige denn ein Hafen, eine Stadt. Bloß Uferbäume, Deiche, Fischerkaten, Schilfgürtel, Nebelkrähen, das Lotsenboot, der Strom. Er hatte das Gefühl, es könnte noch Tage dauern, bis sie Hamburg erreichten. Dann würden sie einen Nachmittag lang auch dort im Hafen liegen, viel zu kurz, um in ein Haus wie das *Vier Jahreszeiten* hineinzuplatzen. Mindestens drei Tage und zwei Nächte seien nötig, um sich ein Bild von einem Hotel zu machen ... eine unternehmerische Weisheit seines alten Herrn, durch die dessen Sohn Millionen gescheffelt hatte – weil er sie in den Wind schlug.

In Portsmouth ließ er sich im *Moon* volllaufen. Im Rotterdamer *Boomgaard* war er nur noch frustriert, soff jedes Glas leer und lachte sich den Grund für seine jetzige Verwüstung an.

Ihr Schal war vielleicht warm und weich und duftete wie Krissie Merriweather überall, nur schützte er nicht vor Selbstekel und Niedergeschlagenheit. In Hamburg würden sich noch mehr fahle Geschöpfe an Bord zwängen. Dann zurück, die Elbe wieder hinunter (»stromabwärts«), Stunden, die sich hinzogen wie Wochen.

Nur Bryn hatte er das zu verdanken. Meeks war schon Assistent seines Vaters gewesen, immer wieder musste er sich das klarmachen. Es war sein Job, für sie beide eine Suite und eine Kabine auf einem Schiff zu buchen, das sie möglichst schnell und komfortabel von A nach B brachte. A hieß in diesem Fall England: Liverpool, Southampton oder Portsmouth – unerheblich. Und B hieß New York City, der Hoboken-Kai, Manhattan.

Meeks hatte sie auf ein Auswandererschiff verfrachtet, angeblich die schnellste Verbindung zurück. Von der Ärmelkanalküste dampfte der Kasten stattdessen nach Holland und weiter nach Deutschland, um erst dann, vollgestopft mit Emigranten, die Überfahrt anzutreten.

Zwar verfügte die *Orion* angeblich über drei bahnsteighallengroße Schlafsäle weiter unten (»unter Deck«), sie hatte aber lediglich zwei etwas luxuriösere Suiten im vorderen »Mittschiff«, die laut Bryn erstens nicht größer als das Hutzimmer in Ventura und zweitens ohnehin belegt, partout nicht zu haben waren. Geld jedenfalls – er hätte jede Summe gezahlt – hatte nichts ausgerichtet.

Aber was richtete Geld schon aus. Gab es etwas, das mehr überschätzt wurde? Notgedrungen nahm er mit einer der Außenkabinen vorlieb – kaum Platz für ein Bett, eine Chaiselongue und einen Sessel war darin. Der Kleiderschrank – nicht begehbar. Immerhin gehörte ein kehrblechgroßer Balkon dazu, der an der Außenwand klebte und unter dem ein Rettungsboot hing. Auf diesem Sims mit Geländer stand er und trotzte dem Bibbern seines dürstenden Körpers. Was hatte Bryn dazu getrieben, sie ausgerechnet auf diesem vor drei Jahren noch kaiserdeutschen Dampfer unterzubringen – Bosheit, Stumpfsinn, Frühvergreisung?

Wie alt Meeks war, wusste er nicht genau, doch er schätzte ihn auf Ende 50, vielleicht Anfang 60. Erst kürzlich hatte es Estelle in Ventura fallen lassen – es ging um den immer irgendwie unbekannten Lebenswandel von langjährigen Bediensteten –, deshalb war ihm im Gedächtnis geblieben, dass Bryn schon länger als 40 Jahre für sie arbeitete. Zusammen mit seiner Mutter war er als Junge nach Amerika aufgebrochen, doch ihr Dampfer geriet mitten auf dem Atlantik in Brand und wurde aufgegeben. Sie wurden dabei getrennt und hatten sich verloren. Ein gelbliches Foto von seiner Mutter trug er in der Brieftasche mit sich herum, eine »Talbotypie«, wie er sagte.

Drei Seeleute sah er drüben auf dem Lotsenboot. Der in dem kleinen Deckshaus am Steuer stand, musste der Kapitän sein (der »Skipper«), die beiden anderen lehnten rauchend an der Reling und unterhielten sich ab und zu. Der eine blickte immer wieder herüber, hob die Hand wie zum Gruß an die Stirn und beschirmte die Augen. Er schien ihn im Auge behalten zu wollen.

Ein wenig würde er es in der Kälte noch aushalten, denn lauschte er den Klopfzeichen seines Körpers, so beschlich ihn das ungute Gefühl, dass er nicht nur deshalb zitterte, weil er fror und zerschlagen war von den Unmengen an Beefeater, die Krissie und er gestern Abend vernichtet hatten.

Um sich abzulenken von dem Drink, der immer deutlicher in seiner Vorstellung Gestalt annahm, rechnete er nach. Er kam zu dem Schluss, dass Meeks zur Zeit von Präsident McKinley so alt gewesen sein musste, wie er es heute selbst war.

Gut 20 Jahre lag die McKinley-Ära zurück. Als junger Mann hatte er zeitweise inkognito in Hotels seines Vaters auf verschiedenen Posten gearbeitet und alle möglichen Abläufe kennengelernt. Große Häuser in Atlantic City, Chicago, Boston und natürlich New York waren es gewesen. Später hatte er diese Hotels – das *Schlitz*, das *Mackinac*, das *Parker House* (in dem sein Vater starb) und das *Biltmore* – erst geleitet, dann besessen und schließlich verkauft, um in andere, größere, modernere, noch lukrativere investieren zu können. Seine Stiefmutter und er hatten den großen Dickey beerbt und beerdigt, und sie und er hatten das Vermögen seines alten Herrn nach zwölf Jahren verdreifacht und nach weiteren acht verdreißigfacht.

Neun Millionen. 27 Millionen. 823 Millionen Dollar.

Holla, die Waldfee.

Bei alledem war Mr. Meeks dabei gewesen.

Als Dick Robeys Herz in Boston stehen blieb, hielt ihn nicht seine Frau im Arm, sondern sein Sekretär, sein »oddjob man«, sein »cook general«, sein Mädchen für alles und persönlicher Assistent.

»Bobby ist ein Landsmann von Ihnen, Sir«, hatte Bryn mit vollem Ernst und in respektvollem Ton zu Präsident Wilson gesagt und damit den schwarzen Frühstückskellner gemeint, der wie der Präsident aus Virginia kam.

Meeks war ein Lotse – ein Morallotse, der den Weg wies zu Anstand, Würde und Integrität. Er predigte nicht, strafte nicht, hielt keine Vorträge. Er lebte vor. Zurückhaltung und Zugewandtheit. Hilfsbereitschaft. Bescheidenheit. Seit Jahrzehnten lebte er allein in einem kleinen Apartment am Riverside Drive.

Er war nie dort gewesen, stellte sich Meeks' »Bude« aber penibel aufgeräumt vor, mit einer Mantelgarderobe im Flur, einem Stummen Diener im Schlafzimmer, einer engen, dunklen Küche, ein paar anspruchslosen Zimmerpflanzen, einem nach Lavendel duftenden Bad mit Klappfenster auf einen Lichthof. Meeks war eine Tucke, das pfiffen die Spatzen vom Dach des *Delmonico's*. Er liebte Männer. Aber er hatte weder einen Mann noch einen Freund, und das war für Robey das Entscheidende. Nie hätte sich Meeks in der Öffentlichkeit mit einem Kerl gezeigt. Zweimal in der Woche kam eine junge Frau zu ihm. Er nannte sie Hudson. Angeblich war sie Russin und kam aus Rockaway in Queens, wo sich russische und ukrainische Einwanderer niederließen. Er ließ die junge Frau bei sich wohnen, wenn er auf Reisen war, bezahlte sie für Einkäufe, Wäsche und Haushalt, aber er schien sich auch um ihre Eltern zu kümmern, wahrscheinlich anti-bolschewistische Zarenanhänger.

Bryn wäre nicht Meeks gewesen, hätte er verraten, wie das Mädchen wirklich hieß. Weil er sie am Ufer aufgegabelt und ins Leben zurückgezogen hatte, nannte er sie nach dem vor seinem Apartment vorbeiströmenden Gewässer. Estelle kostete es drei Anrufe, um Hudsons tatsächlichen Namen und die Anschrift ihrer Eltern zu erfahren. Seither fühlten sie sich sicherer.

Ohne Zweifel, Meeks war, was man gemeinhin einen guten Menschen nannte. Insbesondere Frauen, junge Frauen zumal, mochten ihn und sein zugewandtes Waliserherz.

Damit konnte ein Diver Robey nicht mithalten. Wollte er auch gar nicht. Er war Bester im Baseball-Team, im Chemie-Kurs und Küssen der hübschesten Mädchen aus den wohlhabendsten Familien von Connecticut, Vermont und Rhode Island gewesen. Er war beinahe bester Sohn, bester Herztotenerbe, Dienstmädchenverführer und Cousinen-Entjungferer geworden, und später, als er binnen Tagen Millionen machte wie andere Schulden beim Poker oder durch eine Scheidung, war er dafür zuständig, einem altgedienten Engel wie Brynnybryn Meeks ein Auskommen zu sichern.

Wer annahm, Philanthropie sei charakterliche Voraussetzung eines Hotel-Tycoons, war auf dem Holzweg. Er war kein Fanatiker. Weder war er radikal konservativ noch liberal oder superprogressiv. Ihn ödete die Hemdsärmeligkeit der Baseball-Ikonen genauso an wie das Broadway-Getöse, der Dünkel der Bosse, die Arroganz der Magnaten, der Überdruss der Stars.

Er war ein Kind wie ein Thronerbe gewesen. Den ersten Gin trank er im Mutterleib. Loonis Robey starb bei seiner Geburt, nicht wiedergutzumachen. 15 Jahre lang schraubte man unter der Aufsicht seiner Stiefmutter an ihm herum, justierte, mathematisierte ihn, fütterte sein Hirn mit Logik und bläute ihm die Trägheit des Herzens ein. 15 weitere Jahre lang verdonnerte man ihn tagtäglich zu Frühstück, Brunch, Lunch, Teatime, Dinner, Abendgesellschaft, Mitternachtstorte und Whiskeys-under-the-stars.

Das war er. Diver. Das reichste Kind der Welt.

Seitdem er sich für etwas begeisterte, das noch gar nicht existierte, hielt ihn die High Society von Fifth und Park und Madison Avenue für einen superreichen Spinner, einen infantilen Säufer, ein Riesenbaby, das einem albernen Jugendtraum hinterherjagte und das Erbe seines Vaters zum Fenster rauswarf.

Fliegende Hotels! Flugzeuge, die Passagiere über den Atlantik beförderten! Von New York nach London, nach Paris und zurück! Wieso nicht gleich Mondraketen.

Dass sich der große Dickey im Grab umdrehen würde, hatte die gerade 19-jährige Miss Astor im *Waldorf Astoria*, dem »Waldo«, schnippisch zu seiner Stiefmutter gesagt. Estelle lachte daraufhin spitz auf – immer ein sehr böses Vorzeichen – und erwiderte: »Ava, Schätzelein, wenn Sie das Grab meinen, das Ihr Vater meinem Dick geschaufelt hat, gebe ich Ihnen gern recht. Ansonsten aber halten Sie den frechen Mund.«

Zum Entsetzen der blasierten Carnegies, der zugeknöpften Vanderbilts, ja selbst der zumeist unerklärlich freundlichen Merriweathers hatte er mit Anfang 30 beschlossen, sich nicht länger als Selfmademan zu verstehen. Er kaufte kein Grundstück, kein weiteres Hotel mehr und veräußerte stattdessen mir nichts, dir nichts 17 große Häuser und hektarweise Boden in bester Lage. Estelles wochenlangem Schweigeprotest zum Trotz stieß er das Familienanwesen am Lake Merced bei San Francisco und das ihr heilige *Cayo Hueso* in Key West ab (»Da wollte ich sterben, darling, hörst du, sterben!«), er verkaufte die *Blue Nile*, die größere der beiden Segeljachten seines Vaters, dem immer so traurigen Filmstar und Frauenschwarm Wallace Reid (»Verkauft? Geschenkt hast du sie ihm!«, kreischte Estelle), statt sich in Manhattan, wo alles immer »higher, higher« und »bigger, bigger« werden musste, einen Wolkenkratzer errichten zu lassen. Er zog hinaus ins Nirgendwo, ins tiefste Hudson Valley, nördlicher noch als Tarrytown und Peekskill, fast bis

Poughkeepsie – in eine herrschaftlich auf den Hund gekommene Villa mit drei Türmen unter lauter Ulmen und Platanen in den endlosen Hügeln von Ventura. Der öltonnenartige Schauspieler und Filmregisseur Roscoe »Fatty« Arbuckle versuchte, ihm Ventura abspenstig zu machen, und versprach ihm bei Einlenken einen nigelnagelneuen Pierce-Arrow, dazu, so die Agentin des Fettwanstes, »eine Muschi Ihrer Wahl, Alter egal und so lange Sie wollen«. In Ventura gab es nur Bäume, Bäume und Spechte, Bäume, Spechte und Waschbären, und es gab ihn in Ventura. Mit seinem Verschwinden hatte er alle Fäden gekappt, die ihn in ein Netz einzubinden versucht hatten, bloß um ihn zu erwürgen, bloß um sich an seinem erdrosselten Kadaver gütlich zu tun und vollzusaugen mit seinem Geld, das ihn, seit er denken konnte, nichts als ankotzte.

Ein Hotelier wie sein Vater, ein Kapitän, Patriarch und Vorbild an Rechtschaffenheit, Selbstbeherrschung und Sparsamkeit war er nie. Alle Masken der Überheblichkeit und Servilität hatte er zu nutzen gelernt, bevor sie von ihm abgeplatzt waren. Seither sagte der böse Diver, was er dachte, gleichgültig, ob sich Gloria Swanson darüber echauffierte, dass er fast alle ihre Filme seicht fand, weil sie lieber Nerzkostüme zur Schau stellte, statt die Leute in ihrem Gesicht lesen zu lassen, oder ob der Hutzelgreis Rockefeller sein nervöses Brauenzucken bekam, sobald man ihm verklickerte, dass Geld zu haben nichts zu haben hieß.

Das verstand Diver unter Freiheit, und er kannte ihren Preis. Millionen zu scheffeln schützte nicht davor, zu einem verkommenen Subjekt zu werden. Allerdings hatte kaum wer eine Ahnung, dass auch verkommene Subjekte Menschen waren, die ihrem verfluchten Glück nachjagten, und dass kübelweise Gin in sich hineinzuschütten nicht bedeutete, würdelos zu sein.

57 Hotels überall in den USA und in Europa gehörten Estelle und ihm, alles große Häuser – keines interessierte ihn. Sie hatten Geld abzuwerfen, jedes ihrer Grandhotels war entweder eine reibungslos rennende Dollarmaschine, oder es wurde verscherbelt.

Seine »Angestellten« – er kannte keinen von ihnen näher – hatten ihr Auskommen, ein sehr gutes, wie er hörte. Um die Angestellten kümmerten sich seine Hoteldirektoren, sehr gute Leute, die seine Stiefmutter auswählte und um die sie sich kümmerte – Estelle sah darin ihren Lebensinhalt.

Gäste wünschten Zimmer oder Apartment, Suite oder »bank of suites«, Hauptsache, sie bekamen Luxus, Lift, Liftboy, Loggia, Telegraph, Sekretärin, Chauffeur. Hauptsache, es gab Drinks. Estelles oberste Direktive lautete: »Dis-kretion!« Valentino mietete nur etagenweise, er brauchte eine Dachterrasse für Pola Negris Sonnenbäder mit Blick auf den East River. Fricks hatten sich ab und an eine Pause vom Trott im Stadtpalais am Central Park verdient und brachten ins *Lexington Palace* Kindermädchen, Pinkerton-Schnüffler und den elsässischen Hummerkellner Fred mit.

Es gab Extras jeder Art, eine Frage des Scheckbuchs: Wer zahlte, wurde besser als erstklassig bedient. »Diver! Diver-Schatz! Stellen Sie doch den abscheulichen Regen ab«, bat ihn einmal Isadora Duncan. Wer blank war, konnte immerhin Stillschweigen erwarten, flog aber binnen 20 Minuten raus, der zugedröhnte Spross eines indischen Maharadscha ebenso wie eine patzige Telephonistin.

Er beugte sich leicht vor, von Ehrfurcht erfasst blickte er die Bordwand hinunter, vorbei an dem Rettungsboot, da sah er an der Reling zwei Decks tiefer eine junge Frau stehen, die, leicht vorgebeugt wie er, die Augen fest auf den Fluss geheftet hatte.

Sie war allein. Viel zu dünn angezogen, fror sie bestimmt wie er. Sonderbarer Moment. Gerade hatte er sich loseisen, endlich reingehen, sich aufwärmen, einen Drink machen wollen. Auf einmal spürte er die Kälte kaum noch und fühlte sich auch nicht mehr allein, denn dort unten stand jetzt diese fremde Frau, die Hände ohne Handschuhe auf dem Geländer, ohne Hut auf dem Kopf, den Kopf aber anscheinend so voller Gedanken wie er.

Was hatte es mit Menschenfreundlichkeit, mit Bryns walisischer Art von Zugewandtheit zu tun, wenn in den Grandhotels der Robeys Gästen in Rechnung gestellt wurde, wonach es sie verlangte? Nichts. Es war eine Frage von Geben und Nehmen. Leute, die nur die Hand aufhielten, existierten für ihn nicht, und Leute, die nur gaben, gab es leider nicht.

Seit vier Jahren beschäftigte ihn immer dringlicher die Frage, wonach es eigentlich ihn selbst verlangte. Die Frage hatte auch mit Deutschland zu tun. Mitten im Krieg gegen das Kaiserreich hatte es angefangen, 1917, mit den ersten Meldungen von angeblich so leistungsstarken deutschen Flugzeugen, dass diese schon bald in der Lage seien, über den Atlantik zu fliegen.

»Sie sind auf der Suche«, sagte sein Lotse, »und ich glaube fest, dass Sie finden werden, wonach Sie suchen« – hieß das, Meeks kannte die Antwort?

Reden zu schwingen von künftigen Atlantiküberquerungen in fliegenden Hotels putschte ihn auf, bis er Meeks erneut die Koffer packen ließ. Mehrmals im Jahr gondelten sie zu Flugplätzen, Konstruktionshangars und Pisten in irgendeinem Nest in North Carolina, der Normandie oder sonst einem Winkel auf der Welt.

Er selbst glaubte sich von solchen Reden schon lange kein Wort mehr. Inzwischen war er überzeugt, dass auch seine Suche nur eine Sucht war, nicht weniger selbstzerstörerisch als der Gin, den er in sich hineinlaufen ließ, wie um jemanden in seinem Inneren zu ertränken. Nach einer durchzechten Nacht wie der vergangenen verdrängte er die Frage, woher sein Hang zum Saufen eigentlich kam. Er war jetzt 39 und trank seit fast 25 Jahren Bourbon und Gin. Es gab das Tandem mit Estelle. Es gab Meeks. Es gab seinen mit Händen und Füßen verteidigten Rest Widerständigkeit und daneben die unbegrenzt anmutende Menge Geld, die ihm zur Verfügung stand, seit er denken konnte. Ansonsten gab es keine Konstanten in seinem vertanen Dasein außer dem Suff.

Trinken und Fliegen, irgendwie hingen sie zusammen. Ein Rätsel, das ihn immer öfter in Zweifel stürzte. Durchgefroren von der Kälte über dem fremden Fluss, verabscheute er die ganze Grübelei. Zweifel an der Rechtmäßigkeit ihres Reichtums hatte sein Vater nie, dazu fehlte ihm schlichtweg die Zeit. »Der Sinn eines Vermögens besteht in seiner Vermehrung«, sagte der große Dickey. »Kauf dir eine Gewerkschaft, mein Junge.« Eigenhändig leitete er seinen Sohn immerhin in der hohen Kunst der selbstherrlichen Ausflüchte an.

Inzwischen zitterte er am ganzen Körper. Die Frustration schob er auf seine angeschlagene Verfassung. Er war blind, Meeks hatte recht. Er hatte einen Menschen bitter nötig, der besonnen war und weitblickend auf seiner Schulter stand, um ihn durch alle Unbotmäßigkeiten zu leiten. Er steckte die kalte Nase tiefer in Krissies Schal, doch selbst darin sah er ein Zeichen seiner Verdrängung.

Noch einmal beugte er sich über die Reling und blickte die Bordwand hinunter. Da war noch immer trübgrau das aufgewühlte Wasser. In unverändert gleichbleibender Entfernung fuhr das Lotsenboot neben dem Dampfer her. Über ihm qualmte der vordere der beiden Schornsteine mit dem grünen Kreuz darauf, und »voraus«, »bugwärts«, strömte die Elbe dem Schiff entgegen, ließ aber von einer Hafenstadt oder wenigstens einem Hafen nicht das Geringste erkennen.

Zwei Decks unter ihm, wie zwei Stockwerke tiefer in einem schwimmenden Hochhaus, lehnte an der Reling noch immer die junge Frau. Sie hatte ihr Haar hochgebunden, trug keinen Schal, nur einen Herbstmantel – einen Übergangsmantel, hätte Estelle gesagt. Wie erstarrt stand sie an dem Geländer.

Seine Knie schlotterten, ob vor Kälte oder Entkräftung wusste er nicht, aber schon bei der Vorstellung von einem Glas Gin lief ihm das Wasser im Mund zusammen. Er sah, der junge Matrose auf dem Lotsenboot hob wieder die Hand und winkte, und da, endlich, gab er sich einen Ruck und winkte zurück.

Der Matrose winkte weiter, er gleichfalls, und die junge Frau schien hineingehen zu wollen. Aber auch sie winkte zuvor hinüber, und so war nicht erkennbar, wem das Winken des Lotsenmatrosen galt, ihr oder ihm.

Eine Weile wartete er ab, doch sie blickte nicht zu ihm herauf, schien ihre Gemeinsamkeit nicht bemerkt zu haben.

Dann ging sie, und er bemerkte, dass sie ein Bein nachzog.

Mit einer nicht unangenehmen Taubheit auf der Haut öffnete er die Balkontür und verschwand in die warme Kabine.

Wie es in ihm aussah, ging keinen auf der Welt etwas an.

15

VOM GLÜCK, ZU SPÄT ZU KOMMEN

Auf dem grauen Wasser der Maas trieben Öl und Unrat, das Einzige, was von dem Schiff noch zu sehen war. Die *Orion* hatte abgelegt und Holland wieder verlassen. Während er mit der kleinen Fähre *Greenstead Green* von Harwich zum europäischen Festland gefahren war, hatte der Amerikadampfer Kurs auf die deutsche Elbmündung genommen.

Er stand auf dem Kai, an dem der Dampfer vertäut gewesen war. Keinen Moment lang hatte er erwartet, Ennid hier abfangen zu können. Die Erkenntnis, dass es ihm um ein Haar gelungen wäre, verstörte ihn. Wozu waren der Kummer, der ganze Fatalismus gut? Was hätte er ihr denn versprechen können, um sie umzustimmen? Ein trauriges Leben zu zweit im trübseligen Newport.

So knapp ... Er fragte sich, ob ihr Dampfer und sein Fährschiff auf See vielleicht sogar in Sichtweite aneinander vorbeigefahren waren, verwarf die Vorstellung aber als selbst für seine Verhältnisse zu trostlos.

In den Graupelschauern über der Nordsee hatte er zwar andere Schiffe gesehen, aber das änderte nichts daran, dass er um ein paar Stunden – nur anderthalb Stunden! – zu spät nach Rotterdam gekommen war.

Es war Mittag. Vor drei Stunden hatte er in Harwich die Fähre genommen. Trotz rauer See schlief er unter Deck etwas und konnte im ersten Licht eine Kleinigkeit essen. Sogar in einer Zeitung las er. Vielleicht verspürte er deshalb bei aller Enttäuschung einen trotzigen Tatendrang.

Er hatte genügend Geld bei sich, um diese Aufholjagd fortzusetzen. Was er nicht hatte, war Zeit – lange überlegen konnte er nicht. Er konnte sich ausrechnen, dass ein betagter Transatlantikdampfer, der schon jetzt anderthalbtausend Menschen an Bord hatte, wie es hieß, Hamburg in frühestens 12 Stunden erreichte. Für wie lange die *Orion* dort festmachen würde, war nicht herauszufinden gewesen.

Mit etwas Glück blieben ihm knappe zwei Tage. Währenddessen würde er die Niederlande durchqueren, über die Grenze gelangen und weiter nach Norden durch ein Deutschland reisen müssen, wo er nie gewesen war. Deutsch kannte er nur von Aufzeichnungen preußischer Antarktisfahrer, Georg Forster, Wilhelm Filchner ... oder war es andersherum: Wilhelm Forster, Georg Filchner?

Die auf der Fähre gefundene Zeitung hieß *Weserkurier*, ein kaiserdeutsches Blatt. Von »Gesprächen Seiner Majestät mit hochgestellten Persönlichkeiten« und »nicht hinzunehmender Offenlegung vertraulicher Depeschen« war die Rede darin.

Wie das kleine Fährschiff durch die Wellengebirge, so mühte er sich durch Sätze: »... zeugt es doch von schwerwiegender Mißlichkeit, werden aufwieglerische Mutmaßungen über den Kaiser in Umlauf gebracht, die jedweder Grundlage entbehren.«

Erst kurz vor Anlegen in Rotterdam fiel ihm wieder ein, dass es einen deutschen Kaiser gar nicht mehr gab.

Wilhelm II. hatte vor über zwei Jahren abgedankt. Zu den Grenzen fuhren wieder Züge, dort aber warteten Passkontrollen, und die preußischen waren mit Sicherheit penibel, unerbittlich, zumal gegenüber einem jungen Waliser ohne Durchreisepapiere, mit vernarbtem Gesicht und nur einem Seesack als Gepäck.

Noch hatte er sich nicht entschieden. Die möglichen Konsequenzen waren ihm alles andere als klar. Seine Eltern glaubten ihn in Irland. Zweifelnd und schwankend blickte er auf die vorbeiströmende Maas, und tatsächlich war der Fluss genauso bläulich braun wie der Usk und der Severn.

Zwei Crowns hatte er dem Grenzbeamten zugesteckt, damit er ihm einen Pass ausstellte. Hatte er wirklich erwartet, sie umstimmen zu können? Warum sollte sie mit ihm zurückkommen?

»Du brauchst dich um mich nicht länger zu bemühen, Merce Blackboro.«

Sie waren weg, ihr Schiff und sie. Nur noch er stand hier, und Schnee und Regen fielen auf ein paar rote Baracken, die den Bauarbeiterschuppen im Newporter Kontorhausviertel ähnelten.

Die Rotterdamer Hafenbeamten mit ihren blauen Mützen auf dem Kopf fragten sich womöglich, was er vorhatte – ob er zurückfuhr, ob er sich wie jeder halbwegs vernünftige Mensch im Hafenviertel amüsieren ging oder ob er in die Maas sprang. Hatte sie die Beamten gesehen, mit einem womöglich gesprochen?

Ich werde verrückt, sagte er sich, und dabei zog es ihm vor Selbstmitleid die Kehle zusammen.

Er versuchte sie sich an Bord vorzustellen, aber es gelang ihm nicht. Er hatte keine Ahnung, wie es auf so einem Auswandererschiff zuging. Ob es eng war, schmutzig, ob sie euphorisch war und feierte oder ob sie manchmal die Wehmut packte und sie dann an Newport dachte, an Casnewydds alte Mietblockinnenhöfe, an den ewigen Regengeruch dort, ans Stadttheater, ans ccc-Kino, an die immerzu geschäftigen Leute und vielleicht, nur flüchtig, an ihn. Er hatte sich angewöhnt, auf wenig Gegenliebe zu hoffen, eigentlich auf keine. Eine seltsame Freiheit war die Folge.

Neu war, dass er sich bewegte, ohne fremde Hilfe und ohne etwas zu erwarten, angespornt nur davon, auf diese Weise der Leere zu entkommen – auch das sehr merkwürdig. Schon im Zug hatte sich seine Lähmung gelöst. Bristol zu sehen, Gloucestershire, das ganze riesige London einfach zu verschlafen, doch dafür wieder in Sudbury zu sein... Wie Beschwörungsformeln erschienen ihm die Namen auf den Bahnhofsfassaden.

Seit dem Morgen auf der Fähre erfüllte ihn die Zuversicht, ein selbstgestecktes Ziel zu verfolgen. Es war nur ein Gefühl, doch es war tief und tröstlich, half ihm auf und verlieh ihm verblüffende Selbstsicherheit. Zum ersten Mal seit langer Zeit hatte etwas in ihm Gestalt angenommen, das entfernt einem Wunsch ähnelte: So verrückt, so lebenshungrig wollte er bleiben! Vorhanden sein, sich bewusst machen, dass es ihn gab, unterwegs sein, zuhalten auf einen Lichtstreif, und verfehlte man ihn, dann es neu versuchen. Dieses wiedererwachte Gefühl war es, was ihn in Sudbury, als er vorbei an lauter Fremden über den vibrierenden Bahnsteig rannte, so hatte staunen lassen, und dass dieses Gefühl anhielt, wünschte er sich und jedem anderen. Es sollte nicht weggehen. So lange wie möglich sollte es andauern.

Er blickte in die schnelle Strömung der Maas, und mit einem Mal erkannte er darin ein Bild von sich selbst und war sich zumindest seines Zweifels sicher. Dieses unsichere Glück ließ sich nur erhalten, wenn er auch weiterhin zu spät kam.

16

BRIEF AN EINEN RIESEN

Mit derselben kleinen Nordseefähre fuhr er am Nachmittag zurück. Sogar die Zeitung, die auf Deutsch von einem deutschen Kaiser berichtete, den es nicht mehr gab, fand er zwischen zwei Sitze geklemmt wieder. Zur Erinnerung an seine Stippvisite in den Niederlanden nahm er sie an sich und entdeckte, gerade als er sie einstecken wollte, dass die Zeitung viereinhalb Jahre alt war. Sie stammte von einem Tag wenige Wochen nach seiner Rückkehr aus dem Eis. Es herrschte Krieg. Es gab einen deutschen Kaiser. Keiner kannte Lenin. Es gab die *Britannic*. Mickie Mannock lebte.

Während der Überfahrt nach Essex stellte er sich vor, wie der *Weserkurier* seit 1916 unzählige Male hin und her über den Kanal gefahren war und wer alles seither darin gelesen hatte. Als die *Greenstead Green* in Harwich anlegte, beschloss er, nicht der Letzte zu sein, dem die Zeitung die Zeit vertrieb.

In England empfing ihn ein alter Bekannter: Eisiger Regen prasselte unverändert auf graue Straßen, blassrote Dächer und kahle Äste windschiefer Uferbäume. Missmutig hockten durcheinandergewürfelt überall Krähen und Möwen, und durch den Ort, wo es noch kälter als am Vortag war, eilten nur wenige Leute. Keinem wäre es aufgefallen, hätte ein junger Fremder mit geschultertem Seesack einen der krummen Bäume erklettert und sich in die von Böen geschüttelte Krone unter die lethargischen Vögel gesetzt.

In einer zugigen Imbissstube beim Holland-Anleger aß er einen Brei aus Rindfleisch und Kartoffeln, der an ein versalzenes Porridge erinnerte. Durchs Fenster starrte er in den Regen und beobachtete die Vögel, die das Balancieren auf den Zweigen übten und nur aufflogen, wenn sich eine Welle an der Mole brach und die Gischt bis ins Geäst hinaufspritzte.

Währenddessen überlegte er, was er als Nächstes tun sollte – keine leichte Aufgabe, denn es gab nichts, was nach diesem Rinderporridge auf ihn wartete. Sein Löffel grub eine Kante in den Brei, und eine Zeit lang, als er so dasaß, vor sich hinbrütete und löffelte, erschien ihm die Breikante symbolisch, ein weiches, warmes, nicht gerade schmackhaftes Abbild des Randes aller Dinge. Ja, dieser Rand forderte ihn zum Überdenken seiner Lage auf – was eine noch schwierigere Aufgabe war, da er wusste, sie würde ihm einiges Unliebsame abverlangen.

Das Sonntagstribunal in Pillgwenlly lag gerade zwei Tage zurück. Zwölf Tage der ihm verordneten zwei Wochen Auszeit blieben mit Tätigkeiten auszufüllen, die sich auszudenken er keine Lust hatte – Ereignisse und Erlebnisse, die ihm gestohlen bleiben konnten. Seine Familie hatte es sich einfach gemacht und ihn auf Reisen geschickt, wohin, spielte keine Rolle. Einkehr sollte er halten, zu sich kommen, weg, bloß weg von seiner Besessenheit, die sie für eine nutzlose Deprimiertheit hielten.

Zum Teufel mit ihnen. Stattdessen war er dem Grund seiner Besessenheit nachgefahren, war Ennid hinterhergereist und hatte seine Eltern belogen. Während sie ihn in Irland wähnten – wo es angeblich endlos schneite –, saß er in einem Hafenpub an der ostenglischen Küste und starrte auf die Mündung des Stour und eine aufgewühlte See. Über dieses Meer fuhr Ennids Dampfer.

Sie ist weg. Zum ersten Mal wurde ihm bewusst, was das bedeutete. Es hieß nicht nur, dass er allein zurückblieb. Es zeigte ihm genauso, wieso er allein zurückblieb, wieso sie ihn nicht liebte und auch gar nicht lieben konnte.

Wozu er offenbar nicht in der Lage war – Ennid hatte es wahrgemacht, sie hatte einen Fluchtweg aus Newport gefunden und ihn genutzt. Trott, Überdruss und Lähmung war sie entkommen, ihrer vergeblichen Liebe zu einem Gestorbenen, ihrer Trauer um die Eltern, der Falschheit ihrer Freundinnen, ihren feinen Verehrern, den nicht wiedergutzumachenden Verletzungen und dem vorgezeichneten Weg, auf dem sie alle dahinkrebsten, war sie entronnen.

Ebenso aber war sie vor ihm und einer ihr hinterhergetragenen Anhimmelung geflohen, zum ersten Mal machte er es sich bewusst und ließ über einem kalten und nur noch grauen Rest Rinderporridge keine Ausflüchte und Beschönigungen mehr gelten.

Was immer sie in Amerika erwartete, war ein anderes, womöglich besseres, vielleicht schlechteres Leben, ihr schien es nur darauf anzukommen, dass es ein neues war. Es schloss ab mit dem Kummer um ihren Bräutigam, dem Verlust ihrer Eltern, den ihr aufgepfropften Plänen, in die Fußstapfen ihres Vaters treten und in einer Provinzhafenstadt Schiffsausrüsterin werden zu müssen, mit Regyn, Gonryl und Mari, mit Flugschauen in Caldoen, mit dem Warten auf des Königs Automobilkorso, mit sonntäglichen Spaziergängen am Ebbw und überm Severn kreisenden Möwen.

Das alles war ihr früheres Leben und gab es nicht mehr. Mitgenommen hatte sie einen Koffer für Kleidung und ein paar Bücher, die Geldkatze für ihre Ersparnisse, ein paar bittere, ein paar gute Erinnerungen und ... die Beinschiene. Genauso wenig wie alles Übrige, das sie zurückließ, gab es für sie noch Regyns kleinen Bruder, den Jungen auf dem Stuhl im Kontor seines Vaters, den siebzehnjährigen Südpolfahrer, das nach Hause zurückgekehrte Narbengesicht, den in der Fremde zum Mann gewordenen Prokuristen mit der stummen Leidensmiene. Es gab ihn nicht mehr, weil ihr Aufbruch ein Abschied für möglichst lange war, ja, wenn es nach ihr ging, für immer. Ihr Abschied war eine Abrechnung, ihre Auswanderung eine Auslöschung. Was sie zurückließ, hörte für sie auf zu existieren, hörte auf, sie unglücklich zu machen, und da bildete er keine Ausnahme. Er musste es sich vor Augen führen, es einsehen und hinnehmen als gegeben, denn das war, unbeschönigt von allen Herzensempfindungen, seine wirkliche Lage: Für die Frau, die er liebte, war er gestorben.

Für ihn selbst allerdings war das ganz anders. Für ihn bestand kein Zweifel daran, dass lebendig zu sein dem Gestorbensein unbedingt vorzuziehen war. Er sah es so: Solange er am Leben blieb, konnte er Ennid lieben, solange er sie liebte, konnte er sein Leben lieben, und solange er sie und sich selbst liebte, liebte er auch alles andere, beispielsweise ein echtes Porridge. Oder einen Hund, der ihn anblickte, als würde er ihm etwas erzählen wollen. Oder das Meer, das zwar grausam sein konnte und kein Mitgefühl kannte, aber das zugleich alle Wege öffnete und ein getreues Abbild der Weite war, die jeder in seinem Innern trug. Sogar den ewigen

Regen liebte er (für seine Beharrlichkeit), und den Wind, der ihm, als er ins Freie trat, auf der Uferstraße entgegenschlug (für seine Kraft) und sich ihm entgegenstemmte, als wollte er ihn unter allen Umständen daran hindern, zum Bahnhof zu gehen.

Die Schalterhalle des nicht sehr großen Bahnhofs von Harwich brachte ihm ins Gedächtnis zurück, wie unentschieden seine Zukunft nach wie vor war. Was sollte er in den kommenden zwölf Tagen mit sich anfangen, wohin fahren, wie sollte er seinen Eltern erklären, dass er nicht in Annascaul, sondern in Sudbury, in Harwich und in Rotterdam gewesen war, und vor allem, wie ihnen klarmachen, dass er gar nicht daran dachte, »diese Person« aufzugeben? Ebenso gut konnte er sich selbst aufgeben! Er wollte aber weder sie noch sich aufgeben! Und er würde es auch nicht.

Diesen Entschluss gefasst, trat er vor den Schalterbeamten, einen älteren, sehr großen und sehr hageren Herrn mit abstehenden Ohren und teilnahmslosem Blick. Ohne den Mann zu kennen oder näher kennenlernen zu wollen, mochte, ja liebte er ihn, weil Mr. Hollis – der Name war auf die Uniformbrust genäht – Fahrpläne auswendig kannte und Fahrkarten verkaufte. Mr. Hollis sorgte für Mobilität, und seiner stoischen Miene zum Trotz tat er das hurtig.

»Nach Swansea ... Abfahrt in acht Minuten«, sagte er tonlos. »Haben Glück, junger Mann. Umsteigen in Paddington. Bis Newport in Wales ... zwei Pfund.«

»Danke, Sir.«

»Gute Reise.«

»Ihnen auch. Das nächste Mal, wenn Sie verreisen, meine ich.«

»Sehr freundlich, Sir.«

»Sie auch, Sir.«
»Einen schönen Tag, Sir.«
»Ihnen ebenso, Sir.«

Der Zug fuhr wieder die nächtliche Umleitung über Sudbury und weiter nach London, Bristol und Newport auf derselben Strecke, auf der er nach Harwich gekommen war. Es war die Great Western Main Line, die in Swindon zur South Wales Main Line wurde – so stand es auf dem Billet, das ihm Mr. Hollis ausgehändigt hatte und das blassrosa war und die Zahl 113 trug. Er sah in dieser Stempelziffer ein Omen, da Liebende noch im Kleinsten eine ihr Leben kommentierende Bedeutung, wenn nicht einen Wink des Schöpfers und damit Wegweiser für ihre Zukunft erkennen – in einer Hecke, einer Bö, dem Schriftzug einer aufgegebenen Bäckerei oder dem Husten eines auf dem Rasen sitzenden Eichhörnchens.

113. Die Zahl bekräftigte ihn in seiner Entscheidung, zurück nach Hause zu fahren und sich dort für zwölf Tage vor seiner Familie zu verstecken.

113! Die Ziffer vereinte in sich die beiden Hausnummern, die lebensentscheidend für ihn waren: Ennids Elternhaus oben am Cardigan Place hatte die Nr. 1, und Mrs. Splaine, ihre Katze Misery und er selbst wohnten in der Skinner Street Nr. 13.

Der Zug dampfte durch den Regen. Merce war in dem Abteil allein, bis Sudbury sogar allein in dem Waggon, und ging unverzüglich daran, einen Plan auszuführen, den er dem fliederfarbenen Fahrschein in seiner Manteltasche verdankte. Der Zugschaffner brachte ihm den gewünschten Schreibblock, dazu Stift und Umschlag, und so beschriftete er zuerst das Kuvert, zunächst mit der Anschrift des Absenders:

Merce Blackboro
13 Skinner St.
Newport / Casnewydd
Wales

An Creans genaue Adresse konnte er sich nicht erinnern, doch was er auf den Umschlag schrieb, schien ihm auszureichen:

Mr. Thomas Crean
The South Pole Inn
Annascaul, Kerry
Irland
Dringend!

Shackletons früherer Erster Offizier war kein Freund langer Reden (weshalb er als Inhaber eines Pubs zwar ein Telephon besaß, es aber nicht nutzte), ebensowenig schätzte er umständliche Erklärungen. Tom Crean wurde nicht umsonst der Irische Riese genannt. Er war ein Hüne. Wenn er lachte – was selten vorkam –, bebte man mit, und wenn er schwieg – was meistens der Fall war –, hielt man lieber ebenso den Mund. Er war Träger der Albert-Tapferkeitsmedaille, seit er während Scotts *Terra Nova*-Expedition 60 Kilometer weit allein übers antarktische Eis gelaufen war, um Teddy Evans zu retten. Und er hatte Evans gerettet. Crean war das Idol einer ganzen Generation abenteuerlustiger junger Burschen, wäre aber nie auf den Gedanken gekommen, etwas, das er durchgemacht hatte, als Abenteuer zu bezeichnen.

Tom Creans Photographie mit Pfeife im Mundwinkel und

vier Schlittenhundwelpen im Arm hing schon über Dafydds Bett, als sein Bruder aus Bauklötzen noch Hirschkäfergehege bastelte. Er erinnerte sich lebhaft der Tiefe von Dafydds glühender Bewunderung, und weil er wusste, dass Crean ein weiches, für aufrichtige Huldigungen nicht unempfängliches Herz hatte, beschloss er, den Brief mit einem Bild aus Kindertagen zu eröffnen: »Solange es hieß, Sie, Tom ...«

Sollte er ihn beim Vornamen nennen?

Es wurde kühl im Abteil. Er blickte aus dem Fenster und sah, über Essex und seinen dunklen Hügeln hatte es zu schneien begonnen, nahm den leichten Flockenfall aber nicht wirklich wahr. Die Vorstellung, sich an Tom Crean persönlich zu wenden, nahm ihn gefangen, und die Aussicht, damit auch etwas für sein eigenes Leben zu tun, so wie während ihrer gemeinsamen Reise mit der *Endurance*, bescherte ihm ein unerwartetes Glücksgefühl.

Er stellte sich Crean vor, in Annascaul in seinem *South Pole Inn*, vor dessen Fenstern es schneite. Allein stand Crean in dem Schankraum und riss verwundert den Umschlag mit dem Londoner Poststempel auf ... da wusste er mit einem Mal, wie er den Brief beginnen musste, damit ihm Tom Crean antworten und vielleicht helfen würde.

»Solange es hieß, Tom Crean sei noch nicht zurückgekehrt, so lange, lieber Tom, brannte allabendlich auf dem Nachttisch meines Bruders für eine Stunde eine Kerze. Ich hatte damals, mit zehn, elf Jahren, keine Vorstellung von der Weite der Welt, von Asien, Amerika oder Australien, ich verstand nicht, von wo Sie noch nicht zurückgekehrt waren. Doch bis unsere Mutter in unser Zimmer kam, um das Licht zu löschen, und oft auch noch weiter in der Dunkelheit, erzählte mir mein Bruder davon, und immer begann er mit den Worten ›Also hör zu, kleine Nervensäge, die Antarktis ...‹«

Crean war dreimal in die Antarktis gefahren, zweimal mit Scott, einmal mit Shackleton. Zwei Jahre lang hatte er ihn tagtäglich erlebt, an Bord, während der Odyssee durchs Packeis und in der Einöde von Elephant Island. Mit Shackleton, Käpt'n Worsley, dem degradierten Bootsmann Vincent, mit Bakewell und Crean war er in einem umgebauten Beiboot über die Drake-Passage nach Südgeorgien gesegelt, um die zweiundzwanzig auf der Elefanteninsel Zurückgebliebenen vor Erfrieren und Verhungern zu bewahren.

Nach ihrer Rettung durch die Walfänger auf Südgeorgien begleitete er Crean nach Südamerika, wo sich ihre Wege in Valparaiso trennten, und nach dem Krieg und Creans Abschied von der Marine war er einer der wenigen aus der alten Mannschaft, die mit dem Irischen Riesen in sporadischem Austausch blieben.

»Noch immer verschlägt es Dafydd den Atem«, schrieb er weiter, »sobald eine Karte aus Annascaul auf dem kleinen Tisch meiner Mutter liegt« – »Marketerietischchen« strich er aus –, »wo ich Post von Ihnen hinlege, um damit anzugeben.«

Tom Crean war ohne Zweifel der kräftigste, tapferste und unbestechlichste Antarktisfahrer, den man sich denken konnte, leider aber war er auch der einsilbigste Antwortschreiber in der bis in die Antike zurückreichenden Geschichte der Entdeckung und Erforschung des weißen Kontinents.

In den vergangenen fünf Jahren seit ihrer Rückkehr aus dem Eis hatte er ihm so manchen Brief und an die 20 Postkarten aus Newport geschickt, eine Antwort aber war nur zweimal gekommen – wobei die letzte Nachricht aus Annascaul im Grunde von Shackleton stammte, der auf einer Vortragsreise durch Irland im *South Pole Inn* Station gemacht hatte.

»Beste Grüße – C.«, hatte Crean winzig und ganz unten auf Sir Ernests Karte gekritzelt.

Mit dem Briefanfang war er zufrieden. Crean würde es rühren und mit Stolz erfüllen – Stolz, ein für ihn wichtiger Begriff –, von Dafydd und der ganzen südwalisischen Familie Blackboro zu lesen, dass sie ihn seit so vielen Jahren verehrten – Ehre, ein noch wichtigerer Begriff für ihn.

Wie er Tom allerdings dazu bewegen sollte, ihm ein Alibi vor eben dieser Familie zu verschaffen, war ihm umso schleierhafter, je länger er darüber nachdachte.

In dem Abteil saßen mittlerweile drei Herren mit ihm, die jeder eine unterschiedliche Zeitung lasen – *Daily Mail*, *The Daily Telegraph* und *The Manchester Guardian* –, dazu zwei Damen, die wie Zwillingsschwestern aussahen und sich über eine gemeinsame Bekannte namens Rebecca unterhielten. Sie trugen blaue Gabardinemäntel mit gelb bestickten Ärmeln (Regyns neuem Mantel nicht unähnlich) und schwarze, japanisch anmutende Hüte (Regs Hütchen war ein Witz dagegen).

Ein Auto hatte Rebecca auf einer Londoner Brücke angefahren, Rebecca wurde in die Themse geschleudert und nur knapp gerettet … Er hörte nicht länger hin und wich den Blicken der schicken Londonerinnen aus. Sie zogen die Brauen hoch. Ungeniert musterten sie seine Narben.

Er versank in Gedanken. Und er zermarterte sich über dem Brief noch immer den Kopf, als der Zug bereits die Vororte der Hauptstadt erreichte und der Schaffner durch den inzwischen fast vollbesetzten Waggon rief: »Paddington! Nächster Halt London-Paddington!«

Dort wollte er den Brief aufgeben, um nicht weitere Zeit zu verlieren, denn Post aus London war in drei Tagen selbst auf der Halbinsel Dingle, während sie von Newport aus über eine Woche nach Irland benötigte.

»Tom, ich habe eine große Bitte an Sie und bin mir durchaus bewusst, dass ich da etwas Unstatthaftes von Ihnen verlange, aber«, schrieb er und strich es sofort durch.

»Tom, ich habe eine Bitte und bin mir im Klaren, dass ich da etwas Unmännliches von Ihnen …«, schrieb er stattdessen, blickte den Satz lange regungslos an und strich ihn schließlich mit einer einzigen Handbewegung durch.

»Lieber Tom, ich sehe mich einer furchtbaren« – er strich das Wort und ersetzte es durch »großen« – »Notlage« – er strich das Wort – »Herausforderung gegenüber und bitte Sie, mir zu helfen. Es ist so, dass ich vorhabe …«

Er hielt inne. Was hatte er denn vor? Ennid nachzureisen? Einen Dampfer nach New York zu nehmen, sobald sich die Gelegenheit bot? Bisher hatte er das nicht gewusst. Er wollte Crean um ein Alibi bitten: Tom könnte in Pillgwenlly anrufen und Mrs. Blackboro sagen, wie erfreut er sei, dass ihr Sohn ihn besucht hatte.

»Danke Ihnen, Mr. Green«, würde seine Mutter vielleicht sagen. »Woher, sagten Sie, kennen Sie Merce?«

Und in seinem wohlklingenden, runden Irisch würde Crean erwidern: »Wir waren auf See zusammen, Ihr Sohn, zwei dutzend andere Jungs und ich, Madam. Sie haben da einen feinen Menschen großgezogen.«

Und Gwen Blackboro: »Ich weiß das sehr wohl. Hätte man doch nur nicht die ganzen Sorgen als Mutter von Kindern, die immer größer werden, Mr. Green. Auf welchem Schiff sind Sie und mein Kind denn zusammen gefahren?«

»Auf der *Endurance*, Madam.«

»Ach? Waren Sie Matrose, Mr. Green?«

»Green hieß unser Koch«, würde Tom erwidern, »mein Name klingt vielleicht sehr ähnlich, Madam, und doch lautet er Crean, verzeihen Sie.«

»Wie Tom Crean?«

»Ja, Madam. Genau so. Ich war Zweiter Offizier. Später verantwortlich für die Hunde. Und noch später, in dem Beiboot, der *James Caird*...«

Während der Zug durch London fuhr, stellte er sich Crean vor, dem Bilder von der alles entscheidenden zehntägigen Fahrt mit dem Segelboot über die Drake-Passage in den Sinn kamen, und auch er selbst sah sie fünf wieder vor sich, auf engstem Raum, gepfercht in ein Boot, das dahinschoss über ein menschenleeres Meer am Ende der Welt.

Zugleich malte er sich seine Mutter aus, der auf einmal dämmerte, wen sie am Apparat hatte. Den größten der Eisheiligen, Grundgütiger! Sie telephonierte mit Tom Crean!

»Ich habe vor, nach Amerika zu reisen, Tom, in einer Liebesangelegenheit, die für mich mein Leben bedeutet.«

War das so? Die Liebe zu Ennid entschied über sein weiteres Leben? Wie sollten seine so ganz und gar unerwidert gebliebenen Empfindungen das rechtfertigen?

Und doch sagte ihm sein Herz, nein Bauchgefühl, nein innerer Kompass, dass er dies Crean anvertrauen sollte, ausgerechnet diesem früher so ganz und gar frauenabstinenten Inbild aller Männlichkeitstugenden Tom Crean, der inzwischen verheiratet war und zwei Töchter hatte.

Jemanden um eine Lüge zu bitten, und sei es eine noch so verständliche Notlüge, war ungut, ja beschämend. Crean gegenüber war es völlig ausgeschlossen.

Kaum war sich Merce darüber im Klaren, vergaß er die drei Zeitungsleser in seinem Abteil ebenso wie die beiden Damen, die von Aufprallwucht, Fliehkraft, Strömungsgeschwindigkeit und Rettung durch unumstößliche Naturgesetze redeten. Für ihn stürzte Rebecca noch einmal von der Themsebrücke. Bevor sie auf dem Wasser aufschlug, blähte sich ihr Kleid und bremste sie wie ein Fallschirm.

Als wäre er erst jetzt aufgewacht, begann er zu schreiben.

»Sie kennen sie nicht und kennen sie doch – im Eis habe ich oft von Miss Muldoon erzählt. Von Shackleton und Ihnen, Tom, habe ich gelernt, dass man einen Menschen unter keinen Umständen aufgeben darf, weder einen anderen Menschen noch sich selbst. Ich belüge meine Familie und mich selbst. Meine Eltern habe ich im Glauben gelassen, Sie in Annascaul zu besuchen, um mit Ihnen über unsere Erlebnisse im Eis und die bis heute anhaltenden Folgen zu sprechen. Stattdessen fahre ich kopflos durch die Gegend, bis nach Rotterdam, nur um Miss Muldoon nicht aufzugeben. Meine Gründe, höre ich Sie sagen, seien selbstsüchtig, und ich fürchte, das stimmt. Meine Liebe ist alles andere als uneigennützig. Sie ist das Gegenteil, und im Grunde war sie nie mehr als reinster Egoismus.

Trotzdem...«

Er sah hinaus. Aus zahllosen Kaminen stiegen Rauchsäulen auf. Über dem abendlichen London herrschte dichtes Schneetreiben. Erstmals regnete es nicht mehr – verwundert sah er die weißen Straßen, Dächer, Brücken, Kutschen, Autos, die Mützen der Leute und die Tiere, die keine Mützen hatten.

»Trotzdem glaube ich, den Menschen, den ich liebe, sollte ich nicht einem ungewissen Schicksal überlassen – zumal ohne Miss Muldoon auch für mich alles ungewiss ist. Obwohl sie ganz offensichtlich völlig anders für mich empfindet, könnte ich ihr dennoch zur Seite stehen und im besten Fall damit auch mir selbst helfen. Halten Sie das für unaufrichtig, Tom? Bitte geben Sie mir einen Rat! Mit besten Wünschen denke ich an Sie, während ich durch ein subantarktisches London heimfahre nach Newport in Wales.«

Der Zug fuhr durch Romford, Ilford und Stratford, vorbei an immer engeren Straßenzügen und dichter aneinander gedrängten Gebäuden. Im Korridor fiel ihm ein kleines Mädchen auf, das ihm Zöpfe und Rücken zuwandte, während es aus dem Fenster sah. Beim Anblick des Kindes wurde ihm bewusst, dass er auf seiner ganzen Reise durch England, über die Nordsee und wieder zurück kein einziges Mal die Stimme gehört hatte.

Dann hielt der Zug – »London-Paddington!« –, und das Kind stieg vor ihm aus. Genau so musste das Mädchen aus seinen Gedanken ausgestiegen sein, seit er ein wenig zuversichtlicher war.

17

KRISTINA

Wärme! Sofort ging es ihm besser. Er zog Strickjacke und Kimono aus. Am Hals spürte er den Schal. Er tastete danach, lockerte ihn, nahm ihn ab und ließ ihn aufs Bett fallen. Als er vor Balkontür und zwei Bullaugen die Vorhänge beiseitezog, wurde es in der Kabine taghell.

In Seidenpyjamahose und Unterhemd sah er sich in dem Spiegel über dem Chippendale-Schränkchen voller Gläser: das vom Wind zerzauste Haar, die von der Kälte gerötete Haut, die vom Gin verquollenen Augen und die Stoppeln eines seit Rotterdam sprießenden Bartes. Eine Weile beargwöhnte er dieses Gesicht, presste die Lider zusammen, riss sie auf, fuhr sich durch die von der Salzluft steifen Haare und wartete ab, ob das Zittern nachließ.

Vor dem Schränkchen, das erste Glas in greifbarer Nähe, lockerte sich der Zwang, alles, was ihn umtrieb, einordnen zu müssen, um den Zeitpunkt hinauszuzögern. Er blickte zu der Uhr, die neben dem Bett hing. Sie zeigte zwei Uhr nach englischer Zeit, und die niederländische oder deutsche kannte er nicht und hätte er in seiner Kabine ohnehin nicht gelten lassen. Es war Monate her, dass er sich erst am frühen Nachmittag einen ersten Drink genehmigte – nur das zählte.

Seit sie die Elbe hinaufkrochen, zog das Schiff ruhig durch das Wasser. Genau in dem Moment aber, als er in dem kleinen Korridorschrank nach der Flasche griff, schwankte der Dampfer, er »rollte«, hätte Meeks gesagt. Er hielt sich fest und stieß einen Fluch aus, mit dem er alle je gebauten Schiffe und überhaupt die Tatsache verwünschte, dass man nicht überall festen Boden unter den Füßen haben konnte. Es klirrte gewaltig, doch nichts ging zu Bruch. Alles stand sicher in verchromten Halterungen, funkelte und wartete.

Vom Bett kam ein Stöhnen. Er ignorierte es, nahm den geschliffenen Verschluss aus dem Flaschenhals und warf ihn in einen Klamottenhaufen auf dem Sessel, wo das Ding liegen blieb wie ein kinderfaustgroßer Diamant. Erneut überlief ihn ein unkontrollierbares Zittern, schnell griff er nach einem Glas und schenkte sich mit fiebrigem Blick ein.

Er sah diese Fieberaugen im Spiegel, zugleich aber in der farblosen Flüssigkeit, als er das Glas an die Lippen hob.

Wieder kam vom Bett das schläfrige Stöhnen. Er verstand es als ein verschlüsseltes Kommando und stürzte, bevor er ihm Folge leisten würde, drei große Schluck Gin hinunter.

Erst dann sah er aus dem Augenwinkel zu dem zerwühlten Bett. Ein Fuß mit grün lackierten Nägeln schob sich, wo der Fransenschal gelandet war, unter der Decke hervor.

»Guten Morgen«, sagte eine Stimme, die er wiedererkannte, »wunder-, wunder-, wunderschönen Morgen-ohne-Sorgen, geliebter Daddio.«

Und auch an diese Anrede erinnerte er sich.

Krissie benötigte eine Weile, bis sie sich in der Lage sah, den Kopf zu heben. Sie stopfte sich ein Kissen in den Nacken, legte einen Arm über ihre Augen und seufzte, während sie regungslos liegen blieb, allem Anschein nach, um wieder wegzudämmern und weiterzuschlummern. Da waren diese

Achselhöhlen wieder, die ihn schon gestern Abend so verwirrt hatten.

Wie sie hierhergekommen war, wusste er nicht, vermutlich aber gemeinsam mit ihm. Gut erinnerte er sich an ihre Begegnung im Hotelspeisesaal: »Diver! Diver! Was für ein irrer, irr-sinn-iger Zu-u-ufall!«, rief sie über mehrere Tische hinweg und wedelte auf sein Nicken hin lächelnd mit dem Zipfel eines Schals, der ihr um den Hals hing wie eine platt gewalzte, hauchdünne und in die Länge gezogene Aprikose.

Etwas schwächer schon sah er die nächtliche Droschkenfahrt durch Rotterdam vor sich (da hatte sie schon in seinem Arm gelegen), und nur sehr schwach und sehr entfernt entsann er sich des Tanzsaals im *Boomgaard*, der hundert Lichter, tausend Gläser, unzähligen Gesichter.

War ihr Aufeinandertreffen wirklich Zufall? Sie wusste, dass er mit Meeks in Europa unterwegs war, und Meeks und sie verstanden sich blendend. Letzte Woche sei sie kurzentschlossen auf ein Schiff nach Le Havre gesprungen und von dort mit der abscheulichen Eisenbahn nach Holland gefahren.

»Allein?«

Sie wusste es nicht.

War sie ihm nachgereist?

Ein Gefühlsmischmasch aus Zorn und peinlicher Berührtheit machte ihm zu schaffen, eine verkniffene Wut auf sich, aber auch sie. Er wusste nicht, wann er sie zum ersten Mal geküsst hatte (bestimmt hatte er sie geküsst), doch erinnerte sich, die Nacht mit ihr verbracht zu haben, wahrscheinlich in diesem schwankenden Bett, und, während er mit ihr schlief, mehrmals eingenickt zu sein.

Sie hatte ihn jedes Mal geweckt und aufgefordert, weiterzumachen, sie weiter zu streicheln, da, hier, und wütend war er auf sich selbst, weil er (offenbar) genau das getan hatte.

»Kristina«, sagte er, damit sie nicht wieder einschlief, und dabei trank er den letzten Schluck. Zahlen tanzten vor seinem geistigen Auge. Er kannte die Merriweathers jetzt seit fast 15 Jahren, er kannte Kris, seit sie sieben gewesen war. Gott, war das alles grauenhaft.

»Ja, Daddio, was ist, hm, was denn?«, fragte sie, ohne den Arm von ihren Augen zu nehmen. Sie war wach, aber nach neun oder zehn Stunden, die sie hier zusammen gelegen hatten, noch immer verkatert.

»Kris…« – ein auf alles und jeden neugieriges Mädchen war sie gewesen. Die kleine Kristina wollte alles wissen, alles lesen, alles sehen, alles kennen.

»… zieh dich an und geh bitte«, wollte er zu ihr sagen, doch er tat es nicht.

Er war doppelt so alt wie sie. Anfang 20 musste sie sein. Die junge Waliserin, deren Namen er schon wieder vergessen hatte, war nur unwesentlich älter. Zwar hatte er sie nach New York eingeladen, aber das war bloß Wiedergutmachung, Reparationszahlung gewesen. Er würde sie nicht wiedersehen, aus denkbar unterschiedlichsten Gründen würde weder sie noch er ihrem Leben den dafür notwendigen Ruck geben.

Kris war die einzige Tochter von Mildred Merriweather, einer Freundin Estelles, mit der die sich mehrmals in der Woche am Telephon über den Zustand der westlichen Welt austauschte – eine andere interessierte die beiden nicht. Bevor er sich seiner Diabetes wegen zurückzog, war Kristinas Vater in Washington ein hohes Tier am Supreme Court gewesen. Inzwischen gehörte ihm die halbe Upper Westside.

Einmal kürte man den polternden Maryland-Mann zum Bürgermeisterkandidaten, doch er hatte als Wahl-New-Yorker das Nachsehen und unterstützte dann »Red Mike« Hylans Kampagne gegen den Reformer Mitchel.

Als er an Krissies Vater Earl aus Maryland dachte, fiel ihm der Name der Waliserin wieder ein: Mari Simms. Er sah ihr Gesicht vor sich, hörte ihre Stimme. Sie war von seinen Bemühungen sehr verblüfft gewesen.

Er setzte sich auf den Bettrand, blickte in sein leeres Glas, blickte auf die noch fast volle Flasche und schenkte sich neu ein. Beim besten Willen konnte er sich nicht erinnern, ob auch Earl Merriweather III. und seine Frau an Bord waren oder ob er ihre Tochter im Speisesaal des *Boomgaard* allein aufgegabelt hatte – genauer gesagt, von ihr aufgegabelt worden war.

»Wo sind wir denn?«, fragte sie, und als er es ihr sagte, sah sie ihn mit ihren dunklen Augen zum ersten Mal wieder offen an.

»Ist das nicht in Deutschland?«

»Ist es. Es ist grau und trist. Die Leute leben in Hütten.« Trübsinnig blickte er durch ein Bullauge hinaus.

Manchmal funkelten Kristinas Augen verschmitzt. Er kannte das von zahlreichen Gelegenheiten, wenn sich ihre Blicke auf einem Abendempfang oder einer sonntäglichen Benefizgala begegnet waren. Ein unausgesprochenes Versprechen lag in dem Funkeln, eine Innigkeit, die nur sie beide teilten, ohne dass je etwas Nennenswertes die Folge gewesen wäre.

Ihre Mutter hatte das Talent, den Nagel auf den Kopf zu treffen. Laut Meeks war sie »weise wie Basho« – den er nicht kannte, aber der wohl ein japanischer Dichter aus dem

17. Jahrhundert war: »Kristina ist zu jung für Sie, Diver – leider!«

Aber auch, was sie hinzugefügt hatte, stimmte: »Und leider kenne ich Sie eigentlich nur sternhagelvoll. Sie sollten das Trinken wirklich lassen, Lieber! Was meinen Sie, wieso es verboten ist? Auch Ihre Mutter hat viel getrunken, und sie ist daran zugrunde gegangen. Sie sollten das nicht wiederholen, denn nicht Sie sind schuld, dass Loonis nicht mehr lebt, sondern das Zeug, das Sie in sich hineinschütten.«

Zu trinken war nicht verboten, nur in der Öffentlichkeit zu trinken war untersagt. Alkoholkonsum gefährde die wirtschaftliche Leistungsbilanz der Nation, hieß es. Das war so, zweifellos. Auch deshalb trank er ja.

Bei solchen Gelegenheiten stand Krissie als vermeintliche Zierde neben ihnen, war in Wirklichkeit aber Mittelpunkt, Sinn und Zweck des ganzen Wohltätigkeits-Tamtams. Sie war so hübsch, dass man sich fragte, wie andere junge Frauen sich in ihrer Gegenwart vorkamen. Alles, was man sah oder an was man sich erinnerte, alles, was man sich je erträumt hatte, wollte man Kris zum Geschenk machen. Nur gehörte es ihr ohnehin. Was gab es, sollte, würde es je geben, das nicht ihr gehörte?

In jedem Raum, der das Glück hatte, von ihr betreten worden zu sein, war Kristina der Mittelpunkt.

Ein Bett, in dem sie aufwachte wie in diesem, war noch in 100 Jahren das Bett, in dem einmal Kristina Merriweather geschlafen hatte.

Aber das wusste sie nicht. Gerade das machte neben ihrer Geistesschärfe, ihrem Witz und rebellischen Mut Krissies Zauber aus. Leute, die sie liebte, beschützte sie selbstlos, und er hatte das Glück, einer dieser Menschen zu sein.

Ihre Augen funkelten belustigt, ungeniert blickte sie ihn an.

»Hast du nicht gesagt, Daddio, du würdest das zu verhindern wissen, hm?«

»Was verhindern?« Er trank, nippte nur, hatte an dem Glas bloß genippt, aber schon wieder war es fast leer.

Was meinte sie?

»O ja, du hast es gesagt! Ich erinnere mich genau: in dem Hotel in Amsterdam, wo wir tanzen waren, du und ich …«

»… in Rotterdam, meinst du, sweetie?«

»… oder Rotterdam. Ist das nicht dasselbe? Ich hab dir da die Schuhspitze zwischen die Beine geschoben. Am Tisch. Wo wir den roten Schnaps getrunken haben.«

»Ah, also dein Schuh war das.«

»Zuerst, ja. Dann hab ich den Schuh ausgezogen.«

»Sehr clever, honey.«

»Und du hast währenddessen mit dem Kapitän gesprochen und ihm gesagt, du würdest alles bezahlen, Ausfälle, Tickets, Regressforderungen, bla, bli, bla, bla, solange unser Schiff von Holland nicht erst nach Deutschland fährt, sondern direkt nach Haus, direkt zum Broadway. Du hast es gesagt!«

Sie lachte, als sie sein ungläubiges Gesicht sah … Nie und nimmer hatte er »nach Haus« gesagt. Es gab kein Zuhause.

»Obwohl ich mir ja die ganze Zeit nicht sicher war, dass der Mann wirklich der Kapitän ist. Nein, Daddio, er sah nicht aus wie ein Kapitän.«

»Sondern, Kris? Wie sah er aus?«

Im ganzen Universum war nichts und niemand irgendwo je zu Hause.

Sie zog die Arme unter der Decke hervor, nackte Arme (so

wie sie wahrscheinlich überhaupt nackt war), und fuhr sich mit den Fingern durch das kurze blonde Haar. Als Mädchen hatte sie es länger getragen, aber noch immer schimmerte es manchmal rot, genau wie das Haar ihrer Mutter. Mildred war eine echte Erscheinung. Wie ein würdevoller Alt-Engel sah Krissies Mom aus.

»Ein Kapitän sieht anders aus, Daddio. War er vielleicht in Wahrheit der Hotelbesitzer?«

Bei dieser Vorstellung musste auch er grinsen.

Kristina registrierte es und schien froh, dass sie sich zusammen amüsierten.

»Was trinkst du da?«, fragte sie, wartete die Antwort aber nicht ab. Sie setzte sich auf, die Bettdecke rutschte ihr von der Brust, und ohne sich die Decke zurück unter die Achsel zu stecken, um die Blöße zu bedecken, streckte sie ihm die Hand entgegen.

»Gib«, sagte sie mit schief gelegtem Kopf und funkelte ihn an. »Gib schon. Das vertreibt Kater und Kummer, stimmt doch, oder?«

Welchen Kummer meinte sie, ihren, seinen? Er hatte keinen.

»Oder, Daddio?«

Und auch, warum sie ihn so nannte, war ihm schleierhaft. Es passte nicht zu ihr, es erschien ihm nicht echt, und es schmerzte ihn, sie reden zu hören, als würde er sie und sie ihn nicht ernst nehmen. Wenn er sie immer gemocht und immer Respekt vor ihr gehabt hatte, so deshalb, weil alles an ihr und an ihren etwas zu steifen, zu lauten, zu freundlichen, zu schlecht angezogenen Eltern aus Maryland echt war. Sie waren gute Leute, echte Menschen.

»Nenn mich nicht so«, sagte er. »Das erinnert mich bloß

dran, dass ich viel zu alt bin, um mit dir hier zu sein.« Er schenkte das Glas voll und reichte es ihr. »Wo sind deine Eltern?«

Sie trank wie ein Vogel. Über das Glas hinweg sah sie ihn mit zusammengekniffenen Augen an, Augen, die er liebte, wirklich gern hatte, obwohl (oder weil) sie zu weit auseinander standen.

»Wo schon? Pop wird in irgendwelchen Konferenzen sitzen, juristischen, kapitalistischen« – sie hatte das Gesicht ihres Vaters: Hunderte kleine Sommersprossen –, »und Mom schwirrt durch die Läden, Lampen kaufen, Tische, Hyazinthen, Hydranten, was es so gibt. Findest du dich wirklich alt? Ich fand nie, dass du alt bist, zu alt schon gar nicht – für wen denn, mich? Ich finde dich genau richtig.«

Sie gähnte. Wenn er erst spät am Tag – mittags – zu trinken begann, gab es immer ein paar Minuten, in denen er sich im Vollbesitz seiner Kräfte wähnte. Stark fühlte er sich dann, so stark wie als Vierzehnjähriger. Er wusste alles. Nichts konnte ihm etwas anhaben, nichts umhauen. Der Enthusiasmus, den er verspürte, war mindestens so echt wie »die Authentizität« (Meeks) der Merriweathers, sein Optimismus keine Selbsttäuschung, und Herr Groll und Frau Weinerlichkeit schliefen noch ihren Rausch aus. Das Zittern war ruhiggestellt, das Lallen kam erst später. Wenn er überhaupt noch Ideen hatte und wie an so eine Idee an sich selbst glaubte, dann während dieser Minuten nach den ersten Gläsern Bourbon Sour, Manhattan oder Tom Collins. In dieser im Flug vorübergehenden Verfassung gehörte sein Körper ihm, war sein Gemüt konstruktiver Bestandteil der nach Verbesserung dürstenden Welt und nicht nur Fabrik fortwährender Hirngespinste und Chimären. In eben dieser Verfassung hatte er sie am gestrigen

Abend wohl gefragt, ob sie Lust habe, sich Rotterdam anzusehen und – irgendwo, er hatte keine Vorstellung, wo, er war nie in Holland gewesen – tanzen zu gehen, und in dieser Verfassung war er auch jetzt, er hörte es an seinen eigenen Worten: Wenn er nicht zu alt für sie war, sagte er zu dem Mädchen, das auf dem Bett die langen Glieder reckte und sich dehnte, so lag das vielleicht daran, dass sie zu jung für ihn war.

Was nicht das war, was er hatte sagen wollen. Es war zu simpel und zugleich zu verstiegen. Er hätte ihr gern etwas anderes gesagt, aber was, das hatte er vergessen. (Er behielt es als Gefühl für sich – wie es gewesen war, ihre Haut zu spüren, ihre ganz andere, nächtliche Stimme zu hören.) Es war verloschen. Wie Schnee, der in den frühen Morgenstunden in einen Fluss fiel. In den Bronx River.

Hatte er wirklich mit ihr geschlafen? Hatte er mit Kris Merriweather geschlafen und konnte sich nicht daran erinnern?

»Wie meinst du das?«, fragte sie, indem sie ihm das Glas zurückgab und endlich die Decke über ihre Brust hob. Sie hatte eine Gänsehaut, er sah es an dem Flaum auf ihren Unterarmen.

Nach dem nächsten Schluck würden die Verletzungen beginnen. Bei Gin war das so. Zu tief hineingewühlt hatte er sich in die Verunsicherung. Er drehte das warme Glas in Händen, spürte das Rollen des Dampfers, hörte, dass weiter unten mit einem Mal scharenweise Leute ins Freie strömten.

Was riefen diese Menschen? Er verstand es nicht.

»Hörst du?«, fragte Kris. »Hamburg! Bestimmt sieht man es schon. Du hast dein Versprechen nicht gehalten, Daddio.«

Er hob das Glas, prostete ihr zu und trank.

»Du bist zwar New York Citys hübschestes Kind, aber jetzt solltest du lieber gehen. Zieh dich an. Geh jetzt«, sagte er mit letzter Kraft, ehe das Tor, gegen das er sich stemmte, endgültig aufging und der andere Diver hereinkam.

Solange sie sich etwas anzog und er noch halbwegs er selbst war, ging er zurück auf den Balkon.

Augenblicklich stellte er fest, dass der Mantel, den er übergezogen hatte, nur in seiner Vorstellung existierte. In Unterhemd und Pyjamahose, Pantoffeln an den nackten Füßen, trat er an die Reling. Die Kälte rüttelte ihn immerhin wach.

Die alte Niedergeschlagenheit kroch in ihm hoch, er erkannte sie an ihrem bitteren Geschmack. Doch sie verging, als er den Hafen und im Wind mit eigenen Augen sah, was er bis da nur gehört hatte. Ob vor Kälte oder Erstaunen verflog sogar der Ginrausch und machte einem anderen Rausch Platz.

Für einen sich in die Länge dehnenden Augenblick hatte er das Gefühl, die sichtbare Welt trinken zu können. Zwei Decks unter ihm, genau dort, wo die junge Frau gestanden und den Lotsenmatrosen gewinkt hatte, sah er Dutzende, Hunderte Menschen stehen. Die Leute drängten sich an die Geländer, beugten sich johlend über die Bordwand, rissen sich den Hut vom Kopf und winkten. Kinder saßen auf Schultern, Paare lagen sich in den Armen, lachten und küssten einander.

Die Stadt, die er endlich vor sich sah, hatte er sich kleiner, grauer, verschlafener vorgestellt, deutscher, viel deutscher hatte er sich Hamburg ausgemalt. Der Hafen erstreckte sich in alle Richtungen. Von Ruß und Öl war alles schwarz, die Ufer stählern, ein so unüberschaubares, schwimmendes Labyrinth aus Dampfseglern, Dampfern, Windjammern, Fähren, Kuttern und Barkassen umgab ihn, dass er überwältigt war und sich erinnerte, wie er als Junge an der Hand seines Vaters über die wenige Jahre alte Brooklyn Bridge lief und wie sie alle paar Meter stehen geblieben waren, um auf das Treiben am East River hinunterzublicken.

Auf solchen Lärm, so ein Konzert aus Sirenen, Hörnern, Tuten, Hämmern, Rattern, Klingeln und Pfeifen, das anscheinend allein ihrer Begrüßung galt, war er nicht gefasst gewesen, noch weniger aber auf die Freude all dieser Menschen.

Fünf, sechs große Kirchtürme ragten in den weißen Himmel, und wenn er sich nicht verhörte, läuteten von jedem die Glocken. Was die Leute so begeisterte, war ihm unbegreiflich. Ein feierlich tiefes Brummen erfüllte die Luft, und er spürte, dass er, wie schon sehr lange nicht mehr, gerührt war. Tränen stiegen ihm in die Augen, als er sich vorstellte, der Jubel, die Freude, das Brummen würden nicht diesem Schiff gelten, das aus Amerika kam und wieder nach Amerika fuhr, sondern den Leuten, die umgeben von Koffer- und Kistenbergen, kunterbunten Hügeln aus Taschen, Säcken und Körben, auf den Pontons der Überseebrücke warteten.

War es möglich, dass sie ihren Abschied dermaßen herbeisehnten? Welche Hoffnung würde das bedeuten, und womit wäre sie gerechtfertigt, fragte er sich. Der Alltag, der sie in Kansas City oder Cincinnati erwartete, rechtfertigte ihre Euphorie nicht im Mindesten. Aber das konnte keiner von ihnen wissen. Und hätten es ihnen diejenigen, die vorausgefahren und schon drüben waren, in ihren Briefen aus Boston, Chicago und Seattle zu bedenken gegeben – die Wartenden würden solche Warnungen in den Wind schlagen.

Er hörte seinen Namen. Jemand rief ihn, deshalb sah er hinunter in das Gewimmel auf dem Promenadendeck. Im Mantel, mit Hut und weißem Schal stand Meeks in einer Traube aus Männern und Frauen, die an die Reling zu gelangen versuchten. Meeks winkte und machte unverständliche Zeichen. Seine Hände formten etwas in der Luft und zogen es in die Länge... mit weit aufgerissenen Augen starrte er herauf.

»Was willst du?«, brüllte er hinunter. »Wenn du mir was zu sagen hast, ko... gef..., i... ha... ts ...n!«

Die letzten Worte – »... komm gefälligst rauf, ich habe nichts an!« – hörte er auch selbst nicht mehr.

Das durchdringende Brummen wurde zu einem ohrenbetäubenden Dröhnen, kam näher und wurde immer lauter, aber woher es stammte, begriff er erst, als Meeks unten auf dem überfüllten Deck einen Arm in die Luft reckte und zum Himmel zeigte.

Er wandte sich im selben Moment um, als die Nase eines Luftschiffs über dem vorderen Schornstein auftauchte. Das Nebelhorn der *Orion* tutete, ein archaisch dumpfer Ton, der in den Chor aus Hörnern und Sirenen einstimmte. Im Läuten der Glocken klangen sie wie die Hirsche, die im Frühling in Venturas Wäldern röhrten und Estelle nicht schlafen ließen. Auf einer stählernen Stelzenbrücke unmittelbar am Ufer ratterte eine Hochbahn vorbei, dottergelb. Menschenmengen unter den Pfeilern jubelten, schwenkten Tücher, Hüte und Schals. Schutzmänner in schwarzen Uniformen mit glänzenden Knöpfen schirmten das Ufer ab, damit die auf die Landungsbrücke Strömenden nicht in den Fluss fielen.

Während der Dampfer beidrehte, um anzulegen, schob

sich das Luftschiff langsam über den Strom. Beim Anblick des silbernen Rumpfes, der direkt über ihm durch den Himmel fuhr, ergriff ihn eine aufwühlende Erregung. Er wollte die gesamte Gestalt – die starre Hülle, die Motoren, das Leitwerk und die Gondel, in der er einzelne Menschen sah und sogar eine Frau mit Hutschleier erkannte – auf einen Blick erfassen und verinnerlichen.

Doch es gelang ihm nicht. Vor ein paar Jahren hatte er mit Meeks während ihrer ersten Reise nach Wales das Vehikel gesehen, in dem Willows von Cardiff nach London geflogen war. Es ähnelte einem gigantischen Maikäfer. Auch deutsche Luftschiffe hatte er schon erlebt, den Parseval 27, Schiffe von Schütte-Lanz und Groß-Basenach, die als Reparationszahlungen an die Franzosen gingen und über die Blériot nur lachte.

Keins war so elegant und filigran gewesen wie dieses über dem Hamburger Hafen. Er starrte hinauf, staunend und dabei angestrengt rechnend, nicht anders als damals bei den Spaziergängen über die Brooklyn Bridge, deren Stahltrossen, Verstrebungen und Laternen er als Junge gezählt hatte. Er zählte die Propeller, überschlug das Volumen der Gondel und wünschte sich dafür einen klareren Kopf. Das Luftschiff war nicht sehr groß, hätte aber doppelt so groß sein können. Mindestens 80 Passagiere würde eine größere, unter der Gashülle angebrachte Gondel fassen können. Das Luftschiff, das er sich ausmalte, maß weit über 200 Meter, sodass in seinem zigarrenförmigen Schatten ihr ganzer Dampfer verschwunden wäre.

Als er wieder an die Reling trat und hinunterblickte, breitete Meeks die Arme aus. Übers ganze Gesicht grinsten sie einander an und wussten dabei beide, wie selten das vorkam.

»Krissie! Wenn du immer noch wissen willst, wieso ich den Schrottdampfer nicht umgelenkt habe, dann komm raus und guck es dir an!«, rief er in der Balkontür stehend.

Dort lag noch immer ihr Schal. Das Bett war zerwühlt, aber leer. Überall duftete es. Kristinas Parfum schwebte durch die Kabine wie draußen durch den Himmel das silberne Schiff.

18

SCHNEETREIBEN IN LONDON-PADDINGTON

In London-Paddington hatte er 45 Minuten Aufenthalt, bis der Zug nach Swansea fuhr. Die Damen und Herren aus dem Abteil verabschiedeten sich und stiegen aus – ein allein reisender junger Mann und zwei Paare, wie erst zu erkennen war, als die fünf draußen auf dem Bahnsteig standen: Der junge Mann zog den Hut und ging davon – vielleicht um Rebecca im Krankenhaus zu besuchen –, während die anderen sich aufteilten, zueinander gesellten und dann paarweise Abschied nahmen.

Alle mussten aussteigen, nicht nur er. Unterm Glasgewölbe der Bahnhofshalle, in der er nie zuvor gewesen war, wollte er sich die Beine vertreten. Allein in dem Abteil, schrieb er den Brief sauber zu Ende ab, dann steckte er das Kuvert ein.

Benommen von Lärm und Kälte bahnte er sich einen Weg durch das Gewimmel. Er kam an der von Männern und ihren Söhnen belagerten Lokomotive vorüber, die Geräusche von sich gab wie das freigelegte Herz eines gefangenen Riesen. In glitzernden Rinnsalen tropfte geschmolzener Schnee aufs Gleis. Kurz blieb er bei der Dampflok stehen und hörte einem Mann mit Schirmmütze zu, der drei kleinen Jungs den Mechanismus erklärte: Schwungrad, Wassertank, Tender … Er dachte an Ennid, ihren Liebhaber Val, ihren Abschied im Newporter Bahnhof. Wieso verbrachte sie ausgerechnet mit diesem Dosenfabrikantensohn die letzte Nacht ihres früheren Lebens? Warum nicht mit ihm? Wäre das nicht das Schlimmste gewesen, was sie sich hätte zufügen können? Er war genauso ein Teil ihres alten Lebens, und sie hatte ihn verschont. War das womöglich ein wenn auch kaum merkliches Zeichen für ihre Zuneigung?

Er tastete nach dem Brief. Einem dicken Schaffner, der ihm gewissenhaft erschien – wieso eigentlich? –, gab er eine Crown. Der Bahnbeamte versprach, den Umschlag bei Gelegenheit zu frankieren und abzusenden. Erst dann las er die Anschrift und zuckte zusammen.

»Tom Crean! Selbstverständlich, Sir!«

Er dankte ihm. »Es eilt. Eine Mission in einer gewichtigen Angelegenheit. Sie sind mein Kurier, Mister ...«

»... Fizzle, Sir!«

»Ich danke Ihnen von Herzen, Mr. Fizzle. Sagen Sie ... St. Mary's Hospital, zu welchem Ausgang muss ich da?«

Nur Empfindungen und Erinnerungen eines hoffnungslosen Nostalgikers verbanden Crean, Ennid und ihn. Seine Traurigkeit kam zurück, und er wusste, hinter dem Kummer erwartete ihn dunkle Angst. Wovor fürchtete er sich nur so? Niemand konnte ihm diesen Mechanismus erklären, und hätte es doch jemand vermocht, sein Vater etwa, oder in harscheren Worten seine Schwester, die es anscheinend erstrebenswert fand, als herzlos zu gelten – was Reg beileibe nicht war –, es würde nichts daran ändern, dass die Angst an ihm zerrte und ihn mit sich zog, wohin, das wusste nur der Himmel, niemand also, den man hätte fragen können.

Sturz, Schwerkraft, Fliehkraft, Strömung, Rettung – Begriffe von dem Unfall einer Unbekannten gingen ihm durch den Kopf, als er durch den Hauptstadtbahnhof eilte. Rebecca! Wo sind Sie? Sind Sie wohlauf? Die Bilder von Ihrem Sturz in die Themse gehen mir nicht aus dem Sinn... Die Schalterhalle war groß wie ein Eisstadion. Knöchelhoch bedeckte grauer Schneematsch den Boden. Und wirklich ging es dort zu wie auf einer Eisbahn, nur dass viele Läufer mit Koffern und Taschen oder Koffer- und Taschenträgern im Schlepp hin- und herschlitterten. Eine stattliche Dame mit Maulwurfspelz und verloren aus dem schwarzen Flaum glotzendem Hündchen rutschte erst in ihn hinein, dann wie durch ihn hindurch, und ihr nach wallte eine Duftwolke, gefolgt von dem Gatten oder Liebhaber, der sich für das Gerempel der pompösen Lady entschuldigte, bevor die gesichtslose Menge auf der Schalterhalleneisfläche Frau, Hündchen, Duft und Mann verschluckte.

Überm Eingangsportal und seinen gläsernen Drehtürsäulen war ein Zifferblatt befestigt, das ebenso zu einem Kirchturm hätte gehören können. Er erkannte darauf, dass ihm noch etwas Zeit blieb, deshalb trat er, statt umzukehren, in eine der rotierenden Glassäulen und ließ sich von dem Strom der Herein- und Hinausflutenden mitspülen. Er strömte mit ihnen hinaus.

Kalte Luft hüllte ihn ein, als er auf dem Bürgersteig einer ihm unbekannten Londoner Straße stand. Unter Gaslaternen an den Straßenecken riefen Zeitungsjungen wild durcheinander Meldungen. Autos und Doppeldeckerbusse hupten, Pferdefuhrwerke zockelten vorbei, manche auf Kufen, andere auf Rädern, alle fast stumm und beinahe weihnachtlich.

Ein junges Mädchen rief. Kam die Stimme aus seinem Inneren? Nein... er sah das Kind. Er hörte die Kleine. Er ging weiter.

Bei jedem Schritt wirbelte ihm Schnee entgegen, nahm ihm den Atem und schien ihn aufhalten zu wollen, aber noch immer trieb es ihn weiter, ohne dass er hätte sagen können, wieso und wohin. Alles Neue, alles Fremde zog ihn an und schien ihm in der Verranntheit seines Herzens gutzutun.

Durch das Schneetreiben folgte er der Straße. Es war die Praed Street. Auf festgetrampeltem Schnee lief er auf ein großes, hell erleuchtetes Eckgebäude zu, über dessen Eingang zu lesen war:

St. Mary's Hospital

Er hielt an. Der Schnee sank ihm aufs Gesicht, blieb liegen auf Nase, Brauen und Bart. Alexander Fleming war hier als Arzt tätig gewesen, in seiner Zeit am St. Mary's Hospital entdeckte er das Penicillin. So sagte es eine an der Hauswand befestigte Plakette. Er blickte die Praed Street entlang, durch die der Schnee wirbelte, als müsse er beweisen, dass nichts ihn anzuhalten vermochte. War Crean je hier gewesen, um Wilson zu besuchen?

An Wilson erinnerte keine Plakette. Edward Wilson, Ornithologe und Bordzeichner von Scotts *Terra Nova*, lebte für ein paar Jahre in Paddington. Von hier ging er inkognito in die Slums von Battersea, um Kranke zu untersuchen und Medikamente an sie zu verteilen.

Vorm Eingang zum St. Mary's Hospital stand ein dick eingemummter Junge, den keiner der Passanten beachtete.

»Extraausgabe!«, rief er. »Lesen Sie alles über die Konferenz von London! Die deutschen Forderungen! Die Ablehnung durch Premier Lloyd George! – Extraausgabe! Lesen Sie alles über die Konferenz von London!«, rief der Junge von Neuem, und Merce sah, dass er unter dem Mantel einen Stapel Zeitungen verbarg und trotz Mütze und Schal frierend von einem Fuß auf den anderen hüpfte.

Der Schnee wirbelte, und ebenso wirbelten in ihm Erinnerungen an Stunden umher, die Dafydd und er mit Büchern über das Rennen zum Südpol verbrachten. Keine zehn Jahre war es her, dass Scott im Wettstreit mit Amundsen den Kürzeren zog. Auf dem Rückweg vom Pol, wo Scott und seine Begleiter die norwegische Fahne hatten stecken sehen, starb zuerst Evans, der aus Rhossili in Wales kam, dann Oates, der auf Nimmerwiedersehen aus dem Zelt in den Schneesturm hinausging, und schließlich der Reihe nach in ihrem Zelt Bowers, Wilson und Scott selbst.

»Lesen Sie alles über die Entwicklungen in Irland! – Extraausgabe!«, rief der unermüdliche Junge. Crean hatte es nie verwunden, von Scott nicht unter diese fünf, sondern in die zweite Pol-Crew eingeteilt worden zu sein. Er überlebte, wäre aber lieber umgekommen, hätte er zuvor Evans, Oates, Bowers, Wilson und Scott retten können.

»Extraausgabe! Lesen Sie alles über Warren Gamaliel Harding, Woodrow Wilsons Nachfolger, den künftigen Präsidenten der USA … 20 Pence«, sagte der Junge und kam näher. »Eine Extraausgabe der *Sun* für Sie? Oder die *Times*?«

Zwei kurze Bewegungen, und er hatte eine Zeitung zusammengerollt. »20 Pence, Mister.«

»Steht das alles da drin?«, fragte er mit einem nicht zu unterdrückenden Zittern in der Stimme. »London, Irland, Amerika?«

»Steht alles drin.« Der Junge blickte ihn offen, offenbar neugierig an. Er war höchstens zwölf, wirkte aber erfahren genug, um zu wissen, dass ein Mensch, der bei Trost war, einem Zeitungsjungen nicht sehr lange zuhörte, zumal während eines Schneegestöbers.

»Steht drauf, steht drin«, sagte der Junge kühn und tippte auf die drei Schlagzeilen.

»Hast du mal vom *South Wales Echo* gehört?«

»Nö, hab ich nicht, Mister. Ist das 'ne Zeitung? Wollen Sie eine kaufen oder eine verkaufen?«

»Wie heißt du?«, fragte Merce.

»Extrablatt!« Der Junge drehte sich um und ging davon. »Alles über die Konferenz von London! Die deutschen Forderungen! Die Ablehn…!«

»Warte«, rief er ihm nach, »jetzt warte doch mal!«

Er folgte dem Bengel in den Tunnel aus weißer Luft. Jede darin umhergeschleuderte Flocke prallte von ihm ab, die Fliehkraft rettete alle. Das Gestöber bewahrte sie vorm Sturz und wirbelte sie davon. Alle Schneeflocken hießen Rebecca.

Der Zeitungsjunge blieb stehen. »Was wollen Sie, Mister? Ich muss Zeitungen verticken, klar? In 20 Minuten müssen die alle unsichtbar sein.«

»Sag mir, wie du heißt, Junge, und ich kaufe sie dir ab.«

»Sie meinen alle?«

»Alle, die du hast. Wie viele sind das?«

Der Steppke blickte ihn an, blickte auf seine Zeitungen und sagte: »Zwölf, glaub ich. Ja. Das wären…«

»Drei Shilling. Ich gebe dir fünf Shilling, bar auf die Kralle.«

»Fünf? Wofür, Mister?«

»Für deinen Namen. Und dafür, dass du mir hilfst. Und dafür, dass du auf zack bist und schnell machst. Mein Zug fährt in ein paar Minuten. Nach Wales.«

Der Junge wischte sich den Schnee aus dem Gesicht. Der Narben wegen machte Merce das lieber nicht.

»Sie sind nicht ganz richtig da oben, Mister, oder? Wie soll ich Ihnen denn helfen?«

»Ich sag dir was, und du rufst es aus, fünf Minuten lang, wie eine Schlagzeile.«

»Sie sind ja plemplem. Und was?«

»Eine Meldung, die keinen interessiert. Wie viel?«

»Zwei Crowns.«

Er hielt ihm die Münzen hin. »Sag mir, wie du heißt, und sie sind deine.«

»Warren. Ich heiße Warren Harding.«

»Warren Gamaliel Harding? Wie der neue US-Präsident?«

»Richtig. Genau so. Ein Zufall.«

»Gut ... sehr gut!« Er gab ihm das Geld. Der Junge grinste.

»Jetzt also die Schlagzeile, Warren.«

Schlitternd, mit wehendem Mantel, eilte er zurück zum Bahnhof. Vor der Drehtür am Portal blieb er kurz stehen und lauschte, ohne sich umzudrehen, durch den Schnee.

»Extraausgabe!«, rief der Junge. »Alles über die Entwicklung in Irland! – Extraausgabe! Lesen Sie alles über Woodrow Wilsons Nachfolger Warren Harding, den künftigen Präsidenten der USA! – Extraausgabe! Alles über Ennid Muldoon, Merce Blackboro und ihre sensationelle Entdeckung! Schwerkraft und Fliehkraft müssen neu definiert werden! – Extraausgabe! Lesen Sie alles über Ennid ...«

19

EIN GÜRTEL AUS DREI STERNEN

Hamburg den 3. März 21

Liebste Freundin(nen),

wahrscheinlich nachts irgendwann verlässt mein Dampfer Europa. Ich werde erst aus N. Y. wieder schreiben können, also in hoffentlich 6 Tagen wenn ich mit den Nagetiergesichtigen durch Ellis Island geschleust wurde.

Deshalb in diesem Umschlag gleich 2 Briefe von mir! Lass dich von dem 1. über meine Überfahrt nach Rotterdam nicht bekümmern. Es war ganz abscheulich. Ich habe wirklich überlegt in Hamburg auszusteigen u. alles abzublasen u. heimzufahren.

Aber es ist anders gekommen u. Du wirst nicht glauben was ich alles erlebe. Das Schiff fährt diesen Moment durch Deutschland die Elbe runter Richtung Nordsee. Ich liege auf meiner Koje. Es ist gemütlich weil das reinste Tohuwabohu hinter den Vorhängen herrscht. Jetzt sind ja die Deutschen an Bord u. ich kann dir sagen: Monster! Nein Quatsch. Viele sind bloß genauso traurig.

Überall sitzen u. liegen Leute rum u. schreiben weil in der Elbemündung der Lotse von Bord gehen u. die letzte Post mitnehmen wird – auch die an Dich u. euch. Den Brief abzuschreiben werde ich nicht schaffen. Bitte reicht ihn einander weiter! Ich hab euch alle drei lieb. Das dürft ihr nicht vergessen! Ihr seid für mich drei helle Sterne in einem Gürtel der mir Festigkeit gibt.

Man muss sich auf die Leute einlassen. Klar ist das schwer wenn man so zusammengepfercht ist. Trotzdem ist keiner besser u. keiner schlechter. Jeder ist liebenswert. Ich glaube Tolstoi.

Irgendwo zwischen Rotterdam u. Hamburg ging ich nachts an Deck. Ich guckte nach Süden in den Himmel voller Sterne u. sah ein paar Meter weiter den Alten mit der Stoffgiraffe in der Manteltasche wieder. Allein stand er am Geländer u. rauchte. Es schneite noch nicht so viel wie jetzt – ein Irrsinn. Also bin ich zu ihm u. wir stellten uns vor: Herr Vanbronck u. Miss Muldoon.

Als ich sein altes Englisch hörte wurde mir warm. Er kennt Swansea u. Cardiff, Newp. nicht. Kurz kam auch seine Frau raus zu uns, eine kleine blasse Dame. Sie begrüßte mich auf Holländisch u. sagte ihrem Mann gute Nacht. Sie sind seit über 50 Jahren verheiratet u. Glashändler aus einer Stadt die ich mir nicht merken konnte. Ihr Geschäft ging im Krieg kaputt u. deshalb fingen sie an für Amerika zu sparen wo ihr Sohn mit Familie in einem Vorort von Boston lebt – Glashändler wie sie.

Herr Vanbronck fragte mich wohin ich fahre u. ich sagte es ihm: Erst mal N. Y. – von da vielleicht weiter, komme drauf an.

Warum ich allein bin – ob ich genug Geld habe – wieso ich das Bein nachziehe u. worauf es denn ankommt – alles das fragte er mich nicht. Wir plauderten bloß u. guckten in den Himmel u. sahen uns die wenigen Leute an die vorbeikamen. Nachts wird es ganz ruhig draußen an Deck. Keinen Fleck auf dem Schiff lieb ich mehr als dort unter den verrosteten

Rettungsbooten. U. der ganze Schnee. Wie in Träumen als ich klein war.

Er sagte zu mir: Sie müssen sich bitte vorsehen. Sie sind jung u. allein. Ein paar durchgedrehte Leute mit sehr viel Geld sind an Bord u. machen sich einen Spaß aus einer Art Maskenball.

Hab davon gehört, sagte ich (obwohl das nicht stimmte) u. wenn schon. Ich habe nichts zu verlieren.

Er sagte: So? Man hat immer etwas zu verlieren. Zumindest die Würde – die Seele des Lebens. Angesichts größter Erfolge u. bester Ausblicke verliert man oft das Wichtigste.

U. dann erzählte er mir von Orion.

Sehen Sie das Sternbild. Da oben steht Orion der unserem Schiff den Namen gibt. Kennen Sie seine Geschichte? Er zeigte mir Schultern u. Füße u. Gürtel u. Schwert. Für viele gehöre auch der Pferdekopfnebel dazu.

Ich hatte ja keine Ahnung dass Orion so groß ist u. aus so vielen Sternen besteht!

Herr Vanbronck sagte: Es ist das allerschönste Sternbild. Der Riese Orion war ein Jäger, der beste weit und breit. Es gab kein Tier das er nicht erlegt hatte. Damit brüstete er sich u. für diese Vermessenheit blendeten ihn die Götter. Sein Augenlicht bekomme er nur zurück wenn er dem aus der See auftauchenden Sonnengott das Gesicht zuwende. Auf der Insel des Zyklopen raubte Orion einen jungen Schmied. Er stellte ihn sich auf die Schulter u. nahm ihn mit. Orion lotste er zu einer fernen Küste an der sich die Sonnengöttin in ihn verliebte u. ihren Bruder bat ihm das Augenlicht zurückzugeben.

Ich: Was ist aus dem Lehrling geworden?

Er: Na Sie stellen Fragen! Er lachte mich aus. Er habe sich

das noch nie gefragt. Sehen Sie die drei Gürtelsterne? Ich nickte. Alnitak. Alnilam. Mintaka. Die Sterne der Füße sind Saiph u. Rigel. Die Schultern: Beteigeuze u. Bellatrix. Den Kopf sieht man nur selten weil er in einem Sternennebel steckt.

(Alle Namen der Sterne habe ich mir übrigens gleich aufgeschrieben damit ich sie euch schreiben kann.)

Ich sagte: Vielleicht steht Bellatrix oder Beteigeuze in Wahrheit für den jungen Schmied auf Orions Schulter.

Da staunte Herr Vanbronck. U. weil er es nicht kannte, erzählte ich ihm noch Oscar Wildes Märchen »Das Sternenkind«.

Verstehst Du (versteht ihr) wieso mich das froh macht u. wieso ich seither denke dass alles gut wird? Es ist gut dass ich weggefahren bin auch wenn ich euch u. bestimmt so manchem damit Kummer bereite.

Wir gingen hinein weil es immer stärker schneite u. stiegen bis zum Hauptgang hinunter. Immer noch warteten viele deutsche Männer Frauen u. Kinder auf eine Koje.

Ich fragte Herrn Vanbronck: Diese Leute mit dem vielen Geld – was machen die genau? Maskenball? Wieso?

Er sagte: Sie verkleiden sich. Sie schicken Matrosen. Denen versprechen sie Geld u. Alkohol. Gin.

Ich lachte: Ich liebe Gin!

Die Seeleute kaufen in der 3. Klasse Kleider u. alte Anzüge u. verkleidet mit diesen Sachen ziehen dann die Reichen durchs Schiff u. amüsieren sich.

Klar sagte ich: Das ist scheußlich u. gemein. Hoffentlich erwischt man die Leute. Man muss sich vorsehen vor solchen Leuten. Aber in Wahrheit fand ich nur phantastisch was der nette alte Herr mir erzählte.

Vom Verlieben kann ich noch etwas schreiben. Zwar bin ich nicht die Sonnengöttin (glaube ich) aber der bretonische Junge (Corentin, Coco) hat sich trotzdem in mich verguckt.

In Hamburg konnte ihn seine Maman (Danielle) nur schwer abhalten vom Schiff zu türmen. Er wollte sich St. Pauli ansehen u. nur weil ich ihm den Floh ins Ohr gesetzt habe. Eine Frau aus der Kojenreihe flachste rum: Coco u. Miss Ennid wollen knutschen gehen auf der Reeperbahn. Ich Schaf sagte: Wieso auch nicht.

Ich weiß was Verliebtheit anrichtet u. ich sagte seiner Mutter dass ich es ihm erkläre.

Zu Coco sagte ich: Du gehst nach Montreal. Ich nicht. Sehe ich aus als könnte ich französisch reden? Ich werde mir in N. Y. oder Oklahoma City einen Mann suchen. Oder bist du reich?

Ja.

Wie bitte?

Jetzt kenne ich ja dich. Ansonsten leider nein.

Eben. Keiner aus der 3. Klasse darf vom Schiff runter – du nicht u. ich nicht. Das haben wir gemeinsam. Tu comprends?

Als wir in Hamburg anlegten waren alle draußen an Deck, bald 2000 Passagiere sahen dem Trubel im Hafen zu. Die Deutschen kamen an Bord. Zollpolizei u. Pelzträger u. dann Auswanderer – Gott sei Dank viel weniger als befürchtet. Sie sehen wie wir alle aus. Die ganze Stadt war an der Pier. Glocken läuteten. Alles jubelte u. winkte einem Luftschiff zu das wie eine silberne Fluggurke aussah. Der Junge u. ich standen bei den Vanbroncks u. passten auf dass man die alten Leute nicht zu Boden trampelte.

Ich muss schließen. Die Post! Sie laufen durch die Bettenreihen u. rufen: Wer noch einen Brief schreibt komme zum

Ende. Eine letzte Träne drüber vergossen u. dann eingetütet den Wisch!

Denn in 10 Minuten geht der Lotse von Bord. Dann fahren wir hinaus auf die Nordsee.

Was kann ich euch wünschen?

Weiße Wolken! Noch nie habe ich so viel Schnee gesehen.

Vielleicht noch was ich euch nie gesagt aber immer von Herzen gewünscht habe: Seid glücklich. Findet den einen Liebsten u. vergesst euch selber dabei nicht. Habt eine Familie (wie Reg sie schon hat) daheim in einem besseren Wales. Auf See werde ich nachts zu Orions Gürtel hinaufgucken u. euch drei da oben funkeln sehen:

Alnitak
      Alnilam
           Mintaka

Lebt wohl.
  Immer Deine – immer eure
  Ennid

20

DIE KATZE MISERY

Unerkannt war er nach Newport zurückgekehrt und hatte sich bei Mrs. Splaine verschanzt. Sieben Tage lang trieb ihn daraufhin die Ahnung um, dass ein letzter Brief von Bord der *Orion* eingetroffen sein musste, und ebenso lang bedrückte ihn die Gewissheit, dass ihm zumindest seine Schwester um nichts auf der Welt verraten würde, wie es Ennid auf dem überfüllten Dampfer erging und welche Pläne sie für ihr Leben in Amerika ins Auge gefasst hatte.

Bestimmt vermisste sie ihre Freundinnen. Möglich, dass sie sich nach den Vergnügungen unter Fliegern und Schnöseln zurücksehnte. Vielleicht hatte sie Heimweh. Theoretisch war es sogar möglich, dass sie umkehrte und zurückkam.

Die Leere, die durch ihr Verschwinden entstand, hatte eine Wucht, mit der er nicht gerechnet hatte und die ihn deshalb völlig unvorbereitet traf. Wenn es stimmte, was Bakie behauptete, dass man nämlich eine Stadt liebte, sobald man einen ihrer Bewohner liebte, musste genauso das Gegenteil zutreffen: War der Mensch verschwunden, den man in der Stadt liebgehabt hatte, so konnte einem die ganze Stadt gestohlen bleiben.

Es waren sieben endlose, finstere Tage, die in Wirklichkeit zwar kurz waren und hell, die er aber mit kaum etwas anderem zubrachte als mit Überlegungen, wie er dennoch in den Besitz des Briefes käme, an dessen Existenz er keinen Zweifel hatte.

Während der ersten Tage hielt er sich frierend und von bohrender Nervosität gepeinigt in der Wohnung versteckt und verließ Mrs. Splaines Haus nur, um am späten Nachmittag, sobald es dunkel wurde, über die Skinner Street zu schleichen. Sein Bargeld ging zur Neige, und zur Bank zu gehen, auch wenn sie nur ein paar Straßen entfernt lag, kam nicht infrage, da er befürchten musste, dort Mrs. Nelthorpe in die Arme zu laufen. Gewissenhaft wie eine selbst bei Schneeglätte zum Stechschritt befähigte Maschine mit Handtasche und Geldbombe erledigte die Sekretärin der *Blackboro & Son*-Schiffstischlerei die täglichen Zahlungstransfers. Nicht weniger gewissenhaft speicherte sie unterwegs alles, was sich auf Newports Straßen und Gassen tat. Dabei war Mrs. Nelthorpe alles andere als neugierig. Sie schien sich lediglich zu fragen, weshalb es überhaupt andere Leute gab. Es gab sie, damit Mrs. Nelthorpes Beflissenheit erkannt und angemessen gewürdigt wurde. Und weil Mrs. Nelthorpes Geltungssucht grenzenlos war, hätte es keine zehn Minuten, nachdem er ihr begegnet wäre, die halbe Stadt gewusst: Der junge Blackboro war zurück, offenbar, um sich vor der Arbeit zu drücken. Sie hatte es immer schon gewusst: Er war ein Nichtsnutz, ein Traumtänzer, narbengesichtig floh er die zu bewältigende Realität.

Im *Lord Gruffydd ap Rhys*-Pub auf der gegenüberliegenden Straßenseite war es warm, und weil man dort Blackboros Jüngsten zwar von klein auf kannte, Angestellte der Familie wie Miss Ings oder Mrs. Nelthorpe aber nur vom Hörensagen, servierte man Emyrs Sprössling ohne Fragen zu stellen eine warme Mahlzeit, die der auf unbestimmte Zeit anschreiben lassen konnte.

Während er aß, studierte er die seitenlangen Wetterberichte im *Echo*, immer darauf gefasst, von einem Amerikadampfer zu lesen, der des Schneeorkans wegen auf hoher See hatte umkehren müssen. Nie aber wurde die *Orion* auch nur erwähnt.

KOMMUNISTISCHE AUFSTÄNDE
IN MITTELDEUTSCHLAND UND HAMBURG

REPARATIONSFORDERUNGEN AN DEUTSCHLAND
BELAUFEN SICH AUF ÜBER 130 MILLIARDEN GOLDMARK

SCHNEEVERWEHUNGEN BLOCKIEREN
GREAT WESTERN MAIN LINE IN GANZ SÜDWALES

Eisiger Wind hatte in den letzten Februartagen wahre Wolkengebirge aus Nordengland, Irland und Schottland südwärts getrieben. Bald war auch Newport im Schnee versunken. Vor den Fenstern des Pubs türmte sich das Weiß an manchen Stellen meterhoch, und die Skinner Street, die um die Ruine des Normannenkastells einen Halbkreis beschrieb, bevor sie zum Hafen hin steil abfiel, wurde nach mehreren Autounfällen – scheppernden, kreischenden oder krachenden Unterbrechungen der gedämpften Stille – gesperrt und von Kindern zur Rodelbahn umgewandelt.

Seither sausten an Mrs. Splaines Fenstern Schlitten vorbei, die erst nach 200 Metern Schussfahrt zum Halten kamen, wenn sie unter Jubeln, Johlen oder Heulen weit unten am Fuß der Straße in einen Schneeberg hineinbretterten.

Der Berg war weder aufgeschippt noch eine Verwehung. Der eindrucksvolle weiße Haufen an der Einmündung in die Lennards Lane, auf dem Kinder herumkraxelten und in den minütlich ein Schlitten jagte, war der verunglückte und unter lauter Schnee begrabene Austin Twenty von Boyo Ferguson, den man aus dem Wrack hatte herausschneiden müssen und der jetzt im Krankenhaus lag. Für die Kinder des Newporter Hafenviertels war der weiße Berg eine Sensation. Für ihn dagegen war er ein weiterer Grund, besser im Haus zu bleiben, auch wenn seine Vermieterin von ihm erwartete, dass er an die frische Luft ging, um etwas Farbe zu bekommen oder, wie der selige Mr. Splaine es an jedem einzelnen Morgen eines Schneewinters getan hatte, den Gehsteig freizuschaufeln.

Aber weder nach drei noch nach fünf Tagen war der befürchtete Abschlepper aus Somerton tatsächlich gekommen, um Boyos kellerasselgrauen Kastenwagen aus dem Schnee zu ziehen. Kein Mink, kein Frank Hallory und kein anderer Angestellter der *Blackboro Automobilwerkstatt* erschien, glücklicherweise deren Chef ebenso wenig. An Abenden im *Lord Rhys*-Pub versuchte Dafydds kleiner Bruder, etwas über Boyo Fergusons Gesundheitszustand in Erfahrung zu bringen. Als man ihn an Tag vier seiner Verbarrikadierung davon in Kenntnis setzte, dass Boyo trotz zweier gebrochener Arme, einer zertrümmerten Nase und einer geplatzten Milz guter Dinge sei, freute er sich zwar, war aber alles andere als erstaunt. Boyo war eine wandelnde Fleischfestung. Nichts konnte ihn im Innersten treffen. Auf den Gedanken, den alten Schulkameraden zu besuchen oder ihm Hilfe anzubieten, kam er nicht.

Deshalb plagten ihn Selbstvorwürfe, als er am folgenden Tag erfuhr, ohne Boyos Leitung habe die Ferguson-Schleppschiffflotte ihren Betrieb nunmehr einstellen müssen. Durch den Unfall des Firmenerben stand ein weiteres alteingesessenes Familienunternehmen vor dem Ruin. Größere Sorgen als um den eingegipsten Boyo im Royal Gwent-Krankenhaus müsse man sich um dessen 80-jährigen Vater Owain machen, den Schleppschiff-Ferguson, hieß es am Pub-Tresen.

Häfen von Cardiff, Swansea und Newport
durch Schneefälle erstmals seit 1773 nicht schiffbar

Debatte über Not-Quotengesetz zur Begrenzung
der Einwandererzahlen spitzt sich in den USA zu

Drei Jahrtausende alte Mädchenleiche
in jütländischem Baumsarg entdeckt

Er fühlte sich eingegipst wie Boyo. Am fünften Nachmittag in seinem Versteck begann er auch deshalb mit Schneeschippen. Er fragte sich, ob es möglich war, dass Mari Simms oder Gonny Frazer zufällig in der Skinner Street aufkreuzte. Die Frazer-Lastwagenstation, deren junge Chefin seit vorigem Jahr Gonryl war, hatte expandiert und wuchs unaufhaltsam über ein früheres Werftgelände ganz in der Nähe. Mit Mari war er in eine Klasse gegangen. Die Tochter seiner lange pensionierten Lehrerin arbeitete als Sekretärin auf dem Flugfeld in Merthyr Tydfil und hatte sich zur Pilotenassistentin und Stewardess gemausert. Gewöhnlich kam sie nur am Wochenende nach Newport, um ihre Mutter zu besuchen.

Misery saß im Fenster und sah ihm beim Schippen zu, außer der Katze aber nahm niemand Notiz von ihm. Weder Mari noch Gonryl kamen vorbei, nur Kinder auf Schlitten, die lautlos die völlig weiße Straße hinabrasten und unten in Boyos Austin donnerten. Es schneite. Es schneite unaufhörlich und in so dicken Flocken, dass man Brotscheiben damit hätte bestreichen können. Er schaufelte, um der Leere und seiner Lähmung zu entkommen, er schaufelte wie wild, um wiedererkannt zu werden, aber erkannte sich kaum selbst. Das weiße Weddellmeerpackeis stand ihm vor Augen, die gespenstisch weiß bis zu den Mastspitzen hinauf von Reif eingehüllte *Endurance* und die Gletscher Südgeorgiens, über deren nie zuvor betretenes Weiß er mit Ernest Shackleton und Tom Crean marschierte.

Er dachte an seinen Vater, der mit Boyos Vater zeitlebens in schöner Regelmäßigkeit aneinandergeriet und den aufbrausenden Ferguson dennoch als unbestechlich und »straight« schätzte. Rodelpartien während Winterausflügen nach Pontyprydd fielen ihm ein, Schlittenfahrten mit Dafydd und ihrem so lustigen wie listigen Onkel Llynn, dem älteren Bruder ihrer Mutter, dessen Herz stehen blieb, während sich sein Neffe am südlichen Ende der Welt nichtsnutzig durchs ewige Eis treiben ließ.

»Was glotzt du so?«, sagte er zu dem aufgeplusterten Gesicht, das ihm durch das eisblumenübersäte Glas hindurch vom Fensterbrett aus zusah. Misery reckte den Hals, sobald er sich bückte. Sie wusste nicht, was Erdboden war, was sich dort unten befand und wie Erde, Gras, ein Kothaufen oder ein Regenwurm rochen. Auch Schnee kannte Mrs. Splaines Flurluchs nicht, zumindest nicht in solchen Mengen. Für Misery musste die Welt außer Rand und Band geraten sein, so einfarbig und blendend hell war sie plötzlich, diese neue, weiße Wirklichkeit.

»Pass auf, Aquariumkatze ...«

Er warf einen Schneeball gegen den Fensterrahmen. Misery zuckte zusammen und floh. Katzen hatten keinen Sinn für Humor.

Aber sie waren gerissen. Und nachtragend waren sie außerdem.

Keine Minute später, als hätte sich ihr dickes weißes Haustier bei ihr beschwert, erschien Agatha Splaine am Fenster. Die betagte Dame setzte ihre Hornbrille auf und bewegte lautlos die Lippen – obwohl von Lippen zu sprechen in ihrem Fall übertrieben war. Sie hob die Katze zurück aufs Fensterbrett und streichelte sie, und Misery setzte sich, ließ sich nieder, schlang den aufgeplusterten Schwanz wie eine private Schlange zitternd um die Pfoten und blickte ihrem Peiniger triumphal in die Augen.

Sehr langsam ließ er das Ende des Schaufelstiels von unten vor dem Fenster auftauchen – eine walisische Schneeschlange auf der Jagd nach lebendigem Katzenfleisch. Misery floh.

Jeder seiner Ausbruchsversuche schien seitens einer unerklärlichen Macht auf der Stelle mit noch größerem Kummer bestraft zu werden. Seit der Rückkehr aus Rotterdam nahm seine Traurigkeit wieder zu und erinnerte ihn bei jeder Gelegenheit an seine Verzweiflung, seine Verlassenheit und sein Unglück – selbst so ein harmloser Schneeball.

Zum ersten Mal seit Jahren dachte er an den zur Katze erklärten Kater ihres Bordzimmermanns Chippy McNeish. Die nach Liebe süchtige Mrs. Chippy begleitete sie nach Buenos Aires, zu den Falkland-Inseln und ins Weddellmeer.

Er sah wieder vor sich, wie McNeish zwischen ihren Zelten auf der abschmelzenden Eisscholle nach einem Versteck für die Katze suchte, und erinnerte sich an den Knall, der übers gefrorene Meer hallte, an McNeishs Gesicht, als Frank Wild hinter dem Packeistrümmerhügel den Karabiner abfeuerte und Mrs. Chippys Leben auslöschte, weil sie nichts mehr zu fressen für sie erübrigen konnten.

Sie war getigert gewesen. Schwarze, graue, weiße, braune und ein paar sandgelbe Streifen hatte ihr Fell. Manchmal brachte sie es fertig, über Creans Schultern zu balancieren.

Crean verband ein verblüffend inniges Verhältnis mit jedem Tier in seiner Nähe, ohne dass er sich dafür sonderlich anstrengen musste. »Reine Zuneigung« nannte er dieses Talent. Es war seine Weise, Liebe auszudrücken. Niemand weinte wie er, als sie der Reihe nach alle Schlittenhunde erschießen mussten. Er hatte daraufhin länger als eine Woche kein Wort mehr gesagt.

Misery war hingegen weiß wie die Milch, die sie trank, oder wie der Schnee, in den sie noch nie eine Pfote gesetzt hatte. Er mochte sie, auch wenn man ihm das nicht anmerkte, er mochte sie trotz ihrer Faulheit, ihrer Verfressenheit und trotz des Katzenmiefs, den sie in der Wohnung verbreitete, da Mrs. Splaines Geruchssinn anscheinend abgestorben war.

Nein, Misery war nicht nur Katze. Sie war noch jemand anderes, dessen war er sich sicher, wusste er auch nicht, wer in ihren Pupillen weiterlebte oder von wessen künftigem Leben diese aufmerksamen und hinterlistigen grünen Augen kündeten. Vielleicht war es Tolstoi. Oder der ebenso schlohweiße und tote Mr. Cyprian Splaine, womöglich aber jemand, der noch gar nicht geboren war. Bei dieser Vorstellung lächelte er Mr. Splaines Witwe zu, und dann schippte er weiter, so als wäre es möglich, die eigene Schwermut beiseitezuschaufeln.

Als er erneut zu dem Fenster aufblickte, war Agatha Splaine verschwunden. Wieder saß nur Misery dort und sah ihm zu. Es war an der Zeit, in die Stadt zu gehen. Er dachte an Gonryl, stellte sich vor, ihr zufällig zu begegnen. Der Frazer-Erbin in die Arme zu laufen war nicht gerade das, was er sich wünschte: Sie war herrschsüchtig, missgünstig und heimtückisch. Zumindest kannte er sie nicht anders. Andererseits bot ein Gespräch mit Gonny die Chance, herauszufinden, ob sich Ennid gemeldet hatte, und vielleicht konnte er auf diese Weise sogar an den Brief kommen.

Denn ein Brief musste einfach entweder schon länger unterwegs oder längst eingetroffen sein. Die *Orion* hatte nach Rotterdam wahrscheinlich auch Hamburg angelaufen, ehe sie randvoll mit Auswanderern auf die Nordsee hinausgefahren war. Ennid hatte ein letztes Mal geschrieben – aus Holland oder Deutschland – und den Brief in die Hafenpost oder – wenn sie spendabel gewesen war – einem Lotsen gegeben.

Wo war sie inzwischen? Rechnete man die Halte in Rotterdam und Hamburg mit ein und ließ den Umweg um die schottische Nordküste (aufgrund des Schneesturms) nicht außer Acht, so befand sich ihr Schiff noch nicht lange auf dem Nordatlantik – irgendwo zwischen den Shetland-Inseln und Neufundland war es zurzeit wohl unterwegs.

Heute nicht mehr, aber morgen sollte ich etwas unternehmen, sagte er sich. Es war höchste Zeit.

Am folgenden Tag blieb er allerdings zunächst bis Mittag im Bett liegen. Es schneite weiter. Durch die Fensterritzen pfiff der eisige Wind. Er hatte Handschuhe an und las, seit er am frühen Morgen aufgewacht war und sich in Mrs. Splaines Ausgabe von *Anna Karenina* festgelesen hatte. Auf der Suche nach Ennids Lieblingskapitel (»Bologowo!«) las er mehr als 200 Seiten Tolstoi.

Und schließlich fand er das Kapitel, in dem Wronski im Schneetreiben an einem Dorfbahnhof den Zug abpasste, mit dem Karenins Frau nach Petersburg fuhr. In Wahrheit passte Graf Wronski den Zug gar nicht ab. Verzweifelt vor Liebe zu der Verheirateten, hatte er den Zug bereits in Moskau bestiegen. Wronski folgte Anna also, und er ergriff die erste Gelegenheit, um sie über seine Empfindungen nicht länger im Unklaren zu lassen.

Am Bahnhof von Bologowo war es so weit. Auf ihre Frage, wieso auch er aus Moskau abgereist sei, antwortete Wronski (er blickte Anna Arkadjewna dabei mitten in dem Schneetreiben fest in die Augen): »Weshalb ich reise? Wissen Sie, ich reise, um da zu sein, wo Sie sind.«

Ihn erstaunte daran gar nicht Wronskis Offenheit, da diese Anna ja erst ermöglichte, sich ihrerseits einzugestehen, was sie für Wronski empfand: »Er hatte gesagt, was ihr Herz wünschte, was ihr Verstand jedoch fürchtete.« Viel erstaunlicher war doch, was diesem ersten Aufeinanderprallen der späteren Liebenden vorausging. Was trieb Wronski dazu, gerade in Bologowo auszusteigen und sich durch das Schneegestöber bis zu dem Waggon zu kämpfen, in dem er Anna Karenina vermutete? Was, wenn nicht auch sie ausgestiegen wäre – hätte der Graf dann im Zug nach ihr gesucht? Und Anna, die in dem beheizten Abteil voller Schlafender einen englischen Roman las, der ihr nichts sagte, weil sie nicht darin vorkommen konnte – eine Begründung, die auch von Ennid hätte stammen können –, warum stieg sie, ganz wie von Wronski gerufen, tatsächlich aus? Sie konnte nicht wissen, dass draußen der aufgewühlte Graf durch den Schnee irrte und nach ihr suchte. Was also trieb sie dazu?

Aufgewühlt war auch er, während er die Szene wieder und wieder las. Einmal kam es ihm so vor, als würden sich Anna und Wronski nur deshalb begegnen, weil beider Sehnsucht nacheinander etwas anderes gar nicht zuließ.

Dann wieder erschien es ihm so, als würde Tolstois Roman die beiden rein zufällig zusammenführen.

Und schließlich fand er, dass eine Art schicksalhafter Spuk in der Bologowo-Episode am Werk war. Jedenfalls vermochte er, abgesehen von Wronskis Verzweiflung – einer nackten Angst vor dem Unerfülltbleibenmüssen seiner Liebe –, nichts in dem Kapitel zu entdecken, was sich auf seine eigene Lage übertragen ließ.

Noch einmal las er, wie Anna aus dem Zug stieg: »Sie öffnete die Tür und trat hinaus. Der Wind schien gerade auf sie gewartet zu haben, pfiff freudig und wollte sie umfangen und davontragen...«

Genauso trugen ihn seine Gedanken fort. Er wurde wie in sich selbst hineingeweht, sodass sein Bett für eine Viertelstunde Leo Tolstois Eisenbahnwaggon war. Der Wind pfiff zugleich in dem Buch und in seinem Zimmer. Es schneite in Bologowo, wie es draußen vorm Fenster schneite. Zwar war er Ennid auf so halsbrecherische Weise nachgereist wie Alexej Wronski Anna Karenina – doch hatte sich nicht das Geringste daraus ergeben.

Er war Ennid in Rotterdam nicht begegnet, sondern hatte sie einfach verpasst.

Zwar liebte er Ennid, vielleicht sogar ähnlich aufopferungsvoll, kopflos und verblendet, wie der junge Graf die Frau eines angesehenen Moskauer Zarenuntertanen und Staatsmannes liebte. Aber das änderte nichts daran, dass in seiner Liebesgeschichte etwas Entscheidendes fehlte.

Anna Karenina liebte Alexej Wronski gleichfalls. Weil diese Liebe für sie gleichbedeutend war mit Freiheit, war sie dafür sogar bereit, auf ihren kleinen Sohn zu verzichten und von der Moskauer Gesellschaft als Ehebrecherin gebrandmarkt zu werden. Auch Ennid war bereit, für ihre Vorstellungen von Freiheit auf alles Mögliche zu verzichten. Und in gewisser Weise nahm sie genauso eine Randstellung ein, weil sie als starrköpfig, eigenbrötlerisch und exaltiert galt. Außerdem war da ihr Gehfehler, und sie machte keinen Hehl daraus, wer in ihren Augen für die Verkrüppelung verantwortlich war. Sie war zornig, erfüllt von leidenschaftlichem Furor, einem lebendigen Feuer aus Gefühlen.

Doch mit Liebe, zumindest Liebe zu ihm, hatte das nicht im Geringsten zu tun.

Ennid Muldoon liebte ihn nicht dafür, dass ihre Empfindungen für ihn sie befreiten. Denn sie hatte gar keine liebenden Empfindungen für ihn. Sie liebte ihn nicht, liebte nicht ihn, sondern liebte einzig ihre Freiheit – die sie von einem Ideal in wirkliche, in verwirklichte Selbstbestimmung zu überführen gedachte, koste es sie, was es wolle. Wenn es außerhalb der Romane tatsächlich etwas wie Schicksalhaftigkeit gab, war es wohl sein Schicksal, dass er im Gefühlsleben der Frau, von der er seit sieben Jahren unverbrüchlich annahm, sie sei die Richtige für ihn, gar nicht existierte.

Tolstoi wäre beim Grübeln über eine so aussichtslose Lage ein doppelt so langer Bart gewachsen. Das war ein seltsam tröstlicher Gedanke, und deshalb klappte er mit einem bekümmerten Lächeln das Buch zu, zog die Handschuhe aus und rollte sich, die kalten Hände unter der Decke, auf die Seite.

Erst da sah er, dass er nicht allein war. Vor dem Bett saß die Katze. Misery betrachtete ihn gleichmütig, und nach einer Weile, als der Mensch in dem Bett ihrem Blick standhielt, begann sie zu schnurren.

Er brauchte einige Zeit, um sich bewusst zu machen, dass sie keine Erscheinung war.

»Wie bist du hier reingekommen?«

Er sah, die Tür war zu.

»Ich wusste es«, sagte er sanft. »Du bist nicht nur ein Quälgeist, sondern auch ein Poltergeist. Komm her. Hat dir schon mal jemand gesagt, dass du aussiehst wie Tolstois Bart?«

Damit hob er sie hoch und setzte sie sich auf den Bauch.

21

MASKENBALL

Sein Wecker klingelte um 20.45 Uhr. Aus alter Gewohnheit stand er sofort auf und hielt das Gesicht unter kaltes Wasser. Es blieben 75 Minuten bis zum »König-George-Bankett«, zu dem Robey, Miss Kristina und er eingeladen waren. Nach dem Auftritt der beiden beim Kapitänsdinner vor drei Stunden war allerdings mindestens mit ihrer Ausladung zu rechnen.

Sie hatten sich komplett unmöglich gemacht.

Nach zwei Stunden Schlaf im Anschluss an so ein aus dem Ruder geratenes Abendessen fühlte er sich uralt. Er zog sich für das Bankett an. Weiter im Takt, business as usual – es fiel ihm von Tag zu Tag schwerer.

Um 21.11 Uhr schloss er ab und machte sich auf den Weg zu Robeys Kabine.

Der Maskenball war in vollem Gang. Wie viele Ladys und Gentlemen mitmachten, verblüffte ihn. Gab es unter den Kostümierten Kinder, oder waren das Kleinwüchsige? Ein Schwarm Vögel hüpfte in einem Korridor an ihm vorbei, sogar Flügel hatten die Kleinen.

Ein Wüstenscheich. Zwei Geister. Eine Orange. Als was hätte er sich verkleidet? Am liebsten als in die Jahre gekommene Greenwich Village-Granddame, vielleicht sogar als eisige Estelle. Aber das hätte ihm Diver übel genommen.

Die Tür zu der Suite, die Robey eigentlich hatte haben

wollen, ihrer Bewohnerin aber partout nicht abspenstig zu machen gewesen war – angeblich eine Hearst-Schwester und ihre Tochter –, stand weit offen, und heraus in den Gang plärrte Musik. Im Näherkommen hörte er, dass dort drinnen nicht etwa eines dieser grässlichen Grammophone dudelte. In Scharen zogen Matrosen, Piraten, Kapitäne und Pinguine vorbei, die meisten so albern, dass ihr Anblick nur peinlich war. Wie ein Unsichtbarer – einer ohne Kostüm – stand er vor der Suite mit ihrem speisesaalgroßen Salon und lauschte einem Sextett, das Jazzmelodien improvisierte, Ragtime und Castle Walk. Irissa hatte ihm die Unterschiede erläutert.

Da war ein Cellist mit befremdlichem Blick, der sein Instrument allerdings anders hielt als Cellisten üblicherweise, wenn sie Bach oder Dvořák spielten. Und es gab auch einen Flügel in der Suite der Hearst-Ladys, die nirgendwo auszumachen waren. Vielleicht war die Tochter eine von den halbnackten jungen Dingern, die tranken, gackerten und zu Geklimper und Gedudel die Beine in die Luft warfen. Der Pianist lag bäuchlings auf dem Flügel und bearbeitete von oben die Tasten.

Lauter wilder Unfug. Die meisten jungen Leute wirkten zugleich ausgelassen und müde. Frauen tanzten ohne Männer, ihre Kleider ein einziges Glitzern. Sie trugen sehr offensichtlich keine Unterwäsche. Eine vollkommen neue Zeit war angebrochen, und jetzt war es zu spät, um erschrocken zu sein oder etwas dagegen zu unternehmen. Auf Streifzügen durch die New Yorker Nachtklubs hatte er mit Robey abstruse Abenteuer erlebt. Sophie Tucker hatte ihn geküsst – wenn man es so nennen konnte, denn ihre Zunge erstickte ihn fast –, und einmal konnte er Diver gerade noch davon abhalten, auf der hell erleuchteten Hauptbühne der Ziegfeld

Follies die Hosen runterzulassen, um, wie Robey lauthals verkündete, »auf den gefeuerten Käsekaiser zu p...!«

Er hatte mit Hudson getanzt, sehr langsam, und den Glanz auf ihren Pupillen dabei bewundert und die langen Petersburger Wimpern. »Tam choroscho, gde nas njet«, sagte sie ihm noch auf der Tanzfläche, aber erst im Taxi, was der Satz bedeutete: »Drüben auf der anderen Seite ist das Gras immer grüner.« Wo war das Revuetheater, in das sie da weit nach Mitternacht noch kam? An der Sixth Avenue, der Lexington? Sie wohnte schon im Meatpacking District – dorthin fuhr er sie zurück –, in dem Haus der alten Zwillingsschwestern in der Gansevoort Street, wo er ihr die geräumige, helle Wohnung verschaffen konnte, in der sie so aufgeblüht war.

Eine Mundharmonika, auch das noch. Nein, eine Mundharmonika war das nicht. Einer spielte auf einer Maultrommel und hörte sich wie eine gigantische Grille an. Alles hielt inne und applaudierte. Es war ein junger Bursche, vielleicht... ja, es war einer der beiden Stewards, von denen Robey, Miss Kristina und er seit dem Ablegen in Portsmouth so zuvorkommend bedient wurden. Aber ganz sicher war er sich doch nicht. Er hätte die Hände sehen müssen. 25 Jahre junge Hände!

Gleich halb zehn. Er lauschte den schwermütigen Maultrommelklängen und spürte, wie die Wehmut auch ihn erfasste. Was ich liebe auf der Welt, liegt weit hinter mir, sagte er sich, aber es liegt ausgebreitet da vor einem Jungen wie diesem. Nichts war simpler als das.

Er eiste sich los – in Robeys Kabine hatte er alles für das Bankett bereitzulegen, Hemd, Frack, Schuhe und die Diver so wichtigen Accessoires... während sich der vergnügungssüchtige große Junge verkleidet in der Dritten Klasse amüsierte. Kostümierte kamen ihm entgegen. Türen flogen auf, und heraus traten ein halbes Zebra, ein Zauberer, eine Marketenderin mit Lavendelkorb. Es war wie im Traum. Der Kabinenkorridor schien der Länge nach fast den gesamten Dampfer zu durchteilen, über 150 Meter hinweg schritt man auf einem scheinbar nahtlosen Teppich aus Blütenkelchen dahin. Die Blätter waren grün wie die Irische See Ende Juli.

Er kam an eine Kreuzung, an der links und rechts je ein kürzerer Gang abzweigte. Die Seitengänge endeten in einiger Entfernung an Türen, die hinaus an Deck führten. Auf der Backbordseite legte er die Hände an das kalte Glas der in Kopfhöhe eingelassenen Scheibe und blickte hinaus in die Dunkelheit.

Es schneite dicke Flocken.

Der zweite Steward war ein Japaner oder Brite mit japanischen Wurzeln, sehr wahrscheinlich also spielte nicht er Maultrommel. Seit dem Dinner dachte er immer wieder an den jungen Mann, an seine maßvolle Höflichkeit, in deren Dienst jeder Muskel stand, und das warme Lächeln, das er einem zwischen Servieren und Abräumen von seiner Warteposition am Büfett sandte.

Es schneite. Wie wild.

Shimimura.

Zuerst verstand er den Namen gar nicht.

Jimmy Moorer.

Zuerst dachte er, das wäre sein Name.

Das Schiff stampfte in einem Tempo durch die aufgewühlte See, das den Schneefall in Flugschnee verwandelte. Faustgroße, milchweiße Flocken jagten in Tausenden waagrechten Linien vorüber. Die englische Küste war gar nicht weit weg. Ab und zu sah man ein Leuchtfeuer blinken.

Der Dampfer war erstaunlich schnell. Deutsche Wertarbeit. Schon hatten sie fast die halbe Nordsee durchquert. Spurn Head und die Mündung des Humber dürften schon hinter ihnen liegen, stattdessen mussten die Lichter dort drüben Flamborough Head Scarborough sein. Er hatte so einen Schneesturm über dem Meer schon erlebt – nur wann und wo? Er war noch ein Junge. Er sah Bilder vor sich (ein Fußballfeld), doch statt dass es ihm einfiel, entfernte sich, was er erlebt hatte. Er blinzelte in den Schnee, als wären es Gedanken und Erinnerungen. Alles strömte ihm durch den Sinn. Schnee, Erinnerungen an Schnee. Da war nichts mehr.

Um 18 Uhr hatten sie sich in dem kleinen Salon zum Kapitänsdinner eingefunden. Sie aßen zu sechst. Schnellstmöglich wolle er durch die schottischen Gewässer sein, sagte Archibald bei Tisch, vorbei an Aberdeen, den Felsküsten des Moray. Sie stießen an.

»Nur noch die Orkneys und Shetlands vor dem früher teutonischen Bug. Dann ist Schluss mit dem Schnee. Endlich der große Teich, die hohe See!«

Der kugelrunde, säuerlich riechende Aufschneider.

»Bravo, Sir!«, rief der junge Offizier Deller.

Kurz kam das Tischgespräch auf den Maskenball in der ersten und zweiten Klasse, der gegen halb acht beginnen sollte. Das Bankett würde sich daran anschließen. Ein Festabend. Sie stießen an.

»Ein deutsches Schiff ist das früher gewesen, richtig, Herr Kapitän?«, hatte Miss Kristina gefragt, woraufhin Archibald die Augen eines erbosten Ganters bekam und erwiderte, das sei insofern korrekt, als die *Orion* nun rechtmäßiges Eigentum des Empire sei, Schiff der königlichen Flotte, des Königs von England.

»George V. lebe hoch«, sagte einer der Offiziere, die für gewöhnlich nichts von sich gaben, was auf eigenständiges Denkvermögen hätte schließen lassen können.

»Sie sind lustig«, sagte Miss Krissie, »Sie sind ein lustiger Kapitän. Glauben Sie wirklich, Sir, man kann so mir nichts, dir nichts das Vergangene auf die Müllhalde der Geschichte werfen, so wie einen alten Heizofen oder wie einen Unterrock, der verräterische Flecken hat? Glauben Sie das?«

Auf ihrem schmalen Gesicht stand ein belustigtes Lächeln, aber es war ihr sehr ernst.

»Junge Lady«, sagte Käpt'n Archibald und wurde kein bisschen rot, obwohl die Miss sich nach Kräften mühte, unverschämt zu sein. Er bekam ein nur noch aufgeblaseneres Gantergesicht. »Sie müssen das mit Verlaub schon mir ...«

»Quatsch, Sie da, müssen müssen wir gar nichts, wir sind Amerikaner, Archiparch!« Robey knallte sein Glas auf den Tisch. Der Champagner sprang heraus. »Miss Merriweather und mir können Sie hier nicht rumbefehlen, Archibald. Einen König? Pfff! Haben wir nicht. Brauchen wir nicht. Ohne uns wären Sie heute bloß der traurige Oberlakai eines Admirals vom Käsekaiser. So aber sind Sie Kapitän eines geenterten Amerikadampfers, wenn auch eines ziemlich betagten und in den Ecken unaufgeräumten, aber, Sportsfreund, immerhin.«

»Miss Merri ...«, sagte der Kapitän und erhob sich, um dem Spott in ganzer Körpergröße begegnen zu können.

Er war allerdings nicht größer als ein Gefrierschrank.

»Lassen Sie mich bitte endlich meine Frage stellen, Sie lustiger britischer Wüstling?«

Miss Kristina war in allerbester Angriffslaune. Der Erste

Offizier Girtanner und der Dritte, viel jüngere Offizier Deller, die steif und schon lange vollends verstummt mit am Tisch saßen, wurden rot, weil die junge Frau vor ihren ungläubigen Augen einen Träger ihres Kleides löste, wodurch man erst ihre Schulter, dann auch ihre Achselhöhle sah. Sie war wirklich auffallend apart, überall.

Ihm war nicht entgangen, dass Robey verstohlen in sich hineinlächelte – was nicht oft vorkam. Die beiden trieben ihr Spiel mit dem Käpt'n, der zwar durch und durch blasiert war, doch der einem allmählich leidtun konnte, schließlich war selbst so einer ein Mensch mit Empfindungen.

»Verzeihen Sie, junge Lady.«

»Werde ich mir in Ruhe überlegen, Mr. Archibald. Setzen Sie sich wieder. Ich werde sehr vielen Leuten von Ihrem Betragen erzählen müssen, leider, o ja ...«

Archibald war fast zerstört. Er setzte sich.

Miss Merriweather knöpfte den Träger wieder fest. Warum hatte sie ihn überhaupt gelöst? Ganz unfassbar bezaubernd sah sie aus in ihrem kleinen Dinerkleid aus hellrotem Crêpe Marocain mit schwarzen Samtblenden und goldener Stickerei nach chinesischer Art. Lauter Vögel, Blätter und Blumen zeigte das Kleid, sodass der Eindruck entstand, ein ohrenbetäubendes Gezwitscher exotischer Singvögel würde sie umgeben. Man fragte sich, warum nichts zu hören war.

»Hier kommt also meine Frage! Wieso zum Henker wurde das Schiff umbenannt? Es hieß ja früher *Seeland*, oder? Daddio, so hieß es doch. Warum wurde es da nicht *Sealand* genannt, hm? Das würde ich gern verstehen, Mr. Kapitän.«

Genüsslich nippte sie am Champagner. Mit vier Fingern wedelte sie Archibalds Offizieren zu, es möge ihr einer nachschenken, und guckte die Männer, die sich nicht rührten, böse an.

Der junge Steward mit den feinen asiatischen Zügen trat an den Tisch, nahm die Flasche aus dem Kühler und füllte ihr Glas auf. Der Perlwein sprudelte in den Kelch.

»Danke«, hauchte sie. »Wie heißen Sie?«

»Shimimura, Miss.«

»Enchanté, Jimmy.«

Jimmy Moorer.

Der Junge nickte leicht, eigentlich nur mit den Lidern.

»Danke, Miss«, sagte er, blickte dabei aber ihm so tief in die Augen, dass er vor Verblüffung fast vom Stuhl gefallen wäre.

Keiner außer Miss Kristina hatte die kleine Szene bemerkt.

»Seeland lautet der alte deutsche Name für Kurland, was ein Teil von Pommern ist«, erwiderte der Kapitän ohne jede Verlegenheit. »Der Name steht für einen vermeintlich berechtigten, in Wahrheit räuberischen Gebietsanspruch eines kriegerischen Reiches, das vom Vereinigten Königreich in seine Schranken verwiesen wurde.«

»Ah ja?«

»In seine Schranken verwiesen, o ja, allerdings spät, und tatkräftig unterstützt – natürlich – durch die Vereinigten Staaten. Und durch andere Freunde«, ergänzte Archibald.

Miss Kristina sagte noch mal »Ah ja?« und zog eine Grimasse. »Unvereinigte weg! Vereinigt euch, Unvereinigte!« Sie hob ihr Glas, und Robey stieß mit ihr an.

»Mädchen, Mädchen, Sie trauen sich was«, stieß Archibald hervor, herablassend und angewidert, wie sein ganzes Wesen war, obwohl er das nach Kräften unter seiner Uniform verbarg. Er stand zum zweiten Mal auf und mit ihm, wie aufgezogen, seine Offiziere Girtanner und Deller, die unnötig salutierten. Die Ehrenbekundung wirkte absurd und fehl am Platz, denn Soldaten, Krieger, wenigstens Matrosen waren keine anwesend, bloß der Kapitän, ein paar Passagiere, die zu tief ins Glas geguckt hatten, ansonsten Personal. So rasch, dass es fast sportlich wirkte, ergriff Archibald Miss Kristinas Hand und hauchte einen Kuss darauf.

»Sie müssen noch viel lernen, junge Lady …«

»Hilfe!«, quiekte sie gespielt. »Nehmen Sie Ihre Lippen …«

Und Robey, der plötzlich stand, wenn auch leicht wankend, schoss den Vogel ab, indem er Archibald von hinten den Arm um den Hals legte, als nähme er den Kapitän in den Schwitzkasten.

Der Erste Offizier stieß ihn beiseite. »Es reicht! Scheren Sie sich weg, Sie …!«

»Ich kaufe Ihr altes Schlachtschiff, Commandante!«, rief Diver. »Ich taufe es um, weil meine Liebste und ich Lust dazu haben, und Sie werden bis ans Ende Ihrer Tage damit hin- und herschippern, mit unserer ›Sealand‹ hin und zurück über den großen, großen Froschteich.«

»Sie werden gar nichts«, hatte Archibald noch stammeln können. »Sie werden höchstens zum Teufel gehen.«

Auf dem Weg zur Kabine, wo die beiden in ihre Kostüme steigen wollten, merkte man von dem Maskenball noch nicht viel. Es war kurz vor halb acht.

»Dieser Großkotz! Diese Wurstfinger! Diese Fistelstimme!«

Miss Kristina hatte sich bei ihm untergehakt und er den kühlen, glatten Stoff ihres Kleids noch durch das Sakko gespürt.

Sie war höchstens 21, kaum älter als Hudson. Und sie hatte eindeutig mehr getrunken als Robey – wer konnte das von sich behaupten.

Diver klang fast nüchtern, als sie sich umzogen: »Du telegraphierst der Reederei, der dieser schwimmende Misthaufen gehört. Und informierst Estelle. Wir kaufen das Schiff. Hörst du mir zu, Mr. Meeks?«

»Hab es vernommen. Geben Sie mir die guten Socken. Die behalten Sie bei Ihrem Streifzug durchs Proletariat bitte nicht an.«

»Dann sag gefälligst Ja.«

»Ja. Ich schicke zwei Telegramme.«

»Noch heute. Wir kaufen diesen britischen Mumien den alten Kahn unter dem Hintern weg. Ich darf nicht übers Meer fliegen? Gut! Kaufe ich mir eben Schiffe und mache Hotels draus. Gib mir die alte Joppe da. Und die Schiebermütze. Aha. Sehr gut. Endlich bequeme Klamotten. Das wird lustig.«

Er nickte zustimmend, war aber gar nicht richtig da, saß eigentlich noch immer verwundert über die so offensichtliche Sympathiebekundung des jungen Stewards Shimimura in dem kleinen Speisesalon für den Kapitän und dessen trinkwütige Gäste.

Wie waren sie an die ganzen Klamotten gekommen? Zum Fürchten sahen sie aus, nicht nur völlig verwandelt, sondern wie der lebendige Beweis dafür, dass die äußere Erscheinung viel zu viel kaschierte. Vor ihm standen zwei zu Einwanderern gewordene Auswanderer, zwei abgerissene Gestalten aus einem Vorort von Leeds, unterwegs, in der Bronx ihr Glück zu versuchen.

Wahrscheinlich hatte Miss Kristina ein paar Matrosen bestochen, die auf so eine Gelegenheit nur zu warten schienen. Auch wenn die sich bestimmt aus guten Gründen etwas dazuverdienten, indem sie den Auswanderern Kleidung abkauften, waren diese Seeleute nicht besser dran. In den Augen derer, die sich eine Kabine mit oder ohne Balkon oder gar eine Suite leisten konnten, gehörten sie ebenso zu den drittklassigen Menschen unter der Wasserlinie. Alles dort war uralt, Stockbetten, Gerüche, Wanzen, Decken. Männer standen nachts vor der Koje und betatschten, was jung war ... Irissa ... Irischa ... Irgendwann erzählte sie ihm, was ihre Mutter, ihre Schwester Nadja und sie auf der *Petrosawodsk* durchgemacht hatten, mit der sie von Riga nach Southampton und weiter nach Ellis Island fuhren.

Als Robey aus dem Badezimmer kam, erschrak Kristina zuerst. Er dagegen erkannte seinen Schützling und Plagegeist sofort. Vor ihm stand wieder der aus der Art geschlagene und über Nacht zum Riesen gewordene Diver, und auch die junge Lady – mit Schürzenkleid und Kopftuch – hatte dann an dem immer leicht verlegenen Grinsen und der linkischen Art gemerkt, welcher Gerüstbauer aus Newcastle-upon-Tyne da mit ihr »durch den Bauch der *Sealand* ziehen« wollte.

So waren die beiden losgezogen. Er wusste, dass nichts auf der Welt imstande war, Diver von etwas abzuhalten.

Er hatte ihn ziehen lassen wie so oft in Manhattan, Antibes oder Deauville auf der Jagd nach Unerfindlichem, einem Kitzel, Risiko oder Abgrund, über den noch keine Brücke führte. Er begleitete sie zu dem vereinbarten Schott, wo ein Matrose sie und fünf weitere als Emigranten Verkleidete in Empfang nahm. Kurz vor 22 Uhr wollten sie zurück sein.

Er empfand keinerlei väterliche Gefühle für Diver und

wusste, trotz ihrer sich ausweitenden Differenzen in Fragen der Lebensführung und des immer eklatanter zu Tage tretenden Altersunterschieds genoss er das Vertrauen seines wilden Zöglings.

Schnee. Schneegedanken. Schneeerinnerungen.

Es war zwanzig vor zehn.

Auch über der englischen Ostküste schien der Sturm stärker zu werden. Wann nur hatte er schon mal so handtellergroße Flocken übers Meer wirbeln sehen? Der Dampfer schnitt in der Dunkelheit durch das heranwehende Gestöber, das Aufbauten und Schornsteinen keinen Widerstand bot. Auf dem Weg zu Robeys Kabine traf er nur noch vereinzelt Kostümierte, die es mittschiffs ins Getümmel zog. Einen sprechenden Esel. Einen Narren mit Schellenkappe. Und erneut die Orange. Je näher dem Bug, umso teurer die Kabinen. Außer Robey und den im Gewimmel untergetauchten Hearst-Ladys schienen sich die Betuchteren an dem Spektakel nicht zu beteiligen.

Umso merkwürdiger war die Begegnung mit drei Pierrettes. Alle trugen eine ähnliche Perücke, lehnten im gleichen blauen, rüschenbesetzten Paillettenkleid an der Korridorwand, jede das Gesicht hinter einer Pappmaché-Maske verborgen, auf die kein Gesicht gemalt, aus denen nur Augenlöcher ausgeschnitten waren. Keine gab einen Mucks von sich, als er vorbeiging, bloß die Köpfe hinter Pappe bewegten sich. Simultan, wie choreographiert, folgten sie ihm mit dem ausdruckslosen Blick von Gespenstern.

22

TÜR ZU EINEM LEEREN ZIMMER

Am siebten Tag nach der Rückkehr aus Rotterdam, einem Mittwoch, beendete er seine Verbarrikadierung. Am frühen Nachmittag, als das Schneetreiben etwas nachließ, trat er mit Mantel, Mütze und festem Schuhwerk gerüstet für einen längeren Spaziergang aus Mrs. Splaines Haus.

Unschlüssig, wohin er gehen sollte, blieb er vor der Haustür stehen, dann wandte er sich nach links und lief die Skinner Street hinunter Richtung Hafen.

Am Fuß der Straße besah er sich den Schneeberg. Noch immer bretterten unentwegt Schlitten in den Haufen. Die herangesausten Kinder sprangen ab, zerrten ihr Gefährt zur Seite, schon krachte das nächste in das eingeschneite Wrack.

Er ging um den Berg herum und sah nach, was von Boyo Fergusons Austin-Kastenwagen übrig war. Ein Kotflügel mit einem Scheinwerfer, dessen Glühbirnenaugapfel heraushing, ragte aus dem Schnee, eine abgesprengte Tür ohne Scheibe steckte irgendwo, und überall funkelten Glasscherben.

Auf der Tür war zu lesen:

WAIN

IERE IN

IN

Sobald man aber den Schnee wegwischte, stand darauf:

Owain Ferguson & Sohn
Bugsiere in Casnewydd seit 1819
Inh. B. Ferguson

Unter anfeuerndem Gejohle einer Handvoll Jungs, die stehen geblieben waren, kletterte er über Motorhaube und Kabinendach hinauf. Auf dem Gipfel des Schneebergs angelangt, begann er, mit Händen den Kastenwagenaufsatz freizulegen. Wie erwartet war er aus verstrebtem, genageltem Holz, der Maserung zufolge eindeutig Pappel. Die Latten hatten der Wucht des Aufpralls nicht standhalten können und waren in Hunderte Splitter zerborsten.

Die längsten und spitzesten dieser palisadenartig himmelwärts ragenden Pappelholzspieße trat er unter den Stiefelsohlen zur Seite, brach sie, riss sie aus der Lasterpritsche und warf sie zu einem Stapel zusammen, den irgendeiner, der findig genug war, aufladen, mitnehmen und verfeuern würde. Dann schob er Schnee über die Holztrümmer, ehe er von Boyos Austin hinunterkletterte und sich den Mantel abklopfte.

Bruchholz, dachte er, während er eine Zeit lang weiter den Kindern zusah und sich dabei fragte, ob auch Willie-Merce hier rodeln ging. Ein paar kleinere Jungen waren kaum älter als sein Neffe. Schließlich gab er sich einen Ruck, kehrte um und stapfte die Straße wieder hinauf, vorbei an Agatha Splaines Haus, wo Misery im Fenster saß und ihn offenbar erkannte – sie zuckte zusammen –, weiter zum Cardigan Place.

Unter den kahlen und dick eingeschneiten Sommereichen des Platzes versammelten sich die Rodler. Von einer aufgeschippten und längst vereisten Rampe starteten ihre Abfahrten. Eine Weile blieb er auch hier stehen, um zuzusehen, wie sich der bunte Pulk aus Mädchen und Jungen auf die mit Wimpelstangen und Glöckchenschnüren bestückten Schlitten schwang und die Straße hinunterschoss... dann aber wurde der Drang, an dem grünen Haus vorbeizugehen und durch die Fenster zu sehen, so mächtig, dass er alle Vorsätze, eben das nicht zu tun, fahren ließ.

Nichts an dem immer noch über und über mit grünen Blechplättchen beschlagenen Haus erinnerte an Quiltyn Muldoons Laden. Schilder und Markisen waren abgeschraubt, und vor den vier nicht sehr breiten Schaufenstern im Souterrain, wo einmal Leinen, Winschen, Messer, Lampen und Hunderte andere nautische Utensilien ausgelegen hatten, hingen graue, abweisende Vorhängebleche. Einzig der ehemalige Eingang des Geschäfts war nicht verrammelt. Eine große kupferne Eins hing, an die Hauswand genagelt, neben der Tür.

Er stieg die drei Stufen hinunter und spähte durch die Scheibe. Unverändert war nur der getäfelte Tresen, der durch den ganzen Raum lief und über den Mr. Muldoon immer sein rot eingeschlagenes Warenbestellbuch voller Ziffern und Kürzel hin und her schob. Dahinter ragten jetzt leere Regale in die Höhe, davor standen verloren ein paar ausgeräumte Schautische. Die eingestaubten, hier und da eingedrückten Glasvitrinen waren ihr Bereich gewesen. Durch eine Schwingtür kam sie vor den Tresen und führte Kunden an die Tische, um ihnen das Gewünschte zu zeigen, eine Messerscheide aus Manchesterleder, einen Schildpattkamm, eine Geldkatze. Immer zog sie dabei leicht (und wie er fand: elegant und würdevoll) ihr Bein nach, und er erinnerte sich, wie verwirrt er war, weil Ennid nichts tat, um den Gehfehler vor ihm und anderen Kunden zu verbergen.

Die Tür zum Flur, der nach hinten ins Magazin führte, stand einen Spaltbreit offen. Irgendwo in diesem Korridor musste eine weitere Tür sein. Durch sie gelangte man über eine Stiege ins Obergeschoss, wo zwischen dem Schlafzimmer ihres Vaters und der Wohnstube ihr Zimmer gewesen war.

»Siehst du die Tür?«, sagte sie eines Abends zu ihm, als er vorm Haus auf sie gewartet hatte. »Du würdest alles tun, durch die einen Fuß zu setzen, stimmt's, Merce Blackboro?«

Sie erwartete keine Antwort, lachte bloß und hakte sich bei ihm ein, um eine Runde um den Platz und die angrenzenden, damals noch so belebten Gassen mit ihm zu drehen.

Viele der fast schon Halbstarken, die ihre Schlitten an ihm vorbeizogen, hatten gerade laufen gelernt, als Ennid und er hier spazieren gingen. Rechnerisch betrachtet war es viereinhalb Jahre her. Es war ein paar Monate nach seiner Rückkehr aus dem Eis gewesen. Für kurze Zeit redeten sie wieder miteinander.

Es gab nicht viel zu sagen. Sie fragte ihn weder nach Shackleton noch seinen Kameraden, mit denen er das alles durchgemacht, noch nach den Entbehrungen, die er durchlitten hatte, oder woher seine Narben waren. Bakie hatte alles Regyn und Regyn alles ihr erzählt. Erzählte sie selbst etwas, dann drehte es sich um Mickie, der noch lebte und ihr aus

Frankreich schrieb, wo er in den Luftkämpfen über Seine und Loire zum Nationalhelden wurde.

Glaubte er dagegen seiner inneren Uhr, waren seither keine zwei Monate vergangen. Er war noch immer 19, ein verbohrter Spund, der wie ein Kind an Wunderkräfte glaubte. In maßloser Selbstüberschätzung schlug er jeden Rat, jede Warnung und alle Alarmsignale in den Wind. Genau wie damals konnte nichts ihn aufhalten, wenn es um »diese Person« ging, nicht mal sie selbst, die mit ironischem Lächeln und bösen Witzen über seine Trauermiene oft genug versucht hatte, ihm keinen Anlass für seine Verliebtheit zu geben.

Später hatte sie mitunter geweint, wenn auch nicht seinetwegen. In der Zeit nach Mickie Mannocks Heldentod sah er sie nur noch selten. Als es ihr irgendwann besser zu gehen schien, redete sie zwar mit ihm, wenn er in den Laden kam, vorgeblich einer Bestellung, einer Lieferung wegen, meistens aber war sie entweder einsilbig oder aber gackerte bloß albern, wenn er fragte, ob sie nach Feierabend Lust habe, mit ihm ein bisschen durchs Viertel zu laufen. An solchen späten Nachmittagen verplemperte er die Zeit mit Überlegungen, wie es gelingen könnte, dass sie bei ihm oder er bei ihr blieb, sobald es Abend wurde und ihre Freundschaft sich in einem dunklen, wirren Moment womöglich verwandelte.

Wenn er das Gespräch darauf brachte, fragte sie: »Verwandeln? In was?«

Es war immer vergeblich. Und anders als seine Schwester redete sie sich nicht mal heraus. Sie wusste einfach nicht, was sagen, wenn er fragte, ob sie mit ihm essen oder ins neue *Casnewydd Community Cinema* gehen wolle, dem CCC in der Magazine Street. Sie sah ihn bloß traurig an und sagte: »Muss rein.«

Irgendwann war sie nur noch wütend auf ihn, weigerte sich, während erzwungener Unterhaltungen (»Verhöre«) im Geschäft ihres Vaters wieder und wieder alles mit ihm durchzukauen, und beantwortete seine Briefe mit kleinen grasgrünen Zetteln, die ihm einer ihrer drei Kuriere aushändigte: Regyn spöttisch, Gonryl genervt, Mari aufmunternd.

»Leb bitte endlich Dein Leben – Himmel!«, stand auf einem, »Nichts wird sich je ändern, lieber herzensguter Merce B.« auf einem anderen.

»Ich gebe Dir Bescheid sobald ich mich vor Liebe nach Dir verzehre«, hatte sie auf den letzten Zettel geschrieben, den er von ihr erhielt, und, in Klammern, daruntergesetzt: »Man weiss ja nie. Nie!«

Er stieg die Stufen wieder hinauf und ging weiter.

Das Haus musste einen neuen Besitzer haben, denn auch das FOR SALE-Schild, das so lange im Fenster hing, war nicht mehr da. Vielleicht hatte Val O'Neal das grüne Haus gekauft und ihr dadurch das nötige Geld für den Neuanfang in Amerika verschafft.

Verlassen und eingeschneit stand das Haus unter den Sommereichen. Er kannte kein anderes, das so wie das der Muldoons mit lauter Blechplättchen beschlagen war. Sie hatte recht: Nichts änderte sich. Er musste sein Leben leben. Man wusste nie. Nie!

Nur in einem Punkt irrte sie, und das gewaltig: Um durch ihre Tür einen Fuß zu setzen, hätte er nicht alles getan. Er war nicht bereit, sich aufzugeben. Genauso wenig war er allerdings bereit, sie aufzugeben. Dass eins das andere bedingte und dass beides im Grunde identisch war, schien niemand auf der Welt zu begreifen, er selbst verstand es ja auch nur in lichten Augenblicken.

Man wollte ihm weismachen, dass hinter der ihm verschlossen gebliebenen Tür in dem Haus am Cardigan Place immer bloß ein leeres Zimmer gewesen war.

Aber das stimmte so nicht. Er konnte es nicht beweisen und wusste es trotzdem. Er spürte es, ja er fühlte Ennids Liebe am stärksten, wenn alles für ihr Gegenteil sprach. Und darauf verließ er sich.

23

DAS VERSCHOLLENE TELEGRAMM

Unter dem Vordach auf Robeys Balkon presste er sich dicht an die Bordwand. Er rauchte und sah dem Schnee zu, der aus der Dunkelheit ins Meer stürzte. Irgendwo zwischen den Orkney- oder Shetland-Eilanden hindurch würde der Dampfer Kurs Nordwesten auf die offene See nehmen und die Überfahrt beginnen.

Im dichten Flockengestöber war von der englischen Küste nichts mehr zu erkennen. Alles, was man sah, war weiß, nur die See hielt fest an ihrem Recht und blieb dunkel, tiefblau, beinahe schwarz. Keine fünf Sekunden hielt man es aus, Richtung Bug in das nicht mehr bloß stürmische, sondern jaulend und kreischend hereinbrechende Schneetreiben zu blicken. Auf der Stelle gefror die Haut und suchten die Augen Schutz, während das Schiff immer wieder, immer weiter durch eine endlos nachwachsende fahle Wand tauchte, von der keiner wissen konnte, was dahinter war. Der Schneesturm schien vollkommen allein auf der Welt zu sein und nichts es mit ihm aufnehmen zu können.

Weiter vorn auf der Brücke, wo Archibald und seine Offiziere Dienst taten, gab es Messinstrumente. Alle paar Minuten trat ein Navigationsoffizier auf den Ausguck hoch oben über den Wellen und mehrere Meter jenseits der Bordwand. Von der Brückennock dort starrte er reglos durch ein Fernglas auf die in unzählige Teilchen zersplitterte Wand, die in Flockenform auf ihn zuraste.

Selbst diese Posten, bei Wind und Wetter ausgebildete junge Männer, wie man annehmen konnte, hielten es nicht länger als 30 Sekunden dort oben aus. Oder war es immer derselbe Navigationsassistent, der auf die unwirtliche Klippe trat, sich über dem Tosen der Wellen bis an die Reling der Nock kämpfte und dann auszuharren hatte? Vielleicht war es der junge, so unangenehm servile Deller oder sogar sein verbissener Vorgesetzter Girtanner, der angeblich zu Schikanen und Strafen neigte. Stumm, steif, leblos wie Marionetten wichen sie ihrem Kapitän nicht von der Seite.

Meeks schlüpfte wieder hinein, froh, das zu können, und spürte erst in der Kabine, wie durchfroren und aufgewühlt er war. Robey war vergleichsweise milde gestimmt, seit Miss Kristina ihn begleitete. Und wie seltsam ... in diesem beliebigen Augenblick, als er sich den Schnee abklopfte und den Rücken am Heizkörper wärmte, fiel es ihm plötzlich wieder ein: seine Mutter in ihrem türkisblauen Wollwintermantel an Deck des kleines Fährbootes, das sie und ihn so oft über den Rheidol brachte.

»Brynny, da kommt ein Schneesturm übers Meer«, sagte sie. »Junge, Junge, das sieht man nicht alle Tage.«

Zu einem Fußballspiel von Aberystwyth Town waren sie gefahren, ins neue Park Avenue-Stadion am Ostufer des Afon Rheidol, meinte er sich zu erinnern – aber wie alt war er da?

Zwölf vielleicht, höchstens. Und das Spiel wurde nie angepfiffen an diesem Tag, denn der Schneesturm machte alles zunichte und vertrieb die Leute, die schon auf den Tribünen saßen. Johlend, murrend oder lachend rannten sie in alle

Himmelsrichtungen davon, suchten Schutz unter mit Fäusten aufgespannten Mänteln oder Jacken, denn Schirme halfen nichts, sie zerknickten und wehten davon, und auf dem Rasen war niemand mehr, bloß der Sturm und die schneidend kalten Flocken heulten darüber hinweg, trieben die Schirme als Beute vor sich her, und binnen Minuten, er sah es vor sich, als wäre es gestern gewesen, deckten Schneewehen die beiden Strafräume zu, so schnell, so tief, dass die Tore kaum noch herausragten.

»Der Winter kommt diesmal übers Meer, darling«, sagte seine Mutter später irgendwo, als sie in einem Pub oder Gemeindehaus Schutz fanden. »Sieht wie eine weiße Mauer in der Luft aus.« Und über das Pech sagte Violet Meeks – ob an diesem Tag, wusste er nicht mehr: »Es läuft uns nach, darum findet es uns immer!«

Ihrer Ansicht nach verfolgte sie das Pech, seit sein Vater auf See geblieben war. Manchmal weinte sie darüber, aber manchmal lachte sie auch: »Es könnte ruhig mal ein Glückstag kommen und eine Woche oder länger bleiben, findest du nicht, Schatz?«

Tanzen war in Robeys Augen etwas für Leute, die noch an das Gute im Menschen glaubten. Wer tanzte, konnte auch Musik etwas abgewinnen, fand Clowns nicht verstörend und mochte Kindergeburtstage. Solle tanzen, wer tanzen wolle, sagte er, für ihn sei es nichts.

»Ich will nicht! Schluss. Ende der Unterhaltung!«

Er würde sich eher ein Bein brechen lassen als zu tanzen.

Sein Anzug für das Bankett mit Poker und Tanz war für die Rückreise nach New York zwar nicht eigens angefertigt, immerhin aber dafür extra in Schuss gebracht. Es war ein fast schwarzer, dunkelblau schimmernder Frack (geschneidert von seines toten Vaters totem Schneider in Jersey) mit leicht kürzeren Schwalbenschwänzen als dieses Jahr en vogue: die Hose an den Seitennähten mit schwarzem Samt besetzt, dazu eine Piqué-Weste, cremefarben ein Hemd, eine ebensolche Hemdbrust, außerdem Seidenkniestrümpfe, gleichfalls tief dunkelblau (nachtblau beinahe), und die von Diver so gern, deshalb vielleicht einige Male zu oft getragenen, bei Lobb in London handgefertigten Plain Oxford-Lackslipper, deren dunkelblaue Nähte im schwarzen Leder sie zu dem Frack vollkommen passen ließen.

Meeks öffnete alle Schränke und prüfte dreimal, ob alles vorhanden und nichts in der Bordreinigung vergessen worden war.

Er legte Divers Unterwäsche zurecht (*Zimmerli of Switzerland*, telegraphisch hatte er die jährliche Kiste Shorts und Shirts erst kürzlich wieder in Aarburg bestellt), den cremefarbenen, mit feinster hellblauer Stickerei durchzogenen Plastron, die hübsche Reversnadel mit kleinem Smaragd, dazu passend die Manschettenknöpfe, die Divers und seines Vaters Initialen zeigten, das Pochette, dann die Handschuhe, auch sie cremeweiß. Das Paar war so leicht, dass man es augenblicklich vergaß, wenn man es in der Hand hielt.

22.17 Uhr.

Es war alles da ... außer ... der Frackuhr.

Dick Robeys Taschenuhr am silbernen Kettchen, die Diver seinerzeit zusammen mit – so hieß es – knapp zehn Millionen Dollar geerbt hatte, wo konnte das Ding stecken?

Unterm Bett fand er ein Seidenhöschen mit Saum aus Spitze. Er nahm an, es war eines von Miss Kristina, sicher aber konnte man da keinesfalls sein. Es duftete.

Vorsichtshalber nahm er das Höschen an sich, knüllte es zusammen (es war winzig, nicht die Hälfte eines Seidentaschentuchs), steckte es ein, würde es ... ins Meer werfen. Alles andere hätte unter Umständen unabwägbare Folgen.

An bestimmten Körperstellen nur notdürftig bekleidet – bedeckt – musste sie – wer immer sie war – in ihre Kabine zurückgeeilt sein, immerhin zwei Decks tiefer und knapp 100 Meter weiter Richtung Heck, fast mittschiffs – falls die Besitzerin des Höschens wirklich Miss Merriweather war.

Für seine Verhältnisse etwas zu unschlüssig stand er in der Kabine herum und wartete auf Robeys Rückkehr, während vor Bullaugen und Balkontür Schnee vorbeistürzte.

Man konnte heilfroh sein, hier drinnen, nicht dort draußen in diesem zerfetzten weißen Durcheinander zu sein.

In der Sakkotasche strichen seine Finger über die Seide. Er hatte nie eingesehen, wieso solche Weichheit am Körper zu tragen ausschließlich bestimmten Frauen, betuchten Ladys, vorbehalten sein sollte. Wie sehnte er sich zurück in den Paradiesgarten, als er jung gewesen und begehrt worden war. Das war das glückliche Leben – junger Mann unter jungen Männern zu sein. In den Gärten am Central Park schien es das Rauschen der Bäche, in denen sie lagen, und das Rauschen des Regens, in dem sie tanzten, nur zu geben, um die nackte Haut zu feiern.

Nichts war davon geblieben. Zu vergeben musste man täglich neu lernen. Dass man vereinsamte und dennoch alles verzieh, dass man immer noch Mitgefühl hatte, allem zum Trotz, damit musste man sich in seiner Verlassenheit auseinandersetzen. Man durfte der Schwermut nicht Tür und Tor öffnen.

Jimmy Moorer ... Shimimura.
Wo konnte die ver...fluchte Uhr sein?

Auf seiner eigenen sah er, dass das Bankett seit einer halben Stunde eröffnet war. Neben Robey und Begleitung wurden (Shimimura hatte es Miss Kristina verraten) Mrs. Hearst und Tochter erwartet sowie ein gemäßigt royalistischer Earl aus dem House of Lords, der mit seinem jugendlichen Sohn in die Neue Welt reiste, um eine Vortragstournee durch den Mittleren Westen anzutreten.

Wenn Archibald der Tafel nicht ohnehin fernblieb, weil er genug hatte von Robey und dessen so bezaubernder wie respektloser Mitstreiterin, würden links und rechts von ihm wieder seine Offiziere sitzen, stumm und voller Dünkel, aber mit hervorragender Haltung und blitzenden Kragen.

Shimimura war eingeteilt zu servieren.

Im Kabinenflur entdeckte Meeks einen Wandschrank aus Mahagoni, der ihm bisher nicht aufgefallen war. Er war gut versteckt zwischen dunklen Intarsien und nicht verschlossen.

Lauter Alkohol war darin, hauptsächlich Gin, volle, halbvolle und leere Beefeater-Flaschen, außerdem Bourbon, Roter Genever (ein scheußliches Rotterdamer Andenken), dazu ein Fläschchen Angostura-Bitter, zwei Zitronen, ein Zitronenmesser.

Aber es gab in dem Schrankversteck auch einige Schubfächer, und in einem lag Dick Robeys Frackuhr. Es war eine Patek Philippe, ein Rattrapante-Chronograph aus dunkelorangem Gelbgold, mit 24 grasgrünen Smaragden, die wie Doppelziffern rund um das Blatt funkelten. Zur Geburt ihres Sohnes hatte Loonis Robey ihrem Mann die Uhr zum

Geschenk machen wollen, aber Divers Mutter war dazu nicht mehr imstande gewesen.

Er kannte die Patek so genau, als würde sie seit 39 Jahren ebenso ihm gehören. Sie lag auf der ledernen Brieftasche, die als verschollen galt, seit Robey sie in Portsmouth aus dem Fenster des *Moon* geworfen hatte, angeblich. Deshalb also war sie im Geprassel des Dauerregens, zwischen den zerschlagenen Blumen und Büschen des Innenhofs in jener denkwürdigen Nacht vor Ablegen des Dampfers nicht zu finden gewesen.

Er nahm die Uhr in die Hand, sie war eiskalt. Er stellte sie und zog sie auf. 22.43 Uhr.

Diver musste die Brieftasche die ganze Zeit bei sich getragen haben oder hatte sie in seinem Tarnschränkchen für Hochprozentiges und unbezahlbare Taschenuhren versteckt gehalten.

Meeks legte die Patek demonstrativ zu den ausgebreiteten Sachen aufs Bett – wodurch die Salonmontur komplett war. Robey würde sich im Handumdrehen von einem Auswanderer in Latzhose und verschossenem Hemd zurückverwandeln können in einen der wohlhabendsten Menschen aller Zeiten.

An ein Bullauge tretend, sah er hinaus in das Schneetreiben.

Sollte er warten?

Es roch leicht nach dem Staufferfett der Lukenscharniere.

»Mach Schluss für heute«, würde Diver sagen, falls er nicht angetrunken war (unwahrscheinlich), »ich ziehe mich allein um, es liegt ja alles bereit. Danke, mein Freund.«

Und war er betrunken, würde er ihn anblaffen: »Hilf mir aus diesen Kanalrattenklamotten raus. Gott, und gib mir was zu trinken. Hast du das Telegramm durchgegeben? Gut. Ich werde mir den aufgeblähten Oberbriten jetzt vornehmen, in der Luft werd ich den Kerl zerreißen. Sein Schiff! Wird er schon sehen. – Gib her.«

Er war daran gewöhnt, nur selten als gleichwertiger Mensch behandelt zu werden, kraft seines Berufsethos allerdings stand er ebenso klaglos wie wortlos für das Gegenteil ein.

»Sieh zu, dass du Land gewinnst, Dickies Schrumpeldiener. Ja, da glotzt er wieder! Schwirr ab, alte Motte«, sagte der randvolle Robey zu ihm, als sie zurückkamen von ihrem Ausflug ins Proletariat. In seinem Arm hing schlaff die hicksende und wankende Miss.

Er griff ihren Arm und stützte sie, aber noch immer gab sie vor, eine Liverpooler Hafendirne zu sein – was man ihr keine Sekunde lang abkaufte. Miss Krissie besaß entschieden zu viel Liebreiz für sozialdemokratische Understatements. Selbst wenn sie kein Parfum auflegte – weil sie das oft einfach vergaß –, verströmte sie einen Duft wie ein Hang voll Federnelken. Am Stadtrand von Aber – Aberystwyth – lag so einer früher neben dem Sportplatz und verwandelte Sommertage in Freiluftparfümerien.

»Nun mal hopp, Herr Knecht, hilf mir aus diesem Zeug raus. Herrgott, und gib uns endlich was Ornen... Ordlen... Ordentliches zu trinken! Ist das... das Telegramm, hast du das...?«

»Noch nicht, aber ich wollte gerade gehen.«

»Dann brumm los. Oder was meinst du, Putzi? Soll Bryn, der Brummer, losbrummen?« Er lachte. Er grölte.

»Putzi will von Brynny ausgezogen und über-, über-, überall blitzblank getupft werden«, hauchte sie. Zumindest versuchte sie, das zu sagen. Ihr Blick wanderte ziellos umher, es sah aus, als glitte er an den Gegenständen ab.

»Nein, nein, nein. Neinnein, neinnein und nein!«, rief Robey. »Das mache ich, ich, ich. Zisch ab, Meeks. Es ist Diver-Zeit! Alle Untergebenen raus aus meiner Bude. Bald ist das hier eh mein Schiff. Ich lasse dem Dampfer noch drei Decks obendrauf setzen. Und eine Start- und Landebahn. Was hältst du von der Idee, mein grimmiger Freund aus dieser Kleinstadt mit A in Wales?«

»Klingt revolutionär, Diver«, erwiderte er (Brynny Meeks aus Llangawsai in Aber, in Aberystwyth) und legte dazu mit würdevollem Aufblicken den Kopf schief.

Und Miss Kristina, die nie und nimmer 21 war (die einzige Lüge, die sie sich gestattete) und trotz Kostüm doch nur aussah wie die peinlich unvorteilhaft verkleidete, sturzbetrunkene Tochter von Richter Merriweather aus Baltimore: »Ach komm, Daddio, sei lieb zu Bryn. Er ist das Beste an dir außer ...«

»Außer was, hä? Muss ich dich ins Meer werfen?«

Er packte sie, grob und sanft zugleich, und sie kreischte.

»Nein? Gut, ich lasse dich noch. Noch, Putzi, noch! Andere aber werden über Bord gehen, gna-, gnadenlos. Ich werde Junkers auf die *Sealand* einladen und diesen Russen, dessen Namen ich vergesse, sobald er mir wieder einfällt – ein Teufelskreis. Wie heißt der noch, dieser fliegende Russe?«

»Sikorski. Er ist Ukrainer.«

»Ich werde sie eigenhändig auf hoher See über Bord werfen. Mit Kanonenschüssen. Archibald zuerst. Und dann seinen Gorilla Girtanner!«

Dass die beiden während ihres Amüsements in der Dritten Klasse Daiquiris getrunken hatten – Divers Aphrodisiakum –, war unwahrscheinlich. Fusel dürften sie getankt haben, bestenfalls selbstgebrannten Whisky. Dennoch wurde Robey anzüglich. Auf Spanisch (was er aus Key West kannte, wo in Estelles früherer Sommervilla die kubanischen Bediensteten kaum Englisch gesprochen hatten) verkündete er Miss Kristina: »Vámonos a limpiar la escopeta!«

Sie bog sich vor Lachen und fiel im Unterkleid aufs Bett. Sie quiekte: »Ja, bitte, bitte, sofort die Flinte reinigen, Daddio, kann dir Brynnedy dabei nicht helfen?«

»Nur über meine Leila-leila-Leiche!«, sang er.

Hemd und Hemdbrust, Socken und Slipper hatte er mittlerweile an, allerdings die Hose vergessen.

»Schuhe!«, wütete er gegen seine Schuhe. »Was kriecht ihr mir nach? Ich lasse euch erschießen. Meeks!«

Sein Assistent ging in die Knie und zog ihm die Schuhe von den Füßen. Er half ihm, in die Hosenbeine zu steigen.

Wenn er spätabends noch loszog, allein oder nur mit Gottfried, seinem deutschen Chauffeur, der ihn anderthalb Stunden lang durchs Dunkel des Hudson Valley fuhr, damit er an der Upper West Side so lange trinken konnte, bis er einfach einschlief (egal, wo), sagte Robey mitunter: »Reg dich bitte ab, Little John Meeks. Ich komme zurecht, und ich komme schon zurück, mein Duesenberg kann fliegen, morgen früh oder morgen Mittag oder morgen Abend oder übermorgen bin ich wieder bei dir, und wenn ich meine Leiche hinter mir herziehen muss.«

»Peng! Paff!«, machte Miss Kristina. Sie kroch unter Robeys Bettdecke. »Schlafen, schlafen, endlich schlafi-schlafifen.«

Sachte hielt er sie am Fußknöchel fest. »Miss, bitte ziehen

Sie sich um. Duschen Sie kalt, und dann ziehen Sie sich bitte um. Der Käpt'n erwartet Sie beide doch zum Bankett.«

»Pfff! Der ...!«

Auf allen Vieren krabbelte sie ins Badezimmer.

Robey wirkte in seinem Salonfrack so distinguiert, als wäre er zu anderem als Integrität und Noblesse gar nicht in der Lage.

»Soll das Maul halten, der Mistsack. Die Fresse gehört ihm poliert. Mit einem Knüppel, so einen kennt der noch nicht. Einem echten Yankee-Stock. Zack, platt die britische Rübe.«

Mit zwei Fingern tastete Robey das Westenrevers entlang Richtung Uhrkette. Er hatte die Patek problemlos festgehakt, zog sie aus der Tasche und warf einen Blick darauf.

»Krissie! Fertig mit Res... taurieren?«

Ihr Gesicht erschien im Türrahmen. Sie trug eine Kriegsbemalung. Links und rechts hatte sie sich mit Kajal schwarze Striche auf die Wangenknochen gezeichnet.

Robey und er sahen sie entgeistert an.

»Wisch es ab«, sagte Diver. »Schluss jetzt! Komm, wir gehen Daiquiris trinken. Mal kucken, wer gewinnt, du oder ich.«

Unter Daiquiri verstand Robey einen Diver doble, und von solchen Doppelten konsumierte er am Abend acht, nicht selten sogar neun. Meeks hatte sie im geeisten Glas zu bestellen, wodurch sie nur leicht nach Rum schmeckten. Wenn man drei oder vier rasch nacheinander trank, war es laut Diver so, als rausche man auf Skiern über einen Gletscherhang talwärts, wohingegen Nummer acht zur Hälfte, Nummer neun aber ganz so schmeckte, als wäre man selber der Gletscher.

Dann waren sie weg, beide ramponiert, derangiert, schwer angetrunken, immerhin aber so weit wieder zusammengeflickt, dass er sie unter die Leute entlassen konnte. Keiner aus der sogenannten High Society war anständiger als Robey und Miss Krissie, ein Mr. Rockefeller und eine Mrs. Hearst verfügten nur über die größere Erfahrung im Kaschieren ihrer Selbstsucht, und für die meisten unter ihnen war sie die einzige Sucht. Jeder auf seine Weise gingen sie am Egoismus zugrunde.

Divers Trunksucht war schrecklich, für ihn und für alle, die sie miterlebten und zu erdulden hatten. Aber sie war wenigstens eine offene. Er verbarg sie in keinem Moment, ganz als erwarte er täglich dieses unbekannte Etwas, das ihn in die Freiheit entließ und ihm das ersehnte sinnvolle Leben ermöglichte. Es war ein knappes Jahr her, da gelang es Estelle, Charlie Chaplin und seinen Tross zum Brunch in ihr Bostoner *Parker House* zu lotsen. Chaplin war einige Jahre jünger als ihr Stiefsohn, und es entging dem Star bei Tisch nicht, dass Diver nur trank, nichts aß, nichts von sich gab, ja dem grauenhaften Geschwafel über die Unterschiede zwischen Harold Lloyds fragwürdiger Unterhaltung und Chaplins ernsthafter Tragikomik nichts abzugewinnen vermochte.

»Ich kann mir beim besten Willen nichts Traurigeres ausmalen, als mich an ein Leben im Luxus zu gewöhnen«, sagte der so feine, junge Brite, dessen zugleich verschmitztes und ernstes Gesicht ohne das Bärtchen ganz nackt wirkte. Schweigen. Keiner hatte daraufhin etwas erwidert, bis endlich einer applaudierte, ein Einziger, und der war Robey. Er hob sein Glas, Chaplin und er prosteten einander über den Tisch hinweg zu und tranken, nur sie zwei, niemand sonst unter den drei Dutzend feinen Leuten ließ sich dazu herab.

Meeks selbst verbarg und verheimlichte mindestens so viel wie Robey, der es sich allerdings leisten konnte, jede Peinlichkeit ins Licht der Öffentlichkeit zu tragen. Divers Schamgefühl schien so verdünnt, dass es sich mühelos aus dem Gemüt spülen ließ. Aber das täuschte, und diese Täuschung war Tarnung und ein gewichtiger Grund für die ganze ungeheuerliche Saufwut.

Um Gelassenheit und Erdulden zu verinnerlichen, waren offenbar Jahrzehnte nötig. Plötzlich war er schauderhafte 57 Jahre alt. Stündlich dachte er über sein nicht enden wollendes Ungeschick in Liebesdingen nach, sein durch nichts unter Kontrolle zu bringendes Körpergewicht, die Tantalusqualen der Heimlichkeit, die Tiefe seiner Entmutigung... anhand der unaufhörlich wiederkehrenden Träume von früher konnte er ermessen, wie tief sie ging.

Denk nach, sagte er sich. Denk über die stupiden Agonien aus nackter Angst nach, über das Wieder-zu-Kräften-Kommen, sobald sie aufhören. Denk darüber nach, wie lange du vor dir weggelaufen bist. Über die Suche nach dir selbst denk nach, die Stunden, reglos vor einem Spiegel. Dein Gesicht, dein fettes, blödes Versteckgesicht! Vergiss nicht, dass ein durchs Fenster der Staten Island-Fähre nur für einen Moment wahrgenommenes Gesicht dir den Atem rauben, dein Herz zum Stocken bringen konnte. Ja, vergiss Johnny nicht. Er war deine Rettung. Und nie vergiss deinen Liebling, den allerbezauberndsten Menschen jemals auf dem Postamt im Village, den du zum ersten Mal gesehen hast und dem du verfallen bist, als hättet ihr sechs gemeinsame Sommerwochen am Strand von Kill Devil Hills verbracht.

Denk an die Kontinente, daran, wie langsam sie aufeinander zu driften. Denk an ihre schrumpfende Ferne, ganz als würden Menschen und Tiere, die darauf wohnen, einander suchen. Sie sind die Bevölkerung deiner Träume. Denk nach, Bryn. Denk über die Liebe nach und über den Tod, so wie noch kein in die Jahre gekommenes Waliser Grubenpferd darüber nachgedacht hat.

Mach dir klar, wo du Unterschiede zwischen Gut und Böse siehst. Und halt dir vor Augen, dass nicht das Ende der Welt bevorsteht, sondern einzig und allein das deinige.

Er kannte Diver, seit der auf der Welt und die Welt dadurch um einiges verrückter war. Er wusste, Robey hatte keine Geheimnisse vor ihm, und hatte er doch eins, so lag das an ihm, seiner gutväterlichen, manchmal allzu vorsichtigen Beschützer-Art.

Was also sollte dieses Versteckspiel mit der Brieftasche?

Allein in dem halbdunklen Kabinenflur, öffnete er noch einmal den Wandschrank und ohne zu zögern auch die Schublade, griff darin nach der Brieftasche und klappte sie auf.

Im Fach für Banknoten fand er den Zettel der jungen Flugbegleiterin aus Merthyr Tydfil. Ein lächelndes Gesicht war darauf gezeichnet, darunter stand geschrieben: »Das Leben ist schön.«

Auch das verschollene Telegramm steckte in dem Fach. Er nahm es heraus und faltete es auseinander.

irissa »hudson« ranewskaja ertrunken ++ rate
zu stillschweigen bis du mit m. zurück ++ e.

Ertrunken.
   e. ... das war Estelle.
   m. ... das war er.

Irissa … Irischa … Irischenka … ertrunken? Sie konnte gut schwimmen. Jede zweite Woche ging sie mit ihrer ukrainischen Freundin Katarzyna im Hallenbad an der 54. Straße schwimmen.

Ertrunken! Sie war nicht ertrunken.

Wie hätte Hudson ertrinken können?

Unfug. Ertrunken …

Ertrunken. Ein Witz!

Er steckte das Telegramm zurück, er legte die Brieftasche in den Schrank, er schloss den Schrank und begann zu zittern.

Ertrunken. Da war der Schnee. Was für ein Wirbeln, Treiben, Strömen, ein so unfassbares Gestöber, als würde alles, was künftig geschah, in unzählige Partikelchen zerbrochen ihm entgegen und an ihm vorbei wehen.

Was konnte der ganze Schnee sonst bedeuten?

24

VIER UNERWARTETE BEGEGNUNGEN

Ennid betrachtete ihr Gesicht in dem Taschenspiegel, der sie an ihre Mutter erinnerte, sobald sie danach griff.

Griff sie deshalb so regelmäßig danach? Diese Frage ging ihr durch den Kopf, kaum dass sie ihr Gesicht in dem kleinen Spiegelglas sah.

Sie sah ihr Gesicht, und sie sah den Spiegel. Es kam auf den Tag an, ihre Stimmung, die Erlebnisse der letzten Zeit, im Grunde aber war es immer so, dass ihr Gesicht und ihr Spiegel in diesen Augenblicken eins für sie wurden.

Eine Zeit lang hatte sie in Newport mit lila Haarbändern experimentiert. Bei *Aurelien's* in der Cranberry Street, dem Kaufhaus, dem ihr Herz gehörte (oder gehört hatte), zeigte man ihr Tücher, deren Farbe diesem eindeutig weder zu Rot noch Blau tendierenden Violett-Ton sehr nahe kam. Aber kein Tuch zeigte das gesuchte Lila oder Purpur.

Der Spiegel hatte eine Farbe, die es sonst nirgends zu geben schien. Von diesem Umstand leitete sie ab, dass auch sie so unverwechselbar sein musste (oder zumindest sein könnte) wie der Rahmen des Spiegels, in dem sie von morgens bis abends alle zwanzig, wenn nicht alle zehn Minuten ihr Gesicht betrachtete.

Wessen Gesicht war schon einmalig... Mari Simms'? Gonryl Frazers? Reg Blackboros oder, so hieß sie ja schließlich, Regyn Bakewells?

Im Grunde hatten sie alle vier nicht dasselbe, aber das gleiche Gesicht. Jede von ihnen war auf ihre eigene Weise verhärmt, abweisend, enttäuscht, vorsichtig und vor allem darauf bedacht, dennoch einen außerordentlichen Eindruck zu hinterlassen.

Sie prüfte Lidschatten, Augenbrauen, Wimpern oben, Wimpern unten, auf den Wangen das Rouge. Mari hatte ihr einen Highlighter-Stift geliehen (den sie ihr zurückzugeben vergaß), mit ihm ließen sich Glanzlichter auf dem Teint erzeugen, ganz so, wie es im *Tatler* beschrieben stand, zumal sie in diesem Licht sehr glatte, helle Haut hatte. Es war makellos weißes Licht, denn es war Schneelicht.

Am von Wachen abgeschirmten Übergang zur Ersten und Zweiten Klasse gab es eine helle Nische, dort stand manchmal eine kleine Gruppe Französinnen (Dirnen, hieß es), die im Schneetreiben dicht zusammengedrängt rauchten. Ihre Zigaretten sahen aus wie weiße Bleistifte. Durch eine Y-Schweißnaht, die ein Mittelloch freiließ, konnte man aufs Meer blicken und sah das lakritzschwarze Wasser, in das die Flocken rauschten. Wenn sie selber dort stand, weil die Französinnen wieder hineingegangen waren, kam ihr das zersplitterte Weiß wie ein Abbild ihrer Erinnerungen vor.

Wenn man lange genug wartete, hatte man die Nische wenigstens ein paar Minuten für sich. Einmal ließ sie dort den Taschenspiegel fallen und stieß mit dem Fuß gegen das Ding, das daraufhin wegwitschte, unter einer Tür hindurch, in einen Decksbereich, zu dem der Zutritt verboten war.

Die Tür, an der sie ratlos herumtastete, ging auf, und vor ihr stand ein junger Matrose in Uniform, die so weiß wie der Schnee war. Er hatte asiatische Gesichtszüge, dunkle, freundliche Augen und reichte ihr, nachdem er ihn an seiner Hosennaht abgewischt hatte, den Spiegel.

»Ihrer, denke ich mir, Miss. Bitte.« Er verbeugte sich, indem er das Kinn senkte.

Sie bedankte sich. »Wirklich sehr freundlich von Ihnen.«

»Sie erkälten sich. Gehen Sie besser wieder hinein, Miss.«

Er war etwas größer als sie, hatte eine auffällig fein geschnittene Nase und tiefschwarzes Haar.

»Verzeihen Sie, wenn ich Sie frage ... Sind Sie Matrose?«

»Nein, Miss. Ich bin Steward. Zweiter Steward des Käptn's.«

»Ah ja? Und Ihr Käpt'n, wie heißt der?«

»Kapitän Archibald, Miss.«

In ihrer Faust spürte sie den Spiegel – als hielte sie ihr Gesicht in der Faust. Sie fragte sich, was er wohl sah, wenn er sie ansah, dieser junge Steward, der so vollendet Englisch sprach und japanische oder vielleicht koreanische Vorfahren hatte.

»Sind Sie wohlauf, Miss ...?«

»Muldoon.« Sie nickte. Sie lächelte.

In Newport hatten nach dem Krieg vermehrt auch japanische und chinesische Frachtschiffe angelegt. Auf dem Kingsway, in der Skinner Street und sogar oben am Cardigan Place hatte man immer öfter asiatische Seeleute gesehen, allerdings stets in kleineren Grüppchen, nie allein.

Sie blickte in das Schneetreiben. »Ich würde gern wissen ... darf ich Sie etwas fragen?«

»Fragen Sie. Warten Sie, ich komme zu Ihnen rüber, Miss. Diese Tür, wissen Sie, ist ziemlich schwer.«

Er kam zu ihr. Sie meinte diesen Übertritt aus den beiden Oberklassen in ihren abgeschotteten Bereich tief in ihrem

Innern spüren zu können, fast wie einen Schmerz. Der Steward klemmte hinter sich etwas in den Türspalt – ein Buch. Dann standen sie zusammen in dem halb dunklen, halb von dem Schneegestöber erhellten Decksgang.

»Kommen Sie. Sie müssen sich aufwärmen«, sagte er. Ein bisschen klang es, als würde ein Automat reden, aber einer, der müde war, der es satthatte, automatisch zu funktionieren. »Nur, bitte... verraten dürfen Sie mich nicht. Ich darf hier eigentlich gar nicht sein!«

Als er das sagte, gab sie sich einen Ruck und folgte ihm.

Er begleitete sie zum Eingang des Schlafsaals. Leute, an denen sie vorbeigingen, tuschelten, als sie seine Uniform und das fremd anmutende Gesicht sahen.

Dort verabschiedete er sich. Ein paarmal wandte sie sich um, und noch immer stand er da, folgte ihr mit Blicken, wartete.

Sie sah in den Spiegel. Sie sah ihr Gesicht darin und selbst im Halblicht des Saals das endlose Weiß, als wäre der Schnee in den Spiegel hineingewirbelt. So sah es aus, so fühlte es sich an.

In ihrer Koje fiel ihr plötzlich ein, wie ihr einmal der Spiegel zu Boden fiel, als sie mit Merce zusammen war und im Kontor seines Vaters auf einem Polsterstuhl mit ihm geschlafen hatte, und sie erinnerte sich, wie er ihn aufhob und ihr zurückgab, daran, wie begehrenswert ihr Regyns Bruder da erschien.

Wieso dachte sie jetzt an Merce Blackboro?

Er taumelte durch die Korridore, er wusste, dass man ihn kannte, am Aufgang zur Brücke fragte er einen älteren Offizier nach dem Namen der Reederei, der die *Orion* gehörte, es war ein Liverpooler Schiffseigner, und er erfuhr, wo sich die Telegraphenkajüte befand, dorthin ging er und hielt sich dabei an dem Korridorgeländer fest. Er fühlte sich auf diesem Schiff so fremd wie nie zuvor und nirgendwo sonst.

Dem Mann in der kleinen Kajüte auf einem der Decks hinter der Brücke diktierte er das Telegramm an Estelle:

kauf den dampfer ++ sofort ++ du weißt welchen ++ reeder in liverpool ++ preis egal ++ rückmeldung an m. ++ d.

Der Funker zeigte keinerlei Regung, aber das war ihm gleichgültig. Er wartete, bis die Nachricht gemorst war, dann ging er und hatte Wortlaut der Botschaft und Abwägung ihrer möglichen Folgen Sekunden später schon vergessen. Durch die hier oben von breiten Fenstern durchbrochene Bordwand blickte er in die Dunkelheit über dem Meer. Tiefe Schneewolken zogen darüber hin.

Meeks hatte nur eine ungefähre Vorstellung, wo sich die Mannschaftsunterkünfte befanden, heckwärts, dahin lenkte er seine Schritte, entgegen der Fahrtrichtung und immer weiter hinunter, Niedergang um Niedergang in den Schiffsbauch hinunter. In einem Korridor standen zwei Matrosen, die er nach dem Weg fragte, er versuchte zu lächeln, als sie ihm Auskunft gaben, aber danach war ihm doppelt traurig zumute.

Er fand ein verschlossenes Luk, das an Deck hinausführte. Er löste die Verriegelung, die Tür gab nach, er stemmte sie mit dem ganzen Gewicht seines Körpers auf und kämpfte sich in die Kälte hinaus. Die Flocken klatschten ihm ins Gesicht, pappiger, fester Schnee. Er wischte die eiskalte Schicht von der Haut, nur um sie sogleich nachwachsen zu spüren, er tappte voran, bis zu den Waden, an der Reling sogar bis zu den Knien im Schnee. Er blickte in die graue Nacht, in diese funkelnde, zerborsten weiße Schwärze aus Abertrillionen Flocken, und dann tastete er in der Sakkotasche nach dem Stück Seide, ballte es in der steif gefrorenen Faust zusammen und warf das bisschen Stoff über Bord.

Nichts als schwarze Wellen waren dort unten zu sehen, ihre Gischtkronen und der Schnee, der in sie hineinstürzte, als wäre er ihr Futter. Ihm grauste vor der Kraft des unaufhaltsam voranpflügenden Dampfers, der unergründlichen Dunkelheit, dem unwiederbringlichen Verlöschen all der Schneeflocken in dem finsteren Wasser. Untergegangen darin, in die Tiefe gespült binnen Augenblicken. Es war richtig, unterzugehen und zu ertrinken, haltlos, resigniert, konsequent war es die Fortsetzung der Lebensumstände, an denen nichts zu ändern war, zu sinken, zu versinken, zugrunde zu gehen, was ließe sich dagegen einwenden? Irissa, Irischa. So eine junge Frau, mit wunderbaren Gedanken und Erinnerungen, wundervoll, wie jeder es war, wozu das alles? Hudson war es nicht gelungen, den Kummer fernzuhalten. Die Jahre seiner Hilfe, nur Vergeblichkeit. Nein, er hatte keinen Zweifel daran, dass sie ... aus dem Leben geschieden war – freiwillig konnte man das nicht nennen. Drüben auf der anderen Seite ist das Gras immer grüner, Irischa. Tam choroscho, gde nas njet.

Er war ein Schneemann, der sich an die Reling klammerte, er fühlte die von der Tiefe der See und den Weiten des Universums auf das Geländer übergehende Kälte und spürte sie auch im Innern, ein Bibbern, das bis ins Hirn drang, eine Angst weniger um sein Leben als um den Blick auf sich, sein Selbstbild. Denn in so eine Tiefe zu blicken bestürzte einen wie ihn, der sich von philosophischen Zickzackflügen fernhielt. Es gab Berufenere, Leben, Sterben, Lebenkönnen, Sterbenmüssen, Lebenmüssen und Sterbenkönnen auseinanderzudividieren.

Durchgefroren, über und über mit Schnee bedeckt, ging er wieder hinein. Er schüttelte sich, klopfte sich ab und musste lachen, weil er das passende Kostüm für sich doch noch gefunden hatte.

Kurz darauf stand er vor Shimimuras Kabinentür. Er fror erbärmlich, aber das machte ihm nichts aus, es lenkte ihn ab. Er atmete schwer, sein Herz raste, er versuchte, sich eine Ausrede zurechtzulegen, kam aber auf keine, nein, ihm fiel nichts ein, nur mit einem Mal – dass Shimimura gar nicht da sein konnte, er servierte ja beim Bankett, fünf, sechs Decks weiter oben speisten, tranken und beharkten einander seit einer knappen Stunde Archibald und seine Offiziere, die Hearst-Ladys, der Earl und sein Sohn und natürlich Miss Kristina und Robey, der ihn verraten hatte und dem sein ganzer Zorn galt. Trotzdem klopfte er, lauschte mit dem Automatismus der Panik, hörte Schritte und sah die Tür aufgehen.

Shimimura war im Hemd, das halb offen stand. Er blickte ihn fragend an und erkannte ihn nicht. »Ja bitte? Wie kann ich Ihnen helfen?«

»Ich dachte, ich frage Sie, ob ich mich in Ihrer Kajüte etwas aufwärmen kann.« Er strich sich das Eiswasser über den Scheitel in den Nacken. »Ich bin Bryn, Meeks, der... Verzeihen Sie. Es ist mir sehr peinlich.«

»Gott, ja!« Bestürzt öffnete Shimimura die Tür, um den Weg freizugeben. »Ich habe Sie gar nicht erkannt. Kommen Sie, kommen Sie herein, Sie sehen ja ganz erfroren aus. Was ist passiert, hat man Sie an Deck ausgesperrt?«

Er trat ein. Die Kajüte war niedrig, schmal und schien ganz aus Holz zu sein, aus den Augenwinkeln sah er eine Täfelung, auf die gelbes, warmes Licht fiel.

Mit einem Mal fühlte er sich völlig verschwunden.

»Nein. Es war nur eine Dummheit von mir. Kindisch. Ich war viel zu lange draußen, nur so ... aus Kummer.«

Der junge Steward schloss die Tür. »Ziehen Sie die furchtbar nassen Sachen aus. Warten Sie, ich helfe Ihnen«, sagte er. »Hier ist ein zweites Bett, schauen Sie.« Er drehte ihn an der Schulter um und zeigte auf eine Koje, die im Schatten stand. Er streifte ihm das Sakko ab, kniete sich hin und zog ihm die Schuhe von den Füßen, die sich wie fremde, nicht seine Füße anfühlten. »Ziehen Sie die Hose aus und das Hemd, bitte.«

Shimimura legte ihm die Hand auf die Brust, befühlte kurz Unterhemd, dann auch Meeks' Shorts. Er schlug die Bettdecke zurück. »Legen Sie sich hin. Ich besorge eine Wärmflasche und einen heißen Grog. Versuchen Sie, Ihren Kummer eine Weile zu vergessen. Wollen Sie das tun?«

Es schauderte ihn. Er fröstelte, und nur Sekunden später überkam ihn ein heftiges Zittern. Auch unter der Decke ließ es nicht nach. Er wusste nicht, ob er sich bedankt hatte, bedankte sich, wusste kurz darauf auch das nicht mehr. Die Augen fielen ihm zu. Er sah Hudson vor sich. Er hörte Shimimuras dunkle Stimme. Er erinnerte sich an das so merkwürdig warme gelbe Licht, das ihn einzuhüllen schien. Jimmy Moorer ...

In der halbwegs windgeschützten Nische mit der Y-Schweißnaht, ihrem Lieblingsfleck, standen unerwartet viele Leute draußen im Schneetreiben, hielten sich an der Reling oder aneinander fest und blickten die Bordwand hinunter ins Meer. Ennid öffnete die Tür und trat gleichfalls hinaus. Die Kälte hatte zugenommen. An Deck blieb nun Schnee liegen, ohne zu schmelzen wie noch am Tag zuvor. Kniehoch türmte er sich in glitzernden, unwirklichen Verwehungen entlang der Außenwände.

Weil es nirgends eine Lücke an der Reling gab, schritt sie die Reihe aus Mäntelrücken entlang bugwärts. Die See war rau, aber nur mäßig bewegt. Anhand der vorüberflutenden Wolken, dunkelgrauen Wogen und schräg darin versinkenden Flocken schätzte sie die Windstärke auf vier bis fünf. Auch viele Kinder waren an Deck und spielten in kleinen Gruppen Spiele, die sie nicht kannte. Ihrer Sprache nach waren es vor allem flämische Mädchen und Jungen. Sie blieb stehen und sah ihnen eine Weile zu. Die Kleinen hüpften auf einem Bein vorwärts, riefen, hopsten auf zwei Beinen zurück, riefen noch lauter, blieben stumm wie angewurzelt stehen, bis ein Kind am Rand den übrigen immer dasselbe Kommando zurief. Dann lachten alle und klatschten, bevor das Spiel wieder von vorne anfing.

Sie versuchte sich zur Reling durchzudrängeln, aber es gelang nicht. Sie fror, das Bein tat ihr weh, sie war viel zu viel unterwegs auf dem Schiff, rastlos, nervös wie ein Eichhörnchen im November. Auf einmal spürte sie, dass jemand sie am Mantel zog, und als sie sich umdrehte, stand das graue Mädchen aus der Abfertigungshalle in Portsmouth vor ihr ... Bixby.

»Da bist du ja«, sagte das Kind. Es sah noch blasser aus, hatte keine Mütze auf, dafür eine Haube aus Schnee. Sie zückte ihr Taschentuch und wischte der Kleinen den Scheitel trocken.

»Was machst du hier draußen, wie geht es dir denn?«, fragte sie. »Sind deine Eltern auch hier?«

»Mom und Dad gucken wie alle aufs Meer«, erwiderte das Mädchen und zog die Nase hoch. In dem weißen Licht leuchteten ihre grünen Augen besonders auffällig. Sie starrte sie an. Bixby war außer Atem von dem Spiel mit den niederländischen Kindern. »Hast du es noch nicht gesehen, auf dem Meer, was da ist?«

»Nein. Willst du es mir zeigen?«

Sie zog sie am Mantelärmel zwischen den Leuten hindurch, die beiseitetraten und ihnen Platz machten, als hätte das kleine Mädchen Zauberkräfte.

Dann hielten sie sich nebeneinander am Geländer fest und blickten hinunter, sie vornübergebeugt, das Kind zwischen den Eisenstreben hindurch. Man sah einen auf und ab wogenden Teppich aus Gegenständen auf der Wasseroberfläche, einzelne leere Koffer, im Meer treibende Mäntel, Flaschen, Hüte, Tische, Stühle, Lampenschirme, Bettdecken, Vorhänge, Sessel und Kissen, Polster, Schals, Hosen und Kleider. So weit man voraus nach Nordwesten und zurück nach Südosten blickte, erstreckte sich die gespenstische, auf und nieder flutende Schleppe. Sie hatte keinen Zweifel (sie erinnerte sich an Erzählungen ihres Vaters, dem Seeleute immer wieder ganz Ähnliches geschildert hatten), dass dort die Meeresströmung mit sich fortwälzte, was aus einem lange gesunkenen Dampfer gar nicht unähnlich dem ihren in den Minuten vor seinem Untergang noch nach oben gespült wurde.

»Ganz schön viele Sachen.« Bixby wandte ihr das Gesicht zu. »Und die Menschen? Sind die alle tot?«

Sie zuckte mit den Schultern. »Schwer zu sagen. Wenn sie

Glück hatten, wurden sie gerettet. Bestimmt haben sie es in die Rettungsboote geschafft und sind an Land gerudert. Komm, wir denken lieber an was anderes! Wo bist du mit deiner Mom untergebracht?«

»Untergebracht, was meinst du damit?«

»Wo ihr schlaft. Wo eure Sachen sind.«

»Schlafsaal 2. Reihe 17. Fast letzte Koje. Ich schlafe oben, Mom unten. Es stinkt! Bei dir auch? Ich habe dich gesucht, aber nirgends gefunden.«

»Ich schlafe im Saal 3, da sind mehr Kojen nur für Frauen. Und es stinkt nicht so.«

»Komm, ich zeig dir was Komisches!«

Sie stapften durch den Schnee Richtung Bug, vorbei an lauter Leuten, die weiterhin aufs Meer blickten, weil dort immer noch alles Mögliche vorbeiwogte, Matratzen, Taschen, Regenschirme, Teppichläufer, Bilderrahmen, sogar mehrere Sessel und ein Sofa, das meiste aber unförmig, gestaltlos, nicht zu erkennen.

Die Kleine blieb stehen. Mit weit aufgerissenen Augen und breitem Grinsen im Gesicht zeigte sie hinauf zur Brücke und ihrer stählernen Nock hoch über dem Wasser. Dort stand ein Mann, weiß wie ein Schneemann, weil er vollkommen von Schnee bedeckt war, und starrte durch ein Fernglas.

»Bixby!«, rief hinter ihnen eine Frauenstimme: »Biggs! Komm jetzt. Was machst du denn hier?«

Die Frau, die vor ihnen stehen blieb, sah genauso aus wie das Mädchen, nur war sie einen Meter größer und 20, 25 Jahre älter, ansonsten aber ebenso grau, ebenso dünn und mit Sommersprossen bedeckt wie ihre Tochter. Sie hatte nicht Bixbys dicke Zöpfe, aber ihr strähniges, dünnes Haar war genauso rötlich braun. Sie wirkte müde, verlangsamt, niedergeschlagen, nicht wie eine Frau, sondern wie der Schatten einer Frau.

Davon konnte bei dem Kind keine Rede sein.

Die Kleine stemmte die Hände in die Hüften.

»Mommy, ich hab meiner Freundin bloß den eingefrorenen Mann gezeigt!« Bixby verdrehte die Augen. »Und wir haben uns die schwimmenden Sachen angeguckt, so wie Dad und du.«

Die junge Frau stellte sich vor: »Elliger«, und Ennid sagte: »Muldoon.« Bixbys Mutter war verlegen, Ennid bemerkte, dass ihr Mantel Flecken hatte und zwei Knöpfe daran fehlten.

»Sagen Sie einfach Joan.«

»Ennid.«

»So heißt du?« Bixby war empört. »Nein. Das stimmt ja nicht.«

Sie nickte. »Doch. So heiße ich. Schon immer.«

»Ich dachte, du heißt Juliet. Die ganze Zeit war ich mir sicher, du heißt Juliet! Hab dich in Gedanken so genannt.« Sie schien tief enttäuscht zu sein. »Du hinkst. Warum?«

»Biggs, lass Miss Muldoon. Sei nicht unhöflich.«

»Und den richtigen Namen hast du auch nicht.«

»Tut mir leid, dass ich hinke. Ich muss damit leider leben.«

»Ich weiß nicht, ob ich mit dir befreundet sein will.«

»Wir müssen ja nicht befreundet sein.«

Joan Elliger legte ihrer Tochter eine schmale, in der beißenden Kälte blassrote Hand auf die Schulter. »Lass uns reingehen. Daddy friert und ist schon drinnen. Komm, Schatz.«

Das Kind achtete nicht auf seine Mutter. Bixby überlegte. Sie war ohne Zweifel blitzgescheit. »Eigentlich schon. Wir müssen Freunde sein! Immerhin fahren wir zusammen übers Meer und kommen beide von der Niemandsinsel.«

»Ich kenne die Niemandsinsel nicht«, sagte Ennid. »Ich bin aus Wales, aus Casnewydd – Newport, wie ihr sagt.«

»Wir kommen aus Taunton in Somerset«, sagte Mrs. Elliger.

Nacheinander wandten sich die Leute von der Reling ab, traten aus dem Schneetreiben unter das Deckvordach und strebten Richtung Eingang. Sie blickte über die See zum Heck und sah, dass das Treibgut hinter ihnen lag. Nur vereinzelt wogten noch unkenntliche Gegenstände im Wasser.

»Alle die Sachen kommen von da, wo wir hinfahren«, sagte Bixby. »Man hat sie aus Amerika geschickt, damit alles auf die Niemandsinsel gespült wird. Denn auf der Niemandsinsel gibt es nichts. Wollen wir also Freundinnen sein?«

Als er die Augen öffnete, saß eine der drei Bordkrankenschwestern auf dem Rand der Koje und fühlte ihm den Puls. Sie war die Älteste der drei Frauen, die er schon des Öfteren durch die Korridore hatte gehen sehen, trug einen weißen Kittel und auf dem Kopf eine ebensolche Haube, und sie hatte graues, streng zurückgestecktes Haar und auffällig buschige Brauen.

»Wie fühlen Sie sich?«, fragte sie.

Er wusste nicht, wie lange er geschlafen hatte. Seine Stimme war brüchig, als er sagte, er fühle sich kraftlos, matt.

»Ich habe Durst. Wie spät ist es?«

Erst jetzt bemerkte er Shimimura, der auch da war. Er saß auf der anderen Koje, hatte die Hände zwischen den gespreizten Knien verschränkt und stand auf, um zu ihm zu kommen. Er hatte seine Livree an, eine weiße, eng geschnittene Uniform mit goldenen Knöpfen.

»Mein Freund«, sagte Shimimura, »Sie haben fast 12 Stunden tief und fest geschlafen. Schwester Kingsley hat Sie abgehorcht, und Sie haben nichts davon gemerkt.« Er reichte Meeks ein Glas mit lauwarmem Pfefferminztee.

»Sie müssen liegen bleiben«, sagte die Schwester. »Könnte sein, dass Sie sich eine Lungenentzündung geholt haben. Eine ziemliche Dummheit haben Sie da gemacht!«

Sie stand auf und sagte zu Shimimura, sie könne zwei kräftige Matrosen kommen lassen, um den Mann – gemeint war er – in seine Kabine zu schaffen, falls es hier zu eng sei. Der Steward schüttelte sogleich den Kopf, blickte fragend herüber, und Meeks erhob keinen Einspruch. Auch er wollte bleiben, unbedingt wollte er das, nur sagen konnte er es natürlich nicht.

»Ich werde alle drei Stunden zu Ihnen kommen, um Sie abzuhorchen«, sagte Schwester Kingsley. »Sollte sich Ihr Zustand nur minimal verschlechtern, lasse ich Sie in die Krankenstation abtransportieren, ob Sie das wollen oder nicht. Sind Sie bereit für ein kurzes Gespräch mit dem Kapitän?«

»Mit Käpt'n Archibald?«

»Wir haben nur den. Er will Sie sprechen. Über die Vorfälle der letzten Stunden möchte er Sie informieren, denke ich. Ich soll ihm Bescheid geben lassen, sobald Sie kräftig genug sind.«

Shimimura setzte sich auf den Rand der Koje, genau dorthin, wo Schwester Kingsley gesessen hatte. Er legte eine Hand auf Meeks' Hand, drückte sie leicht, umschloss sie halb, warm war sie und glatt, und ein Finger streichelte

Meeks an der Handinnenfläche, behutsam hin und her. Es war das Zärtlichste, was er seit vielen Jahren erlebt hatte.

Es klopfte, und als die Tür aufging, traten in Uniform erst Kapitän Archibald, dann zwei seiner Offiziere ein. In der Kajüte wurde es eng.

»Bleiben Sie sitzen, Jirō, wir stehen, es dauert nicht lang«, sagte der Käpt'n zu Shimimura. Archibald wirkte ernst, streng, verärgert und schien es eilig zu haben. Er baute sich vor der Koje auf, hob den Kopf und fixierte Meeks mit seinen kleinen, stechenden Augen.

»Für das, was ich Ihnen mitteilen muss, habe ich zwei Zeugen mitgebracht, Chief Officer Girtanner und Lieutenant Deller, Sie kennen sie, zwei meiner besten Männer und erfahrene Seeleute. Sind Sie ausreichend klar im Kopf, Meeks, um Girtanner, Deller und mir drei Minuten lang Gehör zu schenken?«

Er lag regungslos auf der Koje, die Bettdecke hochgezogen bis ans Kinn, nur Arme und Hände weiß behaart auf der Brust. Er nickte. Er spürte sein rennendes Herz, und so verfolgte er jede Regung in Archibalds Gesicht anscheinend ruhig und gefasst, eigentlich aber in panischer Aufgewühltheit.

»Fein. Hören Sie einfach zu. Wir machen es kurz. Lieutenant Deller, bitte setzen Sie Mr. Meeks davon in Kenntnis, was in seiner Abwesenheit gestern Abend an meinem Tisch beim sogenannten Kapitänsbankett vorgefallen ist.« Er stieß einen unverhohlen ironischen Lacher aus.

Der noch sehr junge Dritte Offizier Douglas Deller trat einen Schritt vor. »Sehr wohl, Sir«, sagte er. Meeks erkannte ihn wieder. An der Kapitänstafel vor zwei Tagen war ihm die spontane Versteinerung des Jünglings aufgefallen, als Miss Kristina den Träger ihres Kleids gelöst und um ein Haar ihre Brust entblößt hatte.

Auch jetzt schienen ihm die Worte nicht über die Lippen gehen zu wollen.

»Nun mal los, Deller«, sagte im Hintergrund, kaum auszumachen, sein Vorgesetzter Girtanner.

Und Archibald: »Mein Bester! Augenzeugenbericht, Duck!«

So lautete Dellers Spitzname. Aus »Douglas« war »Doug« und daraus »Duck« geworden – was merkwürdig war, eine rein sprachliche Herabwürdigung. Denn der junge Deller hatte nichts von einer Ente an sich, weder äußerlich noch im Auftreten.

»Sir! Mr. Meeks. Es ist bei Tisch gestern Abend zu turbulenten Szenen gekommen. Es gab erbitterten Streit. Es gab schließlich ein Handgemenge. Äußerst anzügliche Worte fielen. Es kam zu Tränen, Geschrei ...«

»Na, na, Geschrei? So würde ich es nicht nennen, Duck«, fiel ihm der Käpt'n ins Wort. »Mrs. Hearst kreischte! Sie kreischte wie meine Fregatte *Bridget*, als ich die mal an den Anleger setzte, wo sie am Pier dann nur so längsschrammte. Stimmt's, Girtanner?«

Der Chief Officer tauchte kurz im Lichtschein auf, er nickte.

»Allerdings ist das Kreischen der Lady nachvollziehbar«, sagte Archibald. »Denn ... Lieutenant Deller erklärt es Ihnen ...«

»... denn Miss Merriweather hatte Mrs. Hearst wohl zu Boden gestoßen und zog sie, oder besser riss sie ... an den Haaren«, sagte Deller.

Er versuchte sich das Geschilderte vorzustellen, doch es gelang ihm nicht. Was er hörte, kam ihm wie ein Traum vor, genauso wie die Szene, die er soeben erlebte. Shimimura sah ihm fest in die Augen, er nickte. Was Deller berichtete, stimmte.

»Dem voraus ging ein Wortgefecht zwischen dem stark alkoholisierten Mr. Robey und Sir Henry. Es ging zunächst allein um politische Dinge, das Königshaus, die Appeasement-Haltung, leider aber ...«

Archibald schnitt ihm mit einer Handbewegung das Wort ab. »Ihr Dienstherr, Ihr Chef oder Boss oder Freund, Meeks, hat sich an Bord meines Schiffes nicht nur einmal aufgeführt wie ein Besoffener in einer Kaschemme in Soho. Es ging ihm auch gestern Abend nicht um den Austausch von Argumenten oder das Beilegen inhaltlicher Differenzen. Königshaus, Appeasement! Ihr Golden Boy ist ein Säufer, der zu seinem und unserem Leidwesen so stinkreich ist, dass er zu glauben scheint, sich alles herausnehmen zu können. Ein Laffe, ein Emporkömmling, ein selbstherrlicher Berserker – das ist er. Er ist genau das, was er mir an Unverschämtheiten an den Kopf wirft – ein Kretin, der nach Macht giert. Zum letzten Mal hat er gestern seine junge Begleiterin gegen mich und die Besatzung aufgehetzt. Er hat den noch nicht vierzehnjährigen Sohn des Earl of Wiltshire ›lächerliches Wurstgesicht‹ genannt und dessen Vater Sir Henry, einen Abgeordneten des House of Lords, unter Miss Merriweathers Gelächter und frenetischem Beifall den Inhalt eines Champagnerkübels ins Gesicht geschüttet. So weit korrekt, Mr. Deller?«

»Durchaus, Sir. Es ging sehr schnell. Ein Eingreifen war ausgeschlossen.« Deller nickte, hilflos und unterwürfig.

Aber Archibald war noch nicht fertig: »Sie sind Brite,

Meeks, ein Gentleman, will ich annehmen. Ein echter Waliser weiß, was Ehre und Hochachtung für das Gefüge des Empire bedeuten. Ihr Mister aus New York hat den Bogen mehrfach überspannt. Ich persönlich kann mit Verunglimpfungen umgehen, ich bin wie eine Lotusblume, wenn Sie verstehen. An mir perlt alles ab und rinnt in die Gosse. Doch aufgepasst!« Er hob die Stimme, hob dazu den Zeigefinger, an dem ein das Fleisch einzwängender Ring saß. »Hier geht es nicht um mich, Meeks. Begreifen Sie das?«

Shimimura senkte die Lider, und Meeks folgte dem stummen Rat. Er nickte. »Sir, wenn Sie erlauben…«, flüsterte er und war erschrocken, wie schwach er war, »… lassen Sie mich Ihnen versichern, dass Mr. Robey kein schlechter Mensch ist.«

»Mag sein, Meeks, mag sein. Sie werden es wissen. Der Unterwürfige geht am Dienen, der Machtmensch am Ehrgeiz und der Geldmensch an Gier zugrunde. Ihr versoffener Rockefeller-Verschnitt wird auf meinem Schiff niemanden mehr in sein Zuschandegehen verstricken. Sie wissen, dass sich Mr. Robey und Miss Kristina gestern Abend während der Bordmaskerade, obwohl dies strikt untersagt ist, Zugang zur Dritten Klasse verschafft und inkognito auf Kosten der einfachen Leute dort amüsiert haben?«

Unmerklich, beinahe nur mit den Augen, schüttelte Shimimura den Kopf. Meeks nahm die Bewegung willenlos auf, er schüttelte den Kopf und hauchte ein unaufrichtiges…

»… nein. Nein, Sir.«

»Ich habe es mir gedacht«, sagte Archibald, »und ich habe es gehofft, das gebe ich gern zu. Unterrichten Sie Mr. Meeks von meinen Anordnungen, Lieutenant. Habe ich Order gegeben, die beiden Missetäter über Bord werfen zu lassen?«

»Nein, Sir, haben Sie nicht«, sagte Deller.

Und Girtanner im Hintergrund: »Leider. Leider nicht, Sir!«

»Aha. Das wollen wir uns merken! Wie also lautete meine Order, Duck?«

»Sir!« Erneut trat Douglas Deller einen Schritt vor. »Mr. Robey und die junge Lady wurden noch gestern Nacht in Mr. Robeys Kabine interniert. Sie dürfen weder den Balkon noch die Korridore oder Decks betreten und werden bis auf Weiteres isoliert verköstigt. Auch um Miss Merriweathers Wohl zu gewährleisten, haben zwei Posten vor der Tür Stellung bezogen. Mrs. Hearst – wenn Sie erlauben, dies anzubringen – ist noch immer außer sich und hat mehrfach versucht, sich zu der Kabine durchzukämpfen.«

»Ficht und sticht mit ihrem Regenschirm wie mit einem Degen!«, rief Archibald. »Sie fordert die Auslieferung von Miss Merriweather. Ich soll sie in einem Beiboot aussetzen.«

»Hängen, Sir. Im Korridor rief sie etwas von ›Aufknüpfen am Schornstein‹«, erwiderte Deller, der endlich aufzuwachen schien.

Archibald tätschelte Shimimuras Schulter: »Das alles wäre ja fast komisch, wenn es nicht so gottverflucht traurig wäre. Angesichts dieser ungeahnten Witterungsverhältnisse habe ich wirklich Besseres zu tun, als mich in die absurden Fehden der Manhattaner Höheren Gesellschaft hineinziehen zu lassen. Es fehlt nicht viel, und ich lasse auch diese aufgeschreckte Pute und ihre humpelnde Tochter bis New York einbuchten, hat sie nun 600 Millionen oder sechs Milliarden verdammte Dollar auf der Bank! Was glauben Sie alle, wen Sie hier vor sich haben! Über 1850 Passagiere stehen unter meiner Obhut, dazu fast 120 Besatzungsmitglieder! Bin ich der Schaffner einer Vororttram, oder wofür halten Sie mich, hä, Meeks? Haben Sie getrunken? Sich gestern Abend wie Ihr feiner Pinkel nach Strich und Faden volllaufen lassen?«

Getrunken? Er erinnerte sich nicht, glaubte nur zu wissen, dass er doch nie trank, solange ihn Diver nicht dazu nötigte. Er sah Shimimuras fragendes Gesicht nah vor seinem, da spürte er mit einem Mal den Groll wieder, seinen Zorn auf Robey, weil der ihm das Telegramm verschwiegen hatte, Irissas Tod, und da kam alles zurück, seine Traurigkeit, seine Verzweiflung, seine Ohnmacht, und darum machte er die Augen zu und setzte alles daran, um in sein Inneres zu entkommen.

»Er schläft ein, Sir, ich bitte Sie«, hörte er Shimimuras sanfte Stimme sagen, »vielleicht können Sie in ein paar Stunden...«

»Halten Sie ihn wach, Mensch, was ist das überhaupt für ein Zirkus hier«, hörte er eine ganz andere Stimme sagen. Sie klang erbost, feindlich, unmissverständlich. Er öffnete die Augen und sah: Dicht vor der Koje hatte sich nun der Erste Navigationsoffizier Heston Girtanner aufgebaut. »Na also«, sagte der. »Verflucht noch mal. Ist doch kein Kindergarten, dieses Schiff in diesem gottverdammten Schneeorkan. Stehen Sie auf, treten Sie weg«, blaffte er Shimimura an, »lesen Sie Gedichte von Hung Pong oder Ling Long über Schilfrohre und das Mondlicht, bis wir hier fertig sind, Steward.«

Shimimura gehorchte. Er drückte ihm fest und zugleich sanft die Hand, dann stand er auf und trat zurück in die dunklere Kajütenhälfte.

»Jetzt mal Tacheles, alter Mann«, sagte Girtanner. »Spielen hier den Schwachen und Kranken – Applaus, Applaus.

Schluss mit dem Bühnenstück. Vom Käpt'n haben Sie erfahren, welche Insubordinationstenzenden wir hier an Bord zu kontern haben. Dieses Schiff befindet sich im Notstand. Wir sind stündlich mit der Frage konfrontiert, ob wir SOS funken.«

»Erklären Sie's ihm, Duck«, sagte der Kapitän aus der Tiefe des kleinen Raums, in die er sich zurückgezogen hatte, um seinem Ersten Offizier freie Bahn zu lassen. Er klang gelangweilt. Er schritt, die Hände auf dem Rücken, hin und her in dem zwei mal drei Meter großen Zimmerchen.

»Um es in zwei Sätzen zu umreißen«, sagte Deller, auf dessen Oberlippe Meeks ein blondes Bärtchen ausmachte. »Es ist so, dass in Kürze die gewaltige Menge Schnee, die wir weiterhin erwarten, das Gewicht des Schiffes beinahe verdoppeln wird. Um einem Maschinenschaden und einer damit einhergehenden Havarie vorzubeugen, sind wir gezwungen, mit halber Kraft einen Hafen in Nordschottland anzusteuern.«

»Sehr gut, Duck, Sie machen sich. Weiter!«, rief Archibald belustigt und angewidert zugleich.

»Mensch, kommen Sie zum Punkt, Sie Anfänger«, sagte Girtanner. »Deller! Wir haben nicht den ganzen Abend Zeit.«

»Zum Punkt, ja, jawohl. Nördlich von Peterhead wurden allerdings sowohl Fraserburgh, Banff, Inverness als auch im Norden des Moray Firth die kleinen Häfen von Brora, Borgue und Wick inzwischen für nicht schiffbar erklärt. Die *Orion* bewegt sich somit ziellos in ...«, sagte Lieutenant Deller und brach ab.

Girtanner ging zur Tür. Er öffnete sie, ließ sie offen stehen, machte zwei, drei unwirsche Bewegungen mit Armen und

Händen und befahl Deller wie einem Hund, den Raum zu verlassen.

In ihrem Einvernehmen lag etwas erschreckend Magisches, als wäre der Ranghöhere ein Marionettenspieler und der Untergebene eine gehorsam dessen bis ins Kleinste einstudierten Gesten folgende Puppe. So schwach Meeks war, zog er dennoch bei diesem Gedanken den Vergleich zu Robey und sich.

»Melden Sie sich auf der Brücke, Duck. Sie erstatten dem Skipper in zehn Minuten Bericht«, sagte Girtanner. »Guter Gott, was bin ich hier umzingelt von Idioten.«

Deller deutete eine Verneigung in Richtung Käpt'n an, salutierte beiläufig und ging hinaus.

»Sie bleiben da sitzen, Hirohito«, sagte Girtanner zu Shimimura und schloss die Tür. »Wir reden jetzt von Mann zu Mann, verfluchte Schwuchtelbande. Zwei meuternde Schwule, und einer davon ein Schlitzauge. So weit ist es gekommen! Richten Sie sich auf, Mister, ich habe keine Lust mehr, wegen eines Simulanten den Rücken krumm machen zu müssen. Na los jetzt! – Käpt'n, entschuldigen Sie, wenn ich rüde werde, aber ich denke, es ist an der Zeit, hier für klare Verhältnisse zu sorgen.«

Archibald hob zum Einverständnis die Hände. Er hielt sich im Hintergrund. Er blickte weder herüber, noch sagte er etwas. Er wartete ab. Erst jetzt schien er eine kleine Verschnaufpause von dem zermürbenden Tag einlegen zu können. Dennoch musste er weiter, rastlos auf seinen kurzen dicken Beinen hin und her laufen und weiter gegen das von allen Seiten attackierende Schneeungeheuer anrennen. Armer Kapitän!

25

DAS UNGEHEUER AUS CLEVELAND

Auf dem Weg hinunter in die Stadt wurde er von einem Motorradfahrer angehalten. Es war Bakewell, im Ledermantel mit Pelzkragen saß er auf seiner dumpf vor sich hin hämmernden Maschine.

Stolz grinsend zog er sich die Fliegermütze samt Schutzbrille vom Kopf und drehte mit einem noch unsicher wirkenden Griff in den Motorblock dem Knatterungetüm die Luft ab – eine *Cleveland*, wie die geschwungenen Goldlettern auf dem blauen Benzintank verrieten. Sie hatte einen abgedeckten Beiwagen, leuchtend gelbe Felgen und Nägelreifen, »Spikes«, sagte Bakie, wobei er die Brauen in die Stirn zog. Er erzählte, die Maschine sei gestern mit einem um sieben Tage verspäteten Überseefrachter angekommen und er schon stundenlang hin und her durch die Stadt gefahren, habe es aber noch nicht übers Herz gebracht, Reg damit in Pillgwenlly zu überraschen.

Schlimme Sache, in die er sich da hineingeritten hatte.

Er hatte Mitleid, war aber zugleich froh, mit dem Freund nicht tauschen zu müssen.

»Seit wann bist du zurück? Muss schön in Irland gewesen sein. Oder bist du in Dublin in die Unruhen reingestolpert?«

Bakie blickte ihn durchdringend an. Bestimmt hatten Reg, Dafydd, er, Ma und Pa viel über Ennid und ihn nachgedacht und alles Mögliche besprochen.

»Unruhen? Ja«, sagte Merce, »oder nein, nicht wirklich. Doch, es war schön. Wie viel schafft sie?«

Er zeigte anerkennend auf die *Cleveland*. Noch nie hatte er ein so großes, phantastisches und furchteinflößendes Motorrad gesehen. Es sah aus wie eine der Länge nach halbierte Dampfwalze.

»Man kann sie bei diesem Schnee nicht ausfahren. Aber ich denke, sie wird an die 70 Sachen schaffen. Hier, guck dir das an…« – Bakewell, weiter auf dem Sattel, beugte sich hinunter und zeigte auf den Motorblock – »… zwei Zylinder, je 20 PS. Als würden deinen Rodelschlitten 40 Pferde durch die Gegend schleifen. O Mann! Du glaubst ja nicht, wie ich mich freue!« Er verdrehte die Augen.

»Ich rede mit Reg«, sagte Merce. »Dann fährst du ein bisschen mit ihr raus, und sie wird sich dran gewöhnen und es irgendwann toll finden, pass auf. Vor der Maschine fürchtet sie sich ja nicht. Sie hat Angst, dass dir was passieren könnte. Zu Recht, du alter Raubrobbenjäger.«

»Los, komm, steig ein!«, sagte Bakie so aufgekratzt wie die Kinder, die mit ihren Schlitten bei ihnen stehen blieben und das Motorrad bewunderten, und schon ging er daran, von dem Beiwagen die Plane abzuziehen.

»Nein, Bakie, bitte, ich bin…«, sagte Merce gedehnt, übertölpelt von dem Vorschlag. »Ich bin… verabredet… – spät dran.«

Die falsche Ausrede.

»Umso besser! Ich fahr dich hin. Wohin geht's? – Hier, nimm mal die Plane und klemm sie hinten drauf. – Außerdem kannst du mir unterwegs berichten, was Crean so erzählt. Der Eisheilige hat sich ja mächtig gefreut, dass du ihn besucht hast.«

»Ach ja? Wer sagt das?« Merce starrte in den gähnenden Rachen, mit dem die *Cleveland* ihn verschlucken würde, sobald er nur ein Bein hob, um in den Beiwagen zu steigen.

»Hat er deiner Mom gesagt. Sie haben gestern bestimmt eine Viertelstunde lang geplaudert. Als würden sie sich ewig kennen. Mr. Clean aus Annascaul! Ruft Gwen Blackboro in Pillgwenlly an! Die Gesichter deiner lieben Geschwister hättest du sehen sollen. Dafydd ist vor Nervosität die ganze Zeit auf und ab gewandert. Und Reg … Ich dachte, du weißt von dem Anruf.«

»Nein.« Er stieg ein.

Er wusste überhaupt nichts. Das Maul schluckte seine Füße, Beine, er saß fest. Alles drehte sich vor seinen Augen. Wie unfassbar, dass sein Wunsch in Erfüllung gegangen war. Crean hatte angerufen! Er hatte ihm ein Alibi verschafft, ihm den Rücken freigehalten, sogar für ihn gelogen. Ohrenbetäubendes Geknatter, alles bebte, alle Organe in seinem Leib, Haut, Ohren, Fingernägel und Kniescheiben, alles erschrak, schrak zusammen und wollte fliehen, aber er saß fest, wurde umklammert vom Beiwagen der *Cleveland*, aus deren Motorblock keine Armlänge entfernt ein Lärm drang, der immer lauter und lauter wurde.

»Wohin also schaffen wir dich, Gefangener?«, brüllte Bakie. Er setzte sich Mütze und Brille auf, klappte den Kragen hoch und lachte dabei.

»Frazers Lastwagenstation.«

»Wie?«

»Zu Frazers!«, schrie Merce und wurde im nächsten Augenblick tief in den Beiwagen gepresst.

Hosianna! Endlich Schlittenfahren!, dachte er, als die Maschine losschlingerte, ihre Spikes den Schnee durch die Luft spritzen ließen und eine Wolke aus Kristallen, die ihm ins Gesicht wirbelten, das Letzte war, was er sah.

Als sie durch ein sonnengelbes Tor und auf den Hof der Frazer-Station fuhren, fühlte er seine Hände nicht mehr, auch wenn sie sich, in Schockstarre versetzt, weiterhin festklammerten. Sein Gesicht war abgestorben, begraben unter dem Panzer aus fein geraspelten, auf ihn einprasselnden Eisdornen. Seine Augen seien keine Augen, seine Lippen keine Lippen und er selber sei niemand mehr gewesen, keuchte Tom Crean mit Tränen in den Augen, als er auf der *Endurance* einmal von seinem Marsch über das zugefrorene Rossmeer erzählte. Um Hilfe für Teddy Evans zu holen, war er losgegangen, allein, ohne Proviant, ohne dass jemand wusste, wo er nach Evans suchte. Er dagegen kauerte in einem amerikanischen Motorradbeiwagen, neben sich, streng genommen über sich, den johlenden Bakewell, und es war auch keine Eiswüste rings um ihn, sondern einzig lauter gelbe Häuschen ragten aus dem Schnee. Welchen Zweck sie hatten, erschloss sich ihm nicht. Erst Minuten, nachdem Bakie das Ungeheuer aus Cleveland zum Schweigen gebracht hatte, kehrten Merce' Ohren aus einer unbekannten Ferne an ihren Platz hinter den Schläfen zurück. Die Augen trauten sich wieder, Augen zu sein, und erst da erkannte er, was er vor sich hatte: in halbkreisförmigen Reihen gestaffelte und von Fahrern, die nirgends zu sehen waren, geparkte Lastwagen, so viele, dass der Hof des Fuhrparks nicht weiß von Schnee, sondern gelb von Frazer-Lastwagen war.

Der Freund half ihm beim Aussteigen. Seine Knie taten ihm weh. Bakie musste ihn stützen. Er sah, dass er etwas zu ihm sagte, hörte aber nichts. Er zitterte am ganzen Körper und wusste nicht, ob vor Kälte oder ob das Vibrieren des Motors auf ihn übergegangen war. Wahrscheinlich beides. Bevor sie hineingingen, kam er sich auf dem Lastwagenhof wie ein Teil einer Maschine, eines Motors oder Generators, vor, der Blackboro-Akzelerator, den festzuschrauben man offenbar vergessen hatte. Sonderbare Empfindungen zwischen lauter stummen sonnengelben Lastwagen. Da fiel das Mitleid, das er plötzlich für seine Schwester empfand, weil das erbarmungslose Gefährt von nun Teil ihres Alltags sein würde, kaum ins Gewicht. Arme Regyn, das hast selbst du nicht verdient.

Bakewell begleitete ihn. Er schien noch etwas loswerden zu wollen. In dem grauen Treppenhaus, das nach oben zu dem Kontor führte, dem Gonryl Frazer vorstand, hörte er ihn allmählich wieder. Langsam nahmen seine Worte Gestalt an. Er erzählte von Tom Crean. Er hatte angerufen, ja, jetzt fiel es ihm wieder ein! Crean hatte angerufen, um ihnen beiden, Merce und Bakie, etwas vom Boss zu berichten.

Der Boss, das war Shackleton.

»Hörst du mich? Verstehst du, was ich sage?«, fragte Bakie und ließ ihn los. Sie standen in dem grauen Treppenhaus, Bakewell ein paar Stufen über ihm, und im Rücken hatte er ein grau vor Schmutz starrendes Fenster, durch das dennoch die Wintersonne fiel. Sie wärmte ihn, und diese Wärme tat ihm gut.

»Ja«, sagte er, »ja, ich höre dich, Mensch! Ich werde mir Ohrenschützer besorgen, egal, wie blöd die aussehen. Ich werde Ohrenschützer tragen, wenn ich dein bescheuertes Motorrad in die Luft sprenge.«

Bakie lachte. Schweiß stand ihm auf der Stirn. »Du kriegst

meine, okay? Wenn ich dich das nächste Mal mitnehme, kriegst du meine. Also was sagst du? Shackleton ruft nach uns!«

»Oder in den Usk damit«, sagte Merce, ohne auf ihn zu hören. »Das macht keinen Lärm. Ich werde Reg bitten, mir zu helfen. Sie wird begeistert sein. Wir schmeißen deinen bekloppten Folterapparat von der großen Brücke am Spytty Pill. Deswegen bin ich hier. Ich werde mir von Gonny ihren größten Laster leihen, extra für deine amerikanische Häckselmaschine.«

Jetzt lachte er nicht mehr. »Merce, alter Kumpel – mein Schwager – mein liebster Antarktisfreund...«

»Spar dir das für schmerzlose Zeiten auf. Spytty Pill. Merk dir den Ort. Fahr gleich hin! Damit dein einäugiges Ungetüm sieht, wo ich es ertränken werde.«

Er ging an dem Freund vorbei und stieg hinauf bis zu dem warmen Fleck unter dem Fenster. Seit wann eigentlich schien die Sonne? Es schneite nicht mehr. »Was kann der Sir wollen«, fragte er, »hast du eine Ahnung?«

»Nein«, sagte Bakewell und kam ihm nach. »Nicht das erste Mal, dass ich keinen Schimmer habe, was in seinem Kopf vor sich geht. Aber...«

Weiter oben ging eine Tür auf. Kurz hörte man helle Stimmen, Schreibmaschinengeklapper, die Tür ging wieder zu, und ein Junge in Blaumann und mit Schirmmütze auf dem Kopf grüßte und trippelte an ihnen vorüber die Stufen hinunter. An der Hand hielt er ein kleines Mädchen, das er mit sich zog und das lachte, während es die Stufen abwärts hüpfte.

Als die beiden vorüber waren, sagte Bakie: »Sobald du zurück bist, sollst du mal in Annascaul anrufen, lässt Crean dir ausrichten. Und du bist doch zurück, nehme ich an, scharfsinnig, wie ich bin.«

»Nimm an, was du willst, du Irrer.«

Er setzte sich wieder in Bewegung. In Hände und Knie kehrte zwar allmählich Gefühl zurück, aber dass es ein gutes Gefühl war, konnte er nicht behaupten.

Bakie kam noch ein, zwei Stiegen weiter mit nach oben, irgendwann aber hielt er inne und blieb stehen. Seit ihrer Rückkehr aus dem Eis und den anschließenden Erholungswochen in Valparaiso vor sechs Jahren war er reifer, leider aber auch schwerfälliger geworden. Er war verheiratet und Adoptivvater und verdiente mehr Geld, als gut für ihn war. Dennoch war Bakewell noch immer ein heller Kopf. Auf eine verzweifelt kaltschnäuzige Art war einer wohl klug, der mit elf durchgebrannt und nie wieder, nicht für einen Tag, nach Joliet, Illinois, zurückgekehrt war. Nicht umsonst hatte er es als Geschäftsreisender weit gebracht, überraschend weit, wenn man von seiner so ganz und gar nicht behüteten Jugend wusste und seine oft bloß aus der Hüfte geschossene Einstellung gegen alles vermeintlich Miefige und Bürgerliche kannte. Vielleicht deshalb mochte ihn Shackleton, denn in dieser halbherzig getarnten Revoluzzerhaltung waren sie sich durchaus ähnlich. Für den Boss war Bakie ein tapferer, unbestechlicher Freigeist, der es nicht nötig hatte, sich aufzuspielen – nur hatte Shackleton ihm das nie gesagt, denn in den zwei Jahren, die sie alle tagtäglich miteinander im Eis verbrachten, hatten die beiden nie ein eingehenderes persönliches Wort gewechselt.

Man hörte den Jungen und das kleine Mädchen weiter unten miteinander herumalbern.

»Ich muss jetzt rein«, sagte Merce verwirrt und von plötzlicher Mutlosigkeit geplagt. »Nichts für ungut, mein Lieber. Wir sehen uns draußen bei Mom und Dad. Ich rede mit Reg wegen der Maschine.«

Bakie war klug genug, ihn nicht bis zu Gonny Frazer zu begleiten. Eine freiwillige, nur vorgeblich geschäftliche Unterredung mit einem Menschen zu führen, der unberechenbar wie Shackleton war, zudem aber im Ruf stand, missgünstig und verschlagen zu sein, und der obendrein eine Frau war, mit der ein Mann sich nicht prügeln konnte – das kam William Lincoln Bakewell nicht in den Sinn. Wenn Gonryl in Pillgwenlly zum Sonntagnachmittagstee anrauschte, hatte Regyns Mann außer Haus zu tun. War das klug? War es klug, Reißaus zu nehmen? Womöglich hatte er sich deswegen die *Cleveland* zugelegt.

»Verrat mir nur, was du hier eigentlich willst!«, rief ihm Bakie von unten nach. »Kann es sein, dass du dich immer tiefer in diese Sache verrennst? Wenn das so ist, Merce, wenn du sie einfach nicht aus dem Kopf bekommst, diese Frau, dann sprich mit mir, lass uns darüber reden!«

»Hör auf, Victor!«, rief unten das Mädchen und quiekte. »Ich sage es Tante Juliet!«

Merce stand oben vor der Tür, die Hand schon erhoben. Er wusste, dass er sich jetzt nicht noch einmal zu seinem Freund umdrehen durfte, denn anderenfalls würde er später nicht mehr genug Kraft haben, um den Disput mit Gonryl durchzustehen.

Das ging ihm blitzschnell durch den Sinn. Geliebter Bakie!

Er winkte dem Freund, ohne sich umzuwenden, senkte die Hand an die Stirn und salutierte – er hatte verstanden.

Da hörte er das Kind sagen – und die Stimme kam nicht von unten aus dem Treppenhaus, sondern war in ihm, seinem Kopf: »*Es wird Zeit, dass du hineingehst. Damit du weißt, was zu tun ist! Alle warten wir auf dich, und du darfst nicht, hörst du, du darfst einfach nicht zu spät kommen! Ich habe mit Ennid gesprochen – jetzt kenne ich sie. Sie heißt gar nicht Juliet!*«

»Ennid!«, sagte er leise, ehe er klopfte und eintrat.

26

AENIDE UND DANIELLE

Der Orkan über der nordschottischen See machte es den Reisenden auf der *Orion* unmöglich, sich noch länger an Deck aufzuhalten. Es herrschte beständiges, dichtestes Schneetreiben bei lebensgefährlichen Windstärken. Am dritten Tag der Überfahrt ließ Kapitän Archibald deshalb die Order ausgeben, dass alle Passagiere, gleich welcher Klasse, entweder in ihren Kabinen zu bleiben oder, waren sie nicht in Einzelkabinen untergebracht, in den Schlaf- oder Speisesälen zu verbleiben hatten.

So begannen mehr als anderthalbtausend Menschen notgedrungen, die Zeit totzuschlagen, und konnten, weil ihre Unterkünfte weder Fenster noch Bullaugen hatten, nicht mal zusehen, wie der Dampfer mehr und mehr einschneite, des stündlich zunehmenden Gewichts wegen das Tempo immer weiter drosselte und bald nur noch durch das Wasser kroch.

Über eine eigene Kabine oder auch nur Kajüte verfügte in der Dritten Klasse keiner. Jeder Erwachsene hatte Anspruch auf einen Stellplatz für zwei Koffer oder große Taschen, einen Spind und eine Koje, das war alles. Die meisten Frauen, Männer und Kinder, die im Schiffsbauch die schneebedeckte schottische Küste hinauffuhren, schliefen in Zweier- oder Dreierstockbetten, die drei Säle in Schlafhallen verwandelten, einer im Heck, einer mittschiffs und einer im Vorderschiff, die beiden unteren sieben, der obere vier Meter unterhalb der Wasserlinie.

Ennid hatte während der Fahrt hinaus auf die Nordsee und vorbei an der Doggerbank vergeblich nach einer Rückzugsmöglichkeit gesucht, einem Raum, wo sie ungestört hätte lesen oder schreiben können. Tagsüber war man Gedränge, Lärm, Raunen, Enge, Gestank, Streit und Gelächter ausgesetzt. Ruhe gab es keine, Platz ebenso wenig. Der einzige Fleck, an dem eine Frau in Frieden gelassen wurde, war ihre von anderen Frauenschlafplätzen umgebene und durch derbe, muffige graue Wolldecken (»Postkutschenpferdedecken«) von den Männerbereichen abgetrennte Koje. Sie lag deshalb im Schlafsaal 3 täglich bis zu zwölf Stunden lang auf ihrer Pritsche, schlief, las, schrieb oder überließ sich einfach ihren Gedanken.

Musik wurde keine mehr gemacht. Sogar die Iren hockten nur stumm herum, tranken Whisky, der nie zu versiegen schien, und zankten sich mit ihren Frauen und deren Müttern.

Wenn es nach der Abendbrotausgabe endlich etwas ruhiger wurde, weil die größeren Kinder erschöpft vom stundenlangen Rennen durch die Korridore und Aufenthaltsräume schliefen, wartete sie auf Madame Colombard und ging dann gemeinsam mit ihr zu den Frauenwaschräumen.

Danielle war höchstens Ende 30, ihr Körper, ihre Haut, ihre Brüste und Hände aber wirkten 20 Jahre älter. Sie hatte etwas durch und durch Freundliches an sich, eine Zugewandtheit, die Ennid manchmal schmerzhaft an ihre eigene Mutter erinnerte, eine Bestimmtheit auch, die nicht herrisch war und nicht eigennützig, nur selbstbewusst. Die beiden Frauen hatten in wenigen Tagen eine Form von Austausch entwickelt, der nur wenig auf Gesprochenem fußte. Blicke und Gesten, Schweigen, Lächeln und Grimassen waren in ihren Gesprächen viel wichtiger. Beide übersetzten sie die gestammelten oder als Zeichen in die Luft gemalten Äußerungen der anderen in die eigene Sprache und lernten so nicht nur viel über die fremde Frau, sondern auch über sich selbst als Zuhörerin, Beobachterin und Deuterin. Ennid erinnerte sich durch Danielle Colombard an die wenigen Monate zurück, die sie an der Newporter Mädchenschule in der Volx Road Französischunterricht hatte, denn mit einem Mal wusste sie wieder, worin der Unterschied zwischen »bonsoir« und »bonne soirée« bestand, und so fiel ihr auch wieder ein, dass Mickie manchmal ein paar Brocken Französisch auf seine Feldpostkarten schrieb: »Tu me manques, mon soleil.« Mari Simms hatte ihr die fünf Wörter übersetzt, woraufhin sie beide schluchzten und heulten.

Du fehlst mir, meine Sonne. Genau so fehlte er jetzt ihr.

Hatten sie sich gewaschen und wieder angezogen, gingen sie zurück zu ihren Kojen, wo Coco auf Ennids und die Sachen der Colombards aufpasste. Er saß auf ihrem Bett, wurde rot, als er ihre nackten Arme und Achseln sah. Danielle scheuchte den Jungen weg, und er trollte sich unter den Decken hindurch zu den Männern hinüber, wo er mit Johlen und Pfiffen empfangen wurde. Corentin schlief auf einer extra schmalen Kinderkoje. Weil die Laterne in seiner Pritschenreihe defekt war, lag er in beständigem Dunkel.

Doch war er kein Junge, der sich rasch zurückgesetzt fühlte oder einem Hang zur Schwermut nachgegeben hätte. Er war neugierig, abenteuerlustig, ein wenig auch verschlagen. Er war kein müßiggängerischer Träumer wie Huck Finn, eher ähnelte er Tom Sawyer, weil er genau darauf achtete, was um ihn her passierte und was das alles mit ihm zu tun hatte – er wusste, was er wollte und was nicht. Coco kam gut allein zurecht, auch wenn seine Mutter das unantastbare Zentrum seiner jugendlichen Welt war.

Als Ennid allein mit Danielle auf deren Koje saß und sie jede mit einem Ohr zuhörten, wie die Geräusche im Schlafsaal abnahmen, fragte sie in einer ihr peinlichen Mischung aus englischen, gälischen und sehr wenigen französischen Versatzstücken:

»Wie kommt es, dass ihr allein nach Kanada geht? Wo ist dein Mann, Cocos Vater?«

»Hat er einen?«, lautete Danielles Antwort. »Bin mir da nicht so sicher.«

»Du bist also die Jungfrau Danielle, unbefleckte Empfängnis und so?«

Danielle presste die Schenkel zusammen und blickte dabei zu der stählernen Decke keine anderthalb Meter über ihnen.

»Mon dieu, nein! Befleckt auf jeden Fall. Ziemlich befleckt sogar!« Mit ihrer rauen, fast knarrenden Stimme lachte sie auf. »Der Mistkerl hat sich nach den gesammelten Befleckungen aus dem Staub gemacht. Coco kennt seinen Vater nicht, und inzwischen will er ihn auch gar nicht mehr kennenlernen. Leben deine Eltern noch?«

Ennid schüttelte den Kopf. Sie erzählte von ihrem Vater, der Spanischen Grippe, seiner Trinkerei, vom Sterben ihrer Mutter, von der Leere im Haus, der Leere in ihrem Leben, ihrem sogenannten Leben. Nach ihren Träumen gefragt, zuckte sie mit den Achseln und sagte, sie habe nur die üblichen.

»Kanada?«, fragte sie noch mal. »Gibt es einen Mann dort?«

»Zum Glück ja!« Danielle, die noch immer halbnackt auf der Koje saß, setzte ein selig lächelndes Gesicht auf. »Er ist ein guter Mann, ich war erst sehr vorsichtig, bin mir aber jetzt sicher. Ich weiß es aus seinen Briefen. Coco wird ihn mögen, und er ihn. Hast du jemanden drüben?«
»Nein.«
»Hast du wen ... zurückgelassen?«
»Nein. Ja. Ja, vielleicht«, sagte Ennid. »Es ist schwierig.«
»Du bist so hübsch. Was ist mit deinem Bein?«
»Ach das. Kaputt. Schon lange. Ich war noch klein.«
»Und der dich da in Cardiff ... in Wales ...«
»... in Newport, Casnewydd ...«
»... der dich da sitzen lassen hat, war es deswegen?«
»Er mochte mein Bein. La chose est plus compliqué«, sagte sie, verwundert, wie leicht es ihr fiel, mit Danielle über Mickie zu sprechen. »Er hat mich nicht sitzen lassen. Er ist gestorben. Il est mort. Und jetzt liebe ich einen Toten. Mein Liebling ist tot, und ich komme nicht von ihm los. Ich hab's versucht, aber krieg es nicht hin. Wahrscheinlich weil ich es gar nicht möchte. Aber ich mache damit andere sehr unglücklich, wie es aussieht. Auch darum bin ich weg aus Wales. Egal. Vergiss es.«
»Und drüben, was willst du anfangen?«
So oft sie darüber nachgedacht hatte, so wenig konnte sie darauf etwas erwidern. Noch immer war genau das ihre Antwort auf die Frage nach dem, was sie sich für sich erhoffte.
»Ich will es auf mich zukommen lassen. Das Leben spüren, den Gegenwind, die Wucht des Zufalls. Et toi, et vous deux? Was macht er, der Mann, zu dem ihr fahrt?«
Danielle bekam ein ganz alterloses Gesicht, so frei und offen, als könnte man ihre Gedanken darin lesen.

»Er lebt in einem Städtchen am Fluss, nicht weit von Montreal, es heißt Longueuil. Dort hat er ein Schiff, ein nicht sehr großes Frachtschiff, mit dem fährt er dies und das den Strom hinauf und hinunter, den Sankt-Lorenz-Strom, denn Longueuil liegt am Ufer des Sankt-Lorenz-Stroms. Er hat uns das alles genau beschrieben und sogar aufgemalt. Attends, Ennid! Warte!«

Wenn Danielle ihren Namen aussprach, klang er anders, viel weicher, weiblicher, etwa wie »Aenide« hörte es sich an. Sie fragte sich, was eine Aenide sein könnte, ein Wasserwesen, eine Wellenform, ein mythologisches Tier... Aenide...

Einer schweinsledernen Reisetasche voller Falten, die sie unter der Koje hervorholte, entnahm Danielle einen Stapel merkwürdig kleiner Briefe, zog einen in der Mitte aus seinem Kuvert und hielt ihn Ennid auseinandergefaltet hin. Das dünne, rosa Papier war wie dasjenige, in das im Laden ihres Vaters die Kupferbeschläge für die Offizierskajüten eingeschlagen waren. Sie sah darauf nicht nur lauter winzige, mit blassblauer Tinte geschriebene Buchstaben, überall am Rand gab es zudem kleine Zeichnungen, so von einem Hafen, einer Eisenbahnstrecke, einer Schule, einem Zoo. Liebevoll sah das alles aus, und sie war erleichtert.

Danielle standen Tränen in den Augen. Und doch war sie fröhlich. »Grégoire«, sagte sie und zeigte auf die Unterschrift.

»Wird nicht einfach!«, sagte Ennid.

Danielle nickte. Sie ließ das Kinn auf die halbnackte Brust sinken. »Je sais. Wir kennen uns ja nicht. Und Coco ist schon so ein großer Junge, fast ein Mann. Wie er dich ansieht!«

»Ja. Er ist ein phantastischer Junge. Er erinnert mich an einen Jungen aus Newport, den ich kenne und lange schon gern habe. Ich möchte dir auch etwas zeigen...«

»Das Buch!«

»Was? Du weißt davon?«

»Der ganze Schlafsaal weiß davon!«

»Nein ... bitte! Das stimmt nicht, oder?«

Danielle legte ihr den Arm um die Schultern. »Keiner weiß, was du da Tag für Tag aufschreibst. Aber ich weiß von vielen, dass sie sich wundern: ›Die Kleine mit der Beinschiene schreibt schon wieder!‹ Alors, zeig! Was ist es?«

Sie hatte das Buch noch nie irgendwem gezeigt. Mari – oder Gonryl? – hatte es ein-, zweimal zu Gesicht bekommen, nie aber darin gelesen. Keiner hatte je darin gelesen, auch ihr Vater nicht. Der Einzige, der darin hätte lesen dürfen, war Mickie, aber ihm konnte sie es nicht mehr zeigen.

Zu Danielle sagte sie: »Es ist ein Buch, das ich schreibe. Aber kein Buch, wie man es kennt. Es ist ein Lebensbuch, eins aus Briefen ... une ... livre au lettres. Une seule grande lettre. Hier, guck. Regarde ...«

Sie legte das Buch Danielle in die Hände. Es war schwarz, mit festem Einband und grün verstärkten Rändern – ein dickes, eindrucksvolles Buch. Auf den Einband war ein Schild geklebt, grün umrandet, darauf stand in geschwungener Handschrift:

Book to Mick

Sie strich über den Einband. »Mick ist ... er war mein Freund, mein Verlobter. Der Tote, das ist Mick. Mickie. Edward Mannock. Flieger. Der Flieger. Hast du ... von ihm gehört, von Edward Mannock?«

»Non. Non, je ne crois pas. Je ne connais pas les aviateurs ... Il est mort, tu dit, ist er abgestürzt, abgeschossen worden?«

»Am 26. Juli 1918. Über einer Kleinstadt in Nordfrankreich, westlich der Grenze zu Holland. Béthune. Kennst du Béthune?«

Danielle schüttelte den Kopf. Sie schien zu überlegen. Nur ... was gab es da zu überlegen?

»So kurz vor Kriegsende«, sagte sie. »Wie füchterlich.«

Und Ennid: »Ja. Kurz davor. Es war Hochsommer.«

Und Danielle: »Noch nicht sehr lange her.«

Und wieder sie: »Über zweieinhalb Jahre. Es ist manchmal ... so wie gestern.«

Vorsichtig klappte Danielle das Buch auf. Vorn eingeklebt war eine Photographie: »Yours for ever Mick« stand darunter. Mick in Uniform, mit einem Gehstock, ein kleines Mädchen vor sich, das mit großen Augen in die Kamera blickte. Das letzte Bild. Mickie mit der kleinen Schwester eines Fliegerkameraden. Auch der und sein Bruder, ebenfalls Flieger, überlebten den Luftkrieg über Frankreich nicht. Auf der Suche nach dem Mädchen reiste sie im Frühjahr nach Kriegsende mit dem Zug nach Kent, um die Mutter der gefallenen Brüder zu besuchen, und in dem Haus in Sheerness, in einer Siedlung aus lauter ähnlichen Häuschen, lernte sie schließlich die kleine Lucille kennen. Mrs. McCuddens Söhne John und James waren 20 und 21, als sie starben, und ihre Mutter saß im Halbdunkel in dem Kaminzimmer und redete von Heldentum. Sie zeigte ihr das Bild von Mickie mit dem Mädchen, das er ihr zuletzt geschickt hatte. Wenn sie sich die Photographie ansah, fand sie immer, dass Lucille ihre gemeinsame Tochter war, Lucille Mannock Muldoon, nur weil es möglich erschien. So hatte ihre Tochter wenigstens für Augenblicke einen kleinen Körper und ein Gesicht, mit dem sie in die Kamera staunte.

»Sehr traurig. Darf ich blättern?«, fragte Danielle.

Sie blätterte das *Buch an Mick* durch und sah, es war fast auf jeder Seite beschrieben.

»Es sind lauter Briefe an ihn«, sagte Ennid. »Er ist zwar tot. Aber ich schreibe ihm weiter. Ist so eine Gewohnheit.« Sie lächelte, weil sie wusste, dass sie ganz gewaltig untertrieb.

»Wieso auch nicht«, erwiderte Danielle. »Die meisten Menschen, die ich kenne, leben gar nicht, die tun bloß so. Was macht es da für einen Unterschied, wenn ich einem toten Flieger schreibe, wie sehr ich mich nach ihm sehne, hm? Alors!«

Sie lachten. Sie legte den Kopf an Danielles Schulter. Sie blickte in das Buch, das auf den Schenkeln der Bretonin lag, und sagte, sie wolle nur eins erreichen, nämlich diesen einen Punkt, der auf Englisch »point of no return« hieß.

Danielle betrachtete ihre Schrift, die Akkuratesse, mit der die Seiten dicht gefüllt waren. Flüsternd versuchte sie eine Passage zu lesen, doch es kam nur Geholper und Gestolper dabei heraus, und nach eigenem Bekunden verstand sie so gut wie nichts.

»›Point of no return‹, ça veux dire quoi? Du willst deinem toten Liebsten Briefe schreiben, bis du nicht mehr unterscheiden kannst, ob du noch lebst oder selber schon tot bist?«

Sie war überrascht von der Gedankenschärfe dieser so mütterlich wirkenden, in die Jahre gekommenen, halb resigniert anmutenden Frau, die da neben ihr vor der Wand aus grauen Decken saß. Danielle war alles andere als ältlich, entmutigt, muttchenhaft. Sie zog eine hässliche Grimasse und knuffte sie, als sie nichts zu antworten wusste oder zumindest so tat.

Wieder hörte sie das Schaben der Wellen an der Bordwand und fragte sich, ob es von dem Schnee herrührte, der seit

Tagen, hier weit im Norden, wahrscheinlich seit Wochen in unermesslicher Menge in die See stürzte. Sie hatte noch eine andere Idee: Hörte man vielleicht nicht bloß darum so deutlich, wie sich das Schneewasser an dem Stahl rieb, weil das Schiff seit einiger Zeit langsamer fuhr? Und war dem so, warum war dem so?

»Als sähe man das Jenseits«, sagte sie verträumt. »Warst du mal an Deck, seit es so schneit?«

Danielle ging auf die Frage nicht ein. »N'importe quoi«, sagte sie. »Unfug. Wir haben einen schönen Ausdruck als Gegengift für solche Verstiegenheiten. Für ›contrecoup‹ gibt es bei euch kein Wort. Aber du wirst es erleben! Statt an einen Punkt zu kommen, von dem es keinen Weg zurück gibt, wirst du einen erreichen, an dem alles anders aussieht. Und es wird dich umhauen – die ganzen Möglichkeiten, die sich dir bieten. Das ist der ›contrecoup‹. Weißt du, was Grégoire mir mal geschrieben hat?«

»Nein. Was?« Sie konnte ja keine Gedanken lesen.

»Dass Kolumbus gar nicht Indien finden wollte, sondern das Reich der Toten – das Jenseits, verstehst du?«

Ein Gedanke war das, fühlte sie, der ihr für den Rest ihres Lebens im Kopf umhergeistern würde. Danielle klappte das *Buch an Mick* zu und gab es ihr zurück.

»Ist es nicht völlig egal, was Kolumbus vorhatte?«, flüsterte Danielle. »Die Männer auf der *Santa Maria* haben Hispaniola entdeckt, Haiti, verstehst du? Vielleicht sollten sie das Totenreich finden, aber entdeckt haben sie das Leben. Ich habe den Brief Coco vorgelesen und ihm Grégoires Bilder von der *Santa Maria*, *Pinta* und *Niña* gezeigt, und seitdem hat ihm auch Corentin ab und zu einen Brief nach Longueuil geschickt.«

Im Schlafsaal 3 wurde es zwar nicht still, doch der Lärm wich allmählich einem unterdrückten Raunen. Bald darauf ging Danielle hinüber. Jenseits der Decke hörte man sie mit Corentin flüstern, ein vertrauliches Gespräch, von dem sie zwar kein Wort, doch den Ton umso besser verstand. Er erinnerte sie an ihren Vater, und das beruhigte sie.

Wenig später schlich Coco davon. Als er das andere Saalende erreichte, brandete noch einmal Gejohle auf, aber dann trat endlich Stille ein.

Sie dachte über Danielles Worte nach, besonders das eine, »contrecoup«, während sie mit unterm Kopf verschränkten Armen auf der Koje lag und auf das Brummen aus dem Maschinenraum und Schurren der sich durch den Seegang arbeitenden Schraube hörte. Heckwärts donnerte tief unten im Wasser einige Male in kurzer Folge etwas gegen die Bordwand. Man spürte einen dumpfen, im nächsten Moment unwirklich erscheinenden Aufprall – was aber hätte da worauf geprallt sein sollen?

Nichts mehr ... Stille ... – und das merkwürdige Donnern erklang nicht noch mal, weshalb sie es wieder vergaß.

Sie nahm ihr Buch, klappte es irgendwo auf. Zufallstreffer: »... weiß ich ja gar nicht was du zuletzt von mir gedacht hast. Ich habe dich so vermisst als du nicht mehr am Leben warst. Wie hätte ich das überlebt ohne den Glauben dass wir uns wiedersehen. Ich sehe dich zum Glück jede Stunde. Ist das noch Liebe, sag mir das mein Schatz. Es ist ja ein einziger Irrsinn im Grunde. Da gibt es zum Beispiel diesen Merce Blackborough. Ich weiß von seiner Schwester (meiner Freundin Reg) dass es ihm genau so geht mit mir wie mir mit dir.«

Anders als in ihren Briefen nach Newport, von denen sie

annahm, dass jeder dritte Mensch auf der Straße ihren Inhalt kannte, schrieb sie im *Buch an Mick* viel von Merce. Auf diese Weise hoffte sie, in ihren Gedanken für Klarheit sorgen und die Macht seines Liebeskummers (der ihr schwer zu schaffen gemacht hatte) durchbrechen zu können.

Davon, dass sie, wenn auch nur kurz (sehr kurz), Merce' feste Freundin gewesen war und vor fast sieben Jahren sogar mit ihm geschlafen hatte, schrieb sie Mickie nichts und hielt es auch für besser, nichts daran zu ändern. Nur selten fragte sie sich, wieso sie so ein Aufhebens von der Sache machte.

»Sag mir, mein Schatz, wieso, Mick, kann ich nicht Merce B. lieben u. glücklich sein mit ihm sondern muss an dir festhalten?« Eine rein rhetorische Frage. »Ich spüre die Antwort jede Sekunde. Sie klopft in meinem Herzschlag. Ich sehe in die Bäume u. höre die Antwort rasseln in jedem herbstlichen Blatt. Du bist ja überall für mich. Könnte ich dich nur loslassen. Aber wie soll das gehen wenn du nicht zurückkommst?«

Wie immer, wenn sie in ihrem Buch las, gefiel ihr nicht, was oder wie sie schrieb, und es dauerte eine ganze Weile, bis sich das änderte, bis sie sich sagen konnte und es sich dann einzutrichtern versuchte: »*Oliver Twist* musst du nicht schreiben, *Oliver Twist* musst du nicht schreiben, *Oliver Twist* musst du nicht schreiben, *Oliver Twist* musst du nicht schreiben. Den gibt es nämlich schon, bescheuerte Humpelkuh!«

Wie fast jeden Abend vor dem Schlafengehen schrieb sie dann ihre Gedanken über den zurückliegenden Tag auf und teilte sie Mick mit – Mick in ihrer Vorstellung. Denn dort lebte er, seit er über Béthune zwischen Lille und Boulogne-sur-Mer, unweit des Ärmelkanals, brennend vom Himmel fiel und noch in der Luft starb. In ihr lebte er weiter, daran gab es für sie keinen Zweifel. Deshalb schrieb sie ihm: um das Gespräch nicht abbrechen zu lassen. Denn außer ihr hatte Mickie niemanden mehr. Keiner wusste ja, dass es ihn weiterhin gab. Er sprach mit ihr. Er hielt Albträume von ihr fern. Und er machte ihr Mut, ließ sie nicht verzweifeln, gab ihr einen Sinn. Er streichelte sie mit ihrer Hand.

Sie hatte ihm ihren Tagesablauf detailliert beschrieben, auch einzelne Passagiere, die ihr aufgefallen waren oder mit denen sie gesprochen hatte, Danielle, Coco, Bixby, Herrn Vanbronck und seine Frau Heiltje. Genauso beschrieb sie Mickie den Schneefall überm Meer, seit die *Orion* die schottische Ostküste entlang nach Norden fuhr und dabei merklich immer langsamer wurde. »Wir müssen die Tweedmündung passiert haben«, schrieb sie erst gestern, »sind also Richtung Orkneys unterwegs aber ich weiß nicht welche Städte hier an der Küste liegen. Man sieht nur noch Schnee. Kein Leuchtfeuer als ich kurz draußen war. Wenig später erging der Befehl unter Deck zu bleiben. Ein Schotte sagte: Das ist Dunbar. Aber ein anderer sagte: Das ist Dunglass.«

Dabei war das Aufwühlendste an diesen ersten Tagen auf See gar nicht der immer dichtere Schneesturm. Viel aufregender war ein kleiner Tross aus offensichtlich Verkleideten, der durch Speise- und Schlafsäle zog. Zwei Matrosen begleiteten ein paar Männer und Frauen und gaben darauf acht, dass ihnen keiner zu nahe kam. Die Kinder durchschauten den Schwindel als Erste und bestaunten die Fremden wie das auf dem Marktplatz aufgetauchte Gefolge eines Prinzen mit seiner Prinzessin.

Ihr fiel der schmale Korridor ein Deck höher mit seiner langen Reihe Bullaugen ein. Sie ergriff eine unbändige Lust, hinauszusehen auf die nächtliche See, und so stand sie noch mal auf, legte im Dunkeln die Beinschiene an, zog sich den Mantel übers Unterkleid und ging langsam, leise, mit pochendem Herzen durch die Kojenreihen voller schlafender Frauen, dann Kinder, schließlich Männer hinaus in den sich von Heck bis Bug erstreckenden Gang zu dem Aufstieg, der zum tiefsten Deck oberhalb der Wasserlinie führte.

Von dort blickte sie hinaus. Sie war todmüde, aber ihre Begeisterung, allein und aus freiem Willen hier zu stehen, war größer und stärker als die Erschöpfung. Sie blickte in den Schnee und dachte an Anna Karenina. Sie sah die Gesichter der beiden Verkleideten vor sich, die durch ihre Kojenreihe gingen. Eine junge Frau blieb einmal ganz in ihrer Nähe stehen, sodass sie jede ihrer Bewegungen beobachten konnte. Die Fremdheit der jungen Frau war durch nichts zu verschleiern. Der Mann hatte eine Flasche Gin dabei, aus der sie ab und zu tranken – sie kannte das Etikett, den Tower-Wächter im roten Tudor-Rock darauf. Beefeater war der Lieblingsgin ihres Vaters gewesen. Wonach die beiden auch immer suchten, gefunden hatten sie es nicht. Sie wirkten enttäuscht, stießen kaum auf Interesse, die Belustigungen im Schlafsaal 3 waren andere. Und so verschwanden sie wieder.

Sie dachte an Danielle und stellte sie sich mit Coco und dem Kanadier Grégoire in Longueuil bei Montreal vor. Sie fragte sich (und schämte sich dafür), wie es wohl ihr mit einem Flussschiffer auf dem Sankt-Lorenz-Strom erginge. Wovon hing Glück ab? Waren es die Empfindungen, die darüber entschieden, oder entlarvten sich die als vorgegaukelt und gefühlig, sobald das Drumherum nicht stimmte? Keiner wusste, was für ein Mensch Grégoire war. Danielle und

Coco würden herausfinden müssen, ob ihnen ihr neues Leben in Kanada gefiel und guttat.

Sie trat näher an das Bullauge und blickte in das Schneetreiben. So konnte sie die schwarze Wasserfläche nur wenige Meter unterhalb ihres Ausgucks sehen. Es dauerte eine Weile, bis ihr bewusst wurde, dass etwas anders war als an allen bisherigen Tagen an Bord.

Das Schiff machte keine Fahrt. Der Eindruck von Bewegtheit entstand allein durch das beständige Strömen der Flocken. Reglos lag die *Orion* auf der See und schneite ein.

27

DRECK IM OHR

»Es gibt da eine Sache, die ich gern mit dir besprechen würde«, sagte Merce, als er Gonryl gegenübersaß. »Es geht um eine Geschäftsidee, die unsere beiden Firmen weiterbringen könnte, eure und unsere, deine und meine – na ja, so ungefähr.«

Schwer wie ein Lastwagen stand ein Mahagonischreibtisch zwischen ihnen. Die gleiche Leuchte wie in seinem Kontor war hier von lauter Nippes umzingelt, einem vollen Aschenbecher, einem Zigarettenetui. Zwar lagen überall Papiere, einzelne Blätter und Dokumente in Ordnern, in Papphüllen, doch nirgends war ein Umschlag mit Ennids Handschrift oder gar der Brief zu sehen.

»Bist du interessiert? Soll ich davon erzählen?«

»Klar, los«, sagte Gonnys kleiner spöttischer Mund, »erzähl mal, was dir im Kopf rumsaust. Bist du nicht eigentlich in Irland?«

»Doch. Und gleichzeitig hier. Die Idee hat mich einfach nicht losgelassen, weißt du.«

»Klingt nach einer fixen Idee. Schon wieder eine, Merce?«

»Schrecklich, oder? Diese könnte sich zur Abwechslung mal lohnen.«

»Selbst zu dir dürfte durchgedrungen sein, dass es dem Unternehmen meines Vaters gelinde gesagt blendend geht. Ich hab leider wenig Zeit, Schatz. Zumal...«

Sie stand auf, und vor der Fensterfront, die auf den Hof voller sonnengelber Lastwagen hinausführte, konnte er deutlich ihre Körperumrisse erkennen: Sie war groß, hatte schmale Schultern, dünne Arme, wenig Brust und ein breites Becken, das von zwei mächtigen, Angst einflößenden Beinen umhergetragen wurde.

So stand sie da, blickte aus der Beletage ihres Kontorbaus über ein Geschwader aus Lastautos, mit denen täglich das halbe Südwales verladen, davongeschafft und anderswo wieder ausgepackt wurde. »… zumal ich Besuch erwarte. Du müsstest dich, wenn dir das möglich ist, kurzfassen. Ich muss mich noch hübsch machen.« Sie lächelte.

»Ein Verehrer, Gonny!? Wer könnte das sein? Ein geldgieriger Blinder oder ein taubstummer Masochist?«

Er fragte das nicht wirklich. Aber er dachte es.

»Gut, ich weiß nicht, ob es mir gelingt«, sagte er. »Los geht's: Boyos Unfall.«

Das verdutzte sie.

Sie nickte, um Zeit zu gewinnen.

»Hast du seinen Wagen gesehen?«

Amüsiert, gelangweilt und kategorisch, wie es ihre Art war, schüttelte sie den Kopf. Gonryl war eine junge Frau mit Ansichten, und sie verfügte über Mittel, ihre Ansichten durchzusetzen. Was den Umgang und Austausch mit Gonny Frazer so überaus schwierig machte, war ihre grundlegende Überzeugung, dass ihr das Leben etwas vorenthielt. Darin war er ihr nicht mal unähnlich. Doch sie und er kamen zu völlig anderen Schlüssen.

Er betrachtete ihr Profil. Sie war keine Schönheit, weder attraktiv noch apart. Sie war das genaue Gegenteil einer anziehenden jungen Frau. Sie hatte Charakter, Charisma und eine Aura – die einer Rachegöttin. Er kannte keinen Mann, der sich vor Miss Frazer nicht in Acht nahm.

Etwas fehlte ihren Zügen (das sagte sie selbst von sich – er wusste es von Reg), und kein noch so teurer modischer Kurzhaarschnitt, kein betont schlichtes, vorzüglich sitzendes Kleid aus London oder Paris konnte dieses Manko wettmachen. Fast wäre sie schön gewesen, vielleicht sogar wie Regyn, sinnlich wie Mari oder, auf ihre Weise, so verwirrend anziehend wie Ennid, hätte sich nicht wer oder was auch immer im letzten Moment entschieden, lieber eine stattliche Erscheinung, eine Jungunternehmerin, eine herrische Planschkuh aus Gonryl zu machen.

»Komm zur Sache, Liebling«, sagte sie, fuhr herum und griff barsch, wie um es zu bestrafen und aus dem Fenster zu werfen, nach dem Zigarettenetui. »Was hätte ich mit dem fetten Sohn des fetten Ferguson zu schaffen. Ich verrat's dir: nada!«

»Sehe ich kaum anders. Um Boyo geht es auch gar nicht. Sein Wagen aber, Gonryl –«

»Gonryl!«, quiekte sie, indem sie hinter dem Schreibtisch hervorkam. »Ich dachte, du nennst mich wie deine Schwester. Wie lange kennen wir uns jetzt, Merce-Perce, hä?«

Allmählich kam sie in Fahrt. Innerlich brannte sie bereits lichterloh. Daher wunderte er sich nicht, als in ihrer Hand Feuer aufflammte. Wie eine Qualmschlange kroch ihm der Tabakrauch in die Nase, so dicht ging sie an seinem Sessel vorbei.

Wie lange? Im Grunde ließ sich die Frage gar nicht beantworten. Da sie zwei Jahre älter war als er, war sie immer schon da gewesen. Eine Welt ohne sie gab es für ihn nicht. Weder mit elf Jahren noch mit 17 und noch immer nicht mit

24 konnte er sich die Ohren waschen, ohne dabei an Gonryl Frazer zu denken. Auf der subantarktischen Elefanteninsel hatte er sich bei minus 35 Grad die Ohren gesäubert und dabei Gonny vor sich gesehen. Einmal die Woche hatte sie ihn auf dem Schulhof am Ranzen zu Boden gezogen. Kräftig und schwer wie Alfonso, das Pony seines Vaters, setzte sie sich auf ihn, drückte ihm eine Schläfe auf den Boden und starrte in sein Ohr. »Dreck!«, rief sie Woche für Woche,

»Merce-Perce Blackboro,
Merce-Perce Dreckohr, oh!«,

sang sie, während Mitschüler einen Kreis um sie bildeten. Er hatte jahrelang von ihrem Singsang geträumt und hörte ihn immer noch: »Merce-Perce ...!«

Vor einem Wandschrank blieb sie stehen, machte die Türen auf und blies den Rauch hinein. Wäre der Schrank lebendig gewesen, er hätte gehustet, so aber konnte er nur stumm bezeugen, dass er mehr war als ein Kontorschrank. Er war voller Kleider, Tücher, Hüte, Mäntel und Schuhe.

Er verdrängte den Schulhof, die Elefanteninsel, den bösen Singsang, selbst die Ohren. Stattdessen fiel ihm ein, was Regyn von den Überfällen ihrer Freundin behauptete: Immer schon habe Gonryl seine Nähe nicht deswegen gesucht, um ihn zu unterdrücken, sondern um ihm ihre Zuneigung auszudrücken.

»Boyos Wagen ist ein Totalschaden«, sagte er. »Der Kastenaufbau ist aus völlig ungeeignetem Pappelholz. Kein anderes zerplatzt in so schöne Splitter – lebensgefährlich. Die Versicherung wird keinen Penny bezahlen, wenn sie herausfinden – und das werden sie –, dass er einen Lieferwagen mit Pappelholzkasten gegen die Wand gesetzt hat.«

Ihr Kommentar lautete: »Schön.« Gönne sie ihm. Boyo Ferguson solle vor die Hunde gehen, aufgefressen und ausgekotzt werden. Sie sah ihn bei diesen Ausführungen nicht mal an.

Unbeeindruckt zog sie ein Kleid aus dem Schrank, hängte es zurück, zog ein anderes hervor und klemmte sich dabei die Zigarette zwischen die Lippen.

»Und da kam dir die Idee, dass man Schleppschiff-Boyo helfen sollte. Aus purer Menschenfreundlichkeit, nehme ich an. Ich werde es mir überlegen, sweetie. So, zu Ende überlegt. Nein, ich werde dem Kloakenreiniger nicht helfen.«

Sie blies den Rauch zur Decke.

Boyo war keine anziehende Erscheinung, das stimmte. Das Körpergewicht, das er durch den Tag zu wuchten hatte, ließ ihn fortwährend keuchen und schnaufen. Er schwitzte wie kein anderer Waliser. Sein Schweißreservoir schien unermesslich. Der Griff eines Tischtennisschlägers, mit dem Boyo gespielt hatte, war völlig durchnässt. Und der Geruch, den sein Schweiß verbreitete, war unangenehm und der Grund, weshalb ihm Merce wann immer möglich seit zwei Jahrzehnten aus dem Weg ging. Aber was sagte das wirklich über Boyo Ferguson aus?

Fand sich Gonryl wohl hübsch, liebenswert oder klug? Jeder war im Grunde ein schöner Mensch, aber klug oder hübsch waren nur wenige. Am seltensten waren jene, die wirklich liebten und schon deshalb liebenswert waren. Gonryl Frazer war einsam und wahrscheinlich deswegen verbittert. Er hatte nie verstanden, wieso Ennid mit ihr befreundet war. Es musste eine andere Gonryl geben, eine, die Gonny hieß und die sich ihm nie gezeigt hatte. Er kannte nur die dicke, fiese Gonryl, die auf ihm draufsaß und ihn verspottete: »Du bist schmutzig! Du bist schwach!«

»Herrgott, können wir zur Sache kommen, Merce-Schatz? Ich muss mich u-u-umziehen!«

Auch der Schrank wurde bestraft. Sie knallte die Tür zu. Mit einem taubenblauen Kleid überm Arm schritt sie durchs Zimmer.

»Heliotrop«, sagte sie, als sie seine Blicke bemerkte, »lavendelfarbene Perlstickerei, ganz schön. 75 Pfund.« Damit kostete das Kleid fast genauso viel wie Bakies Motorrad.

»Die Kastenaufbauten eurer Laster, Gonny«, sagte er möglichst unbeteiligt und sah dabei aus dem Fenster, »bist du zufällig darüber informiert, aus welchem Holz sie sind?«

Sie legte das Ausgehkostüm über die Lehne ihres Schreibtischsessels. Sie zupfte es ordentlich zurecht, blieb stehen und schien zu überlegen, was zu dem Kleid passen könnte. Er fixierte das Etui auf der Tischplatte. Schon griff sie danach.

»Du hinterlistiger kleiner Schlauberger«, sagte sie, als die Zigarette brannte, »du willst mir weismachen... Scherst du dich bitte zum Teufel, ja?«

Gar nichts wolle er ihr weismachen, sagte er. Schaden abwenden von ihrer Firma, sie bewahren vor einer Klagewelle und jeder Menge Ärger mit der Versicherung, nur das wolle er.

»Vor ein paar Tagen – vor meiner Irlandreise – war ich draußen in Somerton in Dafydds Werkstatt und habe mir einen eurer Laster angesehen. Ein Wrack, nur noch Schrott.«

»Richtig.« Heliotrope Perlstickerei, 75 Pfund Sterling, das Kleid wurde trotzdem bestraft. Sie setzte sich, drückte den Rücken gegen die Lehne. »Schrott, weil der Abschleppwagen deines nichtsnutzigen Bruders in den Laster reingerauscht ist. Aber gut. So was kommt vor. Er will es in Ordnung bringen.«

»Wird er«, sagte er, »bestimmt. Fragt sich bloß, wer die Aufbauten bezahlt. Denn wenn du mich fragst, sind sie aus völlig unbrauchbarem Pappel...«

»Pappelapapp!« Sie hob abwehrend eine Hand, blickte ihn durchdringend an und stand auf. Das taubenblaue Kleid rutschte zerknittert auf die Sitzfläche hinunter und blieb dort stumm, funkelnd, kümmerlich liegen, während sie zur Tür schritt und in das Vorzimmer dahinter rief: »Mr. Peterbower!«

Aber auch der devot nickende Peterbower, der kurz darauf in der Tür erschien, konnte es nicht ändern. Selbstverständlich, aus gutem, leichtem, bestens formbarem, vor allem aber niedrigpreisigem Pappelholz seien die Kastenaufsätze sämtlicher Frazer-Lastwagen, sagte der ältere Herr mit weißem Haarkranz und schwarzem Anzug, in dem Merce ein Spiegelbild sah: sich selbst nach vier Jahrzehnten im Kontor, nach 40 Jahren ohne Ennid.

»Ihr Herr Vater, Miss Frazer, Mr. Frazer persönlich ordnete seinerzeit an, bei der Ausrüstung der Lastwagenkästen Pappelholz zu verwenden, eine nur gute, in meinen Augen die einzig richtige Entscheidung«, bekräftigte Mr. Peterbower nickend und verneigte sich, indem er das Kinn auf die Brust sinken ließ.

Gonryl sagte: »Es ist gut. Gehen Sie, Peterbower.«

Peterbower öffnete die Tür und ging, indem er sich vor einem weiteren Besucher verbeugte. Verblüfft von dem Menschenauflauf im Kontorzimmer der Freundin, kam strahlend übers ganze Gesicht Mari Simms herein.

»Da bin ich ... Merce! Wie schön!« Gleich kam sie auf ihn zu und hielt ihm die rosa behandschuhte Hand hin, passend zu dem Wollmantel, den sie trug. »Jeder sagt, du bist in Irland. Irland, o mein Gott, dachte ich jedes Mal, hoffentlich passiert ihm nichts! Was für Unfug die Leute erzählen. Du bist ja hier bei Gonny!«

Er drückte ihr die Hand und erhob sich kurz. »Hallo, Mari, wie geht es dir?«

»Seid ihr beiden bald fertig, oder soll ich so lange eine Runde um den Werkshof drehen?« Gonryl rauchte schon wieder. Es war nicht ihr Glückstag. In der Hand hielt sie die zusammengeknüllten Relikte ihres Ausgehkostüms. »Bevor wir starten können, Schatz, muss ich noch mit Mr. Superschlau etwas Geschäftliches besprechen. Du kannst ja so lange dein Rouge erneuern.«

Sie ging hinüber zum Schrank. Die Türen flogen auf.

»Muss ich?«, fragte Mari. »Merce, guckst du mal, muss ich?« Sie hockte sich vor ihn, legte die Hände auf seine Knie und schob ihr Gesicht vor seins. Noch nie war er Mari so nahe gewesen. Sie duftete. »Hab Post«, flüsterte sie. »Du weißt schon.«

»Wenn ich eins und zwei zusammenzähle«, sagte Gonryl und kam mit einem neuen Kleid zurück, einem grünen, mit Pailletten besetzten, »dann schlägst du mir vor, dass dein Bruder unseren Wagen mit einem neuen Aufsatz versieht – einem aus tauglicherem Holz – und dass wir im Gegenzug für den Rest selbst aufkommen, Motor, Reifen, Blechschäden, richtig, Mr. Blackboro junior? Was macht ihr beiden da?«

Mari stand auf. »Blechschäden«, sagte sie verträumt. Sie zog Mantel und Handschuhe aus und legte ihren Hut ab, mitten auf den Schreibtisch. »Ich habe einen Brief von Ennid dabei. Ich soll ihn dir vorlesen, Schatz.«

»Schön, das freut mich. Später bitte. Also was jetzt, Merce – können wir das zu Ende bringen?«

Mari hatte den Brief, nicht Gonryl, sondern Mari! Dieses grüne Paillettenkleid, das Gonny durchs Zimmer trug, es sah aus wie das Haus der Muldoons. Nur ein paar Minuten noch durchhalten, jetzt nicht den Verstand verlieren, dachte er.

Er schüttelte den Kopf, lächelte, es war zu verrückt.

»Nein«, sagte er. »Nein, Gonny, ich will dir was anderes vorschlagen, ein echtes Geschäft, an dem ihr verdient und wir verdienen. Soll ich die Karten mal auf den Tisch legen?«

»Ja! Leg sie mal auf den Tisch!«, rief Mari und kicherte. »Leg sie neben meinen Hut. Oder oben auf ihn drauf.«

»Mari, Liebes, würdest du bitte den Mund halten? Nur noch für eine Minute? Oder muss unbedingt die ganze Welt wissen, dass du verknallt bist? Wenn das so sein sollte, geh bitte raus und erzähl es Mr. Peterbower. Der kippt sofort tot um.«

Bei dieser Vorstellung musste sogar Gonryl lachen. »Unten im Hof stehen ein ziemlich großer Wagen und ein Chauffeur, der raufguckt«, sagte sie.

»Sind meine. Die Limousine vom Flughafen hat er mir geschenkt, und den Fahrer dazu – so lange ich ihn brauche. Verknallt, ich?«, schmollte Mari, bevor sie mitlachte und dann wieder schmollte. »Bin nur ein bisschen verzweifelt. Merce versteht das.«

Merce verstand gar nichts. Flughafenlimousine? Fahrer? Geschenkt?

Da war der Brief. Mari zog ihn aus der Handtasche, er war über und über mit Marken beklebt und voller merkwürdiger Kürzel und Ziffern in mehreren Farben. Sie legte ihn auf den Tisch. »Wer will, kann ihn lesen. Willst du, Merce?«

»Nein, Merce-Perce will nicht«, sagte Gonryl. »Er will mir etwas vorschlagen. Und dann will er gehen. Und bald will er hoffentlich wieder ins ewige Eis fahren, auf Nimmerwiedersehen.«

»Nein, ich will ihn nicht lesen«, sagte Merce-Perce, um Gonryl davon abzuhalten, den Brief an sich zu nehmen. »Er ist ja nicht an mich gerichtet. – Also, es geht um Folgendes: Lass eure Lastwagenflotte überprüfen. Du wirst feststellen, dass ihr Wagen verkauft und vermietet, die nicht nur ungeeignet sind für das, womit ihr Werbung für sie macht, sondern zudem lebensgefährlich und damit praktisch unversichert. Noch ein Unfall mit Verletzten oder sogar Toten, und dein Vater kann seinen Laden dichtmachen und bis ans Ende seiner Tage für den Schaden aufkommen – bevor er die Folgen seiner Liebe zu den Pappeln an dich weitervererbt. So weit kannst du folgen, Gonryl?«

Sie nickte. »Ich denke … ich denke nach.«

»Mach das. Und wo du gerade dabei bist, denk auch gleich über meinen Vorschlag nach: Er lautet Esche. Mein Vater und Dafydd rüsten eure Wagen um, einem nach dem anderen verpassen wir einen Aufsatz aus Eschenholz, das ist fest, flexibel, inzwischen kaum noch teurer als Pappel und leicht zu beschaffen. Bei etwa 90 Lastwagen …«

»97.«

»… bei etwa 100 Lastwagen käme so einiges an Kosten auf euch zu. Ich denke aber, unterm Strich würde es sich lohnen, für uns ohnehin, für euch mittelfristig aber ebenso. Daher könnten wir uns bestimmt einigen.«

»Und falls nicht, siehst du dich leider gezwungen, die Sache zu melden.«

»Ich doch nicht. Aber vielleicht der Vater eines Jungen, den einer eurer Pappelsplitter vielleicht aufspießt. Merkwürdig, da fällt mir Boyo Ferguson wieder ein, wahrscheinlich weil er drei kleine Jungs hat: Sag mal, Boyos Kastenwagen-Austin, habt ihr ihm den verkauft?«

»Müsste ich nachsehen.« Sie lächelte gequält. »Du erlaubst?« Sie nahm den Umschlag und zog Ennids Brief hervor. Er sah, es war ein langer Brief, oder vielleicht waren es zwei, jedenfalls hätte er ohne zu überlegen 97 Lastwagen über eine Klippe ins Meer stürzen lassen, um den Brief lesen zu können.

Gonryl trat erneut ans Fenster. »Dein Chauffeur wartet«, sagte sie und überflog die Seiten.

»Meine Güte«, raunte ihm Mari ins Ohr, als sie sich von hinten über seine Sessellehne beugte, »was ist denn hier los?«

»Wir unterhalten uns. Schwierige Zeiten.« Er zuckte mit den Achseln, ließ Gonryl nicht aus den Augen und fragte Mari noch einmal, sie hatte ihm ja nicht geantwortet: »Wie geht es dir?«

Sofort traten ihr Tränen in die Augen, wodurch sie noch größer und blauer wirkten. Sie drückte ihm die Schulter und legte ihre Wange an seine. »Ich bin, na ja, ganz schön durcheinander. Verzweifelt, eigentlich glücklich. Beides!«

Er wurde das Gefühl nicht los, dass sie gar nicht mit ihm redete. Sie wirkte angetrunken, war aber offenbar nüchtern. Verknallt, verliebt war Mari Simms oft, soweit er das beurteilen konnte. Er kannte sie so lang wie Gonryl, sein ganzes Leben lang. Sie war die Tochter seiner früheren Lehrerin und des treuen Kontormeisters seines Vaters, der im Krieg starb, allerdings nicht als Soldat, wie er es sich wünschte, sondern friedlich im Bett. Mari war nie hübsch gewesen, plötzlich aber eine Schönheit geworden – was sie nicht glücklich machte. Dafydd ging eine Zeit lang mit ihr, ließ bald aber, wie er es nannte, »lieber die Finger von ihr«. Man hörte wilde Geschichten, seit sie auf dem Flugfeld in Merthyr Tydfil arbeitete. Verzweifelt, eigentlich glücklich, war Mari schon immer. Er hegte ein zärtliches Gefühl für sie, das er einzig mit ihr verband und das kein Begehren war, sondern empathisch, platonisch, es gab bloß Fachausdrücke dafür.

»Du verstehst dieses Gefühl«, sagte sie und ließ von ihm ab. Sie ging um seinen Sessel herum und griff nach ihrem Hut. Wie ihr Duft löste sich ihre Nähe in Luft auf. »Ich weiß es, Merce.«

»So, ihr Täubchen«, sagte Gonryl am Fenster. »Sehr abenteuerlich, was unser Ennid-Schätzchen schreibt.« Sie stopfte den Brief in den Umschlag zurück und warf ihn, nicht ohne Merce einen triumphalen Blick zuzuwerfen, auf den Schreibtisch. »Alnitak, Alnilam und Mintaka!« Sie lachte. Er tat gleichgültig, überlegte insgeheim aber scharf und war sich fast sicher, dass dies Namen von Sternen im Sternbild Orion waren – die Namen der drei Gürtelsterne. Ennid schien sich in dem Brief Gedanken über den Namen ihres Dampfers zu machen.

»Ich werde Reg den Brief geben«, sagte Gonryl.

Mari war schneller. Sie hatte ihn schon, sich ihn schon gegriffen, schon in der Handtasche verstaut. »Nein, nein, schon gut, ich werde ihn ihr ... Sie wird ihn bekommen. Willst du dich nicht endlich umziehen, Gonny? Du siehst fürchterlich zerrupft aus.«

Er ergriff die Gelegenheit zur Flucht und stand auf. Fast

einen Kopf größer als er, zerrupft, niedergekämpft, baute sich Gonryl vor ihm auf. Sie stemmte die Fäuste in die Hüften. Sie war nachtragend. Eine Rachegöttin musste nachtragend sein.

»Merce-Perce Blackboro«, sagte sie gemein, im selben Singsang wie vor 15 Jahren. Aber sie war auch klug, war es wie Bakewell wahrscheinlich immer gewesen, nur hatte sie anders als Bakie nie Reißaus genommen. »Wir sind uns also einig, sweetie?«

»Das entscheidest du.«

»Ich entscheide, dass wir uns einig sind«, sagte sie. »Ich entscheide, dass ihr mich jetzt entschuldigt, damit ich mich umziehen kann. Mari-Schatz, du entscheidest, ob du Merce-Perce draußen den Brief zusteckst, und du, Mr. Blackboro, entscheidest, ob du dir ihr Geflenne über einen amerikanischen Multimillionär anhörst, der ihr ein Auto samt Chauffeur schenkt, damit sie, wann sie will, ihre alte Mutter besuchen kann, Robinson Diver oder wie immer der Knilch heißt. Raus jetzt! Raus, bevor es mich in Stücke reißt!«

28

SHIMIMURAS LÄCHELN

Während Shimimuras Dienststunden blieb Meeks allein in ihrer Kajüte. Zumeist schlief er dann, träumte unruhig, wälzte sich hin und her und schreckte beim geringsten Laut auf dem Korridor in die Höhe, fiebrig und verschwitzt, nass wie ein Delphin.

Dann vergrub er das Gesicht erneut im Kissen und suchte schnüffelnd nach Jirōs Geruch.

Tagelang kam ihm sein aus der Wirklichkeit gefallenes Leben wie ein Traum vor.

Seine Hände, plötzlich waren sie wieder jung. Sie tasteten seinen Körper ab, befühlten die schwerfälligen Muskeln, die trägen Knochen, die Fettpolster. Aber seine Lust war wach in allen Gliedern, und seine jungen Hände wussten sie zu locken, zu steigern, und bald dachte er wieder nur: Jirō …!

Zweimal täglich besuchte ihn Schwester Kingsley, verabreichte ihm Tropfen für die Bronchien und horchte ihn ab. Kurz durfte er aufstehen und sich hinstellen, sodass sie ihn bequem herumdrehen und ihm das Bruststück des Stethoskops hier und dort auf den Rücken legen konnte.

Ihn fröstelte. Es kitzelte. Er zuckte zusammen.

»Atmen Sie tief ein … Und wieder aus«, sagte sie. »Na, na, haben Sie sich doch nicht so. Noch mal. Tief ein … ja. Und aus. Bravo.«

Er hörte das Rasseln in seinen Lungen auch ohne medizinische Hörhilfe. Als lebte ein Tier in seinem Brustkorb, das nach Luft rang. Der Brustmarder. Der Lungeniltis. Das Schnarren, die Kälte des Stethoskopkopfes auf der Haut, die fremde, strenge Frau, sogar das gelbe Licht in der Stewardkajüte, das ihm so vertraut geworden war – alles erinnerte ihn an Arztbesuche mit seiner Mutter bei einer jungen Kinderärztin in Aberystwyth, deren Name ihm nicht mehr einfiel. Die Ärztin horchte ihm die Lungen ab und legte dabei eine Hand auf seine Brust, eine ganz warme und glatte Hand, von der er sich wünschte, sie würde ihn festhalten und streicheln.

Zehn, höchstens zwölf war er da. Die Ärztin hätte seine ältere Schwester sein können, hätte er eine Schwester gehabt. Überall von ihr angefasst zu werden hatte er sich gewünscht und die warme, glatte Haut nie vergessen.

Kingsley reichte ihm sein Unterhemd. »Legen Sie sich wieder hin. Sie müssen noch ein paar Tage im Bett bleiben, fürchte ich.« Sie notierte sich etwas in ein grünes Büchlein, das ihre Hand verblüffend schnell aus dem Kittel zog und ebenso wieder darin verschwinden ließ.

Er folgte ihren Anweisungen, beobachtete sie, während er sich anzog und ins Bett zurückschlüpfte. Er kam sich zehn Kilo leichter und zehn Jahre älter vor. Aber das mochte auch daran liegen, dass ein junger Mann mit ihm schlief, der sein Sohn hätte sein können. Bei dem Gedanken an Shimimura durchbrauste ihn erneut die Empfindung, die ihn seit Tagen in Bann hielt – eine Sehnsucht, die mit Panik einherging, ein Glücksgefühl, das ihm durch den ganzen Körper Tränen jagte, die nirgendwo Augen, keinen Ausgang fanden und erst versiegten, wenn Jirō wieder bei ihm lag, ihn küsste, sich auf ihn legte und ihn umfing. »Es gibt keinen Grund, traurig zu sein, Liebling«, sagte er dann.

Wer hätte ein solches Glück auch zu fassen vermocht? Jimmy Moorer ...

Um auf andere Gedanken zu kommen, bat er die Schwester, ihm zu schildern, wie es an Deck aussah. Schneite es noch? Man werde ja, flüsterte er, seit einer Weile das Gefühl nicht los, dass das Schiff angelegt hat. In welchem Hafen waren sie?

»Der furchtbare Sturm hat etwas nachgelassen«, erwiderte Kingsley. »Aber es schneit unverändert, sogar noch mehr. Ich habe noch nie so viel Schnee gesehen. Nein, Mr. Meeks, einerseits haben Sie zwar recht: Wir liegen still. Aber angelegt und festgemacht haben wir nicht, nirgends, leider. Noch nicht.«

»Nicht? Sie meinen, der Käpt'n hat die Maschinen stoppen lassen, obwohl wir auf hoher See sind? Schwer vorstellbar, Madam, ich meine, oder etwa nicht, Schwester?«

»Das soll Sie nicht beunruhigen. Die Maschinen sind ausgefallen. Kapitän Archibald hat Kommando gegeben, Anker zu werfen. Auf hoher See sind wir ja nicht, gottlob. Ich kann Ihnen nicht sagen, wo genau, doch liegen wir jedenfalls in britischen Gewässern. Wir müssen alle warten, Sie auch.«

»Worauf?«

»Darauf, dass Sie gesund werden.« Sie lächelte. »Und wir wollen nicht vergessen, welches immense Glück Sie hatten, lieber guter Mr. Meeks, dass Ihnen Jirō eine so vollkommene Erste Hilfe hat angedeihen lassen. Nicht auszudenken, was ohne ihn geschehen wäre mit Ihnen. Ich wage zu sagen, dass Sie ansonsten jetzt nicht mehr unter den Lebenden wären.«

»Ich weiß das gut«, erwiderte er. »Ich spüre es jede Sekunde. Manchmal denke ich, dass ich wohl 57 Jahre lang überhaupt nicht gelebt habe – kann das sein?«

»Es wäre zumindest sehr traurig, Mr. Meeks.«

»Ja. Ich danke Ihnen für alles, was Sie in den letzten Tagen für mich getan haben. Eine Lungenentzündung aus reiner Dummheit. Die mich doppelt beschämt, weil sie mir eine solche Gnade zuteil werden lässt.« Er fühlte, wie ihm Tränen in die Augen stiegen, rasend schnell, nichts zu machen. Wie konnten Tränen so schnell sein?

»Ist gut, ist ja gut«, sagte Schwester Kingsley sanft und strich ihm über den Kopf, das schüttere Haar, ein Ohr. »Tränen sind immer heilsam.«

»Es sind so viele Leute an Bord, die doch sicher Ihre Hilfe viel dringender brauchen. Die ganzen Kinder …«

»Noch hält sich das alles gut in der Waage. Es ehrt Sie, in Ihrer Lage an andere zu denken. Ich werde Sie gleich verlassen und in den drei Schlafsälen nachsehen gehen, ob ich gebraucht werde.« Sie packte ihre Utensilien ein, rollte die Tasche zusammen, lächelte ihm zu. »Zumindest die allermeisten Leute sind ruhig und gefasst. Es besteht auch keinerlei Anlass zur Sorge. Wir warten ab. Der Schneefall kann nicht ewig dauern. Die Maschinen werden repariert, ob durch Hilfe von außen oder Ingenieure an Bord. Der Käpt'n hat alles in die Wege geleitet, glauben Sie mir. Unsere Fahrt wird weitergehen. Sie müssen sich schonen. Ruhen Sie sich aus. Schlafen Sie etwas, mein Lieber.«

Sie ging zur Tür. Aber Ingrid Kingsley war nicht nur eine beherzte Assistentin des Schiffsarztes und erfahrene Pflegerin – erfahren wie er selbst es ebenso war –, sie zeigte Herz und wusste zu unterscheiden, was richtige Medikamente und richtige Anwendungen vermochten und wann es eher auf eine innige Geste, einige aufrechte, aufrichtige Worte ankam. Sie hatte in keiner Sekunde vergessen, dass der Kummer ihres Patienten in der Kajüte des jungen Stewards andere Ursachen hatte als die Havarie der *Orion* vor der schottischen Küste.

»Der Käpt'n«, sagte sie, »Mr. Archibald mag als Mensch etwas unbeholfen und sein Auftreten mitunter fragwürdig erscheinen. Nichtsdestotrotz ist er ein tüchtiger Seemann, ein verantwortungsvoller Kapitän, daran sollten Sie keinen Zweifel haben.«

»Habe ich nicht«, flüsterte Meeks – was gelogen war.

Und Schwester Kingsley fügte an, ohne dieses Zugeständnis zu beachten: »Wie ich gehört habe, hatten Sie das Vergnügen, mit Chief Officer Girtanner in näheren Austausch zu treten. Hat er Sie beleidigt?«

»Der? Pff... ach was«, erwiderte er, schämte sich aber schon im nächsten Moment dafür, seine Empfindungen nicht für sich behalten zu haben. Sei's drum. Er war wütend – aus gutem Grund! Man durfte sich doch wohl empören! »Der Mann hat keinen Anstand und versucht das durch tyrannische Übergriffe zu kaschieren – wodurch er sich in meinen Augen als Offizier diskreditiert. Für Äußerungen, mit denen er Mr. Shimimura behelligt hat, gehört Officer Girtanner vors Seegericht, damit anderen erspart bleibt, unter der Befehlsgewalt eines solchen Mannes zu stehen.«

Miss Kingsley entgegnete nichts, blickte nur zu Boden. Sie schien also im Bilde zu sein – oder frühere Ausfälle Girtanners selbst miterlebt zu haben.

»Einsamkeit«, sagte sie. »Von der ersten bis zur letzten Sekunde des Tages verlassen und verzweifelt zu sein ist Ursache und Folge eines solchen unverzeihlichen Verhaltens.

Mir tut der Mann vor allem leid – ebenso aber ich kann Ihnen Ihre Bestürzung nachfühlen. Sie sind nicht der Erste, dem es so geht.«

Er spürte deutlich, wie ähnlich ihm diese Frau war. Ob sie ahnte, was in ihm vorging? Was er über diesen Kettenhund des Kapitäns gesagt hatte, galt ja für Robey fast genauso – der betrunkene Diver war skrupellos und ein Meister in Drangsalierung und Schikane. Allerdings war das der entscheidende Unterschied. Denn Heston Girtanner war ja nicht betrunken, sondern war bei klarem Verstand ungerecht und grausam.

Er hätte Kingsley gern von Hudson erzählt, seiner Furcht, alles, was er liebte, eins nach dem anderen verloren geben zu müssen. Unvermittelt, mit bald 60, auf einem einschneienden Dampfer in eine stürmische Liaison mit einem jungen Mann hineinzuschlittern, die tosende Flut an Empfindungen, die das in ihm ausgelöst hatte … und es gab niemanden auf der Welt, mit dem er darüber reden konnte.

Er dankte ihr, und sie lächelte wieder.

»Ich komme morgen früh und sehe nach Ihnen«, sagte sie, damit zog sie die Tür ins Schloss und ließ ihn allein. Er horchte auf die Geräusche des Schiffs, lauschte angestrengt hinaus durch den Stahl der Bordwand, an der seine Koje stand und vor sich hin duftete. Doch er hörte nicht den kleinsten Muckser.

Als die Tür aufging und Jirō kam – wie nach Hause –, wollte er sofort fragen, was über Diver, Miss Kristina und Estelle Robeys Antworttelegramm herauszufinden war. Doch er merkte, dass er sich gedulden musste. Jirō war zu viel zugestoßen.

Er hatte den ganzen Tag Dienst gehabt, nicht nur als Zweiter Kapitänssteward – vor vielen Stunden zum Frühstück im kleinen Salon und dann zum Dinner wieder –, sondern hatte dazwischen auch an Deck gearbeitet, so wie jeder gesunde Mann an Bord zwischen 16 und 60 Jahren, gleichgültig, ob er Offizier, Matrose, Ingenieur, Heizer oder Passagier der Ersten, Zweiten oder Dritten Klasse war. Ein Erlass Archibalds vom frühen Morgen verpflichtete jeden kräftigeren Mann dazu, die mittlerweile meterhoch eingeschneiten Decks und Niedergänge von ihrer Schneelast befreien zu helfen. Chief Officer Girtanner hatte Jirō wie alle anderen zu einer Vierstundenschicht eingeteilt.

Er war am Ende seiner Kräfte. Es gab ein Dutzend Kohleschaufeln im Kesselraum, die man an Deck zu Schneeschippen umfunktioniert hatte – mehr Werkzeug war nicht vorhanden. Wer keine Schaufel ergattern konnte, hatte den Schnee mit Armen und Händen in Eimer, Bottiche, Schüsseln, Kisten, Körbe und Säcke zu füllen. Die wenigsten Männer trugen Handschuhe. Sie hielten die Strapazen nur für Minuten aus, mussten sich dann unter Girtanners Gebrüll aufwärmen gehen und wechselten sich von da an mit herauskommandierten anderen ab.

Schlotternd hockte Jirō mit nacktem Oberkörper am Rand von Meeks' Koje. Seine sonst so weiße Haut war an Rücken und Schultern tief gerötet, und die Hände, die er streichelte, wie Shimimura seine gestreichelt hatte, waren steif gefroren, obwohl er an Deck die ganze Zeit Strickhandschuhe trug. Er starrte vor sich hin wie in einen weißen Wirbelwind, so als würde der Schneesturm auch in ihrer Kajüte weitertosen. Einsilbig sprach er fast nur von Zahlen – 60 – 800 – 1850 – 16 – 300 – 120. Unter den 1850 Passagieren und

120 Besatzungsmitgliedern gab es zwar rund 800 Männer, doch nur 300 davon waren zwischen 16 und 60 Jahren alt, außerdem gesund und bei Kräften. Ausnahmslos alle mussten diese 300 hinaus in den Schnee, um so viel wie möglich davon über Bord zu befördern, damit das Schiff Ballast verlor und nicht schwerer und schwerer wurde. Keiner wurde verschont. Als einer der Ersten hatte Archibald persönlich zu einer Schaufel gegriffen und vier Stunden lang pausenlos geschippt. Girtanner löste ihn ab. Deller war der Nächste. Am wenigsten murrten die Muskelpakete aus der Dritten Klasse, Iren, Deutsche, Holländer. Witze reißend, laut lachend, viele mit einer qualmenden Pfeife zwischen den Lippen, strömten sie hinaus in den Schnee.

»Hast du Land gesehen?«, fragte Meeks. »Wo liegt das Schiff denn?«

Er wusste es nicht, hatte nichts sehen können.

Irgendwann kippte er einfach um und sank auf die Koje. Meeks zog die kraftlosen Beine hinauf und breitete die Decke über den bibbernden Körper. Er streichelte, küsste Shimimuras Haar, Gesicht und Hals. Als er einschlief und sich das Zittern allmählich abschwächte, massierte er ihn. Nur ab und zu überlief Jirō ein Schauder, dann zuckte er zusammen. Meeks fragte sich, wovon er träumte.

»Es ist kein Schnee mehr da«, flüsterte er. »Du hast alles weggeräumt, jede Flocke hast du ins Meer geschaufelt!«

Er ließ ihn schlafen, bewachte ihn verliebt und eifersüchtig auf jeden Lichtpunkt, der ihm übers Gesicht huschte, und dachte in dieser Stunde immer wieder, wie rätselhaft das Glück war, das ihn so unvermittelt ereilt hatte. Jirō schien ganz ohne Arg zu sein. Sein freundliches, einnehmendes Wesen verblüffte Meeks stets von Neuem, wenn er ihm zusah oder nur einer seiner langen, wie fließenden Bewegungen folgte. Er lächelte oft ohne ersichtliche Ursache, so als würde ihn die Anwesenheit eines anderen oder das Vorhandensein eines plötzlich ins Bewusstsein gerückten Gegenstandes mit stiller Freude erfüllen. Meeks dachte über Shimimuras Lächeln seit Tagen nach, sobald er allein in ihrer Kajüte lag und darauf wartete, dass das Rasseln in seiner Brust nachließ, dass Schwester Kingsley kam und ihm Neuigkeiten brachte von Diver und Kristina, die sich nicht im Mindesten zu fragen schienen, wo er steckte, oder dass Jirō zurückkehrte von seinem Dienst im Salon, der ihn beflügelte, und den Stunden als Archibalds Kurier und Wächter an einem Sperrschott zur Dritten Klasse, die ihn kreuzunglücklich machten.

Durch Jirōs Lächeln schien die Welt für einen Augenblick als Ganzes und Ewiges möglich, ehe es sich im nächsten mit grenzenloser Zuversicht einem einzelnen Menschen wie ihm zuwandte. Meeks wusste, dieses Lächeln galt nicht nur ihm. Miss Kristina war davon genauso verblüfft und hingerissen, ebenso Schwester Kingsley, die mütterlich sanft, fast zärtlich mit Shimimura umging. Es schenkte einem gerade so viel Verständnis, wie einer wie Meeks es sich wünschte – es glaubte an einen, so wie man gern an sich selbst geglaubt hätte, und es schien einen in dem Eindruck zu bestätigen, den man zu machen hoffen konnte, wenn man ohne Eitelkeit das Allerbeste von sich dachte. Es war die Ruhe dieses Lächelns auf Jirō Shimimuras jungem Gesicht, die Meeks seit Jahren und Jahren in seinem Leben vermisste. Er sah das nicht philosophisch, und auf keinen Fall verknüpfte er Jirōs Freundlichkeit mit abgeschmackten Vorstellungen von einer besseren Moral. Eine unergründliche, dabei allseits bekannte, zutiefst menschliche Güte drückten Shimimuras Augen und sein stummer Mund aus, wenn er lächelte, und Meeks hatte die ganz erstaunliche Erfahrung gemacht, von dieser Güte augenblicklich auch selbst ergriffen zu werden. So war es, als er Jirō ausführlich von Hudson erzählte, und ebenso erging es ihm, als er in einer Pause zwischen lauter Küssen auf Diver, das verheimlichte Telegramm und Robeys Vertrauensbruch zu sprechen kam.

Seither dachte er fast stündlich wieder milder und weniger ungerecht über das Vorgefallene nach. Er spürte, dass er nun beginnen konnte, um Irischa zu trauern – auch das hatte er Shimimura zu verdanken, der selbst ein Auswandererkind war. Sein Vater war als junger Weber aus einem Dorf bei Kyoto nach London gekommen. Er hatte für Oscar Wilde einen blauen Sommermantel mit Papageienornamenten geschneidert, dreimal war Wilde bei ihm gewesen.

Aber seine Mutter konnte in England nicht Fuß fassen. Sie wurde krank, und ihr Familienunternehmen mit dem Geschäft in Finsbury ging pleite. Jirōs Herzenswunsch, zur See zu fahren, unterstützten sie dennoch nach Kräften, genauso wie seine College-Ausbildung. Sie lebten noch, sein Vater webte nun in einer Abseite im Zwischengeschoss, entwarf Muster für Kimonos und Obis, die ihm betuchtere Londoner Japanerinnen aus der Hand rissen, und seine Mutter kochte, bereitete den Tee und las viel in uralten Schriften über das Leben in der früheren Kaiserstadt – doch hätte alles auch furchtbar ausgehen können, denn, sagte Jirō, »das Leben in der Fremde ist ein fremdes Leben.«

Er war nicht immer sanft. Wurde er herabgewürdigt, so verstummte er und staute im Innern einen unbändigen Zorn an, den man nur in seinen fiebrigen Augen sah. Er konnte auch herrisch sein, doch kannte Meeks das von Jirō bloß im

Liebesspiel. Und auch schallend lachen konnte er. Dann riss er die Augen weit auf und fletschte die Zähne. Während er aufzuwachen schien, betrachtete Meeks jede einzelne seiner sachte bebenden Wimpern ... da gingen die Augen auf, und Shimimura war wach.

»Da bist du ja wieder ...«

Ein paarmal schlief er erneut ein. Er wachte auf, blinzelte, dämmerte von Neuem weg, schlief für eine Minute oder eine halbe, dann wachte er wieder auf und lächelte mit einem Mal.

»Wie fühlst du dich jetzt?«

Er nickte. Meeks sah, dass seine Lider nicht noch einmal zufallen würden, darum fragte er, wie es Robey und der jungen Miss ging. War ein Telegramm aus Ventura gekommen?

Verwundert blickte ihn Jirō an. »Das habe ich dir noch nicht gesagt? Anscheinend nicht! Entschuldige. Wie lange habe ich geschlafen? Ich habe geträumt, dass ich dir alles erzähle.«

29

DIE NACHTIGALL AUS DEM KOFFER

Natürlich war es falsch, einem jugendlichen Heißsporn wie Corentin ein solches Angebot gemacht zu haben.

»Wenn du da rausgehst, guck dich um, präg dir alles ein, das Meer, den Himmel, das Wasser, den Wind. Sag mir nachher, was du gesehen hast – Lichter, eine Küstenlinie, ein Leuchtfeuer. Und hör hin, was die Männer erzählen. D'accord?«

Er hatte genickt. Ja. Würde er tun. »Ouai, Aenide.«

»Gut! Wenn du das machst, hast du einen Wunsch frei.«

»Einen Wunsch? Comment?«

»Du kannst dir etwas wünschen von mir. Halt einfach Augen und Ohren offen.«

»Jeden? Jeden Wunsch?«

Sie hatte ihm die Hände auf die Wangen gelegt. Und in die Augen geblickt.

»Fast jeden, okay?«

Was war nur in sie gefahren.

Corentin war abgeschwirrt, außer sich vor Euphorie, hinaus in die Kälte zur ersten Schneeschicht unter lauter Männern.

Die Havarie der *Orion* vor einer unbekannten schottischen Küste veränderte das Leben an Bord von Grund auf. In den Schlafsälen und Speiseräumen im Schiffsbauch traf man kaum noch auf Männer, und wo doch, schliefen sie wie die

Steine, während Frauen und Kinder mit den murrenden Alten unter sich blieben und Stunde um Stunde deutlicher die Enge des Eingesperrtseins spürten. Denn egal, wie alt oder jung, keiner Frau war mehr erlaubt, ein Außendeck zu betreten, solange die dazu abgestellten Männer in endlos anmutenden Vierstundenschichten den unverändert herabstürzenden Schneemassen Herr zu werden versuchten.

Aber auch die Frauen und älteren Mädchen wurden eingeteilt und durch eine Order Archibalds dazu verpflichtet, sich in Vierstundenschichten um Verköstigung, Essensausgabe, Säuberung von Geschirr, Besteck, Küchenutensilien und Speisesaaleinrichtung zu kümmern. Auf diese Weise traf Ennid mehrmals täglich Bixbys Mutter wieder. Mit Joan Elliger, Danielle und fünf anderen Frauen – zwei Irinnen, zwei Deutschen und einer Waliserin aus Rhossili – reinigte sie die gewaltigen Töpfe und Pfannen der Dritteklasse-Kombüse. Während dieser Stunden, in denen sich die Frauen mit einer endlosen Flut aus Essensresten und lauwarmem, immer widerlicher stinkendem Abwaschwasser abmühten, blieb Bixby im größten der Schlafsäle, wo die drei Bordkrankenschwestern zusammen mit zwanzig Helferinnen aus der Zweiten und Dritten Klasse auf die Kleinen aufpassten. Es gab nur wenige feine Damen aus der Ersten Klasse, die sich freiwillig meldeten, um mit anzufassen oder Alte und Kinder zu versorgen, obwohl der Kapitän sie von seiner Anordnung ausgenommen hatte. Die acht oder zehn aber, die sich dazu bereit erklärten, wurden im Gewimmel und Gekeuche der 800 Frauen mit leuchtenden Gesichtern begrüßt und in die Mitte genommen. Eine von ihnen sei die junge Nichte eines kalifornischen Zeitungsmoguls, hieß es, aber Victoria Hearst gab sich nicht zu erkennen.

Joan sah schlecht aus, erschöpft und ausgezehrt. Sie war in großer Sorge um ihren Mann. Bixbys Vater litt nach zwei Schichten an Deck unter schmerzhaften Erfrierungen im Gesicht, seine Hände waren voller Frostbeulen, dennoch hatte er darauf bestanden, weiter eingesetzt zu werden, und war erneut in den Schnee gegangen. Seine Frau wusste keinen Rat, immer wieder brach sie in Tränen aus. Schließlich nahm Danielle sie in den Arm und hielt sie so lange fest, bis ihr Wimmern verstummte.

Ennid schockierte, wie wenig patent junge Frauen wie Joan Elliger waren. Sie schienen zu glauben, eine winterliche Atlantiküberquerung würde ihnen kaum mehr als eine Bahnfahrt durch das verschneite Somerset abverlangen. Sie schien einer der wenigen Passagiere zu sein, die zumindest eine Ahnung von den Widrigkeiten und Beschwernissen hatten, mit denen man sich auf See konfrontiert sah. Von ihrem Vater und von Hunderten seiner ehemaligen Kunden in der Newporter Skinner Street wusste sie, dass der Ozean keinen Widerspruch duldete, dass er weder einem Menschen noch einem Schiff Respekt zollte, sondern einzig für sich Respekt forderte und ihn immer erhielt. Das Meer kannte keine Diplomatie. Unter seinem Wind her stürmte es an Bord und erschlug mit kalten Ketten jeden, der ihm im Weg war.

»Wenn es irgendwie geht, bereiten Sie ihm in den Schichtpausen Wechselbäder«, sagte sie zu Bixbys Mutter. »Wenn nicht, lassen Sie ihn wenigstens duschen, so lange wie möglich und abwechselnd warm und kalt. Hier, nehmen Sie das.« Sie schob ihr eine Dose Wingham-Rindertalg mit Natrium hin. »Zweigen Sie davon etwas ab, verstecken Sie es unterm Kleid. Damit soll er sich Gesicht und Hände einschmieren, bevor er wieder rausgeht.«

Auch die drei Köche der Dritteklasse-Kombüse waren verschwunden, seit sie zur Schneebeseitigung eingesetzt wurden. Womöglich aber nutzten sie das Chaos an Bord, um sich vor der Schufterei in der Großküche zu drücken. Was es zu essen gab, hatten seither, zu sechst in drei Schichten, achtzehn Frauen zuzubereiten. Ennid war eine von ihnen und die Einzige, die die Gelegenheit nutzte, um in der Eiskammer und den zwei Proviantlagern die Vorräte zu überprüfen. Sie addierte, subtrahierte, multiplizierte, rechnete hoch wie im Ausrüstergeschäft ihres Vaters, nur mit anderer Ware und größeren Mengen. Pökelfleisch. Sauerkraut. Rüben. Reis. Kartoffeln. Mehl. Graupen. Äpfel. Kohl. Von allem – außer von Haferflocken, Salz und Kohlrabi – war für die Weiterreise viel zu wenig da, selbst wenn der Schneesturm augenblicklich aufhörte und die *Orion* die Überfahrt fortsetzen konnte, ohne zuvor in einem Hafen – nur welchem? – frischen Proviant aufzunehmen. An allem – insbesondere frischem Fleisch, Trockenmilch, Eiern, Südfrüchten – fehlte es hauptsächlich deshalb, weil gemessen an der Menge der eingelagerten Vorräte zu viele Menschen an Bord gelassen worden waren und weil die Männer, die sich zwei-, manche dreimal am Tag vier Stunden lang verausgabten, essen mussten, um für die nächste Schicht zumindest halbwegs bei Kräften zu sein. Sie mochte sich gar nicht ausmalen, was dagegen die Passagiere der Zweiten Klasse aufgetischt bekamen. Und schon aus Zeitgründen verschwendete sie keinen Gedanken an die Speisekarten der Frühstück-, Brunch-, Lunch-, Dinner- und Late-Night-Salons in der Ersten.

Vielleicht war sie wirklich der pragmatische Mensch, den ihre Mutter in ihr sah. Mom aber war tot, ihr Vater daran zerbrochen und gestorben, warum also sollte sie noch weiter darüber nachgrübeln? Sie ließ niemanden zurück außer Tote und außer Freundinnen, die bestens zurechtkamen, ob es Ennid M. gab oder nicht. Jetzt war sie hier, sie hatte alle Leinen gekappt, war auf diesem Schiff ins Offene hinausgefahren – und war bis zu dieser Wand aus Schnee gekommen. Da sollte sie aufgeben?

Danielle holte sie aus der Eiskammer zurück in die Realität, die verköstigt werden wollte. »Essen!«, riefen die hereinkommenden, halb erfrorenen, wie um Jahre gealterten Männer. »Was gibt es?«, »Haste Suppe, Schätzchen?«, »Gib her, mein Herz«, »Wie, kein Fleisch? Wieso nich'?«, »Ah! Wie herrlich!«. So manchen fragte sie, was draußen zu sehen sei. »Schnee!«, riefen sie alle. »Was glaubste, hä? Schnee, Baby. Füll auf! Ich hab dreieinhalb Stunden, dann geht's wieder raus ...«

So stand einmal auch der Kamelhaarmann vor ihr. Er erkannte sie nicht wieder, und auch sie erkannte ihn zuerst nicht, so erschöpft sah er aus. Er roch nach Fusel. Sie füllte ihm eine etwas größere Portion in den Napf, aber er bemerkte es nicht.

Den freundlichen Herrn Vanbronck versorgte sie ebenso mit zwei größeren Portionen Eintopf für ihn und seine Frau Heiltje, wofür er ihr die Schulter drückte und über die Wange strich.

»Wie geht es Ihnen beiden?«

Er antwortete: »Sie finden Ihr Glück«, nur diesen Satz.

In einem Mann mit vom Frost zugeschwollenen Augen erkannte sie an der Latzhose den Iren wieder, der erst vor ein paar Abenden so herzergreifend Yeats' »Down by the Salley Gardens« sang, »Beim Weidengarten unten«, und kurz darauf fragte sie einer, ob sie Schottin sei, und sagte, als sie verneinte und ihm verriet, woher sie stammte, dass er aus Inverness komme.

»Bin ich mit Frau und Kindern im Pferdewagen und der Eisenbahn den ganzen Weg nach Süden gefahren, um auf dieses Schiff zu kommen, nur damit es mich zurückbringt, vielleicht genau zu der Küste, an der ich aufgewachsen bin?«, fragte er unter Tränen. »Kann das so richtig sein, Miss?«

Mit wippenden Zöpfen und breitem Grinsen kam Bixby angesprungen.

»Ich habe ein Geheimnis, ein echtes, ein echtes Geheimnis, Ennid, das muss ich dir verraten!«

Sie beugte sich durch die Durchreiche zur Kleinen hinunter, und Biggs flüsterte ihr das Geheimnis ins Ohr.

Es war wirklich ein echtes, ein streng geheimes Geheimnis, weshalb sie beide es für sich behielten.

Sie machte Danielle mit Bixby bekannt: »Darf ich vorstellen: meine Freundin Biggs Elliger von der Niemandsinsel.«

»Enchanté, Mam'zelle.«

Bixby lachte und rannte weg.

»Coco!«, rief Danielle plötzlich.

Denn kurz nach Schichtwechsel, als ein neuer Ansturm auf die Kartoffelsuppenausgabe begann, stand er auf einmal vor ihnen. Schlotternd lehnte Corentin an der Durchreiche, war noch immer halb von Schnee bedeckt und wirkte 15 Jahre älter.

»Das, das will ich. Parfait. Mehr! Tu n'as pas plus, Maman?«

Es würde keine Überfahrt geben, ohne dass man das Schiff zuvor in einem Hafen neu verproviantierte – alles andere wäre fahrlässig, Mord an Hunderten. Was hatte der Junge an Deck gesehen? Mit seiner Hilfe würde sie sich ein Bild machen können.

Im Stehen schlang er den Eintopf mit dem darin schwimmenden Stück Fleisch in sich hinein. Er konnte sich kaum noch auf den Beinen halten. Aber er lächelte. Aber das Lächeln galt nicht ihr, sondern dem Stück Schweinespeck.

»Coco!«, rief sie ihm zu, als es ruhiger wurde und Danielle zurück ans Spülbecken ging. »Hey, Corentin!«

Er reagierte nicht. Und kaum war sein Napf leer, wandte er sich ab und taumelte davon.

Mit einem Tross Matrosen schritt an diesem Nachmittag ein junger, schicker Lieutenant durch Säle und Korridore. Er hieß Deller und war nur wenig älter als Ennid, die ihn aus einiger Entfernung genau beobachtete. Schon nach wenigen Sekunden stand für sie fest, dass er eine Kanaille war.

Der Offizier verkündete die einstweilige Verfügung des Kapitäns, wonach sämtlichen Frauen, Kindern und Alten an Bord ab sofort das Lichtspieltheater der Zweiten Klasse offenstand. Wer schichtfrei hatte und sich erholte, war eingeladen, im zweiten Zwischendeck einer von Klaviermusik begleiteten Aufführung der neuesten amerikanischen Komödie *The Kid* von und mit dem großen britischen Stummfilmstar Charlie Chaplin beizuwohnen. Der gut einstündige Streifen würde alle zwei Stunden wiederholt werden, da in dem Saal – wo striktes Rauch- und Verzehrverbot herrschte – nur rund 200 Zuschauer Platz fanden. Es gab Applaus, aber auch laute Unmutsbekundungen: »Bringt uns lieber unsere Männer und Söhne!«, »Schafft uns an Land!«, »Gebt den Kindern stattdessen das Essen von denen da oben!« Es hagelte Buhrufe, Pfiffe, und ein Schuh kam geflogen, ein roter Frauenstiefel, der einem finster dreinblickenden Seemann mit Bürstenhaarschnitt gegen die Brust flog. Der Matrose tat, als hätte er nichts bemerkt, was womöglich sogar stimmte.

Bei der Einteilung in Küchendienst oder Kinderaufsicht hatte sie ihr Bein verschwiegen. Doch nach vier Stunden in der stinkenden Kombüse und im wimmeligen Lärm an der Essensausgabe plagte sie ein bohrender Schmerz in Unterschenkel und Knie. Aus fünfzehnjähriger Erfahrung mit ihrer Verkrüppelung wusste sie, dass sie die Schiene abnehmen, das Bein hochlegen, sich ausruhen und entspannen musste, wollte sie morgen noch laufen können.

Außerdem hatte sie *The Kid* vor nicht mal zehn Tagen als Letztes noch im CCC gesehen, allein und ohne dem Film wirklich folgen zu können, zu nervös, viel zu aufgeregt hatte sie die bevorstehende Abreise gemacht. Nein, sie verzichtete darauf, mit Danielle und 200 anderen Frauen zu den bislang unerreichbaren Zwischendecks hinaufzusteigen, um sich dort abgeschottet, bewacht von einem Dutzend Matrosen, eine Komödie über die tristen Kapriolen der Leute in einem Armenviertel anzusehen.

Sie ging an Corentins Schlafplatz vorbei und sah den Jungen zusammengerollt unter seiner Decke liegen. Sie dachte an Mick, als sie sich auszog, daran, dass sie in drei Jahren nur drei Nächte mit ihm verbracht hatte. Außerstande zu jeder weiteren Kraftanstrengung, sank sie auf ihre Koje. Alles drehte sich vor ihren Augen. Sie hörte ein Klingeln, das nicht mehr abbrach, als würde irgendwo seit Tagen ein Telephon läuten. Sie sehnte sich nach Lesen, nach ein paar Keats-Versen aus der »Ode an eine Nachtigall«, die sie vergessen hatte, war aber zu erschöpft, aus ihrem Koffer unter der Pritsche das Buch herauszusuchen. Die Augen fielen ihr zu. Sie sah die eingeschneite Magazine Street mit der im Schneetreiben leuchtenden Kinoreklame vor sich, vereinzelte Szenen aus *The Kid* fielen ihr ein: der kleine Junge, der für den Tramp und sich zum Frühstück Pfannkuchen macht, der im Kinosaal umjubelte Boxkampf des Kleinen mit einem Nachbarsjungen … Sie erinnerte sich an ihre Verlassenheit, daran, wie unheimlich Chaplin ihr in dem Film vorkam, weil sie im *Tatler* wenige Tage zuvor ein Foto von ihm gesehen hatte, das ihn ohne das absurde Bärtchen und das Stadtstreicherkostüm zeigte, nur das Gesicht des Filmstars, seine feinen Züge, seine traurigen Augen. Und mit einem Mal, ohne dass sie wusste, weshalb, dachte sie an Merce Blackboro, und sofort schlug ihr bei dem Gedanken das Herz schneller.

Sie wollte diese Gedanken nicht, und die damit einhergehenden Empfindungen erst recht nicht. Sie verscheuchte sie, und zum Glück verlangte das Verscheuchen von Gedanken und Gefühlen keine körperliche Anstrengung, denn ansonsten hätte sie sie wohl zugelassen und dann bestimmt so hemmungslos geheult wie diesen Mittag Bixbys Mutter über dem latrinenartigen Kombüsenspülbecken.

Verzieh dich aus meinem Kopf, Mr. Blackboro! In Gedanken ließ sie eine Ladung von Tolstois Schnee auf das zernarbte Gesicht herabstürzen, ehe sie, weil das nicht half, unter die Koje langte und aus ihrem Koffer eine zwitschernde Nachtigall hervorholte, zu der Keats in seiner Ode sagte:

»Sich auflösen, verschwinden und am Schluss
Vergessen, was im Laubwerk dich nie stört,
Die Qual, das Fieber und den Überdruss,
Hier, wo ein jeder jeden stöhnen hört.«

Das half.

Das Buch auf der Brust, lag sie matt nur da und starrte zur stählernen Decke. Sie war hundemüde, aber konnte nicht einschlafen. Ihre Gedanken fanden kein Ende, kreisten umher, begannen von vorn. Amerika ... Kanada ... Danielle ... Coco ... Sie dachte an Mari, Gonny, Reg. Sie sah Merce vor sich, Mick, viele Augenblicke der Jahre ihrer Trauer, ihre Eltern, die Lieblingsorte ihres Dads im alten Casnewydd, ihre Bemühungen, der Newporter Eintönigkeit etwas abzugewinnen, das in die Zukunft wies ... New York ... Montreal ... Grégoire ... Corentin ...

Sie spürte währenddessen, dass der Dampfer nicht angelegt hatte, sondern in Bewegung war, auch wenn das sachte, wie lebendige Vibrieren der Maschinen, unter Feuer stehenden Kessel und der vor dem Ruder rotierenden Schraube noch immer fehlten. Dennoch lag das Schiff nicht völlig still. Anhand seines Schwankens spürte sie die See. Sie wusste und sah es vor sich: Die *Orion* schwojte. Schaukelnd in der Dünung, trieb sie langsam um die sie am Meeresgrund festhaltende Ankerkette, wie ein Zeiger im Kreis um das Zifferblatt drehte sie sich und folgte so wie jede einzelne Flocke dem Drängen der neben der Schwerkraft stärksten Naturgewalt, dem Wind.

Weil die Kette lang genug war, um den Dampfer am Grund festhalten zu können, mussten sie in Küstennähe vor Anker liegen. Das erklärte jedoch nicht, wieso sie überhaupt hatten ankern müssen. Konnten die Schneemassen, so unfassbar sie auch waren, wirklich Ursache für einen Maschinenausfall sein? In ihrem inneren Taumel aus Müdigkeit, Aufgewühltheit, Angst und Zorn hatte sie große Zweifel an der Darstellung, mit der sie alle beruhigt wurden. Natürlich, viel zu oft steigerte sie sich in eine Vorstellung hinein, war außerdem enttäuscht, weil Coco ihr nichts berichtet hatte. Nur noch ein Schatten seiner selbst, ein weißer, halb erfrorener Schatten war er gewesen. Sie hatte ihn sehr lieb.

Was ihr nicht aus dem Kopf ging, war dieses unerklärliche Donnern, dass sie in der Nacht nach ihrer ersten Unterhaltung mit Danielle gehört hatte – etwas Großes, Massives und sehr Schweres war Richtung Heck, tief unter Wasser, fast in Kielhöhe, mehrfach gegen die Bordwand geschlagen, und danach, erinnerte sie sich, hatte plötzlich Ruhe, eine gespenstische Stille geherrscht.

War das jene Nacht gewesen, in der sie spät noch mal ein Deck höher schlich, zu den Bullaugen dort, um aufs Meer zu blicken? Inzwischen war dieser Ausguck ebenso abgeriegelt wie die Außendecks. Sie merkte, wie sie sich in der Abfolge der Tage und Nächte seit Ablegen des Schiffs verhedderte. Zu viel war passiert, wie in einem nicht endenden, kollektiven Fieberzustand lebten sie alle seither, und doch war sie überzeugt, dass zwischen dem rätselhaften Krachen und kurz darauf dem Stopp der Maschinen ein Zusammenhang bestand. War es in jener Nacht zu einer Kollision gekommen? Womit? Einem Riff, einem Unterseeboot, einem Wrack, das unter der Oberfläche trieb und nicht auszumachen gewesen war? Traf das zu, so schien kein Passagier davon in Kenntnis gesetzt worden zu sein, weder in der Dritten noch der Zweiten oder Ersten Klasse, denn keine der Frauen, die zur Verpflegung der Männer und Aufsicht über die Kinder zu Hilfe geeilt waren, hatte etwas erwähnt.

Weil die Schmerzen in Unterschenkel und Knie ihr immer heftiger zusetzten, öffnete sie die Schlaufen und Knöpfe an der Ledermanschette und nahm die Schiene ab. Der darunter pochende Druck jagte aufgescheucht davon, suchte Schutz zunächst im Beininneren, bevor er als bohrendes Stechen die Nerven hinauffuhr, durch Oberschenkel, Hüfte, Becken ins Rückgrat. Dort blieb er und lauerte. Sie kannte jeden Trick und alle Verstecke ihres Schmerzes. Und sie wusste, besänftigen ließ er sich durch kein Medikament (erbost wartete er bloß ab, bis die Wirkung nachließ, um dann nur umso schlimmer Vergeltung zu üben), sondern einzig durch Nachsicht, Zärtlichkeit und Massage.

Sie nahm ihren Taschenspiegel und suchte damit das Bein ab. Aber wie stets war auf der Haut von dem Schmerz darunter nichts zu erkennen. Mit den Fingerkuppen strich sie die Verhärtungen aus den Schenkelmuskeln. Minutenlang schloss sie ihre warmen Hände um die Wade. Sie streichelte ihn, liebkoste den Schmerz, so wie sie es von Mickie gelernt hatte.

Es gab niemanden an Bord, mit dem sie über ihre Mutmaßungen reden konnte. Keiner von den älteren Männern, die man vom Schneeräumen freigestellt hatte, schien sich für nautische Belange zu interessieren. Sie waren Handwerker, Arbeiter, Versicherungsangestellte, betagte Bürogäule, und die Frauen nahmen hin, was man ihnen weismachte, und verschwendeten keinen Gedanken auf Fragen nach Kurs, Witterung, Seetüchtigkeit. Dass der unsichtbare Kapitän mitten in einem so kolossalen Schneesturm vor einem niemandem näher benannten Küstenabschnitt irgendwo im so gut wie unbewohnten äußersten Norden Schottlands Anker werfen ließ, wo doch über 1900 Menschen, darunter 170 Kinder, an Bord waren, deren Verproviantierung als bestenfalls ungesichert gelten musste, schien keinen von ihnen groß zu verwundern. Die Männer schufteten bis zum Umfallen, waren froh, sich aufwärmen, den Bauch vollschlagen und für ein paar Stunden aufs Ohr hauen zu können, während sich der Unmut ihrer Frauen bei Staunen und Gelächter im Kino verflüchtigte. Stand man auf der Brücke in Funkkontakt mit einem Hafen, von dem ein Kutter mit den nötigen Ersatzteilen und womöglich einem fähigen Mechaniker geschickt werden konnte? Wurden Vorkehrungen zur Evakuierung getroffen? Was, wenn der Schneesturm weiter wütete? Was, wenn... Immer öfter musste sie an Regyns Bruder denken. Er war der einzige Lebende, mit dem sie sich über alles, was sie umtrieb, hätte austauschen können. Merce Blackboro. Er hatte ihre Furcht und ihren Zorn immer verstanden, sogar ihre Wut auf ihn, selbst ihre Angst vor ihm.

Sie legte sich auf die Seite, entspannte das Bein und schloss die Augen. Während die Müdigkeit sie einzuhüllen begann, gingen ihr Merce' Erzählungen aus der Zeit nach seiner Rückkehr aus dem Eis durch den Kopf, besonders die Erinnerung an seine Geschichte von einem Zwieback. Shackleton hatte einen seiner zwei letzten Zwiebacke einem der halb erfrorenen Männer zugesteckt, als der nichts mehr zu essen hatte und darüber verzweifelte. Merce sagte zu ihr, er glaube nicht, dass jemand sich vorstellen könne, wie viel Zuneigung Shackleton damit ausdrückte. Nicht der Zwieback nämlich habe den Bordkameraden gerettet.

»Sondern?«

»Die Geste.«

Darüber dachte sie noch nach, als sie schon fast eingedämmert war... die Geste... Mickies behutsame Gesten... sie hatte viele in ihrem Briefebuch beschrieben... Gesten hatten auch sie gerettet. Sie war oft grausam zu Merce gewesen... ungerecht... hartherzig... ja erbarmungslos... warum nur?

30

SWONA UND STROMA

Als ihr etwas übers Gesicht strich, wachte sie auf und sah Coco vor ihrer Koje knien, er hatte nur Shorts an. In seinem Gesicht die großen hellblauen Augen. Eindringlich blickte er sie an.

»Lass mich zu dir kommen«, sagte er. »Aenide! Das ist mein Wunsch. Weißt du noch?«

Dann lag er bei ihr unter der Decke, fast nackt, so wie sie. Er drückte sich an sie, schlang die Arme um ihre Schulter, umfasste ihre Taille, ihren Po. Sie roch das Salz in seinem Haar, die Haut des Jungen, seinen Schweiß, die wachsende Lust. Sie spürte zwischen seinen Beinen das Glied, das nicht wusste, wohin. Sein Atem wanderte, strich über ihren Hals, suchte, keuchte, sein Mund war nah an ihrem.

»Coco«, sagte sie sanft und streichelte ihm den Nacken.

»Oui«, antwortete er nur.

»Dis-moi«, flüsterte sie. »Was war draußen, gab es da was, das dir komisch vorkam?«

Zuerst sagte er bloß: »Schnee. Schnee, Schnee, Schnee.« Er umfasste sie fest, zog sie an sich, und sie spürte, er wusste, dass er bald wieder gehen musste. Es wurde allmählich unruhig im Schlafsaal 3. Auf keinen Fall durfte ihn jemand sehen, wenn er aus ihrem Pferdedeckenabteil kam.

»Es gibt viele Gerüchte«, sagte er.

Und sie sofort: »Leise! Deine Mutter schläft nebenan …« –

obwohl sie das gar nicht wusste. Bestimmt war der Film lange vorbei, und Danielle schlief längst. Wie viel Zeit war vergangen?

»Es gibt viele Gerüchte«, flüsterte Coco.

»Zum Beispiel?«

»Viele Männer sagen, noch heute wird der Befehl kommen, Gepäckballast abzuwerfen. Jeder an Bord soll nur einen Koffer oder eine Tasche behalten dürfen.«

»Und alles Übrige?«

»Soll über Bord«, sagte Coco. »Damit das Schiff leichter wird.«

Sie stellte sich Tausende Koffer, zigtausend Taschen vor, die ins Meer geworfen wurden. Sie konnte es nicht fassen.

Wie selbstverständlich streichelte er ihren Rücken. Sie hatte nur das Unterkleid an – und hatte den Verdacht, was er sagte, sollte sie nur ablenken … dass er nur redete, um sie überall anfassen zu können.

»Außerdem machen Geschichten von dem amerikanischen Milliardär die Runde, der angeblich an Bord ist und den Käpt'n Archibald in seiner Luxuskabine hat einsperren lassen, nachdem er sturzbetrunken randaliert haben soll. Wahnsinn! Aber stell dir vor, noch besser ist, dass dieser stinkreiche Typ angeblich das Schiff gekauft hat. Wirklich! Dass sie ihn und seine Freundin auf dem eigenen Dampfer eingesperrt haben!«

»Glaubst du das?«, fragte sie. »Ein Milliardär auf diesem betagten Kasten? Und warum sollte so einer ausgerechnet die alte *Orion* kaufen? Quatsch.«

»Ich kann dir nur sagen, was die Männer erzählen – natürlich nur die lautesten, die Großmäuler. Aber nicht bloß Passagiere haben das gesagt. Aenide, glaubst du mir nicht?«

»Doch, ich glaube dir«, sagte sie sanft.

»Sie sagen, der Amerikaner hat das Schiff gekauft, damit er es umtaufen kann – weil seine Freundin das möchte.«

»Umtaufen?«

»Weil es früher als deutsches Schiff ›Seeland‹ hieß, soll es jetzt ›Sealand‹ heißen, das möchte seine Freundin. Und dafür hat er – angeblich – Millionen hingeblättert. Millionen! Per telegraphischer Anweisung. Hier von Bord aus.«

Sie spürte seine Hand ihren Rücken hinabwandern, bis zur Taille, zum Steiß, dorthin, wo, wie sie fand, ihr Po begann.

»Deine Hand …«, flüsterte sie. »Du kannst da nicht weiter runter. Okay?«

»Kühl und warm zugleich«, sagte er, »und ganz glatt ist deine Haut. Ich wusste es.«

»Ja. Aber sie ist meine. Compris?«

»Ouai! Klar.« Er streichelte sie weiter, wieder aufwärts, über Wirbelsäule, Schulterblätter, die Achselhöhle. »Hier bist du sehr kalt.«

»Ein ganzes Schiff kaufen«, sagte sie, »bloß wegen des Namens …?«

»Hat wohl zu viel Geld. Die Männer sagen auch, dass die Reederei die Gelegenheit genutzt hat, weil das Schiff ja kaputt ist und bestimmt abgeschleppt werden muss – was eine ganze Stange kosten dürfte. Wenn der Kasten ihm gehört, muss er für alles aufkommen.«

»Kaputt? Was meinst du damit?«

»Darf ich dich küssen?«

»Nein, darfst du nicht.«

»Nirgends? Auch deine Haut nicht? Deine Haare?«

»Keine Chance. Vielleicht mit dem nächsten Wunsch.«

»Und der geht wann in Erfüllung? Nie, oder?«

»Wenn du mir erzählst, was du gesehen und von den Männern gehört hast, dann – vielleicht. Solange dich niemand sieht, denn du gehst gleich zu deiner Koje. Die hat schon Sehnsucht nach dir.«

Er lachte, und sie presste ihm die Hand auf den Mund.

»Abgemacht!«, flüsterte er. »Frag. Was willst du wissen?«

»Was soll an der *Orion* kaputt sein?«

»Ihre Antriebswelle ist wahrscheinlich gebrochen. Dadurch hat sie den Propeller verloren. Ein Ingenieur und ein Heizer sagten das vorhin draußen im Schnee.«

»Die Schraube verloren?« Sofort war sie hellwach. Sie setzte sich auf, sah den halbnackten Jungen neben ihr liegen und sah ihn doch nicht wirklich. Sie wusste auf der Stelle, dass es stimmte – das war des Rätsels Lösung! Alles passte plötzlich zusammen: das Alter des Dampfers, sein zu schnelles Tempo, die Überfrachtung, das immer größere Gewicht der Schneelast und dann, in jener Nacht, das mehrmalige laute Krachen. Bei voller Kraft voraus war die Schraube abgebrochen, gegen Ruder und Bordwand geprallt und schließlich von der Welle gefallen, hinunter ins Dunkel, und ab da hatte Stille geherrscht und war das Schiff immer langsamer geworden, bis es mitten in dem Sturm stilllag.

Die *Orion* würde nicht nach Amerika fahren. Sie fuhr nirgendwohin. Mit mindestens drei starken Schleppschiffen würde man sie in einen Hafen ziehen, wo es ein Trockendock gab und sie repariert werden konnte. Aber das würde Wochen dauern, zumal kein Schleppschiffkapitän, wenn er bei Trost war, bereit wäre, in einem solchen Sturm einen havarierten Ozeanliner mit so vielen Menschen an Bord überhaupt an die Leine zu nehmen.

Während sich Coco aus der Decke schälte und neben sie auf den Kojenrand setzte, sah sie alles vor sich. Ihr Schiff würde evakuiert werden müssen. Danielle, Corentin, Bixby und ihre Eltern, Herr Vanbronck und seine Frau, sie alle, gleichgültig, in welcher Klasse sie reisten, ob sie reich waren oder arm, ob sie Matrosen, Offiziere, Köche, Heizer, Stewards waren oder zu den anderthalbtausend ahnungslosen Passagieren gehörten, würden in Aberdeen, Fraserburgh oder Peterhead, in irgendeinem schottischen Hafen an Land gehen müssen. Und so auch sie selbst. Geplatzt, der amerikanische Traum. Die Reise war zu Ende. Sie war erstaunt, wie wenig es ihr ausmachte.

»Zieh dich an«, flüsterte sie und strich Coco über den Arm. »Du musst rüber. Dürfte bald ziemlich unruhig hier werden. Aber erzähl mir erst noch, was du draußen gesehen hast. War Land in Sicht, ein Schiff, ein Leuchtturm?«

Das Gesicht des Jungen war dicht vor ihrem. Er blickte sie mit diesen so unerklärlich tiefen Augen an, flehentlich, verzweifelt, ehe er sich einen Ruck gab und dem, was er sagen konnte, wieder traute.

»Fast vier Stunden lang war nichts zu sehen, nur Schnee. Es hat so viel geschneit, dass alles, was wir wegschaufelten, sofort wieder vor uns lag. Nur für zwanzig Minuten ungefähr war Pause, da rieselte der Schnee bloß, und wir konnten übers Meer und eine kleine Insel sehen. Wir schippten und schippten, herrlich war das, wir schaufelten, um möglichst viel von dem weißen Mist von Bord zu kriegen, während sich das Schiff um den Anker drehte und ...«

»Warte! Diese Insel – konntest du sehen, ob sie bewohnt ist?«

»Dafür ist sie zu klein. Auch ganz flach. Keine Bäume,

keine Häuser. So eingeschneit sieht sie wie ein Eisberg aus. Aber ein Offizier, ein Ekelpaket, ein fieser salopard, den jeder hasst, der meinte, sie heißt Swona. Und als sich das Schiff im Wind drehte, kam auf der anderen Seite plötzlich noch eine Insel in Sicht, bloß ein paar Meilen weit weg, etwas größer, mit ein paar Häusern drauf und einem Leuchtturm, nur genauso flach, und die heißt Stroma, sagte der Officer, dieser Drecksack. Die Krätze wünsche ich ihm.«

»Geh jetzt«, sagte sie. Das Raunen im Saal nahm zu, viele Leute husteten bellend und heiser, Kindergeschrei und Greinen mehrerer Säuglinge hörte sie, und irgendwo in den Männerreihen ertönten erste Unmutsbekundungen, Rufe, Flüche, die sich nicht länger gegen Mitreisende, sondern die Besatzung richteten.

»Nicht ohne den Kuss, den du mir versprochen hast.«

Sie hörte, wie nebenan Danielle aufstand, die vertrauten Geräusche.

»Komm her«, flüsterte sie, nahm sein Gesicht in beide Hände und küsste ihn auf den Mund, die Lippen zwar fest geschlossen, aber dennoch voller warmem Gefühl, zärtlich und lange, sehr lange, denn unbedingt wollte sie zwischen ihnen etwas Verbindendes schaffen, das sie beide nie vergäßen, auch wenn sie sich vielleicht nie wiedersehen würden.

Coco wurde wieder so rot wie beim ersten Mal, als sie ihn länger angesehen hatte – als trüge er ein Feuermal im Gesicht.

Dann stand er auf, schlüpfte in Hose und Hemd und ging wortlos zwischen den Decken hindurch. Weg war er.

Sie spürte, wie ihr der Kummer in der Kehle aufstieg, lauschte, ob irgendwer das Auftauchen des Jungen kommentierte, doch es blieb alles wie vorher, Raunen, Greinen, Husten, Rufen …

Sie überlegte, wie sie den Inhalt der beiden Reisetaschen in ihren Koffer bekam, überschlug, was sie aussortieren konnte. Sie würde frieren, egal, was passierte, wohin man sie brachte, wo sie am Ende landeten ...

Swona, Stroma. Sie kannte die Namen der beiden Inseln von schottischen Seeleuten, die Kunden ihres Vaters gewesen waren. Es waren zwei der südlichsten Eilande des Orkney-Archipels und lagen im Pentland Firth, der Meerenge zwischen schottischem Festland und der Orkney-Insel Hoy. Swona und Stroma waren die letzten Außenposten der Nordsee. Die *Orion* oder *Sealand*, wie sie von nun an hieß, hatte den Atlantik nicht erreicht – in ihrem Fall großes Glück. Denn jenseits des Archipels lag hohe See, dort hätte das Schiff nirgends mehr Anker werfen können.

Unerwartet traf sie mit voller Wucht der Schock. Alles würde sich ändern, alles anders sein als gedacht, alles, was sie gesagt und in ihren Briefen behauptet, alles, worauf sie seit Monaten hingefiebert hatte, musste sie für null und nichtig erklären.

»Da bin ich wieder«, flüsterte sie traurig. »Hallo, Reg. Hallo, Merce.«

Sie saß da, Tränen rannen ihr übers Gesicht, sie starrte auf die graue Pferdedecke und sah den abgebrochenen Propeller vor sich. Sie konnte sehen, wie die Schraube gegen die Bordwand krachte, wegtrudelte und hinuntersank durch das immer dunklere Wasser. Sie saß da, vermisste Mick, vermisste Coco, vermisste Merce und spürte auf den Schultern das Gespenst des Nichts.

31

DAS ENDE DER ENGE

Heston Girtanner hatte die Fäuste geballt, klopfte dann aber mit dem Zeigerfingerknöchel an die Kabinentür, bevor er einen halben Schritt in den Korridor zurücktrat und zu Boden blickte, auf das Teppichmuster dort, als würden die gelben Ornamente auf weinrotem Grund, gesäumt von einem schwarzen Blumenband, hieroglyphenartig ein noch nicht entziffertes Geheimnis bergen.

»Sir, Girtanner hier, Sir. Ich spreche zu Ihnen als neuer Kapitän Ihres Schiffes. Bitte öffnen Sie, Sir, damit ich Ihnen persönlich mein Bedauern über das Vorgefallene ausdrücken kann.«

Käpt'n Girtanner, sein neuer Zweiter Offizier Deller, Meeks und Shimimura, die vier Männer, die sich, flankiert von den beiden Türposten – zwei jungen, merklich nervösen Matrosen –, vor Robeys Kabine versammelt hatten, warteten auf eine Reaktion, die aber nicht erfolgte. Es war später Mittag, der fünfte Tag der Havarie.

Ein junger Mann, augenblicklich erschrocken, kam aus einer Kabine ein paar Türen weiter und blieb stehen.

»Weg da!«, blaffte Deller ihn an. »Nun mal los, Sie. Weg!«

Auf Girtanners Uniformschulter und deutlicher noch seiner Mütze war das unsauber angenähte Kapitänsabzeichen zu sehen. Das dunkelblaue Jackett schien ihm zu eng zu sein und zog die Ärmel in Falten. Meeks beobachtete den großgewachsenen, rothaarigen und rotbärtigen Mann, der weiterhin in den Flurteppich hineinstarrte. Seine Augen wanderten hin und her, folgten den durch Ranken verbundenen Kelchen und dem zum Korridorhorizont strebenden schwarzen Band.

»Erzählen Sie mal, Buchanan«, sagte Deller. Er wirkte sehr stolz. »Wie lange geht das schon so hier vor dieser Tür?«

Der angesprochene Matrose schluckte. Er schien nicht zu wissen, wem er Meldung erstatten sollte, entschied sich für den Mittelweg, indem er abwechselnd erst Girtanner und dann Deller zunickte, und sagte, unablässig mit dem Kopf ruckend wie eine Taube: »Im Grunde, Sir, seitdem wir hier Posten bezogen haben. Seit fast vier Tagen kein Lebenszeichen von da drinnen, Sir, abgesehen von …« – der Matrose Buchanan fixierte kurz Shimimura – »… außer wenn der Steward das Essen bringt.«

»Wie, dann geht die Tür auf?«, fragte Girtanner.

»Sir, jawohl, Käpt'n.«

»Und dann was? Nun mal raus mit der Sprache, Mann!«

»Der Steward klopft, Sir. Er sagt ›Das Essen, Miss‹, dann geht die Tür auf, gerade so weit, dass er das Tablett hineinreichen kann, Miss Merriweather nimmt es entgegen und schließt wieder zu. Das ist alles, Sir.«

Girtanner konnte es nicht fassen.

Betretenes Schweigen.

»Ein Irrenhaus«, sagte der frischgebackene Kapitän. »Eine schwimmende Bekloppenanstalt.«

Er nahm sich ein Herz – er hatte ja keins –, trat nochmals vor, klopfte und sagte laut, jede seiner Regungen verfolgt von den fünf anderen Männern, insbesondere Meeks: »Sir, gestatten Sie mir bitte eine knappe Erläuterung. Nachdem bekannt wurde, dass die *Orion* in Ihren Besitz übergegangen ist – worüber an Bord einvernehmlich große Genugtuung herrscht –, hat Kapitän Archibald mich zu seinem Nachfolger bestimmt und ist, um die unglückliche Querele mit Ihnen und der jungen Miss gütlich beizulegen, vom Kommando zurückgetreten. Das Schiff, Sir, ankert manövrierunfähig wenige Seemeilen südlich der Orkneys. Wir wissen nicht, weshalb, aber haben den Propeller verloren, ein Taucher hat es festgestellt. Die Reparatur ist einzig in einem dafür ausgerüsteten Hafen möglich.« Er trat näher an die Tür und sagte, als wende er sich an die Tür persönlich: »Sir, ich trage die Verantwortung für über 1900 Menschen. Es schneit pausenlos weiter, sodass wir der zusätzlichen Last und dadurch drohenden Schlagseite nicht mehr lange etwas werden entgegensetzen können. Die meisten der in Räumschichten eingeteilten Männer sind entkräftet, zumal die Vorräte zur Neige gehen und sich kein Hafen in Reichweite imstande sieht, Hilfe zu senden. Aberdeen, Peterhead, Fraserburgh, Inverness – nicht schiffbar. Mein SOS-Ruf wurde zwar gehört, der Funkverkehr aber inzwischen fast überall eingestellt. In dieser Lage erwarte ich mit Verlaub Ihre Order. Sie sind Eigentümer des Schiffes.«

Was Robey betraf, hatte Meeks hellseherische Fähigkeiten. Mit einiger Befriedigung sah er voraus, was folgte – nichts.

Schweigen, Stille.

Lieutenant Deller ergriff das Wort und fragte die Wachposten, ob es sicher sei, dass sich Mr. Robey und Miss Merriweather in der Kabine aufhielten.

»Jawohl, Sir. Lückenlose Bewachung.«

»Die des Balkons ebenso?«

»Stündlich. Völlig eingeschneit, meterhoch, meterdick, Sir.«

»Wann wurde die letzte Mahlzeit reingereicht?«

»Das Frühstück, Sir. Für zwei Personen. Drei Stunden her.«

»Und Alkohol, Buchanan?«, fragte Deller. »Haben die beiden da drin welchen?«

Inzwischen versank auch Meeks im Muster des kaiserdeutschen Korridorteppichs der alten *Seeland*.

Jirō hatte zwar Estelle Robeys Antworttelegramm (*erledigt ++ ist dein schiff ++ e.*) in die Kabine schmuggeln können, nicht aber Gin oder Bourbon, wie von Miss Kristina auf einem Zettel erbeten. Überschlug er, wie viel noch in den Flaschen war, als er sie vor fünf Tagen in dem geheimen Kabinenwandschrank entdeckt hatte, so mussten die beiden ziemlich auf dem Trockenen sitzen – falls Robey nicht die Türposten bestochen hatte … was mehr als wahrscheinlich war, wusste er doch selbst am besten, dass er mehr einem toten als einem lebendigen Menschen glich, wenn er sich nicht spätestens ab dem Vormittag regelmäßig ein Glas Beefeater einverleibte.

Seit vielen Jahren lebte Robey in panischer Angst vor dem in ihm wühlenden Schmerz, mit dem er sich halb besinnungslos und minütlich zorniger konfrontiert sah, sobald nichts mehr zu trinken in Reichweite war. Daher sorgte er umsichtig und höchst erfinderisch stets für ausreichend hochprozentigen Nachschub. Für hundert, wenn nicht 500 Dollar die Flasche, mitten in der Nacht zugesteckt von Miss Krissie, dürften die vor der Tür postierten Männer ohne zu zögern beschafft haben, was verlangt worden war.

»Alkohol, Sir?« Der Matrose Buchanan und sein namenloser Kamerad blickten einander verwundert an und schüttelten den Kopf. Sie taten, als hätten sie das Wort noch nie gehört.

»Steward, Sie sind dran. Nun mal los! Und Sie helfen Ihrem mandeläugigen Kumpan, Meeks«, sagte Girtanner, ohne sie eines Blickes zu würdigen. Er trat zur Seite. »Mit Ihrem Überrumpelungstelegramm haben Sie uns diese Suppe eingebrockt, jetzt löffeln Sie sie auch aus. Sie haben ...« – er blickte auf seine Armbanduhr – « ... fünf Minuten, ehe ich Ihren Privatasiaten ins Meer werfe, eigenhändig, wenn es sein muss.« Girtanner fand das lustig, er grinste, und Deller lachte liebedienerisch mit, anders als die beiden Wachposten, die nicht wussten, wovon die Rede war, und die kassierte Extraheuer um keinen Preis gefährden wollten.

Shimimura trat neben Meeks und legte ihm eine Hand auf den Rücken. Ein sanfter Druck ... Aber Meeks konnte nicht, er konnte sich einfach nicht bewegen.

Er war gelähmt. Bis er verdurstet war, würde er in diesem Korridor stehen, erstarrt, nur noch Hindernis.

Er spürte die lähmende Ohnmacht in sich aufsteigen, die ihn angesichts uniformierten Stumpfsinns schlagartig befiel.

Vor einem, der gar nicht imstande war, eine geistreiche Verteidigung in ihrer Schärfe zu begreifen, fühlte er sich machtlos, alt, hässlich, fehl am Platz, ungeliebt, ungeschützt, nackt, feige. Er wollte fliehen, wurde aber zurückgehalten von der Angst, noch lachhafter zu wirken und am Ende den Glauben an die eigene Lebensberechtigung zu verlieren.

»Komm«, flüsterte Jirō. »Komm, kokoro.«

Girtanner triumphierte: »Ist jemand zu Hause bei Ihnen? Aufwachen, Meeks! Gehorchen Sie, Sie gottverfluchter Hundesohn.«

Binnen Sekunden quälten ihn furchtbarste Zweifel. Mit einem Mal hielt er es für durchaus denkbar, dass Robey auch Jirō bestochen hatte. Wie sehr die Nachricht von Hudsons Tod Meeks verstören würde, wusste Diver. Gut möglich, dass er sich da mit Miss Kristinas Hilfe die überaus trostreiche Unterstützung des jungen Stewards gesichert hatte.

Und wenn schon. War das nicht einerlei? Ihre Tage und Nächte in der Kajüte waren beglückend. Sie wogen ein ganzes vertanes Leben auf.

Herz hieß auf Japanisch »kokoro«.

»Wird's bald?«, sagte Girtanner. »Die Uhr tickt. Für Ihren jungen Freund wie für fast 2000 andere Leute.«

Aber Meeks irrte sich. Er hatte sich immer geirrt, in allem oder fast allem seit beinahe sechs Jahrzehnten, doch nie so sehr wie auf diesem Zauberteppich.

»Und Ihre erst«, sagte Shimimura und trat allein an die Tür. »Sie ahnen gar nicht, Girtanner, wie schnell die Uhr für Sie tickt.« Er klopfte. »Ich schätze, Ihnen bleiben zwölf Minuten.«

»Was hat das Schlitzauge gesagt?«

»Miss Kristina, ich bin's – Shimimura.« Jirō wandte sich um und fixierte den Kapitän. »Wollen Sie ein Kommando erteilen? Es ist Ihr letztes, nehmen Sie Gift darauf. Ich rate Ihnen, bedenken Sie Ihre Worte. Sie werden sie vor Gericht wiederholen müssen. Also, Käpt'n? Ich höre. Beleidigen Sie mich. Greifen Sie mich an. Schlagen Sie mich zu Boden.« Er lächelte.

In Dellers Gesicht stand seine Konfusion. Er sagte: »Nehmen Sie Haltung an, Steward, Sie sprechen mit dem Kapitän!«

»Ich weiß, was Haltung ist, Lieutenant. Sie ist das, was Sie verloren haben, womöglich nie hatten. Da Sie weder auf sich noch andere zu achten in der Lage sind, überlegen Sie sich gut, wem Sie gehorchen, Deller. Denn darum geht es hier.«

Die Tür ging auf. Sogar die Wachmatrosen erschraken.

»Nehmen Sie die zwei Spargellutscher in Arrest«, sagte Girtanner zu ihnen. Aber keiner beachtete ihn. Alle blickten auf die Tür, auf die goldene Ziffer auf dem Türblatt und das Gesicht, das vor ihnen auftauchte.

Als Kris öffnete, sah Robey über ihre nackte Schulter hinweg den aufgeregten Haufen, der schon seit geraumer Zeit vor der Kabinentür randalierte.

»Bryn! Brynny!« Sie flog Meeks in die Arme.

Er wirkte 15 Jahre jünger, war schmal, finster, er sah gut aus und vermied den Blickkontakt.

»Sir, wir sind erleichtert, Sie …«, sagte der Knilch Girtanner und kam auf ihn zu, woraufhin ihm Kris den Weg versperrte.

Sie hatte wenig an, das erhöhte den Respekt der Männer. Mit einem Blick versicherte sie sich seines Einvernehmens.

»A-a-alle draußen bleiben, alle, alle!«, rief sie in der so lustigen wie keinen Widerspruch duldenden Art ihres Vaters. »Nur du darfst rein zu uns, Bryn, und Sie auch, Jirō. Sie sind unser Retter. Alle anderen kusch. Kusch, weg! Sagen Sie ihnen bitte, sie sollen vor der Tür warten, bis wir fertig sind, Jirō.«

Das machte der junge Steward, wobei Robey die Verachtung nicht entging, die beide Offiziere – der vermeintliche neue Kapitän und der vorübergehend beförderte Lieutenant – Shimimura entgegenbrachten.

Er hatte zwei Gin Fizz und drei Bourbon auf Eis getrunken, auch deshalb vielleicht spülte eine Welle Freundlichkeit durch ihn hindurch, als er Bryn ansah und zu ihm sagte, dass es gut sei, ihn wiederzuhaben. Es war der Moment – und das wusste nur er –, der für ihn alles, was in den letzten Tagen geschehen war, aufhob, ihre Trennung, seine Selbstzweifel, seine Wut auf Bryn, weil er sich von ihm im Stich gelassen fühlte, die Langeweile, die ihn ohne Kristina umgebracht hätte, und das so fade kleine Gefühl einer Genugtuung, als Estelles Bestätigungstelegramm kam. Alles gleichgültig. Alles war gut, weil er Meeks wiederhatte.

Endlich ging die Tür zu und waren sie unter sich. Bryn wirkte verloren, als er da vor dem Bett stand. Es war seltsam, ihn ohne Anzug zu sehen. Er trug eine leichte Hose, einen grünen Pullover und eine Joppe, die ihm etwas zu groß war. Robey fühlte sich ihm verbunden wie nie zuvor.

Meeks dagegen war ihre Entfremdung unerträglich. Hier stand er – im selben Raum wie vor fünf Tagen, als er Estelles Nachricht von Hudsons Tod entdeckte. Er sah Diver in dem Sessel sitzen wie auf einem weißen Thron, sah ihn lächeln wie einen Schneekönig, sah Kristallgläser und Beefeater-Flaschen auf dem miesen Tischchen vor der miesen Couch.

Was ihn am meisten erschütterte, war das Licht in der Kabine, eine künstliche Dämmerung, hervorgerufen durch den in ganzer Höhe zugeschneiten Balkon und die unter Schneewehen versunkenen Bullaugen, in deren Mitte, wie drei trübe Augen, je ein Loch freigekratzt war, durch das man das Meer sah, eigentlich aber bloß den Schnee über der See, denn vor lauter Schnee sah man vom Meer nach wie vor nichts.

Alles, was er sah hier, machte ihn wütend. Das ungemachte Bett, die Flaschenbatterie, die über Sessel, Couch, Bett verstreute Kleidung, Robeys Notizblock voller Jahre und Jahrzehnte alter Zeichnungen von Flugmaschinenflügeln, Flugzeugrümpfen, Flugstrecken, die zu nichts als sinnlosen Schiffs- und Bahnreisen, nichts als versoffenen Tagen und Nächten geführt hatten. Und inmitten von allem saß er seelenruhig da, dieser Kerl, den er kannte, seit er mit einem Schrei nach Gin aus der toten Mutter geholt worden war, und den er hatte groß werden, ein Mann werden, verloren gehen, sich wieder fangen sehen – und was er fühlte, als er Diver so vor sich sah, so elend, so eingesperrt, so verblüfft, sich tatsächlich befreit zu haben, befreit nur mittels einer horrenden Summe und seiner ewigen Unverfrorenheit, war nichts, abgesehen von der Erleichterung, dass er wohlauf schien.

Miss Kristina wirkte unverändert, ein Wunder. Sie war völlig aufgekratzt, freute sich unbändig über die zurückeroberte Freiheit. Sie verkündete, sich in Schale zu werfen. Kleider segelten durch die Kabine.

»Mein Schiff!«, piepte sie. »Mein Schiff, mein Schiff. Ich gucke mir mein Schiff jetzt an. Brynny! Mein Schiff!«

Hatte er ihr tatsächlich die *Sealand* geschenkt? Bloß den Namen oder den ganzen Dampfer?

»Schön, Sie so ausgelassen zu sehen, Miss«, sagte Meeks steif, trocken, verunsichert. Er stand neben sich, er träumte.

Jirō begann für Ordnung zu sorgen. Er zog das Bett ab, trug die Wäsche zur Tür, räumte die leeren Flaschen und benutzten Gläser zusammen, trug auch sie in den kleinen Flur. Nein, Durst hatten die beiden wohl nicht gelitten.

»Was soll nun werden?«, fragte Meeks.

»Danke, dass du fragst!«, erwiderte Robey. »Dachte schon, du redest nicht mehr mit mir.«

»Sie hätten mich von dem Telegramm in Kenntnis setzen sollen, das Estelle Ihnen nach Portsmouth geschickt hat.«

»Was stand da drin?«, fragte Miss Krissie aus dem Badezimmer, wo sie sich umzog, frisierte und schminkte.

»Der da weiß es«, sagte Meeks. »Mit etwas Glück wird er es Ihnen irgendwann erzählen.«

»Ich werde es dir später erzählen, Sonnenschein«, rief ihr Robey zu. Zu Meeks sagte er leise: »Ich wollte dir nur diesen Kummer ersparen, Bryn! Himmel! Diesen Kummer!«

»Wie lange denn? Bis zum Hoboken-Kai? Sollte mir Estelle erst in Ventura erzählen, dass Hudson ertrunken ist?« Seine Stimme versagte. Er wollte nicht mehr flüstern, sondern brüllen. »Sie lügen, Diver! Sie haben das Telegramm einfach vergessen. Sie haben im Suff vergessen, dass dieses Mädchen gestorben ist. Sie wissen, was sie mir bedeutet hat. Sie haben es vergessen.«

Robey wartete, bis Shimimura die Tür öffnete, um einem der Matrosen Schmutzwäsche, Flaschen und Geschirr zu übergeben. Um sicherzugehen, dass Bryn und er allein waren, rief er: »Sind diese zwei Uniformierten noch da?«

»Stehen im Korridor und warten, Mr. Robey«, rief Shimimura von draußen herein.

»Sollen sie.« Er stand aus dem Sessel auf, reckte sich und trat zu Meeks. Dicht vor ihm blieb er stehen. Er merkte, wie ihm das Blut durchs Herz rannte, wie es ihm durch die wild pochenden Schläfen in den Kopf rauschte.

»Tut mir leid, Bryn. Du hast recht – ich habe es vergessen, unverzeihlich. Lass es mich wiedergutmachen. Lass uns bald darüber reden, wie.« Er meinte das so, und er versuchte, Bryn das zu verdeutlichen, indem er seine Hand nahm und sie festhielt. »Es war ein Filmriss, ein Blackout, keine Absicht, bestimmt nicht, und es wird nicht wieder vorkommen. Ich muss jetzt dafür sorgen, dass hier nicht alles zum Teufel geht – das habe ich Kris versprochen, und ich will sie nicht enttäuschen. Kannst du mir dabei helfen, alter Freund?«

»Ja«, sagte Meeks, der völlig verdattert war. Er konnte nicht glauben, wie zerstört Diver auf einmal wirkte. Zerstört und doch zugleich freundlich, ja innig, vielleicht zum ersten Mal, vielleicht gerade deshalb. Aber genau das entsetzte ihn.

»Gut. Das ist gut«, erwiderte Robey. Er ließ Bryns Hand los. »Aber erst ... muss ich was trinken. Ist doch ein schwimmendes Hotel hier, oder nicht?« Er lachte mit gefletschten Zähnen. »Krissie-Liebste!«, rief er. »Bist du so weit?« Er schenkte sich Gin ein und spritzte Wasser in das Glas.

Dann setzte er sich zurück in den Sessel und versank in selige Benommenheit.

Sie kam hereingesegelt und drehte sich vor Meeks, um sich von allen Seiten begutachten zu lassen. »Na? Ist Putzi ausgehfertig? O ja, das ist sie!« Dann bemerkte sie Diver in seinem Ginsessel, flatterte seitlich an ihm vorbei und hatte, wie durch einen Zaubertrick, sein Glas in der Hand. Es war leer.

Sie drückte es Meeks vor den Bauch. »Verschwinden lassen!«, flüsterte sie. »Nein, nein«, sagte sie laut. »Da ist jetzt gar nichts mehr in der Flasche, Daddio. Wir haben noch so viel zu tun! Steh bitte auf und leg dich etwas hin. Da, auf das Bett. Ich komme gleich zu dir. Hilfst du mir mit dem Schatz, Brynny?«

Gemeinsam wuchteten sie Robey aus dem Sessel hoch, und als Jirō dazukam, half er mit, den großen, völlig willenlosen Körper hinüber auf das unbezogene Bett zu verfrachten.

»Bin so müde, Liebling«, brummelte Robey. »Kommst du mit in unser Bett?«

»Ja, mein Herz, ich muss mich nur kurz um die Leute hier kümmern, aber gleich bin ich bei dir. Jetzt mach die Augen zu. Guck, Bryn hat eine Decke für dich, die ist warm.« Sie beugte sich mit zitternden Lippen zu ihm hinunter und küsste ihn auf ein geschlossenes Auge.

Dann richtete sie sich auf. Sie war vollendet frisiert und geschminkt und trug ein lavendelblaues, ärmelloses Kleid, das bei jeder Bewegung leise knisterte, wie ein Strauch, in den der Wind fährt. Sie stemmte die Hände in die Hüften und blickte die beiden Männer an, erst Meeks, dann Shimimura.

»Ja«, sagte sie außer Atem. »So ist es jetzt. Wir müssen ihm helfen, aber bis wir das können, heißt es durchhalten. Räumen Sie bitte im Flur den Gin und Bourbon aus dem Schrank, Jirō, am besten, Sie bringen die Flaschen ganz raus.«

»Mache ich, Miss.« Shimimura deckte Robey zu, zog ihm die Schuhe aus, deckte auch die Füße zu.

Eine Weile standen sie unschlüssig vor dem Bett.

Meeks nahm Jirōs Hand, wie Robey ein paar Minuten zuvor seine genommen und festgehalten hatte.

»Dann los«, sagte Miss Kristina.

Sie traten zu dritt in den Korridor, für Miss Krissie das erste Mal seit ihrer Internierung. Die Wachmatrosen waren verschwunden, Heston Girtanner und Douglas Deller aber warteten, und als sie Meeks, Miss Kristina und Shimimura auf sich zukommen sahen, lösten sie sich von der Flurwand, an die sie sich gelehnt hatten, wechselten einen vielsagenden Blick und nahmen Haltung an.

»Miss!«, sagte Girtanner laut. Er war bester Stimmung, wie ausgewechselt. »Schön, Sie so wohlbehalten und munter wiederzusehen. Ich hoffe, auch Mr. Robey geht es gut?«

Deller nahm die Mütze ab und verbeugte sich so tief, dass man zur Gänze seinen blitzenden Scheitelstrich sah. Anders als sein Vorgesetzter war er ein vollendeter Speichellecker und würde es fraglos noch weit bringen.

Die beiden großgewachsenen Männer in dunklen Uniformen behandelten Shimimura und ihn wie Luft, und Miss Kristina nahm das zwar zur Kenntnis, ließ sich davon jedoch nicht irritieren. Sie trug, wie Meeks erst jetzt bemerkte, ein winziges Handtäschchen über der Schulter, dessen Riemen nicht aus Leder war, sondern aus einem verchromten, schmalen Kettchen bestand. An diesem Mitführbehältnis, das tatsächlich kaum größer war als ihre Hand, nestelte sie herum, während sie hibbelig von einem Fuß auf den anderen trat, bekam das Ding aber nicht auf.

»Wie heißen Sie doch gleich?«, fragte sie Deller. »Mister…«

»Lieutenant Deller, Miss. Douglas.«

»Mögen Sie mir zur Hand gehen, Douglas? Ich bin so ungeschickt.« Sie hielt ihm das Täschchen hin, ohne dass ihr die funkelnde Kette dabei von der Schulter rutschte. Die Tasche war tief dunkelblau, fast wie Dellers Uniform.

»Wenn Sie erlauben…« Er befühlte den Verschluss. Es dauerte keine zwei Sekunden, und – klack! – das Täschchen sprang auf.

»Ach, Sie sind ein Schatz! Seit über einer Stunde versuche ich das! Gucken Sie, hier, das nämlich versucht sich darin zu verstecken! Pech gehabt, Zettel.« Sie strahlte.

Ein mehrfach gefaltetes Blatt kam zum Vorschein, das

breitete sie auseinander – ein Blatt, sah Meeks, von Robeys Notizblock mit dessen Initialen am oberen Rand: »DR«.

»Können Sie das bitte vorlesen, Bryn? Diver hat eine fürchterliche Handschrift, eine richtige Klaue.« Sie reichte ihm das herausgerissene Blatt.

»Bei allem Respekt, Miss. Sie wollen uns jetzt einen Wisch vorlesen, der über das Schicksal aller hier an Bord befindlichen Menschen entscheidet?«, fragte Girtanner. Er zog eine angewiderte Grimasse. »Ich denke, Duck, Sie und ich, wir gehen an unsere Arbeit und kümmern uns um Wichtigeres als solche Kinkerlitzchen. Abmarsch.«

Meeks spürte, mit welcher Macht sein Zorn auf diesen offenbar empfindungslosen Hünen zurückkehrte, doch auch die eigene Feigheit fühlte er, seine Übervorsicht und die Unfähigkeit, über den eigenen Schatten zu springen. Er war ja selbst der größte Lakai von allen hier.

»Sie gehen nirgendwohin«, sagte Shimimura ruhig. »Nehmen Sie Haltung an und zeigen Sie endlich den nötigen Respekt, Girtanner. Ich habe es Ihnen gesagt: Ihr Kommando ist abgelaufen. Sie gehorchen Miss Merriweather, der dieses Schiff gehört. Vors Seegericht kommen Sie sowieso.«

Girtanner machte eine mächtigen Schritt auf Jirō zu, er hob jedoch nicht die Arme dabei. »Was unterstehst du dich, Japse? Weißt du, wer ich bin? Ich …«

»Brüllen Sie nur«, erwiderte Shimimura lächelnd. »Sie lachhafte Ausgeburt eines verkommenen Menschen.«

»Girtanner! Girtanner, Girtanner«, fiel Miss Kristina unaufgeregt, beinahe sanft, den beiden ins Wort. »Hören Sie zu, bitte. Ich möchte Ihnen etwas sagen.«

Sie trat einen Schritt vor und … machte etwas Unerhörtes: Dicht vor ihm stehend, zwei Köpfe kleiner als der uniformierte Lulatsch mit seinem leuchtend roten Bart, blickte sie ihm fest in die Augen. Dann nahm sie Girtanners Hand und hielt sie fest, hielt sie, wie Robey seine und er selbst Jirōs Hand festgehalten hatte.

Er überflog den Zettel. In Divers Handschrift waren sechs Punkte darauf aufgelistet, der erste lautete: »Das Schiff öffnen. Klassen und Decks.«

Der zweite: »Freiwilliges Schneeräumen – Männer, Frauen. Alte, Kinder. Freiwillige Schichtdauer.«

Miss Kristina sagte ruhig: »Sie sind so ein besonderer Mann, Mr. Girtanner – Heston, stimmt's? Sie sind groß, haben breite Schultern, schöne Hände, und Ihre Augen, die sind immer wach und dabei immer traurig. Warum nur sind Sie so ein hartherziger, fieser Brocken, so ein Ekel? Wer hat Ihnen das angetan, Heston? Schauen Sie: mein Vater. Haben Sie von ihm gehört? Earl Merriweather III., langjähriger Richter am Supreme Court in Washington, ein wirklich gerechter Mann. Doch ab und zu, da packt ihn der Teufel, dann poltert er los, und wehe dem, der ihm da in die Quere kommt. Mein Vater hat sich sogar schon mit Bäumen angelegt, glauben Sie mir das. Wollen Sie mir jetzt bitte zuhören?«

Girtanner war gegen diese bezaubernde Sanftmut machtlos. In seinem Gesicht war zu sehen, wie sich die in Sprache, Haltung und Kleidung gezwängte Ehre zurückverwandelte in eine trübselige Angst vor Schwäche und Erniedrigung. Er erwiderte nichts, aber sein Schweigen beinhaltete bereits das Eingeständnis, sich einer viel durchsetzungsmächtigeren Gewalt gegenüberzusehen. Und sie verblüffte ihn über alle Maßen, diese Urgewalt, die eine Ungewalt war. Noch immer hielt Miss Kristina seine Hand.

»Ich habe noch nie ein Schiff besessen«, sagte sie. »Mr. Robey hat mir die *Orion* geschenkt, und schon deshalb – weil Diver mir viel bedeutet, als Mensch, als Freund und als der Mann, den ich liebe, seit ich ein Backfisch war – werde ich so ein großes Geschenk nicht wegwerfen. Wir haben ein paar Ideen notiert, wie wir Passagiere und Besatzung wohlbehalten an Land bekommen und wie wir auch das Schiff retten können, selbst in einem so unwirklichen Schneesturm. Ich werde mich jetzt um Mr. Robey kümmern. Ihnen beiden, Chief Officer Girtanner und Lieutenant Deller, wird Mr. Meeks auseinandersetzen, was nun geschehen soll.« Sie ließ Girtanners Hand los und legte ihm in Höhe ihres Gesichts eine Hand flach auf die Brust. Unerschütterlich in der Freundlichkeit, mit der sie den Zweimetermann bezwungen hatte, blickte sie zu Heston Girtanner hinauf. »Die Entscheidung Käpt'n Archibalds, in der jetzigen Lage von seinem Kommando zurückzutreten, kann ich nicht akzeptieren«, sagte sie, und da hörte Meeks tatsächlich ihren Vater Earl reden. »Sie, Douglas, überbringen Mr. Archibald meine und Mr. Robeys Order, auf die Brücke zurückzukehren und unverzüglich in die Wege zu leiten, wovon Sie Mr. Meeks sogleich in Kenntnis setzen wird. Heston, Sie verbitterter Grobian, wollen Sie so gut sein und das tun? Würden Sie bitte Mr. Meeks und Mr. Shimimura als meine Sprachrohre betrachten?«

Deller begriff augenblicklich, welche Stunde geschlagen hatte, und wechselte mit wehenden Fahnen die Seiten. »Aye-aye!« Er nahm Haltung an. »Werde dem Käpt'n Ihre Order melden, Miss.«

Heston Girtanner war allein – wahrscheinlich schon immer. Seine geröteten Augen spiegelten die Fassungslosigkeit, die in seinem Innern um sich griff. Er fixierte seinen Zweiten Offizier, der ihn im Stich ließ, um die eigene Haut zu retten, dann fixierte sein müder Blick kurz Jirō, der ihm ein unergründliches Rätsel schien, ehe er mit dem letzten Rest der Verächtlichkeit, die ihn zu Fall gebracht hatte, Meeks ansah, dem bei diesem Blick schauderte.

Erst dann sagte er, wobei er sich streckte, vor Miss Kristina Haltung annahm und ihr fest in die Augen blickte: »Sie sind Eigentümerin der *Sealand*, Miss. Zu Befehl!«

Auch wenn ihm Jirō nicht von der Seite wich, waren die Minuten allein mit Girtanner und Deller für Meeks die schwierigsten fünf Minuten seines Lebens, seit der Dampfsegler, auf dem er vor genau 50 Jahren mit seiner Mutter in die Neue Welt aufgebrochen war, mitten auf dem Atlantik in Brand geriet und evakuiert werden musste. Als er damals auf der *Isar* seine Mutter aus den Augen verlor, konnte er in dem Beiboot, das ihn zu einem zu Hilfe geeilten Frachter übersetzte, nur noch hoffen, dass man auch sie rettete. Zum ersten Mal seit langer Zeit sah er das Schiff wieder vor sich, brennend und qualmend im Sonnenschein über dem kaum bewegten Meer. Die innere Enge, die Panik, das bis an die Grenzen der Verzweiflung gesteigerte Hoffen waren dieselben, als er jetzt vor den beiden Offizieren stand, nur Robeys Zettel in der Hand und heilfroh, dass Miss Kristina, als sie gegangen war, ihm versichert hatte, die Kabinentür offen zu lassen, sodass sie ihm würde beispringen können, falls der Chief Officer die erteilten Anweisungen in den Wind schlage.

Höher, als die *Isar* lang war, loderten die Flammen in den Himmel. Das Schlimmste aber war seine Vorstellung von dem Schiff gewesen, das aufgegeben, menschenleer übers

Meer trieb und brannte, bald glühte, bis es an irgendeiner Stelle schmolz und, von einbrechendem Wasser zum Kentern gebracht, irgendwo unterging, mutterseelenallein, fern von irgendjemandem, der das furchtbare Schauspiel wenigstens hätte mitansehen können.

»Komm, fang an«, sagte Jirō neben ihm. »Lies einfach vor, was da steht.« Und leise, unhörbar für die anderen, fügte er an: »Mach, Liebster.«

Er hätte auch das am liebsten Shimimura machen lassen, doch weil er sich für seine Ohnmacht schämte, bezwang er sich und las vor: »1. Das Schiff öffnen, Klassen und Decks, damit alle verköstigt werden. Schlafplätze bleiben. – 2. Freiwilliges Schneeräumen. Männer, Frauen, Alte, Kinder. Freiwillige Schichtdauer. – 3. Abzuwerfender Ballast aus Mobiliar und entbehrlicher Ausrüstung sowie Fracht (Automobile, Tresore, der ganze Kokolores). Kein Gepäck! Die Leute behalten ihre Sachen. – ZUM GELD: 4. Belohnung für jede Hilfe. Wer kocht, pflegt, Schnee räumt, Ballast entsorgt, für Ruhe sorgt (und Unterhaltung! Gute Stimmung!) usf., erhält einen Scheck über 10 000 Dollar, auszahlbar bei Anlanden. – 5. Funknotrufe an alle erreichbaren Häfen und Schiffe. Jeder Schiffsführer erhält pro 100 Leuten, die er wohlbehalten an Land bringt, 100 000 Dollar für seine Besatzung und sich. – 6. Den Namen unseres Dampfers in Papieren, an Bug und Heck abändern. Kommandant der ›Sealand‹ bleibt Kapitän John Archibald.«

»Diese Maßnahmen ändern nichts an der größten Gefahr, dem Zerreißen der Ankerkette bei neuerlichem Sturm«, sagte Girtanner auf der Stelle. »Sie glauben, mit Geld die Leute ruhigstellen zu können? Aufruhr wird die Folge sein. Neid, Missgunst, Mord und Totschlag.«

»Befolgen Sie Ihre Anweisungen, Girtanner«, sagte Shimimura ungerührt. »Die Leute werden von uns in Kenntnis gesetzt. Sorgen Sie dafür, dass Ballast abgeworfen wird und der Funker Notrufe absetzt. Das Schiff wird leichter werden, und Hilfe wird kommen. Das Wichtigste ist die Verfassung der Menschen. Auf Ansporn, Hoffnung, neuen Mut kommt es an, darauf, wie wir das erreichen.«

»Sie haben keinerlei Erfahrung«, sagte Girtanner.

»Und Sie haben kein Herz«, sagte Jirō. »Befolgen Sie die Order, oder Sie werden halbstündlich um einen Rang degradiert, bis zum Kesselflicker.«

Ausgerechnet Deller gab mit zwei Sätzen den Ausschlag. »Versuchen müssen wir's«, sagte er. »Sir! Haben wir eine Wahl?«

Als die beiden gegangen waren – getrennt, da es Girtanner vorzog, über die eingeschneiten, nur hier und da freigeräumten Außendeckniedergänge zu den Offiziersunterkünften hinunterzugelangen, um dort Archibald neu zu inthronisieren –, blieb Meeks mit Jirō vor Robeys Kabinentür stehen und spürte dort das Wiederaufflammen all der Empfindungen, denen er sich seit Stunden gegenübersah. Das Mitleid, das er für Deller empfand. Girtanners Ignoranz und sein eigenes Staunen über die Unbeugsamkeit des Mannes. Seine Bewunderung und sein Zartgefühl für Miss Kristina. Jirōs Halt, Jirōs Glaube an ihre junge Liebe. Seine Sorge um Diver, die alles überschattete, selbst Irischas Tod.

»Komm nach, wenn du magst, kokoro«, sagte Jirō zum Abschied. »Oder komm mit raus an Deck, ein bisschen Schnee räumen!« Er lächelte, und sie küssten sich in dem Korridor, wo niemand war und niemand mehr sich verwundert zeigte angesichts der endlos in die Ferne strebenden Blüten.

Er sah ihm lange nach. Dabei überkam ihn ein Gefühl, als würde er sein Glück davongehen sehen. Und auch deshalb war er glücklich, selig fast, als sich Jirō weit, weit hinten, beinahe am Korridorende, noch einmal umdrehte und ihm zuwinkte.

Dann ging er hinein.

Er trat leise durch den dunklen Flur, dann in das große Zimmer, in dessen Mitte fahlweiß in dem durch die Bullaugenauskratzungen hereinfallenden Halblicht das Bett stand. Er trat an die Seite, auf der sie eine Stunde zuvor gemeinsam Robey hingelegt hatten, und er erschrak, als er genau dort, wo er es vermutete, Divers Gesicht gewahrte, der ihn anblickte und dabei lächelte.

»Schsch«, machte er. »Sie ist endlich eingeschlafen!«

Robey kam etwas hoch, damit Meeks ihn besser sah und zwischen Laken und Kissen auch Krissies Kopf erkennen konnte. »Und?«, fragte er. »Sie hat es gut gemacht, oder?«

»Sie war ganz wundervoll«, sagte Meeks.

»Sie ist mein Engel. Aber«, flüsterte er und winkte Meeks näher zu sich, damit der sich zu ihm herabbeugte, »sie hat den ganzen Fusel weggeschafft, alter Freund. Also, wie findest du das?«

Er wartete auf Meeks' Antwort, aber die kam nicht. Er wartete darauf, dass sein Helfer losging, um ihm von irgendwo, aus irgendeiner Bar in der Stadt, eine Flasche zu holen. Er wartete, aber nichts geschah. Der alte Brynnybryn regte sich nicht. Also wartete er weiter. Er überlegte, ob er das *Zero Trocadero* kaufen sollte. Himmel! Er wartete, dass endlich das Glas kam. Das Klingeln. Das Klingeling der Eiswürfel. Das Ende der Beklemmung. Das Ende seiner Schuld. Das Ende der Enge.

32

REISEVORBEREITUNGEN ZUR GEISTERSTUNDE

17 Wörter reichten aus, um die ganze Familie Blackboro binnen einer Viertelstunde in helle Panik zu versetzen. Nicht ahnend, was er anrichtete, brachte der Bote ein Telegramm nach Pillgwenlly, wo Gwendolyn es entgegennahm. Kommentarlos gab sie es Regyn, die ohne zu zögern und ebenso wortlos zum Wandtelephon in der Diele ging. Um keine Ehekrise zu riskieren, beschloss sie, zuerst Bakie anzurufen, der mit dem Motorrad – der Geißel ihres Alltags – einen Geschäftskunden in Nant-y-glo im Ebbw-Tal besuchte, ehe sie Dafydd in seiner Werkstatt in Somerton in Kenntnis setzte. Sie war außer sich und konnte kaum sprechen. Intuitiv ahnte sie wohl, wie groß nach Ennids Verschwinden die Gefahr war, dass Merce sich in einer Kurzschlussreaktion von Neuem in ein Himmelfahrtskommando stürzte und Bakie womöglich mit sich riss. Dafydd beruhigte sie, war allerdings selbst augenblicklich alarmiert. Er rief in Newport an und las ihrem Vater, der an diesem Tag seinen Wochenrundgang durch das Kontor unternahm, das mitgeschriebene Telegramm vor, damit der seinem Jüngsten keine Fluchtchance ließ.

Doch wie sich zeigte, war Bakewell schneller. Er rief Merce so umgehend aus Nant-y-glo an, dass es an Zauberei grenzte.

Die 17 oder fast 17 Wörter des Telegramms lauteten:

treffe crean übermorgen mittag ++
barmouth ++ hotel the tilman ++
stoßen sie und bakewell dazu ++
und keine ausreden ++ sh.

Wofür »sh.« stand, war allen auf der Stelle klar.

Jeder wusste oder glaubte zu wissen – sie lasen es jede Woche im *Echo*, im *Tatler*, sahen es in den Wochenschauen im CCC und standen staunend im Schneegestöber vor den Plakaten an den Plakatsäulen –, dass Shackleton auf Vortragsreise war. Mit seinem Bericht von den Erlebnissen an Bord der *Endurance*, in der Antarktis und auf den Gletschern von Südgeorgien tourte er durch Irland und das Königreich. Doch ebenso wusste jeder, dass »der Boss« neue Pläne schmiedete. Worum es dabei ging, war niemandem bekannt, abgesehen vielleicht von Tom Crean, der es jedoch wie das allermeiste für sich behielt. Gemunkelt wurde viel, und immer wieder hieß es, der wahre Grund für Shackletons ausgedehnte Vortragsreisen sei, damit das Geld für eine künftige, noch viel abenteuerlichere Expedition aufzutreiben.

Daher die helle Aufregung, die wie ein Waldbrand im August von der Mutter auf die Schwester, von ihr auf den Bruder und von da weiter auf den Vater übergriff. Außenstehende, Geschäftspartner, Kunden oder Lieferanten merkten Emyr keine innere Unruhe an, doch wer ihn kannte wie ein Sohn seinen Vater oder Miss Nettleship ihren Chef, sah in seinen Augenwinkeln ein zuckendes Flackern, das dort sonst nicht war.

Mit diesem winzigen Lodern im Blick stand er in der Tür.

»Ein Telegramm für dich, mein Sohn.«

»Danke. Weiß schon davon.«

»Ah? Gut. Bitte unternimm nichts, ohne zuvor mit mir zu reden. Kannst du mir das schriftlich geben?«

Merce lächelte und nickte, und sein Vater ging wieder.

Im Grunde war es nur dieses Flackern und Zucken in den Augen seines Vaters, weswegen er noch immer hier war.

Seit Bakewells Anruf saß er am Fenster seines Kontorausgucks und ließ den Blick über die weißen Ufer des Usk schweifen, die von dicken Schneehauben bedeckten Dächer der benachbarten Neubauten und noch immer mannshoch von Schneewänden gesäumten Hafenstraßen. In voller Länge überblickte er die alte Verladegasse der abgetragenen Docks. Von Kufen und Reifen platt gewalzt, führte die weiße Fahrbahn zwischen verrammelten Lagerhallen und stehen gelassenen Gefährten am Wasser entlang. Seit anderthalb Tagen hatte der Sturm so weit nachgelassen, dass man sich wieder ins Freie wagen konnte. Es schneite noch immer, aber die Welt war nicht mehr nur weiß.

Vom Usk zogen blasslila Schatten herein, und jenseits der Kastellruine war am Himmel sogar ein rosiger Schimmer zu sehen. Seit Tagen irritierte ihn eine doppelte Reihe großer dunkler Kappen in regelmäßigen Abständen zu beiden Seiten der Hafenstraße, ohne dass er darauf kam, woraus sie bestanden, wer die grauen Dinger in den Schnee gelegt hatte und zu welchem Zweck sie die alte Gasse flankierten. Jetzt aber, obschon sich nichts Entscheidendes verändert hatte, wurde ihm klar, dass das, was er für Kappen oder Teller hielt, die Scheitel der Mattglaskugeln sein mussten, die ganz zuoberst, in drei Metern Höhe, auf den Gaslaternen saßen. Die Lampen hatten massive Konsolen, gusseiserne Pfähle, waren bereits seit Jahren außer Betrieb, aber nie abmontiert worden. Nun steckten sie in ganzer Länge im Schnee.

Er ahnte natürlich, wieso Shackleton nach Bakewell und ihm rief. Der alternde Nationalheld hatte einsehen müssen und war darin bestimmt von so manchem früheren Mitstreiter bestärkt worden, dass ihre Euphorie von 1914, mit der sie ins Eis aufgebrochen waren, auch eine kriegerische gewesen war.

Doch die Zeiten hatten sich geändert und die Leute fürs Erste genug von Heldenmut, Heldentat, Heldentod. Ihm fiel ein Ausspruch Amundsens ein, der in der *Times* zu lesen gewesen war: Als Scott nicht nur das Rennen zum Südpol, sondern auf dem Rückweg genauso wie seine vier Begleiter sein Leben verlor, kommentierte dies der angeblich in der Badewanne liegende Roald Amundsen mit den Worten: »Damit hat er gewonnen.«

Denn natürlich hatten sich nicht nur diese Eisheiligen, sondern alle, die sie begleitet und unterstützt hatten, mit dem Tod messen wollen. Eben davon hatten die Leute genug. Sie wollten Helden, wie immer – jedoch bis auf Weiteres bitte Helden des Aufbaus, der Reformen, der Unterhaltung, des Sports.

Von den Urgesteinen des vermeintlich heroischen Zeitalters war außer Amundsen, Nansen und Shackleton keiner mehr am Leben, und bloß ihren allmählich verblassenden Ruhm verwalten und sich aufs Altenteil zurückziehen, das vermochten solche arktischen und antarktischen Entdeckergroßmeister nicht.

Nansen ging in die Politik und zum Völkerbund.

Amundsen suchte sein Heil in den Lüften. Für ihn lag die Zukunft von Entdeckung und Erforschung in der Luftfahrt.

Shackleton wollte es noch mal wissen. Darum ging es. Von der alten Crew wollte er so viele wie möglich um sich scharen, damit es noch einmal so wäre wie vor dem Krieg, damit nicht alles umsonst war, damit die Zeit nicht so mir nichts, dir nichts über die 635 Tage im Eis hinwegging, die sie dort mit dem Tod gerungen hatten – damit ein Zeichen gesetzt wurde gegen die Vergeblichkeit, gegen das erbarmungslose Verstreichen der Zeit.

Was das mit ihm zu tun hatte und was mit seinem Alltag, der ein so ganz anderer geworden war, wusste er nicht. Er fand es unmöglich, ohne Ennid zu leben, lebte aber weiter und begriff nicht, wieso. Es gelang ihm nicht, von dem Ausguck, an dem er saß, auf Vergangenes, Gegenwärtiges und Künftiges zu schließen, wie es sich gehörte – auf ein Fenster, das zu einem Kontor gehörte, auf ein Kontor, das zu einem der ältesten Newporter Betriebe gehörte, auf einen Betrieb, der seinem Vater gehörte, auf einen 70-jährigen Vater, für dessen Nachfolger es sich nicht gehörte, vom ihm vorgezeichneten Weg abzuweichen.

Er vermisste Ennid in allem, was er sah. Ihr Brief, den ihm Mari zu lesen gab und der ihn tatsächlich mit keiner Silbe erwähnte, besiegelte nur seine Verzweiflung. Seine Geschwister hatten es vorausgesehen, und sie hatten recht behalten.

Zum ersten Mal seit Langem kamen ihm Tränen, und ausgerechnet in diesem Moment klopfte es und stand erneut sein Vater in der Tür, der immer schon die Gedanken seines Jüngsten hatte lesen können. Emyr Blackboro blickte im Raum umher, vergewisserte sich, dass niemand außer ihnen anwesend war, und kam hereingetippelt. Eine Weile redeten sie über das Wetter, über Firmenbelange, den vor wenigen Tagen abgeschlossenen Kontrakt mit den Frazers, der jeden in der Familie stumm vor Erstaunen gemacht hatte, und schließlich über Merce' Mutter. Sie habe dreimal angerufen, sei in größter Sorge. Das Flackern in den Augenwinkeln seines Vaters war merkwürdigerweise verschwunden.

Er stellte sich neben ihn. Merce rückte auf dem Fensterbrett ein Stück beiseite. Gemeinsam blickten sie wortlos hinaus.

Auf der Hafenstraße zockelte ein Fuhrwerk vorbei, dessen Pony einen großen Schlitten zog. Außer dem Kutscher saß kein Mensch darin. Emyr legte die Hand an die Scheibe und begann, mit den Fingerkuppen eine kleine Melodie zu klopfen, und Merce fiel auf, dass unten auf der Straße das Pony in genau diesem Klopfrhythmus durch den Schnee trabte, lautlos, drei Meter über dem Erdboden. Er dachte an ihr eigenes Pony Alfonso, das schon lange tot war. Und er dachte noch einmal an Scott ... daran, dass er gelesen hatte, Scott sei gescheitert, weil er auf dem Weg zum Pol auf Ponys setzte, statt wie Amundsen auf Schlittenhunde, mit denen der viel schneller war. Scott musste die Ponys schlachten, und dennoch erfroren und verhungerten er, Bowers, Evans, Oates und Wilson auf dem Rückweg – während die Norweger so viel Proviant übrig behielten, dass sie auf dem Ross-Schelfeis eine Zwiebackschlacht veranstalteten und ihre Hunde sich mit Keksen sattfressen ließen.

»Denkst du manchmal an Alfonso?«, fragte sein Vater und ließ die Hand sinken.

»Ja, erst vor Kurzem«, erwiderte Merce. »Als ich bei Gonryl war, habe ich an ihn gedacht.«

»Warum das?«

Er konnte davon keinem erzählen, auch seinem Vater nicht. »Sie mochte Alfonso so gern«, log er.

»Den Deal mit dem alten Frazer-Ekel und seiner rabiaten Tochter unter Dach und Fach zu bringen war ein Bravourstück«, sagte sein Vater, »eine Meisterleistung, auf die du so stolz sein kannst, wie wir alle es sind. Dein Bruder kommt gleich. Er holt mich ab und bringt mich nach Haus. Deine Mutter und deine Schwester möchten, dass du mitkommst. Willie-Merce fragt jeden Tag nach dir. Du bist sein Onkel. Miss Ings hat ein Gulasch gekocht, und du weißt, was das heißt.«

»Ich werde im Pub essen, Dad, mich ins Bett legen, etwas lesen und früh schlafen.«

Es war Freitagnachmittag.

»Ich soll dich von Pete McCluskey grüßen«, sagte Emyr. Er trat vom Fenster weg und machte Anstalten zu gehen. Aber mitten in seinem alten Kontorzimmer blieb er stehen. »Bist du hingefahren, nach Portsmouth, und warst gar nicht in Irland, Merce?«

»Nein, ich war nicht in Portsmouth. Mach dir keine Sorgen. Ich bin nur müde, Dad. Muss schlafen. Ich versuche die Frau aus meinem Kopf zu kriegen. Das weißt du.«

»Ich weiß zumindest, dass dir etwas fehlt. Etwas Entscheidendes – der Lebensinhalt. Ich weiß es, wenn ich mir vorstelle, was ich ohne deine Mutter wäre.«

In viel zu weiten Hosen, o-beinig, die Hände zappelig, nicht still zu kriegen, stand sein Vater da und blickte durch dieses Zimmer, das Jahrzehnte lang seins gewesen war.

Was wäre er ohne sie?

Den Samstag verbrachte er mit geheimen Reisevorbereitungen. Immer wieder rief Bakewell an und berichtete von der wachsenden Nervosität in Pillgwenlly.

»Ich halte sie in Schach«, sagte er. »Denk an Handschuhe. Zieh deinen dicksten Pullover über. Oder zwei. Stiefel kriegst du von mir. Zieh drei Paar Wollsocken an! Und denk an die Mütze! Wegen deiner Ohren! Die waren immer schon Eissegel.«

Plötzlich lachte Bakie wieder wie früher, wie in den Hafenkaschemmen von La Boca, auf der *Endurance*, auf den Eisschollen im Weddelmeer – als hätten sie beide Shackleton bereits ihre Zustimmung gegeben und würden am kommenden Morgen in aller Frühe nicht nach Nordwales aufbrechen, sondern ins Südmeer, zurück aufs subantarktische Südgeorgien oder sogar nach Viktorialand, wohin auch immer es den Boss zog.

Während er die Kleidung für die Reise zusammensuchte und den Seesack packte, dachte er kein einziges Mal an Shackleton, Crean oder an seine Familie in Pillgwenlly, sondern fast ununterbrochen, wie unter Zwang stehend, an Ennid. Stunde um Stunde stellte er sich vor, wie sie einen ganzen Tag lang das Einwanderungsprozedere auf Ellis Island durchlief und am Abend hundemüde, aber glücklich zurück auf das Schiff durfte, das am nächsten Morgen durch die New York Bay auf Manhattan zulief, um in Hoboken anzulegen. Diese unentwegten Gedanken waren sein Abschied von ihr, und wirklich kam es ihm vor, als entließe er Ennid aus dem Gefängnis, das er aus Vorstellungen und Einbildungen, aus Sehnsüchten und Ängsten für sie errichtet hatte.

Es klopfte. Als Mrs. Splaine den frisch frisierten Kopf hereinsteckte, drückte sich zielstrebig und unnachgiebig auch Misery durch den Spalt. Ohne Umweg verschwand die Katze hinter der Couch, weil sie wusste, dass sie von dort keine Macht der Welt vertreiben konnte.

»Merce, Sie müssen vielleicht doch einen eigenen Apparat in Ihr Zimmer bekommen«, sagte Agatha Splaine. »Telephon für Sie. Es ist Mr. William, zum dreizehnten Mal heute! Ah ... Sie packen? Verreisen Sie?«

Er ging zu ihr auf den Flur und schloss hinter sich die Tür. Mrs. Splaine schien irritiert und beunruhigt, weil sie annahm, etwas missverstanden zu haben oder gar nicht informiert worden zu sein.

»Nein, ich packe nur ein paar Sachen zusammen, die ruhig bei meinen Eltern lagern können, Madam. Ich werde Mr. Bakewell sagen, dass er sich mit etwas anderem beschäftigen soll als mit seinem neuen Telephon. Danke.«

Je eintöniger der Alltag, umso abenteuerlicher wurden seine Erfindungen.

»Tun Sie das nicht! Mr. William ist immer freundlich. Er soll so oft anrufen, wie er es für angemessen hält.« Mrs. Splaine griff nach der Hörmuschel, die sie oben auf dem Wandfernsprecher abgelegt hatte. »Leider muss ich Ihnen Lebwohl sagen, William, Ihr Freund übernimmt!«, sagte sie mit ihrem charmantesten Lächeln.

Zurück in seinem Zimmer, tat er so, als hätte er nicht bemerkt, welcher Sturm in der Zwischenzeit darin getobt hatte. Stattdessen trat er an ein Regal, zog ein Buch heraus und blätterte eine Weile darin. Er stellte sich vor den Schrank, öffnete ihn, blickte hinein, schloss ihn, öffnete ihn erneut und blickte erneut hinein.

Erst dann stieg er vorsichtig über die auf dem Teppich verstreuten Sachen und setzte sich langsam auf die Couch neben den Seesack, in dem sich noch vor fünf Minuten alle seine Reise-Utensilien befunden hatten. Jetzt aber sah das buschige

Ende eines weißen Schwanzes daraus hervor, der in unregelmäßigem Takt auf das Polster klopfte.

Er war sich unsicher, wie die Katze reagieren würde, wenn er Arm und Hand auf den Seesack legte. Misery war nicht angriffslustig, und jede Heimtücke war ihr fremd. Und doch flößte die Unberechenbarkeit ihres Naturells Respekt ein.

»Missy! Missy, Missy, Missy!«, rief im Flur Mrs. Splaine mit ihrer durch Mark und Bein gehenden Falsettstimme der Tochter aus Ilfracombe in Devon. Er behielt den Seesack im Auge: Nichts regte sich darin, obwohl Misery – Missy, wie sie eigentlich hieß – ihre Ernährerin mit Sicherheit bereits nach der ersten Silbe am Klang der Stimme erkannte hatte. Sie versteckte sich, und sogar ihr Schwanz stellte sich tot.

Mrs. Splaine fragte durch die geschlossene Tür, ob »diese Katze« bei ihm sei.

Miserys Schwanz klopfte einmal sehr stark.

»Nirgendwo zu sehen, Madam!«, rief er unbeteiligt zurück.

Gedankenversunken saß er eine Weile auf dem alten Sofa in Mr. Cyprian Splaines früherem Zimmer und blickte in eine Leere hinein, die ihn erst magnetisch und dann magisch anzog, aber nichts Sinnliches oder wenigstens Rauschhaftes zu bieten hatte. Eine knappe Stunde lang saß er so da und starrte ins Zimmer wie in diesen gläsernen Kasten, der einmal auf dem verlassenen Cardigan Place stand und in dem sich nichts befand, außer, sobald man näherkam und das Gesicht dagegenpresste, das eigene, beunruhigte Spiegelbild.

Er ahnte, dass die Geisterstunde begonnen hatte, in der entweder der tote Mr. Splaine in die weiße Katze seiner Witwe fuhr oder sein inneres Kind sich an ihn wandte.

Und so war es. Als im Flur Stille eintrat und auch er sich

nicht mehr regte, kroch Misery mit dem Hinterteil voran aus dem Seesack. Sie setzte sich und fixierte ihn, während er sich schlafend stellte. »*Fahr ins weiße Land*«, sagte das Kind, dessen Stimme er kurz darauf hörte. »*Glaub an dich. Aber vertrau auch den Wegweisern. Gib nicht auf. Fang noch mal von vorne an! Was du suchst, findest du in den nördlichen Schneegebieten.*«

Misery stieg auf seinen Schoß, legte sich hin und rollte sich zusammen.

33

DAS MEETING IN BARMOUTH

Es begann zu dämmern, als er aus dem Haus trat, den Seesack schulterte und den Weg zum Bahnhof einschlug. Um nicht am Haus der Muldoons vorbei zu müssen, ging er die menschenleere Skinner Street hinunter Richtung Innenstadt.

Er sah Bakewell schon von Weitem. Auf dem Bahnhofsvorplatz, wo die Konturen der Gebäude und kahlen Bäume allmählich aus dem Dunkel tauchten, war nur der Freund zu sehen, unverwechselbar, da er wie ihr Schatten an seiner *Cleveland* lehnte. Bakie winkte, als er ihn kommen sah, und schaltete den viereckigen Scheinwerfer ein. Schlagartig wurde der ganze Platz hellblau.

Über der Stadt lag die tiefe Stille der Winternacht. Das einzige wache Geschöpf außer ihnen beiden war ein irgendwo in seinem Zwinger bellender Hund. Sogar der Bahnhof, wo sonst die ganze Nacht hindurch rangiert, betankt, entladen wurde, lag verlassen da. Seit Wochen fuhren täglich nur drei Personenzüge, einer morgens in westlicher Richtung nach Swansea, zwei mittags und abends Richtung Osten, wo man die Trasse der Great Western Main Line geräumt hatte und schneefrei hielt. Die Strecke entlang der west- und nordwalisischen Küste dagegen war weiterhin unbefahrbar. Nach Carmarthen, Pembrokeshire und Aberystwyth verkehrten keine Züge, nur jeden dritten Tag einmal ein großer Frachtschlitten, in dem für Fahrgäste nur in Ausnahmefällen Platz war. Bakewell war völlig aus dem Häuschen gewesen, als Merce ihm vorschlug, mit der *Cleveland* nach Barmouth zu fahren.

Sie redeten wenig – wenn es hochkam, vier, fünf Wörter in der Minute. So war es immer, wenn sie unter sich waren. Sie verstanden einander fast wortlos, über Blicke, Gesten, eine Bewegung oder Körperhaltung. Bakie kramte die Stiefel für Merce aus dem Beiwagen, außerdem eine Skimütze und alte Fliegerbrille. Er kleidete die Kanzel mit zwei Wolldecken aus, polsterte im rasch heller werdenden Morgen den Sitz. Auf dem Gepäckträger hatte er einen großen Benzinkanister und einen kleinen mit Öl befestigt. Sie waren verzurrt und über ihnen für den Fall einer Reifenpanne ein Ersatzmantel mit fingerlangen Spikes montiert.

Es war noch nicht fünf, als sie ihre Plätze einnahmen, sich die Ohren verstopften und die Mütze übers Gesicht zogen. Leichter Schneefall. Ohrenbetäubender Lärm. Beben. Durchgeschütteltwerden, das nicht mehr aufhörte. Vier Stunden, worauf hatte er sich eingelassen! Er hörte einen johlenden Schrei … Bakewell gab Gas.

Solange die Maschine fuhr, war kaum etwas zu erkennen. Jenseits der Stadtgrenze lag alles unter meterhohem Schnee. Es gab keine Häuser mehr, weder Zäune noch Sträucher. Die weiße, von Schneewänden gesäumte Straße, auf der sie knatternd die ersten anderthalb Stunden lang Richtung Norden fuhren, schien in weit ausholenden Schlangenlinien dem Usk zu folgen. Schwarz, wie eine flüssige Schlucht, strömte der Fluss durch das Schneeland. Sie fuhren an Newbridge, Raglan, Abergavenny vorbei und überquerten den alten Kanal, auf dem früher Baumstämme aus den Wäldern in den Severn und nach Newport geschwemmt wurden.

Nirgends war ein Mensch zu sehen, nur Qualm aus Schornsteinen, ab und zu dürre Ziegen, angekettet auf einem verwaisten Hof unter einem kahlen Baum. Eine Zeit lang hielt Bakie auf die Silhouette der südöstlichen Brecon Beacons zu, von Wasserfällen durchbrochene Höhen voller über und über mit Schnee bedeckter Kiefern und Fichten. Sie stoppten an Kreuzungen, an denen es in alle Richtungen in dieselbe Richtung zu gehen schien, oder hielten unvermittelt an in einem weißen Nichts.

Alle halbe Stunde stoppten sie und zog Bakie aus der Brusttasche die handtellergroß zusammengefaltete Straßenkarte, die ihnen den Weg durch das Usk-Tal wies, im Westen um die Brecons herum und weiter nach Norden durchs englische Herfordshire, vorbei an Peterchurch und Dore Abbey bei Abbey Dore. Im rosa Morgenlicht sah er den dicken Turm der Klosterkirche, in der Emyr Blackboro und Gwendolyn Ford geheiratet hatten, am 13. August 1875, als die Bäume hier, dieselben womöglich, voller Äpfel und Birnen waren und voller Stare und Spatzen die Luft.

Nichts deutete auf Tauwetter hin, nirgends gab es Vorboten des Frühlings. Es gab Schneefelder, Schneetäler, Schneehänge, schneebedeckte Weiten, tief verschneite Dächer, Ufer, Wege, Böschungen, Plätze, Gärten, Baumreihen, Scheunen, Fuhrwerke, Friedhöfe und Schulhöfe. Auf dem von Eardisley sahen sie nach drei Stunden Fahrt die ersten Menschen an diesem Tag Mitte März. In Grüppchen standen vielleicht 20 Mädchen dicht beieinander, alle dick eingemummt und mit Wollmützen auf dem Kopf. Als Bakie das Tempo drosselte, begann der Motor zu tuckern wie ein Schleppschiff aus Fergusons früherer Flotte, und so fuhren sie ungefähr so langsam vorbei, wie die Flocken in Eardisley aus dem milchigen Himmel rieselten, bis sich mit einem Mal alle Mädchen wie auf Kommando in Bewegung setzten, über den weißen Hof rannten und ihnen wie Raben oder Fledermäuse nachjagten, innen an der Schulmauer entlang, über die man ihre Köpfe dahinflitzen sah, stumm johlend, stumm lachend, ehe sie winkend, Mützen schwenkend an einem gusseisernen Tor zurückblieben.

Sie verständigten sich per Handzeichen über eine Rast, als sie zum Wye kamen. Bakie stoppte, Merce stieg aus seinem Sarkophag und half, die Maschine unter eine Reihe Sommereichen am Ufer zu schieben. Miss Ings hatte Stullen für sie geschmiert, Radieschen eingepackt, zwei Äpfel und eine Thermoskanne voller Earl Grey, Regyns Tee, ohne den sie »zur Untoten würde«.

Sie aßen, tranken aus Blechbechern, rauchten jeder eine von Bakies Festtags-Lucky Strikes und hörten die in der Frostkälte des Flusstals rasch abkühlende *Cleveland* laut ticken. Unvermittelt setzte erneut dichter Schneefall ein. Die Flocken wirbelten den Wye entlang, als gehörten sie zu dem Fluss, wären sein weißer, fliegender Schatten.

Unter diesen Bäumen, die keinerlei Schutz boten, kam es zwischen ihnen zu einem heftigen Wortwechsel über die sie verbindende Vergangenheit, den Alltag in Newport, der sie einander entfremdet hatte, und die Zeit, die vor ihnen lag und die sie beide zwar bestimmen zu können glaubten, doch die ihnen, wenn sie aufrichtig waren, rätselhaft und gleichgültig blieb. So verschieden, wie sie waren, setzten sie sich lieber mit Gegebenheiten, Sachzwängen und Umständen auseinander, als eine Entscheidung zu treffen.

»Deine Schwester liebt dich, das weißt du hoffentlich«, sagte Bakie plötzlich, während er den Benzinkanister abschnallte, um den Tank aufzufüllen. »Den Tee, den du da trinkst, hat Reg für dich gekocht, heute Nacht, im Nachthemd, sie hat darauf bestanden, dass ich ihn mitnehme, für dich. Du bist das Größte für sie.«

Das wurmte ihn sofort. Ihre Fahrt war also doch eine abgekartete Sache. »Ich weiß noch nicht, wofür ich mich entscheide«, sagte er deshalb trotzig, viel zu vernünftig. »Entscheidend ist, was Shackleton vorschlägt – was er anbietet, meinst du nicht?«

»Was wird er anbieten können«, sagte Bakie. »Ein Abenteuer. Die Ferne. Den Süden. Vielleicht das Eis. Er wird herauszufinden versuchen, wo unsere Prioritäten liegen. Weißt du das denn?«

Nein, wusste er nicht, woher auch. Und war das nicht der alles entscheidende Unterschied zwischen ihnen? Bakewell hatte sein Leben, seine Träume ... und Mittel und Freiräume, sie sich zu erfüllen. Wieso sollte er noch einmal auf große Reise gehen?

»Ich bin nun mal nicht wie du«, sagte Merce bloß und hörte kurz darauf eine Ladung Schnee aus einem Baumwipfel in den Fluss rauschen, ein lautes Geprassel, das ihm wie eine Antwort, eine Bestätigung vorkam. Er versuchte, sich an Regyns Mädchenstimme zu erinnern ... aber es gelang ihm nicht. Er sah Reg vor sich, aber sie blieb stumm.

Bakewell wuchtete den Kanister auf den Fahrersitz, schraubte den Schlauchstutzen fest und begann, den Kanister langsam in Richtung Tank zu kippen. Man sah das Benzin hinüberfließen und schwappend in dem blauen Tank verschwinden.

Der Schnee fiel so dicht, dass sie aufbrechen mussten. Ohnehin hatten sie schon große Verspätung und würden es bis Mittag nicht nach Barmouth schaffen. Von nun an ging es Richtung Westküste und Irischer See zwar beständig talwärts, doch lagen zwei, drei Stunden Schneefahrt noch vor ihnen.

Er zog sich die Regenpelerine über Kopf und Schultern, die er in Mr. Splaines Schrank gefunden hatte, goss sich einen zweiten Becher von Regyns Earl Grey ein und sah in jeder Bewegung des Freundes deutlich dessen Unbehagen und Groll.

»Weißt du noch«, fragte er, um etwas Verbindendes zu sagen, »unser ›Lager der Geduld‹ auf dem Eis im Weddellmeer?«

»Was glaubst du?«, maulte Bakie. »Hältst du mich für senil?«

Er blickte in seinen Becher, hielt ihn in den Schnee und lächelte. Von Bakies Streitlust wollte er sich nicht anstecken lassen. Denn plötzlich war er ganz selig angesichts der Lebendigkeit seiner Erinnerung. »Einmal gab es Streit und fiel Greenstreets Becher mit Milch in den Schnee. Und alle haben aus ihren Bechern jeder einen Schluck in Greenstreets geschüttet.«

»Ja, weiß ich noch gut«, murrte Bakie, indem er den Tank zuschraubte. »Der Chief Officer. Unser Horace.« Er zurrte den leeren Kanister wieder fest. Bakie verlor kein Wort über seine gemeinsame Arbeit mit Greenstreet. Wochenlang nähten die beiden auf der Elefanteninsel eine Persenning aus Segeltuchfetzen für ihr Rettungsboot zusammen.

»Vergiss die ganzen alten Märchen, Merce, ist nur ein Rat.«

Er gab es auf. Was ihm nicht aus dem Sinn ging, war etwas ganz anderes, aber das behielt er wohl besser für sich. Seit fünf Jahren dachte er darüber nach: Shackleton hatte nach der Querele der Männer den eigenen Becher Milch in den Schneefall gehalten und sagte zu Hurley: »Gucken Sie, wird gar nicht weniger!« War das ein Scherz gewesen? Oder verbarg sich eine unergründliche Weisheit in diesem Satz? Womöglich beides.

Nach zehn Stunden Fahrt erreichten sie am Nachmittag endlich Barmouth. Wie von seinen Bewohnern aufgegeben lag das Städtchen an der Cardigan Bay und war genauso tief eingeschneit wie jeder Weiler, jeder Ort, alle Wälder und Felder in Gwynedd und im Black County, durch die Bakewell seine unerschütterlich knatternde Maschine gelenkt hatte. Die letzte Stunde waren sie auf der Küstenstraße am Meer entlanggefahren, hatten über den St. Georgs-Kanal nach Irland Ausschau gehalten, aber nur Schneewolken gesehen, milchigen Dunst und die hereinbrandende See, keine Fähre, kein Fischerboot und drüben an der irischen Ostküste nicht mal die Lichter von Wexford.

Nach ihrem Zwist am Wye redeten sie nur noch das Nötigste. Bakewell brüllte etwas oder gab unwirsch unverständliche Zeichen. Vom Beiwagen aus wirkte er oben auf seinem Sitz wie ein verbissener Zentaur. In sich gekehrt und durchgefroren kurvten sie auf der Suche nach dem Hotel langsam durch den menschenleeren Ort.

Am Ufer des Mawddach, der breit und breiter in die Bucht hinausströmte, fanden sie endlich das *Tilman*, einen

Bau aus regengrauem Stein mit dem Gepräge eines Cottages aus dem vorigen Jahrhundert. Bakie war außerstande, abzusteigen, und auch Merce war so steif gefroren, dass er sich nur mit Mühe aus dem Beiwagen hievte und an dem eisüberzogenen Gemäuer entlang in die kleine Hotellobby tastete.

Von der jungen Frau hinter dem Rezeptionstresen erfuhr er, dass Mr. Crean auf seinem Zimmer sei und nicht gestört werden wolle, und Mr. Shackleton habe vor einer Viertelstunde das Haus verlassen, um sich am Strand die Beine zu vertreten.

»Sind Sie sich sicher ... dass es nicht andersrum ist?«
»Absolut, Sir!«
»Ich habe telephonisch zwei freie Betten reserviert.«
Sie lächelte nachsichtig. Es gebe bezugsfertige Suiten.
Er nahm zwei nebeneinanderliegende Einzelzimmer (für das Geld hätte er auf zwei Frachtern die Back täfeln lassen können) und unterschrieb (so gut er den Füller halten konnte) für je eine Nacht: Blackboro – Bakewell – Newport / Casnewydd, Wales.

»Wie lang bleiben die beiden Herren?«, fragte er.
»Wenn ich befugt wäre, Ihnen darüber Auskunft zu erteilen, ich würde sagen: ›Noch etwa eine knappe Stunde‹.« Die Rezeptionistin mit den roten Haaren auf Kopf, Oberlippe und Unterarmen zog die rötlichen Brauen in die Stirn. Aus unerfindlichen Gründen schien sie es auf Krawall mit ihm angelegt zu haben. »Der einzige Zug heute fährt ... in 50 Minuten!«

»Das ist viel mehr Zeit, als wir brauchen«, sagte er. »Danke!«

Dann kam ein Schneegespenst herein, ein augenblicklich zu dem in einer Ecke der Lobby knisternden Kaminfeuer wankender Wintergeist aus den Waldschluchten der Brecon Beacons. Bakie riss sich die beschlagene Brille und vereiste Fliegermütze vom Kopf. Er zerrte die steifen Handschuhe von den Händen, ließ alles fallen und bückte sich zu der Flamme hinunter, als wollte er sie größer zaubern.

In ihrer Zeichensprache kamen sie überein, dass er sich aufwärmen und eine halbe Stunde ausruhen würde, während Merce Shackleton entgegengehen sollte. Unbedingt gemeinsam wollten sie Sir Ernest und Tom Crean zum Zug begleiten.

Sie standen völlig neben sich, blickten einander ungläubig in die winzigen, fiebrig geröteten Augen und sahen darin den jeweils anderen, umwirbelt von unablässig weiter strömendem Schnee.

»Lassen Sie Mr. Bakewell eine Flasche guten Rum und heißes Wasser auf sein Zimmer bringen, Miss«, sagte Merce. »Bitte!«

Grau, unbarmherzig, im Grunde ein Bild vom Tod, jedoch ebenso grau und voll Erbarmen, voller Trost, rollten weit draußen die Wogen durch den St. Georgs-Kanal. Nur die Wellen an ihren Rändern, die wie Vögel aus ihrem Pulk versprengt wurden und abtrieben, brandeten herein und verebbten an Land. Er stapfte den windgepeitschten Strand aus Sandschlamm, Eis und Harschresten entlang Richtung Norden und folgte den einzigen Spuren, die er in der beginnenden Abenddämmerung auf dem Boden erkannte. Seine Augen brannten, aber er ließ nicht locker, aufmerksam, Schritt für Schritt der Fährte nachzugehen, denn er wusste – oder ahnte zumindest –, was für ihn auf dem Spiel stand.

Dann sah er rechts von sich auf einer Uferallee, noch einige 100 Meter voraus, einen Mann gehen, der, im Mantel und offenbar mit einer Wollmütze auf dem Kopf, ihm im leichten Schneefall langsam entgegenkam, und auch wenn dieser Spaziergänger wie ein Greis und irgendwie verloren wirkte, erkannte er ihn doch an seinem Gang, den tief in die Taschen gegrabenen Händen und dem zu Boden gerichteten Blick.

Seine Begrüßung war verhalten herzlich, so wie immer. Nur in seinen Augen funkelte die Freude, Merce wiederzusehen, dazu an einem Strand im Schnee, der denen glich, über die sie beide auf Südgeorgien gelaufen waren. Es war frostig kalt, es gab nur die verschwimmenden Farben Weiß, Grau und Schwarz, und vor allem gab es das Rauschen und Zerbersten der hereinbrandenden Dünung.

Müde, erschöpft, ausgelaugt und verbraucht – keine Begriffe, die Shackleton wirklich charakterisieren konnten, denn eigentlich kannte Merce ihn gar nicht anders als ausgemergelt und matt – »unser Untoter, der das Kommando hat«, sagte Bakie einmal.

Er lächelte sogar. Er war tief in Gedanken, beschäftigt mit einem Problem, auf dessen Lösung er nicht kam, und doch – oder gerade deshalb – schien es ihm gut zu gehen.

Er fragte nach Bakewell und freute sich mit einem Mal wie ein Kind, dass sie in Kürze, wenn auch nur für einige Minuten, zu viert sein würden, er, Crean, Bakie und Blackie, wiedervereinigt. Wie lange war es her? Er dachte nach, und schon schien die Sache vergessen. Er fragte nach Merce' Familie, aber wartete die Antwort nicht ab. Wieder war er in tiefes Nachdenken versunken. Nur um kurz darauf Merce den Arm um die Schultern zu legen, ihn an sich zu drücken und sanft und kräftig mit seiner unerwarteten Körperwucht anzurempeln.

»Sie glauben nicht, welche Niedertracht ich erlebe«, sagte er finster, voll lange zurückgehaltenem Groll, während sie unter den kahlen, im Sturm wankenden Bäumen zurück Richtung Barmouth liefen. »Diese Pinsel in den Akademien, Redaktionen, Vortragssälen. Sie wissen, Merce, dass ich alle Menschen liebe. Das haben Sie hoffentlich nicht vergessen. Keiner ist besser, keiner schlechter als ein anderer. Aber was für ein Gesindel! Die übelsten Kloakenreiniger saßen da in London in dieser Philharmonic Hall, wo es nach Kampfer riecht und wo ich sechs Vorträge in der Woche gehalten habe, zwölf sechsstündige Reden in zwei Wochen! Jeder von denen war am Pol, jeder ist mit Amundsen per du, alle philosophieren sie – quak, quak! – übers Ende des heroischen Zeitalters, als wüsste nur einer von ihnen, was Heldenmut ist!« Er blieb stehen, fixierte Merce mit diesen grünen Augen, die einem ins Gemüt zu blicken schienen. »In die Schnauze gegeben gehört ihnen. Aussetzen sollte man diese Frackfurzer, auf Deception Island, ohne Zelte, ohne Wasser und vor allem ohne ihre Käseblätter – quak, quak! Ich bin froh, Sie zu sehen, Blackboro. Tom hat viel von Ihnen erzählt!«

Er lächelte und knuffte ihn auf den Oberarm.

Wirr, undurchdringlich, abenteuerlich, wenn nicht absurd und unfreiwillig komisch hörte es sich an, was er vorhatte und wofür er zurzeit Männer suche. Von den alten Eisheiligen der *Endurance*-Expedition hätten ihm Wild, Worsley, Kerr, McIllroy, Macklin, Hussey, MacLeod und sogar die alte Tranfunzel von Koch Green ihre Teilnahme in die Hand versprochen. Mit einem guten Dutzend anderer Forscher, Techniker und Seeleute verhandele er noch.

»Und ... Crean, Sir?«

»Winkt ab. Will nicht, noch nicht!« Er lachte auf.

Er hatte seine Zähne nicht reparieren lassen, große, gelbe, von den jahrelangen Entbehrungen im Eis mitgenommene Zähne.

Da war er wieder, der Boss, der große antarktische Marionettenspieler, der alle frierenden Eispuppen steuerte und vorm Verderben bewahrte. Ein Schiff, kleiner als die *Endurance* und nicht eistauglich, habe er bereits gekauft. Die *Quest* würde im September von London aus in See stechen. In einem halben Jahr schon!

»Vergessen Sie den ganzen Mumpitz, der in den Zeitungen steht – Forschungsreise in die Arktis – unentdeckte Landmassen zwischen Alaska und Kanada ... keinen interessiert das, niemand wird das finanzieren. Einer meiner Londoner Studienfreunde am Dulwich College will mir unter die Arme greifen, John Quiller Rowett, der versteht was von Geschäften und hat Mut und ein Herz. Nein, mein Lieber, die *Quest* wird nach Süden segeln, im Südpazifik und in der Subantarktis gibt es eine ganze Reihe Inseln, die seit Jahrzehnten, ja Jahrhunderten auf den Seekarten verzeichnet sind, die aber kein Mensch wirklich gesehen, geschweige denn betreten hat. Was denken Sie, Blackboro? Ist das ein Ziel?«

»Sie meinen Phantominseln, Sir? Sie wollen mit der *Quest* diese Geisterinseln ausfindig machen?«

»Sie ausfindig machen oder ein für alle Mal als Hirngespinste entlarven. Richtig. Dougherty Island. Die Royal Company- und die Emerald-Insel. Die Nimrod-Gruppe. Seit ich ein Junge war, spuken die mir im Kopf herum. Ja. Das ist der Plan.«

Eine Zeit lang gingen sie wortlos, mit kurzen Schritten langsam nebeneinander her. Shackleton atmete leise rasselnd ein und aus, und Merce sah den fremden Atemhauch in der dunstigen Luft. Die Dunkelheit kam, und über die fast einen Kilometer lange, hölzerne Eisenbahnbrücke, die über die Mawddach-Mündung führte, kam beinahe im Gleichschritt mit der hereinbrechenden Dämmerung der Zug aus Aberystwyth. Merce sah den Qualm der Lokomotive in einem breit verwirbelnden Pilz über dem Wasser aufsteigen und spürte dabei schmerzhaft, dass er nicht wusste, was er sagen sollte. Er wusste nur, dass er diesen Mann, der einer der wichtigsten Menschen in seinem Leben war, nicht vor den Kopf stoßen wollte. In wenigen Minuten würden sie zurück im Ort sein, und in nicht mal einer halben Stunde fuhr der Zug weiter und reisten Shackleton und Crean ab, der Sir nach Birmingham, wo er den nächsten Vortrag zu halten hatte, und Tom Crean mit einer der wenigen Fähren, die noch von Anglesey ablegten, zurück nach Irland, zu seinem *South Pole Inn* in Annascaul.

»Lassen Sie uns bitte einen Zahn zulegen und nicht um den heißen Brei herumreden«, sagte Shackleton. »Ich weiß, Sie haben Besseres zu tun, als mit einem Haufen alter Traumtänzer einmal um die halbe Welt zu segeln, bloß um festzustellen, dass am Ziel der Reise nichts ist – absolut nichts.«

»Darum geht es ja nicht, Sir. Ich bin nur unschlüssig.«

»Weiß ich. Tom hat von Ihrem Brief erzählt, von Ihren Versuchen, diese junge Frau, die Sie lieben, davon abzuhalten, nach Amerika zu gehen. Chapeau! Ich respektiere jede Liebe.«

»Wirklich, das hat er erzählt?« Merce war perplex.

»Wie Sie gut wissen, versteht Mr. Crean von sehr vielen Dingen sehr viel mehr als die allermeisten anderen Menschen. Die Liebe zu den Frauen ist ihm lange ein Mysterium gewesen – zum großen Glück für seine Frau, seine Nell! Weil er ein größeres Herz hat als wir alle zusammen, weiß Tom, wie viel diese junge Miss Ihnen bedeutet und dass Sie alles in Ihrer Macht Stehende tun müssen, um sie für sich zu gewinnen, ehe Sie etwas anderes in Angriff nehmen können.«

»Zwecklos«, presste Merce hervor.

Es wurde jetzt rasch dunkel. Sie passierten die ersten Häuser, an die sich in der frühabendlichen Dunkelheit ihre Zäune zu drängen schienen. Die Lichtstreifen der in den Zimmern leuchtenden Petroleumlampen fielen in die Höfe und über die Straße, und wie flüssiger Schnee rann das Licht an den Baumstämmen herab. Er malte sich die Leute in diesen Häusern am winterlichen Strand der Cardigan Bay aus, sich selbst stellte er sich vor, wie er hier lebte, zum Fenster hinaussah auf die finstere Bucht und Shackleton und sich selbst vorbeigehen sah.

Der Zug hatte die Mawddach-Brücke überquert und fuhr laut schnaubend, mit gleißenden Scheinwerfern über den Schneefängern und schrillem, lang anhaltendem Heulen in den Ort ein.

An der Abzweigung, die zum Hotel hinaufführte, blieben sie stehen. Dort oben strahlte hellblau noch ein anderes Licht, das Merce auf der Stelle erkannte.

»Sie wissen, was ich davon halte«, sagte Shackleton ernst, ohne ihn anzusehen. »Von Vergeblichkeit reden nur Zauderer. Und das sind Sie nicht, Blackboro. So kurz vor dem Ziel dürfen Sie nicht aufgeben. Sie dürfen es nicht! Ich verbiete es Ihnen.«

Oben am Hotel fuhr Bakewells *Cleveland* hin und her. Kaum war der Zug vorbeigerattert, hörte man ihr dumpfes Knattern und ein helles Johlen, als hätten ein paar Jugendliche die Maschine kurzgeschlossen und würden austesten, wie es sich darauf fuhr.

»Sie ist weg, Sir«, sagte Merce. »Vorbei ist vorbei. Das Schiff...«

Shackleton war schon weitergegangen, die Straße hinauf. Er drehte sich nicht um, weil er wusste, dass Merce ihm nachkam.

»Vorbei ist nicht vorbei. Vorbei scheint nur vorbei«, erwiderte er. »Vorbei zu sein gehört zum Anschein der Dinge, die sich lieber verbergen wollen. Ich verstehe Sie nicht. Das Mädchen, das Sie lieben, ist auf diesem Schiff, und Sie haben die Möglichkeit, dort hinzukommen und sie umzustimmen. Was hält Sie zurück? Was suchen Sie stattdessen bei mir und so einem alten Heldengerippe wie Crean, mit dem nichts mehr anzufangen ist?«

Wovon redete er? Er verstand ihn nicht. Wahrscheinlich war er zu müde. Anschein der Dinge? Schiff? Heldengerippe?

»Ich kann nicht auf gut Glück nach Amerika reisen, Sir«, sagte Merce. »Die Wahrscheinlichkeit, sie wiederzufinden, wäre minimal, doch wäre größer als die, sie umstimmen zu können. Nein. Ich lasse es. Deshalb bin ich hier. Ich werde mit Ihnen kommen.«

Bakewells vor dem Hotel im Schnee umherkurvendes Motorrad war in Rufweite, aber das Geknatter viel zu laut. Shackleton blieb wieder stehen. Plötzlich lachte er und fuhr herum. »Das sind Crean und Bakie!«, rief er. »Gucken Sie sich die beiden Irren an!«

Crean verstaute seinen Rucksack im Beiwagen und fuhr mit Bakewell voraus. Zu Fuß folgten sie den beiden an den Gleisen entlang zum Bahnhof. Merce trug die zwei erstaunlich leichten Koffer des Sirs, damit Shackleton rauchen konnte.

»Sie haben es gar nicht gelesen, oder?«, fragte Sir Ernest. »In der Zeitung. Sie wissen nichts von dem Schiff, das vor der schottischen Küste treibt. So hieß doch ihrs, *Orion*, stimmt's?«

Orion, in der Zeitung, vor der schottischen Küste?

»Sie gucken aus der Wäsche wie gerade vom Himmel gefallen.« Er schien sich prächtig zu amüsieren. »Genau so sahen Sie aus, als wir an Ihrem ersten Tafeleisberg entlangfuhren. Der war 40 Meter hoch und 14 Kilometer lang. Sie hatten nie so etwas Großes und Wundervolles gesehen. Und wissen Sie noch, was Sie gesagt haben?«

»Nein, Sir.«

»Genau. ›Nein. Nein, nein. Nein, nein, nein, Sir, das gibt es gar nicht.‹ Fragen Sie Crean – er liest Zeitung, ich nicht. Von ihm werden Sie mehr erfahren. Sie werden da hinfahren, Blackboro, nach Thurso oder Brora. Sie werden Ihr Mädchen von diesem Schiff holen. Aber vorher werden Sie mit Bakewell reden. So einen wie ihn nämlich brauche ich. Er wird mein Bootsmann auf der *Quest*, und Sie werden ihn davon überzeugen, dass alles andere Unsinn ist. Arbeit und Familie ... schön und gut für viele, jedoch nicht für Vulkane mit Beinen. Wir wollen festhalten an dem, was wir lieben, und mutig nach vorn blicken, Merce, Sie und ich!«

34

DU WIRST SEHEN, DU WIRST SEHEN

Die Menschen strömten durch das Schiff.
Als am Mittag des sechsten Tages der Havarie die Sperrportale zwischen Dritter, Zweiter und Erster Klasse geöffnet wurden, trafen die anderthalbtausend Leute, die aus den Schlaf- und Speisesälen nach oben stiegen, zu ihrer Verblüffung lange niemanden in den hellen, mit Gemälden behängten und Teppichen ausgelegten Korridoren an.

Ebenso verwaist waren die vielbestaunten Esssalons, die Bibliothek, das Billardzimmer, die Raucherlounge und Sauna. Es gab eine Musiksuite, in dem ein schwarzer, wie ein nächtlicher Teich schimmernder Flügel vor einem Podium stand, auf dem Instrumente eines unsichtbaren Kammerorchesters warteten.

In einem grauen Tross von an die 100 Frauen und Männern aus Schlafsaal 3 schritt Ennid mit Danielle und Coco durch die Flure und von Salon zu Salon. In ihren Mienen wechselten sich Betretenheit und Befremden ab, Unverständnis und Fassungslosigkeit. Überhaupt sagte kaum jemand ein Wort, und der Dampfer lag ebenso lautlos da, ganz als wäre er aufgegeben worden von denen, die hier vor Stunden noch gespeist, sich amüsiert, erholt und unterhalten hatten.

Das größte Erstaunen jedoch löste das Schwimmbad aus. Eine Handvoll kräftiger Kerle, die meisten unter ihnen Iren, eilten dem Pulk voraus und inspizierten als Erste jeden einzelnen verlassenen Raum. So stießen sie hoch oben auf dem Sonnendeck drei weiße Doppelflügeltüren auf und fanden dahinter einen türkisblau gekachelten Swimmingpool, dessen Becken mit wohlriechendem, warmem Wasser gefüllt war und den vielleicht 50 Sitzgruppen aus Korbstühlen und -tischen umstanden. Es gab eine weiße Bar und in deren Wandregalen Dutzende bunte Flaschen. Es gab eine Regalwand voller Badetücher, Bademäntel und Badeschuhe. Alles wirkte bereit, aber niemand war dort, der dorthin gehörte, nur sie standen deprimiert und zornig am Rand des leise plätschernden Wassers, Besucher aus einem unterirdischen Höhlensystem, die unerwartet einen Weg ans Licht gefunden hatten.

Natürlich hatte es viel Jubel gegeben, als bekannt wurde, welche Summe der reiche Amerikaner, dem die *Orion* nun gehörte, jeder Frau und jedem Mann zusicherte, sobald sie mit anpackten, um das Leben an Bord aufrechtzuerhalten. Es gab aber auch Skeptiker (und Skeptikerinnen), die an diese glückliche Wendung ihres Schicksals nicht glaubten, eine Finte mutmaßten, einen einzigen Schwindel, eine abgekartete Sache zwischen den britischen Marinefritzen und diesem New Yorker Geldsack. Der Ausdruck »das große Ausnutzen« machte die Runde.

Doch diese Zweiflerstimmen verstummten rasch, als die Ersten ihren Scheck herumzeigten, jeder über 10 000 Dollar, jeder eigenhändig unterschrieben von Kapitän Archibald und dem neuen Schiffseigner. So erfuhren sie, wie er hieß und wo er lebte: Diver Robey. Ventura, New York, Vereinigte Staaten von Amerika. Niemand hatte je von ihm gehört.

Spätestens ab da war das ganze Schiff auf den Beinen. Sogar die Passagiere der Ersten Klasse tauchten wieder auf. Möglichst unauffällig gekleidet, kamen sie vorsichtig aus ihren Luxuskabinen und nickten den im Korridor an der Essensausgabe im Dinnersalon Schlange Stehenden zu. Es gab erstaunlich wenige Konfrontationen. Man hielt sich zurück und kam gerade über diese wechselseitigen Bemühungen miteinander ins Gespräch.

Es zeigte sich, dass die Neugier auf das unbekannte Leben der anderen nicht einseitig war. So, wie die einfachen Leute die funktionale Akkuratesse der Zweiten und die funkelnde Pracht der Ersten Klasse in Augenschein nahmen, trieb es einen Tag nach Öffnung des Schiffes viele Betuchte in die Unterkünfte auf den Zwischendecks und im Schiffsbauch. Dort führte man sie herum, stellte ihnen Mitreisende vor, ließ sie auf Kojen Platz nehmen, setzte ihnen Säuglinge auf den Schoß. Ausgerechnet der Kamelhaarmann begleitete einen auffälligen, so dicklichen wie freundlich wirkenden älteren Herrn, von dem gemunkelt wurde, er sei Diver Robeys rechte Hand und gebürtiger Waliser. Meeks war sein Name, und ein paarmal kam er Ennid ganz nah, weil er sich für alles im Schlafsaal zu interessieren schien und viele Fragen stellte. Er hatte traurige Augen und ein schönes Lächeln, und einmal nickte er ihr zu, und sie nickte zurück.

Eine Stunde lang unterhielt sie sich angeregt mit einer Frau in ihrem Alter, an der ihr der schwarze Hosenanzug und die manikürten Hände auffielen, vor allem aber, dass sie auf ähnliche Weise ein Bein nachzog. Vicky war freundlich, erläuterte alle Einzelheiten ihrer Beinschiene, erzählte von dem schrecklichen Unfall als kleines Mädchen und lud Ennid ein, sie in ihrem New Yorker Apartment am Central

Park zu besuchen. Sie lebe dort allerdings ziemlich absurd, denn ihre Mutter und die ganze Sippe hätten einfach viel zu viel Geld. Wie Ennid zu ihrer Beinschiene gekommen war, fragte sie nicht.

»Ein Arzt hat mich zum Krüppel gemacht«, sagte Ennid deshalb. »Ich war acht und hatte mir das Schienbein gebrochen, und er war betrunken.«

»Es scheint vielleicht nicht so, aber Reichtum ist eine Bürde, darling, ein richtiges Stigma«, sagte Vicky. »Sie wissen, was das ist, ein Stigma?«

Ennid musste sich hinsetzen, als sie erfuhr, dass diese so wunderschöne wie absolut gleichgültige junge Frau Victoria Hearst war.

Bixby bemerkte Ennid, als sie da so gedankenversunken auf ihrer Koje saß. Sie rannte zu ihrer Freundin hin, hockte sich mit angezogenen Beinen neben sie und legte ihr einen Arm auf den Rücken. Irgendwann kletterte sie auf Ennids Schoß und schmiegte sich an sie.

»Wo sind deine Eltern?«

Das Kind zuckte mit den Achseln.

»Was hast du gemacht? Warst du draußen?«

Bixby dachte nach… Im Schlafsaal 1 hatte sie einem furchtbar angeberischen deutschen Jungen eine Abreibung verpasst. Dann war sie in die Zweite Klasse hinaufgelaufen, um sich mit Schinken- und Käsebroten einzudecken. Sie bekam von einer Frau mit einer grünen Schürze, die eine komische Sprache sprach, ein Eis geschenkt, in einer echten Waffel. Sie trank Limonade, zwei Gläser, dann noch eins, guckte aus den Salonfenstern und sah zu, wie der von den oberen Decks geräumte Schnee vorbeidonnerte und im Wasser unterging. Sie kam dabei ins Grübeln, grübelte und grübelte, genau wie Ennid, als sie sie hier auf ihrer Koje sitzen sah, aber sie kam mit ihren Gedanken einfach nicht weiter.

»Das Schiff fährt nicht mehr nach Amerika, stimmt's?«

»Nein, kann es nicht«, sagte Ennid. »Es ist kaputt.«

Bixby merkte, dass sie sehr schnell ganz traurig wurde und wie weh ihr das tat. Sie dachte an das Haus, das sie sich vorgestellt hatte, an ihr Pferd, die neue Schule, den Fluss und die Bäume. Sie dachte an die Fahrradwerkstatt, die ihr Dad gern eröffnet hätte. Sie wollte nicht auf die Niemandsinsel zurück. Sie hatte ein bohrendes Heimweh nach einem Ort, den sie gar nicht kannte.

Dann spürte sie, wie ihr die Tränen kamen – aber nicht nur. Es kam ihr so vor, als würde ihr ganzer Körper weinen. Was passiert war, verstand sie erst, als Ennid sie hochhob. Sie hielt sie fest, drückte sie an sich und trug sie.

»Wir müssen dir was anderes anziehen gehen, Spatz. Halt dich an mir fest.«

Auf dem Weg zum Schlafsaal 1, wo die Elligers weiterhin untergebracht waren, dachte Ennid, während sie die leise wimmernde Kleine im Arm hielt: Wenn dieser Meeks wirklich Robeys Assistent ist, werde ich ihn mir schnappen und ihm ein paar deutliche Worte sagen. Es gab zu viele Leute, die von den Ausschüttungen seines großzügigen Chefs unberücksichtigt blieben – Alte, Kranke und Frauen, die sich um Kinder, Eltern oder Kojennachbarn kümmerten. Sie mussten genauso Geld bekommen!

Dass sie gern mit Mr. Robey sprechen möchte, würde sie zu ihm sagen. »Sie sind Waliser, Mr. Meeks, ich bin Waliserin – ich denke, wir verstehen einander.«

Seit sie Meeks gesehen hatte, erschien ihr das möglich. Und das Kind auf ihrem Arm ließ sie nur überzeugter davon sein. War Bixby eingeschlafen? Liefe sie Mr. Meeks jetzt in die Arme, könnte sie ihn bitten, sie zu Mr. Robey zu bringen. Sie würde das zu bewerkstelligen wissen, mit dem Kind auf dem Arm wäre es eine Leichtigkeit. Aber würde Robey sie überhaupt empfangen? Würde er nicht seine junge Freundin vorschicken, um sie abzuwimmeln? Sollte sie sich das wirklich antun?

Darüber dachte sie nach. Die beiden Kostümierten mit der Flasche Beefeater, spät am Abend im Schlafsaal ... das mussten Robey und seine Freundin gewesen sein.

Floyds Gesicht sah besser aus, seit sie ihn so mit dem Natriumtalg einrieb, wie Miss Muldoon es ihr gezeigt hatte. Doch die Beulen an seinen Händen wurden fast stündlich schlimmer, und mittlerweile konnte er kaum noch die Finger bewegen.

Joan Elliger redete ihrem Mann gut zu, während er auf seiner Koje lag und düster die Unterseite der Pritsche über ihm musterte. Sie erzählte ihm, was an Bord vor sich ging, seit die Klassen geöffnet waren, aber nur selten suchten seine Augen ihre.

»Alle arbeiten fieberhaft an einem Ausweg. Wirst dich wundern«, sagte sie sanft. »Du bist beileibe nicht der Einzige, den die ganze Plackerei der letzten Woche völlig entkräftet hat, Liebling. Jeder weiß, was du geleistet hast.«

Nur er schien es nicht zu wissen. Seine Hände sahen zum Fürchten aus, wie große, halb gar gekochte Krabben. Sie wusste, dass ihm der Schmerz viel weniger zusetzte als die Scham, die er empfand, weil er außer Gefecht gesetzt war und tatenlos zusehen musste, wie andere schufteten. Er schämte sich vor den Männern, mit denen er sich tagelang dem Schnee entgegengestemmt hatte, schämte sich vor ihr, vor Bixby und sich selbst. Wie sollte sie ihm diese selbstzerstörerische Verunsicherung nur nehmen. Sie hatte ihn in zwölf Jahren nie weinen sehen, und jetzt weinte er immer wieder. Sie küsste ihn.

»Wo ist Biggs?«, fragte er in ihren geöffneten Mund.

»Sie läuft herum«, sagte sie. »Sie rennt durchs ganze Schiff.«

Im selben Moment spürte sie eine Hand auf ihrer Schulter. Hinter ihr stand die freundliche Krankenschwester, die seit vorgestern zweimal täglich nach Floyd sah. Schwester Kingsley hatte ihr versprochen, trotz der vielen Krankheitsfälle an Bord nach einem Arzt Ausschau zu halten, der sich ihren Mann ansah, und war nicht allein gekommen. Sie winkte einen jungen Mann an die Koje. Er sah aus wie ein Gymnasiast.

»Das ist Dr. Quincy. Wenn Sie einverstanden sind, würde er sich Ihren Mann ansehen. Dr. Quincy ist Hautarzt.«

Mit erstaunten Augen nickte Joan.

»Doktor, das sind Floyd Elliger und seine Frau«, sagte die Schwester. »Es gibt auch ein Töchterchen. Aber die ist gerade unterwegs. Vor fünf Minuten habe ich Ihre Maus noch im Schlafsaal 3 gesehen, Floyd.«

Ingrid Kingsley verfolgte das Geschehen an Bord mit gemischten Gefühlen. Denn sie sah zwar, welche Entbehrungen die Leute zu erdulden hatten und wie insbesondere Männern und Frauen aus der Ersten und Zweiten Klasse, die körperliche Schwerstarbeit nicht gewohnt waren, vor Überanstrengung die Kräfte versagten. Doch ebenso war sie verblüfft, weil die Menschen wieder hofften und nach vorn blickten.

Keiner von ihnen, die sie in den großen Schlafsälen versorgte, hatte je so viel Geld besessen, wie nun jeder auf einen Schlag erhalten sollte. Die Stimmung war eine völlig andere. Die Leute tauschten sich aus, halfen einander, lachten. Viele Frauen, auch ältere, atmeten auf, weil sie wieder hinaus an Deck konnten, um eigenhändig mit anzupacken, die Schneelast zu verringern. Die alte Frau Vanbronck, die schluchzend nur noch umhergetippelt war, half jetzt in der Kombüse mit und gab Anweisungen beim Zubereiten von holländischen Kibbelingen im Bierteig. Um die ganz Kleinen kümmerten sich Jugendliche. In lauten Trupps zogen junge Burschen durchs Schiff, die alles als entbehrlich gekennzeichnete Mobiliar ins Freie schleppten und jubelnd über Bord warfen: Stühle, Sofas, Bänke, Schränke, Tische, Lampen, Bilder, Teppiche, Regale, Kommoden, Sessel. Türen wurden ausgehängt, Geländer abgeschraubt. Täfelungen, Niedergänge und Treppen verschwanden.

Als der Lieblingsbillardtisch des Kapitäns ins Wasser krachte, spritzte eine Gischtfontäne in die Höhe, bevor er grün im Pentland Firth versank.

Auf einem ihrer endlosen Wege von Patient zu Patient sah sie zwei Matrosen binnen Minuten die Bartheke im Rauchersalon abmontieren, in Stücke sägen und davontragen.

Vier Alte – allen hatte sie Arzneien verabreicht und die Hand gehalten – taten sich auf Lieutenant Dellers Vorschlag zusammen, um die Frachtluken leer zu räumen. Die beiden aus der Dritten Klasse waren Schwarze und trugen Monteursanzüge, die anderen (darunter Dr. Quincys Vater) schlohweiße Bostoner Ingenieure im Gehrock. Am Bug standen zwei von Hand betriebene Kräne im Schneetreiben. Kaum waren die Luken offen, kletterten die beiden im Overall behände wie Eichhörnchen hinunter, während Quincys Vater und sein Kollege die Flaschenzüge bedienten, als hätten sie nie etwas anderes getan. An dicken Ketten wurden Haken hinabgelassen, und es dauerte keine drei Minuten, schon begann das Löschen der überflüssigen Ladung.

Die Kräne beförderten Kisten, Säcke, Kästen, Rohre, Röhren und Kanister aus den Frachträumen hinauf in den Schnee. Sie stand auf der Brücke, wohin Käpt'n Archibald sie beordert hatte, um ihm den Blutdruck zu messen und ein paar lobende Worte für die umstandslose Wiederaufnahme seines Pflichtamtes zu sagen – was sie gern tat, da sie wusste, dass John Archibald einen weichen Kern hatte und im Grunde ein guter Mensch war. Er war kein starker Mann, sondern einer, der sich zu umpanzern wusste.

»Sehen Sie sich an, mit welchem Eifer diese Leute ins Meer werfen, was ihnen in die Finger kommt«, sagte er, während sie dem Treiben am Bug von weit oben zusahen. »Ist das pure Lust an der Zerstörung, Schwester?«

Sie glaubte das nicht. Für sie standen weder die Geräte und Maschinen im Mittelpunkt noch die bisher verborgene Fracht, die die vier Alten über Bord beförderten, sondern die Männer selbst und der Schneesturm, dem sie trotzten und etwas entgegenzusetzen versuchten. Zwei Motorpflüge, zwei Dampftraktoren und schließlich, der Größe nach, vier Automobile, drei schwarze und ein riesiges goldenes ohne Dach, kamen nach oben, wurden in die Höhe gehievt, über Deck und über die Bordwand geschwenkt und dann ausgeklinkt. Binnen Sekunden war alles verschwunden.

»Gott, jedes von denen ist mehr wert, als er ihnen bezahlt«, keuchte Archibald, während sie ihm die Schultern massierte.

Bestimmt. Aber dem neuen Eigentümer des Schiffes war das offenbar gleichgültig. Er hatte zugesichert, für alle entstehenden Schäden und Verluste aufzukommen. Es hieß, er habe erwogen, die Schornsteine absägen und ins Meer werfen zu lassen und sei nur von seiner jungen Freundin umzustimmen gewesen. »Die sind doch so schön!«, rief sie angeblich. »Wir brauchen sie!«

Wer war dieser Diver Robey? Sie hatte seinen Assistenten Meeks gepflegt, und sie wusste von einem der Stewards, Shimimura, dass es Mr. Robey vorzog, im Hintergrund zu bleiben. Aber dem Mann selbst war sie nie begegnet, da er ärztliche Hilfe anscheinend ablehnte, auch wenn es hieß, er sei schwerer Trinker.

Dr. Quincy war alles andere als ein Stutzer, wie Chief Officer Girtanner ihn bezeichnete. Aus seinem Arztkoffer holte er einen Tiegel mit einer bräunlichen, stark riechenden Paste und rieb Floyd Elliger damit behutsam die Hände ein. Dann legte er ihm Verbände an, Bandagen an beiden Händen, sodass sie weißen Fäustlingen ähnelten. Und auch im Gesicht verteilte der junge Arzt aus Boston die nach Brennnesseln und Walderde duftende Salbe. Er hatte dicke Brillengläser, durch die seine Augen wie eigenständige, merkwürdig gebannte Lebewesen wirkten.

»Sie werden Ihre Hände anderthalb Tage lang schonen müssen, Floyd«, sagte er. »Sonst riskieren Sie bleibende Schäden und Muskellähmungen. Der Natriumtalg hat Ihr Gesicht vor Schlimmerem bewahrt, da können Sie der jungen Frau, die Ihnen dazu riet, dankbar sein.« Er gab Joan den Tiegel und holte vier Rollen Verbandsmull aus dem Koffer. »Wechseln Sie die Verbände morgens und abends, Madam. Und fesseln Sie ihn, wenn er aufstehen will. Schnee erst übermorgen wieder!«

Ohne Eitelkeit dachte Ingrid Kingsley von sich, dass sie wohl der einzige Mensch an Bord war, der jedem Besatzungsmitglied und allen Passagieren persönlich begegnet war. Zwar kannte sie nicht alle, doch sie hatte alle gesehen, mit Ausnahme von zweien. Nur Diver Robey und seiner Freundin Kristina Merriweather war sie während ihrer Pflegebesuche und auf Visiten gemeinsam mit dem Bordarzt oder dem Bordpfarrer nie über den Weg gelaufen.

Daher wusste sie, dass abgesehen von drei Dutzend bettlägrigen Patienten und der Hälfte der knapp 50 Erste-Klasse-Passagiere sämtliche Reisende – Frauen, Männer, Erwachsene und Jugendliche – sowie die gesamte Besatzung Mr. Robeys Aufruf gefolgt waren. Jeder von ihnen erhielt den besagten Scheck – und als es keine Schecks mehr gab, wies Kapitän Archibald zwei Navigationsadjutanten an, 900 handschriftliche anzufertigen, die er und Robey innerhalb weniger Stunden unterzeichneten.

Sie rechnete und kam auf rund 19 Millionen Dollar, die Mr. Robey auf diese Weise unter die Leute brachte, damit sie zumindest eine Chance hatten, am Leben zu bleiben.

Als Dr. Quincy gegangen war, unterhielt sie sich noch eine Weile mit Joan Elliger und ihrem Mann. Als er wegnickte und einschlief, verabschiedete sie sich.

Vorbei an kreuz und quer und hin und her laufenden Grüppchen und Trupps aus mit allem Möglichen Beschäftigten bahnte sie sich einen Weg hinauf zur Krankenstation der früheren Zweiten Klasse. Seit Tagen fragte sie sich immer wieder, was sie selber wohl mit 10 000 Dollar anfangen sollte. Wie viel Pfund Sterling waren das? Eine Unmenge. Sie hatte das Haus und ihren Garten in Rye, dem Haus war erst letztes Jahr ein neues Dach aufgesetzt worden. Sie hatte keine Kinder. Sie war allein. Sie reiste sowieso ... Sie konnte das Geld spenden. Oder es verschenken.

Corentin war einer von den fünf jungen Männern, die von Chief Officer Girtanner ausgesucht wurden, um die zwei Schriftzüge am Bug und den am Heck umzulackieren. Während Matrosen die Sitzbretter und Strickleitern am Schanzkleid befestigten, standen sie zu sechst an einem überdachten Niedergang und wurden von Lieutenant Deller aufgeteilt. Das Schneetreiben hatte nachgelassen, was aber nur an dem abflauenden Wind lag, denn noch immer schneite es unvermindert heftig in dicken Flocken. Man konnte keine zehn Meter weit sehen.

Der Lieutenant musterte sie fünf und entschied sich schließlich, die beiden Dubliner mit der Übermalung auf der Steuerbordseite des Bugs zu betrauen und die beiden Waliser, zwei Brüder aus Cardiff, backbord zu platzieren. Coco würde für den großen Schriftzug auf dem Heckspiegel verantwortlich sein.

Er folgte ihnen zum Bug und beobachtete aufmerksam, wie backbord zunächst die beiden Iren die bereitgestellten Farbeimer und großen Pinsel nahmen, bevor sie die Leiter hinunterstiegen und sich sechs oder sieben Meter über dem Wasser auf dem Sitzbrett niederließen. Steuerbord wiederholte sich das Ganze: Die beiden Waliser nahmen ihre Farbeimer, kletterten die Strickleiter hinab und rutschten, einer links, einer rechts, an ihre Plätze.

Auf dieser Seite des Bugs sah er zum ersten Mal die Ankerkette. An ihr hing ihrer aller Schicksal. Laut dröhnend zerrte das Schiff daran. Es schien um den Anker zu kreisen, nur um ihn aus dem Grund reißen oder die Kette sprengen zu können.

»Kommen Sie«, sagte Deller. »Wir wollen keine Zeit verlieren. Sie verstehen mich doch?«

Während sie zum Heck liefen, fragte ihn der junge Offizier – er war höchstens acht Jahre älter als er –, woher er stamme, und erzählte, er sei ein paarmal in Brest gewesen. »Stolz, die Bretonen«, sagte er. »Beste Seeleute.«

Auf seinem Sitzbrett über der Dünung befolgte er Dellers Anweisungen. Die großen weißen Lettern am Heck und die kleineren darunter lauteten:

ORION
Liverpool

Er übermalte die Buchstaben schwarz, aber nicht alle, denn zwei im alten Schiffsnamen und Heimathafen konnte er für die neuen verwenden. Das große N und das kleine e schräg darunter ließ er stehen.

Während er malte, dachte er über Ennid nach. Seit der gemeinsamen Stunde mit ihr in ihrer Koje konnte er an nichts anderes denken. Zwei Tage lang hatte er sich die Hände nicht gewaschen, weil sie nach ihr dufteten. Wohin würde sie fahren, sobald sie es an Land schafften ... zurück nach Wales? Und seine Mutter und er, würden sie ein anderes Schiff nehmen und nach Kanada gehen? Er würde viel

Geld haben, ganz andere Möglichkeiten, und er hatte keine Angst, weder vor einem neuen Leben irgendwo noch vor dem Tod, der sich nur ein paar Meter unter ihm die Finger nach ihm leckte. Angst hatte er nur um Maman. Würde sie an Grégoire festhalten und auch allein nach Longueuil gehen?

Anstatt des großen S der Initiale malte er zunächst den zweiten Buchstaben, das E, sodass am Heck, wo er auf seinem Brett durch den Schnee schwang, lange nur zu lesen war:

E N
e

»Tu verras, tu verras! Nous ne nous quitterons pas…«, summte er und stellte sich dabei vor, er hätte auf das Heck gemalt:

ENNID
Newport

Als er hinaufblickte, stand oben an der Reling seine Mutter und winkte mit vor Freude leuchtendem Gesicht.

»Es geht mir gut!«, schrie er. »Eine Stunde noch, dann bin ich fertig! Mach dir keine Sorgen!«

Hörte sie ihn? Er war sich nicht sicher, und in seinem Innern tönte die Melodie seines Singsangs weiter: »Du wirst sehen, du wirst sehen! Wir werden nie mehr auseinandergehen…«

Das Schiff kreiste, und er mit, über das Wasser hin. Er malte. Seine Mutter sah ihm zu, und mit einem Mal stand

Ennid neben ihr und winkte auch. Er malte das große S, dann das D am Ende des Schiffsnamens, immer wieder blickte er hinauf zu den beiden Frauen, die ihm bewundernd zusahen, ab und zu lachten, noch einmal winkten und schließlich verschwanden.

Die *Sealand* kreiste. Er malte das erste A ihres Namens, das L und das zweite A. Jeder einzelne Buchstabe war so groß wie er selbst. Für jeden benötigte er 20 Minuten.

SEALAND
New York

Er besserte einzelne Lettern noch nach, als er oben Girtanner mit Deller an der Reling stehen sah. Regungslos verfolgten sie jeden Pinselstrich, doch kaum war der letzte Buchstabe, das Y, fertig und leuchtete makellos weiß auf dem schwarzen Grund, winkten sie ihn hinauf.

Panik ergriff ihn, und nichts wünschte er sich in diesem Moment sehnlicher, als mit einem der beiden Dubliner oder einem der Brüder aus Cardiff am Bug eingeteilt worden zu sein, anstatt hier, wo niemand ihn sah, vor die zwei Offiziere treten zu müssen. Beklommen machte er sich Mut. Er nahm sich ein Herz und dachte an Ennid. Sie war gekommen, um seine Arbeit zu bewundern! Mit diesem Gedanken kletterte er die Strickleiter hinauf.

Kaum stand der Junge an Deck, wo Deller ihn in Empfang nahm und ihm eine Wolldecke um die Schultern legte, schon stieg der Chief Officer über die Reling und kletterte zu dem Sitzbrett hinunter, um die Arbeit des jungen Bretonen zu begutachten. Groß und kräftig, mit dem roten Kinnbart über der zugeknöpften Pelerine, stand Girtanner auf dem Brett wie auf einer Kirmesschaukel, hielt sich an der Leine fest und prüfte jeden Buchstaben.

Deller war erleichtert, als Girtanner heraufgeklettert kam und rief: »Gute Arbeit, Junge! Nimm dein Zeug und gib es beim Bootsmann ab. Dann hau dich hin. Schlaf ein paar Stunden. Wir brauchen Kerle wie dich.«

Dann waren sie allein. Der Schnee wirbelte in Böen über das Heck und auf die unsichtbare Meerenge hinaus. Hinter ihm sagte Girtanner, er werde der kleinen bretonischen Filzlaus eine Lektion erteilen, die er seinen Lebtag nicht mehr vergesse. Er hielt ihm einen Lappen hin.

»Nehmen Sie. Klettern Sie da runter und verwischen Sie den Dreck, den der Mistkerl auf unser Schiff gekliert hat, Duck«, sagte Girtanner. »Nun mal los. Machen Sie. Ich stehe Schmiere!« Er lächelte, grinste. »Ist ein Befehl, Deller. Ich befehle, Sie gehorchen.«

»Werde ich nicht, Sir«, sagte Deller, ohne darüber nachzudenken. »Es tut mir leid, ich kann das nicht machen, Heston. Es wäre nicht richtig.«

Girtanner legte ihm die Hand mit dem Lappen auf den Rücken. »Sie haben recht, Duck. Sie werden das nicht machen, und ich habe nichts anderes erwartet.«

Die Faust auf seinem Rücken war groß und schwer, und mit einem Mal war sie Mittelpunkt seines Körpers, Denkens und Fühlens. Er spürte die Reling, gegen die Girtanner ihn presste, verlor den Halt, spürte, wie er vornüberkippte, dann fiel, dann stürzte.

Er schlug auf dem Wasser auf, spürte den Schmerz durch die zerbrochenen Arme und Beine fahren. Eisige Kälte umhüllte ihn und zog ihn in die Tiefe. Über ihm ragte der schwarze Rumpf auf, groß wie der Himmel, und zuletzt fiel sein Blick auf den weißen Schriftzug, auf das Brett, wie es im Wind schaukelte, und darüber auf Girtanner, der sich abwandte und davonging, so wie auch das Schiff sich entfernte, weil es weitertrieb, immer im Kreis.

35

GOLDRAUSCH

Vier endlose Tage, nachdem er frühmorgens in Barmouth in den Zug gestiegen war, erreichte Merce endlich die Küste von Sutherland im Nordosten Schottlands. Die kleine Dampflok zog die sieben völlig überfüllten Wagen in den Bahnhof von Brora, wo sie ein mit dem Schneesturm wetteiferndes Pfeifen von sich gab, bevor sie in einer Wasserdampfwolke verschwand wie ein Tintenfisch in seinem undurchdringlichen Nebel.

Vor Erschöpfung, Hunger und Überreiztheit kam er sich vor wie aus Glas. Jede Bewegung, jeder Laut und jede Berührung waren ihm eine Qual. Was er vorm Fenster sah, verschwamm, und das zugleich euphorische und unwirsche Lärmen der Männer, von denen sich seit Carlisle (vorgestern) und Glasgow (gestern) immer mehr in die mit Holzbänken bestückten, nach Schweiß und Urin riechenden Waggons gedrängt hatten, hörte er bloß wie von fern, als hell in seinem Innern widerhallendes Sirren.

Er war in Manchester umgestiegen (vor drei Tagen), hatte aber von der im Schnee versunkenen Stadt nur einige Türme und Schornsteine gesehen. Durch den Lake District musste er gefahren sein, doch erinnerte sich weder an Windermere noch irgendwelche Seen. Wo die Gleise freigeräumt waren, führten sie durch meterhoch zu beiden Seiten aufragende Schneeböschungen. Fiel einmal Licht durch die Wolkendecke, blickte man über endlos anmutende weiße Ebenen. Zumeist sah man jedoch nichts als vorbeiwirbelnde Flocken, erstarrte Bäume, ganze Dörfer, die verlassen und begraben schienen, oder eine unberührt sich bis zum Horizont erstreckende Fläche, die eine Bucht, ein See, der Anfang des Nichts oder Gottes Bettlaken sein konnte. Was sie war, ließ sich nicht erkennen, und bald hatte er es aufgegeben, draußen nach etwas zu suchen, das ihn ablenken könnte.

Dafür sah er noch immer das Gesicht eines jungen Mannes vor sich, mit dem er im Korridor des Öfteren ein paar Worte gewechselt hatte. Durch einen schmalen Spalt rauchte dieser Ogilvy aus dem Fenster. Er war groß, hager und ein paar Jahre älter als Merce. Er trug ein abgewetztes graues Tweedjackett. Ein dünnes Bärtchen saß ihm auf der Oberlippe, das zuckte, sobald er zwischen zwei tief inhalierten Zügen mit heiserer Stimme etwa erzählte, dass er Lehrer sei und nach einer kleinen Auszeit bei seiner Liebsten heimfahre zu seinen Plagegeistern. Mit diesen Männern hier verbinde ihn nichts – er hatte mit der Zigarette durch den Waggon gezeigt. »Glücksritter, aus allen Winkeln weiter im Süden. Keiner von denen weiß, wie wir in Sutherland und Caithness leben.«

Aber dieser einzige Gesprächspartner hatte den Zug anscheinend verlassen, denn schon seit dem Mittag war er nicht mehr an sein Raucherfenster getreten.

Der noch nördlichere Hafen von Wick lag in Caithness, doch da sich zwischen Brora in Sutherland und Wick in Caithness Ausläufer der Highlands erhoben, war die Bahnstrecke nach Thurso und an die Küste, vor der Ennids Schiff lag, gesperrt. Tom Crean hatte es vorausgesehen: Am Loch Brora war Endstation.

Der Zug leerte sich binnen weniger Minuten, denn die

Männer – die letzte Frau war am Vormittag in Inverness ausgestiegen – hatten es eilig, ganz als hinge ihr Leben davon ab, von diesem Schneegestöber verschluckt zu werden. Nur ein paar Greise blieben sitzen und warteten ab, bis sich außer Merce alle verpieselt hatten. Dann kramten sie gemächlich ihre Siebensachen zusammen, steckten sich eine Zigarette oder Pfeife an und stiegen, ohne einander eines Blickes zu würden, der Reihe nach aus. Auf dem Bahnsteig stand eine Gruppe jüngerer, anscheinend einheimischer Männer, die rauchten, lachten und kurz darauf in verschiedene Richtungen davongingen. Einer von ihnen war Ogilvy.

»Viel Glück, Kleiner!«, rief der letzte Alte. Merce konnte nicht glauben, dass selbst so verhutzelte Greise mit zauseligen Bärten und in den Kniekehlen hängenden Hosenböden von weither kamen, um ihr Glück bei dem zu versuchen, was auf ihrer Fahrt in den Norden alle nur »Goldrausch« nannten.

»Und Sie?«, fragte Ogilvy. »Sind Sie auch so einer, der mit offenem Mund dem Geldregen nachrennt?« Auf eine eigentümlich sarkastische Weise nannte er die Dinge beim Namen, dieser junge schottische Lehrer, der offenbar doch in Brora lebte.

Der Wind in Brora war eine äußerst unangenehme Erscheinung. Er war nass, laut, wehte überfallartig und flaute ab, wann und für wie lange es ihm gefiel. In den Wochen der Schneekatastrophe hatte Merce nur in Brora den Eindruck, die umherwirbelnden Flocken würden panisch versuchen, dem Sturm zu entkommen.

Dieser Wind blies ihn vor sich her in den Pub *Cathie-ho!* an Broras in Schneewehen untergegangener Hafenpromenade. Dort verspeiste er eine Portion Fish and Chips, die außerdem für Bakie, Reg und Willie-Merce gereicht hätte. Eingeklemmt zwischen einer Wand und einem schenkeldicken Oberarm saß er in der Ecke einer getäfelten Nische, hörte den Gesprächen zu, die er aus dem Zug alle bereits kannte, und verfolgte die Verwandlung einiger Whisky-Trinker am Tresen. Am Nebentisch spielten zwei Alte auf einem bierdeckelkleinen Brett Blitzschach. Keine ihrer Partien dauerte länger als fünf Minuten.

Als es dunkel wurde, änderte sich die Stimmung im *Caithie-ho!* Der Tag ging zu Ende, und nichts war geschehen. Kein Boot legte vor morgen früh ab, in keine Heuerliste würde man sich noch eintragen können. Jetzt galt es zu warten und die Nacht zu überstehen. Die meisten Männer begannen zu trinken und fabulierten von dem Scheck dieses Amerikaners, den sie schon sicher in der Tasche glaubten. Es gab Pöbeleien, bald die erste Rangelei an der Dart-Scheibe. Viele von ihnen waren noch länger unterwegs gewesen als er.

Vier weitere Tage waren vergangen! Durch die im Zug mit angehörten Gespräche wusste er inzwischen ziemlich genau, wie es um Ennids Dampfer stand. Für ihn zählte vorerst nur, dass es ihr gut ging und dass sie nicht nach Amerika fahren konnte. Einmal noch musste er mit ihr reden! Wie er das ermöglichen konnte und wo er sie finden würde, war ihm schleierhaft. Sicher war er sich nur, dass auch Shackleton hier am Ende seiner Weisheit wäre.

Er hatte keinen Zweifel daran, dass man das Schiff, da es nicht abgeschleppt werden konnte, evakuieren würde. Doch wenn zutraf, was sich die Männer in Brora erzählten, dann gab es mehrere Häfen, die – womöglich ohne voneinander zu wissen – das SOS der *Orion* oder *Sealand* auffingen und inzwischen nichts unversucht ließen, um Schiffe, Trawler und Kutter zur Rettung zu schicken. (Ob sie das ohne die Preisgelder dieses schon jetzt legendären Milliardärs getan hätten, war eine andere Frage.) Nur fünf Häfen kamen in Betracht, und die beiden nördlicheren zu erreichen war unmöglich, da nach Wick und weiter nach Thurso weder ein Zug noch eine Fähre fuhr.

Infrage kamen Banff, das aber weit südöstlich, in Aberdeenshire, lag, sowie im Südwesten Inverness. In beiden Häfen gab es größere Schiffe und bessere Unterbringungsmöglichkeiten für die, wie gesagt wurde, knapp 2000 Menschen an Bord des Dampfers.

Aber es gab auch den Schneesturm. Ein Rettungsschiff aus Banff oder Inverness hätte 100 Seemeilen zurückzulegen, nur um die Leute zu erreichen, und müsste diese Distanz nochmals bewältigen, um die Geretteten in Sicherheit zu bringen.

Wie sollte man 2000 Leute, darunter Hunderte Kinder, in Hafenstädtchen wie Wick oder Thurso versorgen, zumal sie von der Außenwelt abgeschnitten waren?

Und es gab Brora. Hierhin fuhr die Bahn. Von hier konnten Schwangere, Verletzte, Geschwächte, alle, die ärztlicher Versorgung bedurften, in drei Stunden nach Inverness gebracht werden.

Warum war er nicht in Inverness ausgestiegen, sondern weiter in den Norden gefahren?

Darüber zerbrach er sich im *Cathie-ho!* den Kopf – Gedanken, die zu nichts führten, nur dazu dienten, ihn abzulenken. In Wirklichkeit war er furchtbar verängstigt, erfüllt von Panik, die ihn äußerlich lähmte und im Innern immer neue, halbgare, einander widersprechende Überlegungen anstellen ließ.

Er hörte jede einzelne Stimme in dem Schankraum, fast so wie in der Nachmittagsstille eines Augusttages, wenn von der alten Steinbrücke bei Usk eine Handvoll Kinder unter lautem Jubel in den Fluss sprangen – so wie früher Regyn, Dafydd, Mari, Gonryl, Boyo und er Sommer für Sommer.

Auf einmal war er ihr wieder so nah ... nur ein paar Zufälle entfernt von ihr, wo er sie doch schon verloren geglaubt hatte.

»Und matt!«, triumphierte am Nebentisch einer der beiden Alten. »Hab dich! Schon wieder hab ich dich kaltgemacht!«

In der Verworrenheit seiner Erschöpfung bezog er das auf sich. »Hab dich! Schon wieder hab ich dich kaltgemacht!« Es kam ihm so vor, als hätte er entgegen aller Erfahrung und allen Regeln zum Trotz die Gelegenheit zu einem weiteren Zug erhalten, nachdem er bereits mattgesetzt worden war.

Irgendwann war ihm bewusst geworden, dass er mit diesem Ogilvy reden konnte wie früher mit Bakewell. Die Worte, die man sagte, standen einem viel eher im Weg, als dass sie wirklichen Austausch ermöglichten – nur gab es leider bloß wenige Leute, von denen man sich wortlos, allein durch einen Blick, eine Geste oder Bewegung verstanden fühlte. Ogilvy war so einer: ein Mensch wie Ennid, jemand, für den es offenbar keine Rolle spielte, wie außergewöhnlich er war.

Die Männer an den Tischen in seiner unmittelbaren Nähe redeten von dem vor der Küste havarierten Dampfer und schienen alles über das Schiff und die Menschen an Bord zu wissen. Sie wussten, wie viele es waren und woher sie kamen, sie kannten die Reiseroute der *Orion* und die Namen ihrer Offiziere. Sie kannten den Grund für die Havarie und hatten keinen Zweifel daran, dass jeder von ihnen schon bald reich sein würde, schaffte er es nur, auf einem der Rettungsschiffe anzuheuern, die am frühen Morgen von Brora aus in See stachen.

»Nein«, hatte er im Zug zu Ogilvy gesagt, »das Geld dieses Amerikaners interessiert mich nicht. Aber ein Glücksritter bin ich vielleicht trotzdem. Ich suche jemanden … eine junge Frau, die an Bord ist. Sie kommt aus Casnewydd in Wales, wie ich.«

Darauf erwiderte Ogilvy nichts, sondern sah ihn bloß lange durchdringend an. Dabei leuchteten seine Augen und zuckte sein Bärtchen, als würde es stumm die Worte formen, die der Mund nicht sagte.

Dann sagte er seinen Namen und gab Merce die Hand.

Und auch er stellte sich vor. Und dann sagten sie wieder lange gar nichts.

Jeder der Männer zehrte von der Hoffnung, auf einen Trawler oder Kutter zu kommen, dessen Skipper trotz des Sturms bereit war, hinauszufahren. Der Dampfer lag im Pentland Firth vor Anker, weit im Norden zwischen den unbewohnten Eilanden Swona und Stroma. Alle wussten, wie riskant es war, in einem so nie da gewesenen Unwetter nahe der Küste nach Norden aufzubrechen. Doch um wie viel risikoreicher noch war erst die Rückfahrt mit einer Vielzahl Geretteter an Bord.

»Vergesst nicht: Zwischen Brora und dem verdammten Schiff liegt Wick, und da haben sie nicht bloß Schaluppen, sondern große Kähne, die sie rausschicken, sobald die Knete stimmt«, sagte neben ihm das tätowierte Muskelpaket gerade, als im *Cathie-ho!* lauter Jubel aufbrandete. Dutzende Männer sprangen zeitgleich von ihren Stühlen auf und strömten Richtung Theke. Binnen weniger Augenblicke drückte sich eine unförmig wogende Traube aus einander zur Seite rempelnden, Arme in die Luft reckenden, rufenden Kerlen um den Tresen.

»Was ist da los, Mister?«, fragte Merce seinen Nebenmann, als der sich gleichfalls in die Höhe wuchtete und aufstand.

»Drei Skipper aus Brora!«, schnaubte der Schrank und ruckte mit der Kinnlade ein paarmal bloß in Richtung des Tumults.

Unverhofft kam der Goldrausch an diesem finsteren Sturmnachmittag doch noch in Schwung. In dem Gewimmel war nirgends ein Kapitän, nicht mal ein Mützenschirm oder eine betresste Joppe zu erkennen. Es ging um viel. Die Skipper suchten Männer, die Männer einen Skipper. »Käpt'n! Hier! Ich!«, riefen sie in einem fort – angeblich 100 000 Dollar winkten jedem Bootsführer und 10 000 jedem seiner Helfer. Keiner, dem es gelang, angemustert zu werden, würde je wieder auf einem Fischkutter oder in einer Kohlegrube schuften müssen.

Am anderen Ende der Theke, wo die Männer ihre Gläser stehen gelassen und ihre Barstühle umgestoßen hatten, standen zwei Frauen in Mantel und Schal, die sich das Haar richteten und gegenseitig ihr Make-up prüften. Hinter ihnen tanzte unverändert der Schnee in daunengroßen Flocken am Fenster des *Cathie-ho!* vorbei, und doch hatte sich die Dunkelheit verändert. Kaum war der Platz neben ihm leer, stand Merce auf, machte einen weiten Bogen um die gegen den Tresen drängende Menge und trat an das niedrige Fenster.

Was so hell draußen leuchtete, dass jede Flocke das Licht

aufzunehmen und zum Erdboden zu holen schien, war der Mond. Zum ersten Mal seit Wochen fiel der Schein seiner breiten Sichel durch die Wolken, und das vom Schnee und vom Mond doppelt erleuchtete Dunkel war ebenso erstaunlich, wie es in Brora Barmherzigkeit oder die Gabe der Hellsicht gewesen wäre.

Im Glas der Scheibe spiegelte sich sein langgezogenes Gesicht. Ein Gähnen riss ihm die Kiefer auseinander und ließ ihn wie ein bärtiges Pony aussehen.

Ein rot gelockter Jüngling, der übers ganze Gesicht grinste, wahrscheinlich weil er einen Posten auf einem der Rettungsschiffe ergattert hatte, redete inzwischen auf die jüngere der Frauen ein. Die Ältere blickte herüber, und mit einem Lächeln winkte sie Merce zu sich an die Theke.

»Was du suchst, findest du da draußen nicht«, sagte sie. »Du brauchst ein Bett für die Nacht, richtig geraten? Ich hätte eins.«

Er brauchte tatsächlich ein Bett, und bestimmt hatte sie eins für sich und ihn, aber darin würde er nicht finden, was er suchte.

»Ich suche einen Mann.«
»Das trifft sich. Ich auch!« Sie lachte.
»Kennen Sie einen Lehrer, der Ogilvy heißt?«
»Und wenn?«
»Wohnt er in Brora?«
»Und wenn?«

Sie war nicht unfreundlich, nur irritierend direkt und er viel zu müde für scharfsinnige Antworten. Irgendwie aber mochte er sie, und es tat gut, mit jemandem zu reden. »Trinken Sie etwas?«

»Ich wollte dich gerade treten! Endlich fragst du.«

Rosa-Sharron und ihre Freundin Eileen waren die beiden Krankenschwestern in Brora und auf der Suche nach Vergnügen. Von Rosa-Sharron erfuhr er, dass Ogilvy – Paul – mehr als nur der junge Lehrer im Ort war. Er leitete das Schullandheim am Ortsrand, wo in den wärmeren Monaten bis zu 100 Kinder aus Bergarbeiterfamilien in Caithness und Sutherland untergebracht waren. Eileen und sie halfen dann Paul, die Kleinen zu versorgen.

»Die meisten sind arme Würmer, und die älteren waren alle schon unter Tage«, sagte Rosa-Sharron.

»Und jetzt, in der kalten Jahreszeit, was macht Paul da?«

Sie hatte ein anziehendes Lächeln und eine ebensolche tiefe, warme Stimme. Ende 30 mochte sie sein. Immer wieder, während sie an ihren Whiskys nippten – der beste, den er je getrunken hatte –, suchte sie seine Nähe, drückte sich an ihn, strich ihm über den Arm oder mit zwei Fingern durchs Haar.

»Wir haben elf Kinder, die in Brora leben! Denen gibt er Unterricht«, sagte sie. »Paul ist ein guter Lehrer. Die Mücken lieben ihn. Hast du Kinder? Du bist noch sehr jung, aber wer weiß ...«

Er schüttelte den Kopf, dachte dabei jedoch, dass sein Nein bloß die halbe Wahrheit war. Er hatte ein Kind, nur war es ein unsichtbares und existierte einzig in seiner Vorstellung. Fast täglich redete es mit ihm und sagte Dinge, die ihn verblüfften.

Im Zug durch Nordschottland, irgendwo in den tief verschneiten Grampian Mountains zwischen Perth und Inverness, als er mit Ogilvy am Fenster stand, hörte er das Mädchen plötzlich sagen: *Wo bleibst du? Komm bitte endlich! Komm zu uns! Oder wenn das nicht geht, lass uns zu dir kommen, ja?*

Aber Schwester Rosa-Sharron konnte er das auf keinen Fall erzählen, nicht, weil sie ihn sofort – und zu Recht – für einen Spinner gehalten hätte, sondern weil er bisher keinem Menschen von der Kleinen erzählt hatte. Solange er nicht wusste, wer sie war (und wen sie mit diesem »uns« meinte), glaubte er, dem Mädchen dieses Stillschweigen schuldig zu sein. Sie war – so wie sein Inneres – sein Geheimnis.

»Da sind sie. Haben sich endlich durchgewühlt!«, rief Eileen, die ihren rot gelockten Verehrer inzwischen schon mehrmals geküsst hatte. Drei ältere Herren, alle die gleiche Pelerine über den Schultern, zwängten sich durch einen Korridor in der Menge, den ihnen eine Handvoll Männer unter herausgeblafften Kommandos bahnten. Am Eingang setzten die Kapitäne ihre Mützen auf, und Eileens junger Freund stürzte zur Tür, um sie den Skippern aufzuhalten. Wie sich herausstellte, waren zwei Rosa-Sharrons und Eileens Väter: Käpt'n O'Shaughnessy und sein Kollege MacLair.

Die Stimmung im *Cathie-ho!* änderte sich erneut schlagartig, als die Kapitäne gegangen waren. Jubel und Flüche wechselten sich ab. Unter erbosten Verwünschungen flogen Aschenbecher und Sitzkissen, und der Inhalt eines Bierhumpens platschte auf eine Gruppe johlend tanzender Männer nieder, die aber bloß mit schallendem Lachen und Schlachtgesängen antworteten. Es war unschwer zu erraten, wer angeheuert worden und wer leer ausgegangen war. Es gab Sieger und Verlierer. Sie gönnten einander nicht den Schimmer auf dem Schuh. Am hässlichsten heulten jene, die sich ausgebootet fühlten.

Rosa-Sharron hakte sich bei ihm unter, als sie durch den frostigen Abend liefen. Das Schneetreiben hatte weiter nachgelassen und gab Gelegenheit zu einer kleinen Besichtigungstour. Merce sah den Hafen, die kleine Werft, ein paar größere Trawler, auf denen Laternen brannten und Männer arbeiteten.

»Da drüben liegt der Kutter meines alten Dads. Sie bereiten alles vor für morgen früh, räumen alles raus, damit die Leute von dem Schiff Platz haben. Komm!«

Sie zeigte ihm die kleine Kirche von Brora und den Friedhof, auf dem seit Jahrhunderten alle O'Shaughnessys beerdigt wurden. »Ich habe immer gedacht, dass auch ich da mal liege«, sagte sie. »Aber mit dem ganzen Geld wird daraus wohl nichts! Wir werden weggehen, nach Inverness oder Aberdeen.«

Auch das Aushängeschild Broras zeigte sie ihm, die Clynelish-Destillerie, wo der Whisky gebrannt wurde, der ihm noch immer den Magen vergoldete.

»Hier wohne ich.« Sie blieb vor einem Haus stehen, das genauso grau und abweisend wirkte wie jedes Haus, an dem sie vorbeigekommen waren. Im dünnen Mondschein sah es aus wie ein Festung gewordener Steckrübeneintopf.

»Geh noch ein Stück die Straße rauf. Halt dich rechts, dann siehst du oben am Hang Pauls Schule und das Heim.«

Außer einem gelegentlichen Grummeln und eher zaghaften Bekunden seines Staunens hatte er seit dem *Caithie-ho!* keinen Ton gesagt. Mit einem Mal aber überwältigte ihn in der kalten Luft ein so heftiges Gefühl der Zärtlichkeit für diese fremde Frau, die ihm ihre Welt zeigte und ihn teilhaben ließ an ihren Freuden und Sorgen angesichts einer für unmöglich gehaltenen Zukunft, dass er sie unvermittelt in den Arm nahm, an sich drückte und festhielt.

»Ich war nicht ehrlich zu dir«, sagte er in Rosa-Sharrons kaltes Ohr, das er an seiner Wange spürte. »Ich suche nicht Ogilvy, sondern meine Liebste. Eigentlich suche ich mich selbst, und ich weiß nicht, warum, aber ich glaube, dass mir Ogilvy helfen kann, so wie du mir hilfst.«

Dann küsste er sie, das Ohr, ihre Wange, ihren Mund. Kalt und zugleich nachgiebig und warm waren ihre Lippen.

»Ich weiß. Das alles weiß ich doch. Geh jetzt, Merce Blackboro«, sagte sie. »Und komm zu mir, wenn du sie nicht findest.«

36

DIE WEISSE FLOTTE

Für einen zerrütteten Gewaltmenschen wie Heston Girtanner waren Rücksichtnahme oder Mitgefühl Fremdwörter, er war ein um sich schlagender Feigling, zerrissen von der ihm eingebläuten Furcht vorm Versagen, und doch ließ ihn gerade diese Perversion von Güte und Miteinander ein Mensch sein, jemand, der ebenso bedürftig war wie dazu befähigt, sich durch eine unvermittelte Erkenntnis aufzulehnen gegen den eigenen Niedergang – denn Einblicke in die Verwerfungen zwischen Wirklichkeit und Unwirklichkeit waren nie eine Frage des richtigen Moments, sondern passierten einfach, so wie aus dem Nebel ein fremdes Licht auftauchte oder ein Wort Halt gab, obwohl es bloß ein äußerst zartes Fluidum war, und so erging es auch Girtanner, Dellers Mörder, als er am Tag seiner Rettung zum x-ten Mal in das Schneetreiben blickte und plötzlich eine Schrift darin erkannte, unlesbar zwar, aber eine unfassbare Ansammlung weißer, aus dem Himmel schneiender Zeichen, die dazu bestimmt schien, ihm etwas mitzuteilen.

16 Fischtrawler und größere Kutter, dazu der vor Jahren eingemottete Frachter *John o' Groats*, den man binnen zwei Tagen seetüchtig gemacht hatte, legten an diesem 18. März 1921 und den beiden Folgetagen von der sich unter ihrer Schneelast zusehends nach Steuerbord neigenden *Sealand* ab

und begaben sich durch den aus Nordwesten stürmenden Orkan auf die Rückfahrt zu ihren schottischen Heimathäfen Thurso, Wick, Brora, Inverness und Banff, an Bord zusammengenommen 1970 Passagiere und Besatzungsmitglieder des Dampfers, der daraufhin als aufgegeben galt und ohne dass jemand auf seiner Brücke stand, in einem Schlafsaal in einer Koje döste oder im Swimmingpool unter dem Glasdach des Promenadendecks ein paar Bahnen schwamm, wie der Zeiger einer dem unabsehbaren Nichts zugleich atemlos und unendlich langsam entgegentickenden Uhr die ihm von Wind und Wellen aufgezwungenen Kreise durch den Pentland Firth drehte.

An Bord der *John o' Groats* und ihres Konvois aus fünf größeren Trawlern und zwei Kuttern fuhren 840 Männer, Frauen und Kinder als Einzige in westlicher Richtung, denn der Frachter kam aus Thurso und hatte somit zwar die kürzeste Distanz zu bewältigen, um zu dem havarierten Schiff und wieder zurück zu gelangen, war aufgrund seines Zustands jedoch kaum mehr als ein Seelenverkäufer, wovon seine auf die Frachträume und Mannschaftsunterkünfte verteilten Passagiere aber keine Ahnung hatten, keiner von ihnen hätte sonst zugestimmt, übergesetzt zu werden auf so eine schwimmende Ruine, die von Steven bis Ruderblatt stank, weil das Bilgewasser kniehoch überm Kiel stand und außen und innen Schimmel die Bordwände hochwuchs, weder der alte Herr Vanbronck und seine Frau, die während der sechsstündigen Überfahrt zusammengekauert im Schiffsbauch ausharrten, noch der junge Arzt Dr. Quincy oder Schwester Kingsley, die unentwegt nach den Kindern sahen oder Sandwiches und Wasser verteilten, und schon gar nicht der Kamelhaarmann, der, was keiner wusste, ein New Yorker Maler war und, was auch er selbst nicht wusste, in Kürze eine gefeierte Koryphäe – und dennoch ergriffen sie ihre Chance und ließen sich mit vier hin und her fahrenden Beibooten von dem Dampfer übersetzen zu den »Thurso-Schiffen«, wie sie genannt wurden, kletterten an Deck und suchten sich unter den Kommandos der schottischen Matrosen jeder einen Platz in den eisigen, nach totem Fisch und algenüberwachsenem Tauwerk riechenden Laderäumen.

Zurück nach Banff, dem südwestlichsten und Aberdeen nächstgelegenen Hafen, fuhren die Trawler *Ranald McDonald* und *Bonnie Prince Charlie* in Begleitung von zwei kleineren Kuttern, sodass die vier Boote insgesamt 348 kinderlose Frauen und Männer an Bord nahmen und sie mit Kurs auf Kinnairds Head durch den Moray Firth transportierten, eine Überfahrt, die aufgrund beständigen Rückenwinds zwar nur elf Stunden dauerte, doch angesichts meterhohen Wellengangs und beißender Schneeböen den meisten Leuten das Äußerste abverlangte, Passagieren (darunter Eleonora Hearst und ihre Tochter Victoria sowie der Earl of Wiltshire mit seinem alles vollspeienden Sohn) und Matrosen der *Sealand* genauso wie ihrem Kapitän, denn mit der bald von einer glitzernden Eisschicht überzogenen *Bonnie Prince Charlie* entkam auch John Archibald von einem Schiff, das er befehligt hatte und aufgeben musste und das als Letzter zu verlassen nicht nur seine Pflicht gewesen war, sondern sein ausdrücklicher Wunsch (auch wenn er nicht in Erfüllung ging, was der glücklose Archibald aber nicht wusste), weil er buchstäblich bis zur letzten Sekunde gehofft hatte, sein Dritter Offizier Deller würde doch noch an der Reling auftauchen und vor ihm das Fallreep hinunterklettern, anstatt ohne jedes Zeichen oder ein Abschiedsschreiben verschollen zu bleiben, »Gott, Douglas, verfluchter Idiot, Sie waren so jung«, sagte sich Archibald immer wieder auf der Brücke, wo er neben den einsilbigen Fischern stand, die das Boot durch die Wogenberge und darüber hinfegenden Böen aus Flocken manövrierten, »kann nur hoffen, Sie wussten, was Sie tun, und haben in dieser Hirnlosigkeit Frieden gefunden«, denn keinen Moment lang bezweifelte er, dass Duck nicht verunglückt, sondern über Bord gesprungen war, ein Weichei, ein Schwächling, »die letzte Träne im Ozean«, wie ihn Girtanner mit Fug und Recht einmal rundgemacht hatte, weil Deller alles in allem die bitterste Enttäuschung darstellte in diesem gottverdammten Fiasko einer Reise mit einem deutschen Schiff, von dem man außer Scherereien nichts erwarten konnte.

Nach Wick in Caithness brachten zwei andere Trawler weitere 290 Gerettete, darunter den Matrosen Buchanan, der unter einem Bauchverband 2500 Dollar in bar versteckt hielt, die er der jungen Milliardärs-Miss für fünf Flaschen Beefeater abgegaunert hatte, sowie Danielle Colombard und ihren Sohn Corentin, der nur unter der Bedingung bereit gewesen war, sich von Ennid zu trennen, dass er von Wick den nächsten Zug nach Brora nehmen könne, wohin mit drei anderen, vor allem Kindern vorbehaltenen Trawlern Miss Muldoon fuhr, eine Forderung, die nicht nur seine Mutter erstaunte, sondern auch Jirō Shimimura überraschte, der von Kapitän Archibald und Bryn Meeks damit betraut war, die Leute auf die einzelnen Rettungsschiffe zu verteilen – und so fuhr Coco davon, nachdem er sich für drei oder vier Tage von

Ennid verabschiedet hatte, überzeugt, sie in Brora wiederzusehen, ihr dadurch seine Liebe beweisen und sie für sich gewinnen zu können, hatte er sich über ein Leben mit ihr in Kanada oder Amerika, in Wales oder der Bretagne in den endlosen Stunden der Schneeräumschichten doch immer wieder Gedanken gemacht, alles sich vorgestellt und genau ausgerechnet hatte er, weshalb er wusste, wie man etwas nur wissen konnte, dass er sie wiedertreffen, mit ihr schlafen, ein Kind zeugen, sie heiraten, eine Familie mit ihr gründen würde, durch sein Gefühl für sie war alles vorgezeichnet und schicksalhaft wie diese Seereise, die sie zusammengeführt hatte, weil endlich alles hatte gut werden müssen.

Von den restlichen 489 Menschen, die an Bord der *Sealand* auf Rettung warteten, nahmen zwei Seelachs-Trawler mit großen Laderäumen, die *Scorguie* und die *Clachnaharry*, 285 auf, um sie in ihren Heimathafen Inverness zu bringen, womit die beiden Kapitäne Roy und Fitzroy MacKenzie – Vater und Sohn – die mit Abstand größte Distanz zurückzulegen hatten, eine Strecke, die von den Orkney-Eilanden Swona und Stroma im Pentland Firth, zwischen denen der manövrierunfähige Amerikadampfer vor Anker lag, vorbei an Duncansby Head stetig nach Süden führte, immer weiter entlang der Küsten von Caithness und Sutherland, wo die MacKenzies erst Noss Head, Wick und Portgower, dann Brora und, Stunden weiter südlich, den Leuchtturm von Tarbat Ness auf der Wilkhaven-Landzunge passierten, bevor die erfahrenen Seeleute bei dichtem Schneedunst in den Felsentrichter des inneren Moray Firth einfuhren, den sie »wie eine Zunge ihre Mundhöhle« kannten, so drückte es der fast 75-jährige Roy MacKenzie aus, als der Erste Offizier des Dampfers, der jetzt 13 Stunden entfernt hinter ihnen lag, schon wieder neben ihm auf der Brücke stand und dieser Girtanner, den MacKenzie vom ersten Augenblick an gefressen hatte, seinem Unmut Luft machte, seinem Spott für den Schnee (»weißes Gekritzel, unlesbar und lachhaft«), seinem Zorn auf die Geretteten (»Faulenzer und Hündinnen«) und seinem Abscheu angesichts all der Kinder (»plärrende Ratten mit Zöpfen«), obwohl wegen der voraussehbar beschwerlichen Überfahrt bloß eine Handvoll Säuglinge und sechs Kinder mit ihren Eltern nach Inverness fuhren, während man die übrigen 163 »*Sealand*-Kids« nach Thurso und Brora verbrachte, wo es geeignete Unterkünfte und geschultes Personal gab – was sich im Nachhinein als rettender Zufall und großes Glück im Unglück erwies, denn auf der *Scorguie* und der *Clachnaharry* kam es zu einer Tragödie, die zwar verhindert hätte werden können, doch die aus Zeitgründen keiner bedacht hatte, und so erfroren in den Frachträumen der bereits auf Inverness zusteuernden Lachs-Trawler fünf Menschen, zwei Frauen und drei Männer, im schwimmenden Eishaus der *Scorguie* ein Niederländer und seine Schwester sowie ein Deutscher, und auf der *Clachnaharry* (in deren Laderäumen man später im Invernesser Hafen -28 Grad Celsius maß) ein Paar aus Somerset, zwischen ihnen, halb erstarrt, in zwei der viel zu wenigen mitgeführten Decken eingemummt, ihre kleine Tochter, ein Mädchen mit grauen Zöpfen, Schläfen, Augen, Lippen und Fingern.

Während Joan und Floyd Elliger im Laderaum eines Lachs-Trawlers erfroren und man ihre achtjährige Tochter Bixby knapp davor bewahrte, steuerten drei kleinere Kutter mit den verbliebenen 204 Passagieren und Besatzungsmitgliedern der *Sealand* den Hafen von Brora an, die *Drummossie* von Kapitän Olliver, die *Fairy* seines Kollegen MacLair und Käpt'n O'Shaughnessys *Rosa-Sharron*, jedes Boot ausgerüstet mit Hunderten binnen weniger Stunden in Brora gesammelten Decken, Mänteln, Jacken, Pullovern, Schals und Mützen, was verhinderte, dass die kostbare Fracht aus 89 Kindern jeden Alters, 51 Frauen und 62 Männern noch bedrohlicheren Entbehrungen ausgesetzt wurde, als die achtstündige Überfahrt durch das kaum abflauende Wüten des Schneeorkans sie ihnen ohnehin abverlangte, denn so wie auf den anderen 14 Schiffen und Booten hatten die Leute auf den drei Booten aus Brora aus Gewichts- und Platzgründen alles zurücklassen müssen und durften nur mitnehmen, was sie am Körper trugen – für Ennid ein Verlust, der sie zu ihrem eigenen Erstaunen fast gleichgültig ließ (ihr Gepäck hatte sie im Schlafsaal stehen lassen und das *Buch an Mick*, *Anna Karenina* und den Band mit Keats' Gedichten ins Meer geworfen), wohl deswegen, weil sie seit der Havarie ihren Aufbruch in ein neues Leben nur noch als absurd empfand, als überstürztes Davonlaufen, ohne dass sie sich innerlich von der Stelle rührte, als Flucht vor den Phantomen ihrer Kindheit und Jugend, während sie alle diese Gespenster und Ungeheuer in ihren Gedanken und Briefen weiter am Leben erhielt, wohlbehalten, gut genährt und gehätschelt, damit nur keines verloren ging, und deshalb fühlte sie sich erleichtert und befreit, ja sie war sogar glücklich, vielleicht glücklich wie nie, dass diese vorgebliche Abkehr zwar sang- und klanglos gescheitert war, aber ihr auf wundersame Weise eine Einkehr und womöglich Heimkehr erlaubte, denn es gab nicht nur die Kinder, die Alten und die vielen entkräfteten Frauen und Männer, um die sie sich auf der *Rosa-Sharron* kümmerte, wie das auf der *Fairy* der junge Steward Jirō und auf der *Drummossie* zwei Krankenschwestern taten, sondern es gab in ihr außerdem etwas Unbekanntes, Ungeahntes, ein feines Gefühl nur, ein sonderbar gelassenes Selbstvertrauen, und diese innige Vorstellung von wirklichem Neubeginn war für sie mehr als bloß eine Hoffnung und unendlich viel mehr wert als der Scheck, den sie zusammen mit ihrem Taschenspiegel in der Geldkatze unter ihrem Matrosenpullover trug.

In den drei Tagen der Evakuierung erinnerte sich Meeks immer wieder mit bestürzender Deutlichkeit an die letzten Stunden mit seiner Mutter während der ein halbes Jahrhundert zurückliegenden Havarie der *Isar*, die auf dem Atlantik in Brand geraten war, er sah sie neben sich an der Reling stehen, doppelt so groß wie er, ihr Kopftuch und ihren türkisblauen Wollmantel, doch am meisten frappierte ihn ein winzig kleines Bild, das er wieder und wieder durchlebte, denn er erinnerte sich, wie sich ihre Hand über seiner geschlossen und sie festgehalten hatte, ganz kurz nur, wie über einem kleinen Vogel, der hätte wegfliegen können, denn das war vielleicht ihre letzte Berührung gewesen, auf jeden Fall aber war es seine kostbarste Erinnerung an sie, und auch deshalb geschah es schweren Herzens, wenn Meeks dem Käpt'n vorschlug, Shimimura mit einem der drei Kutter nach Brora zu schicken, wo er für die Unterbringung der Kinder im dortigen Schullandheim Sorge tragen sollte, während Archibald und er selbst die strapaziöse Überfahrt nach Banff antreten würden, eine Entscheidung, die, so schwer sie ihm fiel, gute Gründe hatte, da sie seinem Prinzip entsprach, zunächst ans Wohl der anderen zu denken, ja in diesem Gedanken auch für sich das Wohl zu erkennen und die eigenen Bedürfnisse hintanzustellen, ach Quatsch mit Soße, dieses ganze Gefasel, das, seit er denken konnte, in ihm widerhallte, als würde ein Zwerg mit einem Lautsprecher seit fast 60 Jahren auf seiner Schulter stehen und ihm moralische Ermahnungen ins Ohr trompeten, die Liebe zu Jirō hintanzustellen kam für ihn keine Sekunde infrage, und die Sehnsucht nach einem gemeinsamen Alltag, der ihn endlich wieder ein ganzer Mensch sein ließe, würde er sich nie mehr kleinreden und austreiben lassen, weder von einem Monstrum wie Girtanner noch von Robey oder Estelle und erst recht nicht von sich selbst, und doch trug er die Verantwortung für Diver, nicht anders als er sie für Irischa getragen hatte, was keine juristische Frage war, sondern eine von Anstand und Menschlichkeit, zumindest solange es Robey derart elend ging und er ihn nicht in ärztlicher Obhut wusste, schon deshalb zerbrach er sich seit drei Tagen den Kopf darüber, was das Beste für ihn wäre, sprach mit schottischen Passagieren und Trawler-Skippern und kam mit Archibald schließlich überein, Robey und Kristina auf der *Ranald McDonald* (mit der Girtanner nicht fuhr) nach Inverness zu schicken, wo es ein größeres Krankenhaus gab und wohin Jirō mit dem Zug aus Brora in einem halben Tag und er selber aus Banff in drei oder vier Stunden sein konnte – das immerhin war er Dick Robeys Sohn noch schuldig.

Doch weder Robey noch Miss Merriweather fuhren mit auf jenem Trawler, der traurige Berühmtheit erlangen sollte, weil in seinem Frachtkühlraum wenige Stunden vor Eintreffen in Inverness drei Menschen erfroren, Diver nämlich lehnte es ab, die *Sealand* zu verlassen, und plante stattdessen, sobald der Dampfer evakuiert wäre, in die Suite umzuziehen, in der

»die Hearst gehaust« hatte, und Kristina, die sich unter Gin-Einfluss wie stets zurückverwandelte in seine willfährige Adjutantin, stimmte ihm zu, »Brynnybryn, du weißt, wie lieb ich dich habe, aber das ist mein Schiff, Diver hat es mir geschenkt, und es gibt auf der Welt keinen besseren Ort für uns«, sagte sie freudig, ja heiter durch die Tür zu Meeks, der daraufhin vergeblich versuchte, zwei verstockte Matrosen der *Ranald McDonald* zu bewegen, die Verbarrikadierung zu beenden, doch es hatte keinen Zweck, die beiden Schotten hatten alle Hände voll zu tun, um Kinder und Eltern sicher in die hin und her pendelnden Beiboote zu verfrachten, Robey gab keinen Muckser von sich, und die Tür blieb selbst dann zu, als Meeks dagegen hämmerte, »Diver! Kommen Sie raus, das Schiff ist nicht zu retten«, rief er, Mund und Ohr abwechselnd an das Holz gelegt, »es wird kentern und sinken, kommen Sie mit, Kristina, Diver, hören Sie, bitte!«, doch die Antwort blieb aus, ihre Antwort blieb Schweigen, während draußen im Schnee die Rettung wartete, die weder Gottes Hand noch ein Flugzeug war, sondern notdürftig vertäut mit dem sich Zentimeter für Zentimeter weiter auf die Seite legenden Dampfer der letzte Kutter aus der weißen Flotte.

37

OGILVY'S HOSTEL

Was Bixby zugestoßen war und dass ihre Eltern nicht mehr lebten, erfuhr Ennid erst am Tag nach ihrer Ankunft in *Ogilvy's Hostel*. Das Haus am Ortsrand von Brora platzte aus allen Nähten, seit fast 100 der »*Sealand*-Kids« die Schlafräume, Speisesäle und Spielzimmer bewohnten, und für die fünf Erwachsenen, die über die wilde Meute wachten – zwei Krankenschwestern aus dem Ort, Jirō Shimirura, Paul Ogilvy und sie –, gab es keine Minute, in der nicht eine Schürfwunde zu verpflastern, eine Rangelei zu schlichten oder eine elementare Frage zu beantworten war. Viele Eltern waren nach den Strapazen der letzten Tage und Wochen völlig entkräftet, manche litten an schweren Erfrierungen. Man hatte sie in Brora auf Dutzende Privathäuser verteilt – jeder Haushalt, der zwei Gestrandete aufnahm, erhielt 5000 Dollar aus dem von Mr. Meeks verwalteten sogenannten »Robey-Fonds«.

Zu Paul Ogilvy fasste sie fast vom ersten Moment an Vertrauen. Sie ließ sich dabei von den Kindern leiten, die Paul beinahe ebenso schnell ins Herz schlossen wie Shimimura. Ogilvy und sie verblüffte Jirōs unerschütterliche Langmut, wenn zwei Dutzend Kinder ihn umringten und in vier oder fünf verschiedenen Sprachen auf ihn einredeten, während drei auf seinem Schoß saßen und ihn fünf andere vom Stuhl zu zerren versuchten, alle grau, erschöpft und angespannt und doch überglücklich, sich nach Herzenslust austoben zu können.

Das Hostel war früher eine Sägemühle gewesen. Man hatte sie entkernt, umgerüstet, einen Küchentrakt mit großem Speiseraum angebaut, das ganze Gebäude mit Dutzenden Fenstern versehen und komplett weiß gestrichen. Vom nahen Loch Brora floss ein Wildbach den Hang hinab, der einst die Mühle angetrieben hatte und sich unweit des Hafens ins Meer ergoss. Jetzt rauschte der Bach durch den von grotesken Verwehungen bedeckten Garten, wo am Mittag bei leichtem Schneefall die Kinder spielten, und verwunderte Ennid, weil sein Wasser nicht gefroren war.

»Die Schneeschmelze hat begonnen, auch wenn der Schnee das noch nicht einsehen will«, sagte Paul Ogilvy, während sie den Kindern dabei zusahen, wie sie Shimimura mit einer Schneeballsalve eindeckten. Schwester Rosa-Sharron applaudierte den Kleinen – und war als Nächste an der Reihe, verfolgt von einem bewaffneten, jubelnden Pulk.

»Sie sind mit Martin O'Shaughnessys *Rosa-Sharron* ihrem Dampfer entkommen«, sagte Ogilvy, und Ennid nickte und unterdrückte ein Gähnen. Sie war zum Umfallen müde, höchstens für zwei Stunden hatte sie schlafen können. »Schwester Rosa-Sharron ist seine Tochter, das Schiff heißt nach ihr.«

Sie wusste nicht, was sie erwidern sollte. Sie fror, und an die Überfahrt hätte sie am liebsten nie wieder gedacht. Sobald sie sich fragte, was aus Coco und Danielle geworden war, musste sie weinen. Bixby und was die Kleine durchgemacht hatte, ging ihr nicht mehr aus dem Sinn. Sie wusste, dass Ogilvy mit dem Krankenhaus in Inverness, wo man das Mädchen versorgte, mehrmals telephoniert hatte. Was mit dem Kind geschehen würde, hing von Bixbys Verfassung ab.

Über den Schneehang hinweg, an dessen Fuß Brora lag, sah sie durch den Kaminqualm über den Dächern hindurch das Meer. Die schottische Nordsee war blauschwarz an diesem Tag, nur der sachte Schneefall sorgte dafür, dass sie grau wirkte.

»Das Mädchen muss hierherkommen«, sagte sie laut, ohne darüber nachgedacht zu haben. »Ich bin ... verantwortlich für Bixby ... muss mich um sie kümmern ... bis klar ist, ob sie Angehörige hat ... verstehen Sie, Paul? Bitte ...«

Auf Ogilvys merkwürdig dünnem Schnurrbärtchen lag hauchfeiner Reif. Mt seinen hellblauen Augen blickte er sie durchdringend an. »Als ich vor fünf Jahren nach Brora kam, hatte ich nicht vor, als Lehrer zu arbeiten und dieses Heim zu leiten«, sagte er. »Eigentlich wollte ich eine Chronik der einfachen Leute schreiben, von Bergbau und Fischerei seit Beginn der Industrialisierung. Es ist anders gekommen, wie Sie sehen.«

Ihr war nicht klar, was er damit sagen wollte – dass die Dinge nicht den Wünschen folgten? Sie fühlte, wie ihr der Mut sank.

Plötzlich verstand sie, was Paul Ogilvy ihr sagen wollte. Und er hatte recht: Die Geretteten durften das Leben ihrer Retter nicht vergessen. Auch sie hatten ihre Geschichte und ihren Alltag.

»Rosa-Sharron ist eine sehr warmherzige Frau«, sagte sie. »Ich hoffe, ich kann sie näher kennenlernen. Wir haben ein paar Dinge gemeinsam – einen Vater zum Beispiel, den man bewundert und doch hinter sich lassen muss.«

»Reden Sie mit ihr«, sagte Ogilvy, »sie wird sich freuen.«

»Und Sie müssen mir mehr von Ihrer Chronik erzählen! Ich lese viel, wissen Sie. Meine Bücher habe ich ins Meer geworfen.«

Er zog ein Blatt Papier aus der Manteltasche und gab es ihr. Es war ein Telegramm.

»Das kam vor einer Stunde, Miss Muldoon, ich hoffe, das beruhigt Sie.«

*kleine ist wohlauf! ++ schlägt sich wacker ++
haben mr. meeks gefunden ++ kommen
morgen zu viert mit nachmittagszug ++ mb*

Ogilvy erläuterte: Schon gestern hatte er einen jungen Mann, der ihm das vorschlug und dem er vertraute, zusammen mit Schwester Eileen in den Morgenzug gesetzt. Im Invernesser Krankenhaus sollten sie Mr. Meeks treffen, also den …

»Ich kenne Meeks«, unterbrach sie ihn. »Er ist Diver Robeys Assistent und hat die Evakuierung geleitet. Meeks ist ein feiner Mensch. Vertrauen Sie ruhig auch ihm. Ein Waliser!«

»Umso besser, wenn Sie ihn kennen.« Ogilvy lachte. Dann rief er Rosa-Sharron und Shimimura zu, die Kinder sollten zurück ins Haus, und erst da bemerkte auch Ennid, dass der Wind auffrischte und das Schneetreiben wieder dichter wurde.

Sie folgte Ogilvy. Da er in einem fort rauchte, hätte sie dafür die Augen gar nicht aufhalten müssen. Man roch ihn, wo er ging und stand.

»Mr. Shimimura möchte Mr. Meeks morgen vom Zug abholen – ihre Familien sind eng befreundet«, sagte Ogilvy. »Wollen Sie nicht Bixby abholen?«

»Das würde ich sehr gern!«

»Dann machen Sie das. Kommen Sie. Sie sollten sich ausruhen, furchtbar erschöpft wirken Sie. Ich weiß gar nicht, wann ich es zuletzt mit so vielen Walisern zu tun hatte! Nehmen Sie's mir nicht krumm, aber allmählich fühle ich mich umzingelt. Stammen Sie nicht auch aus Newport?«

»Ihr sagt so!«, lachte sie. »Wir nennen unsere Stadt Casnewydd.«

»Sehen Sie! Genau das sagte Merce zu mir: ›Ihr sagt so. Wir nennen unsere Stadt Casnewydd!‹ Bestimmt kennen Sie sich.«

»Merce?«, fragte sie. »Wer ist das?«

Er nahm ihr das vom Schnee durchweichte Telegramm aus der Hand und zeigte darauf.

»Mein junger Freund, mit dem ich letzte Woche drei Tage lang im Zug über Gott und die Welt geredet habe. Merce Blackboro aus Newp... – aus Casnewydd. Er und Schwester Eileen bringen Ihre Kleine morgen her. – O nein, bitte, Ennid, weinen Sie nicht. Alles wird gut. Kommen Sie, ich mache Ihnen einen Tee, und dann ... – Schwester Rosa-Sharron! Mr. Shimimura, Rosa-Sharron! Helfen Sie mir, schnell. Miss Muldoon ist –«

Als sie wieder zu sich kam, lag sie in ihrem kleinen Mansardenzimmer im Bett. Das Schneelicht in dem Raum blendete sie. Am Bettrand saß Rosa-Sharron, fühlte ihr den Puls und lächelte sie an.

»Ist es schon morgen? Sind sie da?«

Die Schwester schüttelte den Kopf. »Sie haben nur ein paar Stunden geschlafen. Es war dringend nötig! Machen Sie sich keine Sorgen.«

Rosa-Sharron wollte mehr über Bixby erfahren, und Ennid

erzählte ihr, wie sie dem Mädchen begegnet war und sich mit ihm angefreundet hatte. Sie erinnerte sich an das Gespräch mit Ogilvy und fragte Rosa-Sharron, ob sie selbst Kinder habe.

»Ja und nein. Ich hatte einen Sohn«, sagte sie. »Er war Matrose auf einem Schlachtschiff.«

»Er ist gestorben?«

»Er ist nicht wiedergekommen.«

Ennids Herz begann kräftig zu schlagen. Sie dachte an Mick, und zugleich hatte sie erneut das Gefühl, vor Freude überwältigt zu werden. Sie fragte Rosa-Sharron, ob sie diesen Merce Blackboro kennengelernt habe.

»Flüchtig.«

»Er ist meinetwegen hier.«

»Ich weiß.«

»Meinen Sie, man kann jemanden lieben, dem man sieben Jahre lang wehgetan hat?«

»Haben Sie das denn?«

O ja, das hatte sie.

»Dann ist die Antwort eine Frage«, sagte Schwester Rosa-Sharron. »Kann man überhaupt jemanden lieben, Miss Muldoon, wenn man sich nicht verzeiht?«

Er wusste, wenn ihm nicht ein Zufall auf die Sprünge half, war es so gut wie ausgeschlossen, sie zu finden. In Inverness blieb ihm etwas Zeit, während sich Schwester Eileen um eine Unterkunft für die Nacht kümmerte, ein paar Stunden, in denen er am Hafen mit Leuten sprach, die ihm versicherten, auf beiden Unglücks-Trawlern sei keine junge Waliserin gewesen, die Ennid hieß und ein Bein nachzog.

Mit Mr. Meeks verabredeten sie sich für folgenden Vormittag. Sie übernachteten bei Eileens Tante in Kinmylies, von wo es zum Krankenhaus nicht weit war, Eileen im Gästezimmer, er auf der Couch im Flur. Er tat kein Auge zu, rätselte, wie er nachts nach Banff gelangen könnte, kam auf die absurdesten Ideen (zu Fuß? zu Pferd?), blieb zum Glück aber liegen. Denn es schneite ununterbrochen, und am Morgen las er in der Küche der Tante in der Frühausgabe des *Inverness Courier* alle 603 Namen der in Inverness und Banff Gestrandeten. Ennids war nicht darunter.

Demnach musste sie in einem der drei Häfen im Norden an Land gegangen sein, in Thurso oder Wick – oder Brora. Schwerverletzte oder gar Tote waren von dort nicht gemeldet worden. Er würde sie wiedersehen – zum ersten Mal schien es tatsächlich denkbar. Waren erst die Gleise freigeräumt, fuhr jeder Zug aus Caithness und Nord-Sutherland über Brora.

Ein schwindelerregendes Gefühl ergriff ihn an diesem Morgen. Er spürte seine Liebe zu Ennid mit unvermittelter Wucht, jedoch ebenso eine Nervosität und Anspannung, die ihm manchmal den Atem nahm. Einerseits war er glücklich und erleichtert, dass er Ennids Spur nicht verloren hatte, bedauerte aber zugleich ihr Scheitern, dem lähmenden Newporter Alltag nicht entkommen zu sein. Wie musste sie sich jetzt fühlen! Würde sie nach Wales zurückfahren? Oder in Liverpool, vielleicht Aberdeen, den nächstmöglichen Dampfer nehmen? Hatte auch sie eine dieser unfassbar hohen Summen aus dem Robey-Fonds erhalten?

Robeys Assistenten rief Eileen in seinem Invernesser Hotel an, sie trafen ihn aber erst in dem »Day Room« genannten Aufenthaltsraum des Craig Dunain Hospitals. Meeks saß in einem Sessel und blätterte in Papieren, vor sich, auf einem

Tischchen, eine Tasse Tee. Er war ein gut gekleideter Herr Ende 50, klein, dicklich, mit feinen Zügen und gepflegten, auffällig schmalen Händen.

»Mr. Blackboro«, sagte er erfreut, als Merce zu ihm trat, stand überraschend behände sogleich auf und schüttelte ihm die Hand. »Setzen Sie sich, bitte. Die Schwester ... Miss Eileen ... ist ... zu dem Kind hinaufgegangen, nehme ich an?«

Seine Stimme klang fast jugendlich, das irritierte Merce auf Aufhieb an Bryn Meeks. Während sie durch die Glasfront auf das verschneite Hügelland im Westen der Stadt blickten, sprachen sie über die Zugfahrt, die vor ihnen lag, das Schullandheim und Brora. Mr. Meeks interessierte jede Einzelheit, und er gestand, dies sei nicht aus purer Selbstlosigkeit so.

»Nein, es gibt einen jungen Mann etwa in ihrem Alter«, sagte er, »den Sohn einer befreundeten Familie, eine Art Herzenscousin, wenn man so will, der fuhr als Steward auf der *Orion*, und den habe ich« – er tippte auf die Papiere in seiner Hand – »mit einem der Rettungsschiffe nach Brora geschickt. Ich hänge an ihm. Meine Mutter vergöttert ihn. Shimimura?«

»Nicht kennengelernt«, gab Merce zurück. »So wenig wie die anderen Geretteten. Ich kenne das Hostel nur leer. Jetzt wird da der Teufel los sein ... Nein, Sir, Ogilvy hat Schwester Eileen und mich losgeschickt, da waren die Boote noch nicht zurück.«

»Verstehe.« Mr. Meeks sprach schnelles Amerikanisch, wirkte aber immer wieder wie ein seltsam sensibler Londoner Snob. »Na, ich weiß ihn ja in Sicherheit! Mr. Ogilvy, der mir das telegraphierte, ist ein Gentleman. Ich freue mich, ihn kennenzulernen!«

Kurz darauf erschien Eileen, begrüßte Meeks und füllte dann gemeinsam mit ihnen das Übergabeformular aus.

»Elliger, Bixby Louise«, sagte sie laut und trug es ein, »geboren am 23. April 1912, wohnhaft in ... Die Adresse, Merce, haben wir die?«

»Ich nicht, woher?«

Mr. Meeks reichte ihm das zusammengeheftete Bündel Papiere. »Mögen Sie die bitte durchsehen? Alle Passagiere waren ordnungsgemäß registriert. Machen wir so lange weiter, Schwester. Der Zug fährt ja schon in ...« – er zog eine Taschenuhr aus der Weste – »knapp zwei Stunden.« Es war eine im Schneelicht dunkelgelb funkelnde Uhr, besetzt mit grünen, winzigen Steinen.

Mit einem Mal hielt er die Passagierliste des Dampfers in Händen. RMS *Orion* – der Name war durchgestrichen und ersetzt durch *Sealand*.

Sämtliche Namen waren alphabetisch sortiert, es gab allerdings Nachträge (auch die alphabetisch), und hinter jedem Namen einen handschriftlichen, nicht überall leserlichen Vermerk – der Name des Ortes, für den Meeks jeden Passagier vorgesehen hatte.

Er ging die Liste durch. Unter M fand er Ennid nicht. Ihm fielen durchgestrichene Namen auf ... insgesamt acht. Waren das die Toten? Ja, so musste es sein. Denn unter E waren die Einträge von Floyd und Joan Elliger gestrichen, der ihrer Tochter jedoch nicht. Bixbys Anschrift lautete demzufolge: 9, Dorchester Road, Taunton, Somerset, England.

»Haben Sie die Adresse gefunden?«, fragte Eileen.

»Einen Moment, hab's gleich.«

Ihn verblüffte, dass neben den Namen der inzwischen allseits bekannten fünf Toten von Inverness drei weitere getilgt waren, darunter der eines Offiziers (kaum älter als er selbst) und derjenige, der seit der Havarie in aller Munde war: »Robey, Diver«.

Im zweiten Nachtrag, auf der vorletzten Seite, fand er sie.

Die Registrierung lautete: »Muldoon, Ennid Anjelica, 1, Cardigan Place, Newport, Wales«, und was dahinter stand, ließ ihn zusammenfahren, bis sein Herz so heftig schlug, dass es wehtat: »Brora – Ogilvy's Hostel«.

38

DIE NIEMANDSINSEL

Das Mädchen lehnte an der Schulter der sehr schottischen Krankenschwester und starrte in einem fort diesen obskuren jungen Burschen an, der neben ihm selbst saß. So fuhren sie zu viert auf gegenüberliegenden Bänken durch den Schnee, während die vorsintflutliche Lokomotive schnaufte, fauchte, keuchte und mitunter pfiff, wodurch kein Gespräch und kein Wegdösen möglich war.

Angeblich war dieser Blackboro mit Ernest Shackleton in der Antarktis gewesen. Stimmte das, oder war das nur ein Märchen? Ein seltsam verträumter, so hartnäckiger wie empfindsamer junger Mann. Ein wandelndes Paradox. Was führte so jemanden von Südwales nach Nordschottland, mitten in einer Schneekatastrophe? Wenn man überlegte, dass Diver und er vor drei Wochen selbst noch in Wales waren ...! Da hatte noch überhaupt kein Schnee gelegen, es regnete ununterbrochen, Robey trank pausenlos, und einer dieser zum Verzweifeln tristen Tage war für Irischa der letzte ihres kurzen Lebens gewesen.

Jetzt fuhr er einem neuen entgegen, in Begleitung eines Kindes, dessen Eltern erfroren waren, einer Krankenschwester und eines von Narben gezeichneten, gedankenversunkenen jungen Walisers – musste das nicht ein Omen sein?

Das Kind hatte noch kein Wort gesagt. Es sprach nicht, und wenn doch, so mit Blicken. Die Stimmbänder der Kleinen seien stark angegriffen, hieß es in dem Krankenhaus. Vor allem brauche Bixby Zuwendung, Ruhe und Zuspruch. Es werde einige Zeit dauern, bis sie das Erlebte verarbeitet habe. Er beobachtete sie. Zu frieren schien sie nicht, im Gegenteil. Alle halbe Stunde wollte sie etwas ausziehen, eine Jacke, eine Strickjacke, einen Pullover... Schwester Eileen hatte sie eingepackt wie für eine Expedition ins ewige Eis.

Das Mädchen hatte nur Augen für Blackboro.

»Möchtest du eine Orange?«, fragte Eileen.

Sie wollte, sie nickte. Sie mampfte die Orange und sah dabei den jungen Mann an, der aus dem Fenster blickte.

Was mochte in ihr vorgehen? Sah sie, spürte sie ihre Eltern, vielleicht wie er noch immer die Hand seiner Mutter spürte, auch wenn seit der Berührung fast sein ganzes Leben vergangen war? (Die Intensität der Berührung verringerte sich nicht, sie blieb absolut gleich.) Da war es gut, dass sie zu lauter Kindern kam, die sie vom Schiff kannte, und froh konnte er sein, auch diese junge Miss Muldoon, von deren hingebungsvollem Einsatz an Bord ihm im Nachhinein so viel berichtet worden war, nach Brora geschickt zu haben – ein Glücksgriff, aber reiner Zufall.

Plötzlich machte das Kind den Mund auf und fragte mit einer zum Erbarmen angegriffenen Stimme: »Fahren wir zurück auf die Niemandsinsel?«

»Nein, nein, süße Maus, wir fahren zu einem Haus, da sind alle deine Spielkameraden«, sagte Eileen.

Blackboro schien plötzlich völlig entgeistert. Er hatte Tränen in den Augen und stand auf. Er müsse sich die Beine vertreten, eine Zigarette rauchen, vielleicht gebe es im Zug jemandem, der eine für ihn übrighabe. Er stieß gegen den

Tisch, gegen die Tür, entschuldigte sich bei Tisch und Tür und verschwand.

»Das alles nimmt Merce furchtbar mit«, sagte Schwester Eileen. »Er ist ein so hilfsbereiter junger Mann. Wussten Sie, dass er mit Shackleton in der Antarktis war?«

»Ach? Wirklich?«

Kaum war der junge Mann außer Sicht, beruhigte sich das Kind. An Eileens Schulter gelehnt, klappte es die großen hellgrauen Augen zu und schlief kurz darauf tatsächlich ein.

Vor den Fenstern die weißen Hügel, weißen Wälder, weißen Schluchten von Easter Ross. Es schneite nur leicht, und der Wind schien abgeflaut zu sein, sodass man im Westen sogar den Rücken des Ben Wyvis erkannte. Der Berg sah aus wie eine im Schnee schlafende Kuh.

»Darf ich Ihnen etwas sagen, Mr. Meeks?«, flüsterte Schwester Eileen und lächelte ihn an.

»Nur zu, Miss. Bitte. Was immer Sie wollen.«

»Ich möchte Ihnen nicht zu nahe treten, Sir. Sie haben so unendlich viel getan für die ganzen Leute, die Kinder, ihre Eltern, die Alten und alle anderen, auch für die Besatzung! Fast zweitausend Menschen haben Mr. Robey und Sie gerettet, nur fünf haben es leider nicht geschafft, ein schreckliches Unglück, denn es ist ja schade um jeden, der nicht weiterlebt. Aber auch für uns an Land, hier in Schottland während dieses verhängnisvollen Winters, an dem etliche verzweifelt sind, haben Sie viel getan. Viele haben neuen Mut, ja sehen wieder einen Sinn. Ich weiß nicht, ob Ihnen das bewusst ist, ob Ihnen jemand gedankt hat. Ich möchte das tun, Mr. Meeks, Ihnen und Mr. Robey danken – für dieses Kind und alles andere.«

Darauf konnte er nicht antworten, nicht mit Worten. Er

sah die junge Frau an, blickte ihr in die Augen und dann auf das Mädchen, das in ihrem Arm schlummerte. Er nickte. Plötzlich griff sie nach seiner Hand, legte ihre darauf und drückte sie sanft.

Seine Gedanken kehrten zu Jirō zurück, seine Vorstellungen kreisten um das neue Leben, das sie erwartete – ein gemeinsames oder getrenntes. Die Zeit auf dem Schiff war eine Insel gewesen, keine Niemandsinsel, aber etwas Ähnliches, eine Insel der Zweisamkeit, von der sie niemand hätte vertreiben können. Jetzt lebten sie wieder an Land, und alles lag offen vor ihnen, alle zugleich wundervollen und grauenvollen Möglichkeiten. Kokoro! Unsere Küsse! Vielleicht war seine Zeit mit Jirō Shimimura bereits abgelaufen, doch auch wenn das stimmte, änderte es nichts daran, dass er wieder wusste, wer er war.

Er warf einen Blick auf Dick Robeys Uhr. »Den jungen Herrn Träumer...« hatte der alte Mann seinen Sohn genannt. Eine knappe halbe Stunde noch bis Brora...

Sosehr ihn bewegte, was Schwester Eileen gesagt hatte, so sehr tat es ihm weh. Er konnte keinen klaren Gedanken fassen, nur verdrängen, ausblenden, dass es einen Diver Robey und eine Miss Kristina wahrscheinlich gar nicht mehr gab. Er würde Estelle und die Merriweathers informieren müssen – nur wovon? Womöglich war ihr Schiff gar nicht gekentert. Womöglich hatte der Sturm noch rechtzeitig nachgelassen und die Ankerkette gehalten. Vielleicht war ihr Wunsch, weiterzuleben, stärker gewesen, größer als ihre Sucht, ihre Abscheu und ihr Ekel.

Vielleicht lebten sie noch. Sicher war nur, dass sie versöhnt waren, glücklich, einander zu haben. Kam es darauf nicht an? Worauf sonst?

INHALT

1 Ein hundemüder Schwimmer 9
2 Im Wolkenmeer 19
3 Das Museum in der Skinner Street 31
4 Möwen über dem Ebbw 47
5 Begehren, wozu? 58
6 Post aus Portsmouth 62
7 Tribunal 69
8 Urteilsverkündung 82
9 Eine Suite im Mond 90
10 Daiquiris und Läuse 104
11 Regenmorgen in der Automobilwerkstatt 110
12 Great Western Main Line 118
13 Niemand neemt afscheid 128
14 Die hohe Kunst der selbstherrlichen Ausflüchte 138
15 Vom Glück, zu spät zu kommen 155
16 Brief an einen Riesen 159
17 Kristina 174
18 Schneetreiben in London-Paddington 189
19 Ein Gürtel aus drei Sternen 196
20 Die Katze Misery 202
21 Maskenball 215
22 Tür zu einem leeren Zimmer 227
23 Das verschollene Telegramm 234
24 Vier unerwartete Begegnungen 249
25 Das Ungeheuer aus Cleveland 271
26 Aenide und Danielle 280

27 Dreck im Ohr 295
28 Shimimuras Lächeln 308
29 Die Nachtigall aus dem Koffer 319
30 Swona und Stroma 332
31 Das Ende der Enge 339
32 Reisevorbereitungen zur Geisterstunde 359
33 Das Meeting in Barmouth 370
34 Du wirst sehen, du wirst sehen 386
35 Goldrausch 403
36 Die weiße Flotte 416
37 Ogilvy's Hostel 426
38 Die Niemandsinsel 436

Zitatnachweis

Das Motto auf Seite 5 stammt aus:

Boris Pasternak: *Doktor Shiwago. Roman.* Aus dem Russischen von Thomas Reschke. Frankfurt am Main: Fischer Taschenbuch Verlag 1992, S. 541. © und mit freundlicher Genehmigung Aufbau Verlag GmbH & Co. KG, Berlin 1992, 2008

Die Zitate auf den Seiten 135 ff und 211 stammen aus:
Lew Tolstoi: *Anna Karenina. Roman in acht Teilen.* Neu übersetzt von Rosemarie Tietze. München: Carl Hanser Verlag 2009, S. 158 und S. 160 f. © und mit freundlicher Genehmigung von Carl Hanser GmbH & Co. KG

Dank

Dem Deutschen Literaturfonds gilt mein Dank für Ermutigung und Förderung.

Ferner bedanke ich mich für Zuspruch und vielfältige Hilfestellungen bei Jochen Hein, Josefine Hölzlwimmer, Bernhard Malkmus, Sven Meyer, Viola Rusche, Klaus Schöffling und Farhad Showghi sowie ganz besonders bei Sabine Baumann und Juliette Aubert-Affholder.

M. B.

Mirko Bonné
Der eiskalte Himmel
Roman
432 Seiten. Gebunden.
ISBN 978-3-89561-401-9

August 1914. Während über Europa der große Krieg aufzieht, plant Sir Ernest Shackleton eine gewagte Expedition. Als Erster will er den antarktischen Kontinent zu Fuß durchqueren. Mit an Bord seines Schiffes ENDURANCE: 69 Schlittenhunde, ein Grammophon, ein Fahrrad – und ein blinder Passagier. Zwischen Ölzeug und Gummistiefeln versteckt, nimmt der 17-jährige Merce Blackboro Kurs auf den Südpol. Doch der antarktische Sommer ist kurz. Im Weddellmeer wird die ENDURANCE über Monate vom Packeis eingeschlossen und driftet einem ungewissen Schicksal entgegen. Für die 28 Expeditionsmitglieder beginnt eine entbehrungsreiche Odyssee durch die Weiten des Südpolarmeers, zusammengehalten von Shackletons unbeugsamem Optimismus, vorwärtsgetrieben von Kälte, Hunger und der Hoffnung auf Rettung.

»Mit sehr viel Humor, wunderschönen Bildern und ohne einen Absatz Langeweile wirkt Mirko Bonné einen reißfesten Stoff um wahre Begebenheiten und authentische Figuren – ein Meisterstück.«
STERN

»Genial sind Bonnés unbekümmert-fröhlicher Grundton und sein ruhiger und sprachsicherer Rhythmus; ein Buch, in das man sich verlieben kann: lesen.«
Lutz Bunk, Deutschlandradio

Schöffling & Co.

Mirko Bonné
Lichter als der Tag
Roman
336 Seiten. Gebunden.
ISBN 978-3-89561-408-8

Raimund Merz kennt Moritz und Floriane von Kindheit an. Ihr Lebensmittelpunkt ist ein wilder Garten am Dorfrand. Als Inger zu ihnen stößt, die Tochter eines dänischen Künstlers, bilden die vier eine verschworene Gemeinschaft, bis sich beide Jungen in Inger verlieben. Sie entscheidet sich für Moritz, Raimund und die ehrgeizige Floriane werden ebenfalls ein Paar. Jahre später kreuzen sich die Wege der vier erneut – für Raimund die Chance, sich der Leere in seinem Leben ohne Inger bewusst zu werden. Verzweifelt sucht er nach einem Weg zurück zu sich selbst und zu einer Aussöhnung mit der Vergangenheit. In einem furiosen Finale bricht er nach Lyon auf zu einem Gemälde, das ihn in seinen Bann zieht wie in der Kindheit der wilde Garten.
Mirko Bonnés großer Liebesroman fragt nach Gründen für Entzweiung und Entfremdung und zeichnet dabei das ergreifende Porträt eines Mannes, der die Kraft findet, aus dem Schatten über seinem Dasein herauszutreten.

Nominiert für den Deutschen Buchpreis 2017

»Wer dieses bewegende Buch über die Ambivalenzen unserer Liebeswünsche und die Abgründe des Begehrens einmal zu lesen begonnen hat, wird es nicht wieder weglegen können.«
Michael Braun, Der Tagesspiegel

»Wie ein Lichtmaler fertigt Mirko Bonné Landschaftsbilder der Seele an, die anrühren und aufregen.«
Oliver Jungen, Frankfurter Allgemeine Zeitung

Schöffling & Co.